比較文學叢書

主題學
研究論文集

陳鵬翔　主編

東大圖書公司

國家圖書館出版品預行編目資料

主題學研究論文集／陳鵬翔主編. － －二版一刷.
－－臺北市：東大，2004
面；　公分－－(比較文學叢書)

ISBN 957-19-2755-4　(平裝)

1.比較文學－論文,講詞等

819.07　　　　　　　　　　　　93004807

網路書店位址　http：//www.sanmin.com.tw

ⓒ　主題學研究論文集

主　編　陳鵬翔
發行人　劉仲文
著作財
產權人　東大圖書股份有限公司
　　　　臺北市復興北路386號
發行所　東大圖書股份有限公司
　　　　地址／臺北市復興北路386號
　　　　電話／(02)25006600
　　　　郵撥／0107175-0
印刷所　東大圖書股份有限公司
門市部　復北店／臺北市復興北路386號
　　　　重南店／臺北市重慶南路一段61號
初版一刷　1983年11月
二版一刷　2004年8月
編　號　E 810300
基本定價　伍元捌角
行政院新聞局登記證局版臺業字第○一九七號

有著作權，不准侵害

ISBN　957-19-2755-4　(平裝)

「比較文學叢書」總序

　　收集在這一個系列的專書反映著兩個主要的方向：其一，這些專書企圖在跨文化、跨國度的文學作品及理論之間，尋求共同的文學規律 (common poetics)、共同的美學據點 (common aesthetic grounds) 的可能性。在這個努力中，我們不隨便信賴權威，尤其是西方文學理論的權威，而希望從不同文化、不同美學的系統裡，分辨出不同的美學據點和假設，從而找出其間的歧異和可能匯通的線路；亦即是說，決不輕率地以甲文化的據點來定奪乙文化的據點及其所產生的觀、感形式、表達程序及評價標準。其二，這些專書中亦有對近年來最新的西方文學理論脈絡的介紹和討論，包括結構主義、現象哲學、符號學、讀者反應美學、詮釋學等，並試探它們被應用到中國文學研究上的可行性及其可能引起的危機。

　　因為我們這裡推出的主要是跨中西文化的比較文學，與歐美文化系統裡的跨國比較文學研究，是大相逕庭的。歐美文化的國家當然各具其獨特的民族性和地方色彩，當然在氣質上互有特出之處；但往深一層看，在很多根源的地方，是完全同出於一個文化體系的，即同出於希羅文化體系。這一點，是很顯明的，只要是專攻歐洲體系中任何一個重要國家的文學，都無法不讀一些希臘和羅馬的文學，因為該國文學裡的觀點、結構、修辭、技巧、文類、題材都要經常溯源到古希臘文化中哲學美學的假設裡、或中世紀修辭學的一些架構，才可以明白透徹。

這裡只需要舉出一本書，便可見歐洲文化系統的統一和持續性的深遠。羅拔特‧寇提斯 (Robert Curtius) 的《歐洲文學與拉丁中世紀時代》一書裡，列舉了無數由古希臘和中世紀拉丁時代成形的宇宙觀、自然觀、題旨、修辭架構、表達策略、批評準據……如何持續不斷的分布到英、法、德、義、西等歐洲作家。我們只要細心去看，很容易便可以把彌爾頓和歌德的某些表達方式、甚至用語，歸源到中世紀流行的修辭的策略。事實上，一個讀過西洋文學批評史的學生，必然會知道，如果我們沒有讀過柏拉圖、亞里斯多德、賀瑞斯 (Horace)、朗吉那斯 (Longinus)，和文藝復興時代的義大利批評家，我們便無法了解菲力普‧席德尼 (Philip Sidney) 的批評模子和題旨，和德萊登批評中的立場，和其他英國批評家對古典法則的延伸和調整。所以當艾略特 (T. S. Eliot) 提到「傳統」時，他要說「自荷馬以來……的歷史意識」。

這兩個平常的簡例，可以說明一個事實：即是，在歐洲文化系統裡（包括由英國及歐洲移植到美洲的美國文學，拉丁美洲國家的文學）所進行的比較文學，比較易於尋出「共同的文學規律」和「共同的美學據點」。所以在西方的比較文學，尤其是較早的比較文學，在命名、定義上的爭論，不是他們所用的批評模子中美學假設合理不合理的問題，而是比較文學研究的對象及範圍的問題。在早期，法國、德國的比較文學學者，都把比較文學研究的對象作為一種文學史來看待。德人稱之為 Vergleichende Literaturgeschichte。法國的卡瑞 (Carré) 並開章明義的說是文學史的一環，他心目中的研究不是藝術上的美學模式、風格……等的衍變史，而是甲國作家與乙國作家，譬如英國的拜倫和俄國的普希金接觸的事實。這個偏重進而探討某作

家的發達史，包括研究某書的被翻譯、評介、其被登載的刊物、譯者、旅人的傳遞情況，當地被接受的情況，來決定影響的幅度（不一定能代表實質）和該作家的聲望（如 Fernand Baldensperger 的批評所代表的），是研究所謂文學的「對外貿易」。這樣的作法——把比較文學的研究對象定位在作品的興亡史——正如威立克 (René Wellek, 1903–1995) 和維斯坦 (Ulrich Weisstein) 所指出的，是外在資料的彙集，沒有文學內在本質的了解，是屬於文學作品的社會學。另外一種目標，更加涇渭難分，即是把民俗學中口頭傳說題旨的追尋、題旨的遷移（即由一個國家或文化遷移到另一個國家或文化的情況，如指出印度的《羅摩衍那》(Ramayana) 是《西遊記》中的孫悟空的前身）視作比較文學。這種作法，往往也是挑出題旨而不加美學上的討論。但如果我們進一步問：印度的《羅摩衍那》在其文化系統裡、在其表義的構織方式中和轉化到中國文化系統裡、在中國特有的美學環境及需要裡有何重要藝術上的蛻變。這樣問則較接近比較文學研究的本質，而異於一般的民俗學。其次，口頭文學（包括初民儀式劇的表現方式）及書寫文學之間的互為影響，亦常是比較文學研究的目標；但只指出影響而沒有對文學規律的發掘，仍然易於流為表面的統計學。比較文學顧名思義，是討論兩國、三國、甚至四、五國間的文學，是所謂用國際的幅度去看文學，如此我們是不是應該把每國文學的獨特性消除，而追求一種完全共通的大統合呢？歌德的「世界文學」的構想常被視為比較文學的代號。但事實上，如威立克所指出，歌德所說是指向未來的一個大理想，當所有的文化確然溶合為一的時候，才是真正「世界文學」的產生。但這理想的達成，是把獨特的消滅而只留共通的美感經驗呢？還是把各國獨特的

質素同時並存，而成為近代美國詩人羅拔特・鄧肯 (Robert Duncan) 所推崇的「全體的研討會」? 如果是前者，則比較文學喪失其發揮文學多樣性的目標，如此的「世界文學」意義不大。近數十年來，文學批評本身發生了新的轉向，就是把文學之作為文學應該具有其獨特本質這一個課題放在研究對象的主位，俄國的形式主義、英美的新批評、現象哲學分派的殷格頓 (Roman Ingarden)，都從「構成文學之成為文學的屬性是什麼?」這個問題入手，去追尋文學中獨有的經驗原型、構織過程、技巧等。這個轉向間接的影響了西方比較文學研究對象的調整，第一，認定前述對象未涉及美感經驗的核心，只敘述或統計外在現象，無法構成可以放諸四海而皆準的美感準據。第二，設法把作品的內在應合統一性視為研究最終的目標。

我們可以看見，這裡對比較文學研究對象有偏重上的爭議，而沒有對他們所用的批評模子中的美學假定、價值假定懷疑。因為事實上，在歐美系統中的比較文學裡，正如維斯坦所說的，是單一的文化體系，在思想、感情、意象上，都有意無意間支持著一個傳統。西方的比較文學家，過去幾乎沒有人用哲學的眼光去質問他們所用的理論之作為理論及批評據點的可行性，或質問其由此而來的所謂共通性共通到什麼程度。譬如「作品自主論」者 (包括形式主義、新批評和殷格頓) 所得出來的「內在應合的統一性」，確是可以成為一切美感的準據嗎?「作品自主論」者因脫離了作品成形的歷史因素而專注於作品內在的「美學結構」，雖然對一篇作品裡肌理織合有細緻詭奇的發揮，也確曾豐富了統計式、考據式的歷史批評，但它反歷史的結果往往導致美學根源應有認識的忽略而凝滯於表面意義的追索。所以一般近期的文學理論，都試圖綜合二者，即在對作品內在美學

結構闡述的同時，設法追溯其各層面的歷史衍化緣由與過程。

問題在於：不管是舊式的統計考據的歷史方法、或是反歷史的「作品自主論」，或是調整過的美學兼歷史衍化的探討，在歐美文化系統的比較文學研究裡，其所應用的批評模子，其歷史意義、美學意義的衍化，其哲學的假定，大體上最後都要歸源到古代希臘柏拉圖和亞里斯多德的「關閉性」的完整、統一的構思，亦即是：把萬變萬化的經驗中所謂無關的事物摒除而只保留合乎先定或預定的邏輯關係的事物，將之串連、劃分而成的完整性和統一性。從這一個構思得來的藝術原則，是否真的放在另一個文化系統——譬如東方文化系統裡——仍可以作準？

是為了針對這一個問題使我寫下了〈東西比較文學中模子的應用〉一文。是為了針對這一個問題使我和我的同道，在我們的研究裡，不隨意輕率信賴西方的理論權威。在我們尋求「共同的文學規律」和「共同的美學據點」的過程中，我們設法避免「壟斷的原則」（以甲文化的準則壟斷乙文化）。因為我們知道，如此做必然會引起歪曲與誤導，無法使讀者（尤其是單語言單文化系統的讀者）同時看到兩個文化的互照互識。互照互對互比互識是要西方讀者了解到世界上有很多作品的成形，可以完全不從柏拉圖和亞里斯多德的美學假定出發，而另有一套文學假定去支持它們；是要中國讀者了解到儒、道、佛的架構之外，還有與它們完全不同的觀物感物程式及價值的判斷。尤欲進者，希望他們因此更能把握住我們傳統理論中更深層的含義；即是，我們另闢的境域只是異於西方，而不是弱於西方。但，我必須加上一句：重新肯定東方並不表示我們應該拒西方於門外，如此做便是重蹈閉關自守的覆轍。所以我在〈東西比

較文學中模子的應用〉特別呼籲：

> 要尋求「共相」，我們必須放棄死守一個「模子」的固執，
> 我們必須要從兩個「模子」同時進行，而且必須尋根探固，
> 必須從其本身的文化立場去看，然後加以比較和對比，始可
> 得到兩者的面貌。

東西比較文學的研究，在適當的發展下，將更能發揮文化交流的真義：開拓更大的視野、互相調整、互相包容。文化交流不是以一個既定的形態去征服另一個文化的形態，而是在互相尊重的態度下，對雙方本身的形態作尋根的了解。克勞第奧‧歸岸 (Claudio Guillén) 教授給筆者的信中有一段話最能指出比較文學將來發展應有的心胸：

> 在某一層意義說來，東西比較文學研究是、或應該是這麼多
> 年來〔西方〕的比較文學研究所準備達致的高潮，只有當兩
> 大系統的詩歌互相認識、互相觀照，一般文學中理論的大爭
> 端始可以全面處理。

在我們初步的探討中，在在可以印證這段話的真實性。譬如文學運動、流派的研究（例：超現實主義、江西詩派……），譬如文學分期（例：文藝復興、浪漫主義時期、晚唐……），譬如文類（例：悲劇、史詩、山水詩……），譬如詩學史，譬如修辭學史（例：中世紀修辭學、六朝修辭學），譬如比較批評史（例：古典主義、擬古典主義……），譬如比較風格論，譬如神話研究，譬如主題學，譬如翻譯學理論，譬如影響研究，譬如文學社會學，譬如文學與其他的藝術的關係……無一可以用西方或中國既定模子、無需調整修改而直貫另一個文學的。這裡只舉出幾

個簡例：如果我們用西方「悲劇」的定義去看中國戲劇，中國有沒有悲劇？如果我們覺得不易拼配，是原定義由於其特有文化演進出來特有的局限呢？還是中國的宇宙觀念不容許有亞里斯多德式的悲劇產生？我們應該把悲劇的觀念局限在亞里斯多德式的觀念嗎？中國戲劇受到普遍接受的時候，與祭神的關係早已脫節，這是不是與希臘式的悲劇無法相提並論的原因？我們應不應該擴大「悲劇」的定義，使其包含不同的時空觀念下經驗顫動的幅度？再舉一例，epic 可以譯為「史詩」嗎？「史」以外還有什麼構成 epic 的元素？西方類型的 epic 中國有沒有？如果有類似的，但沒有發生在古代（正如中國的戲劇沒有成為古代主要的表現形式——起碼沒有留下書寫的記錄而被研討的情形一樣），對中國文學理論的發展與偏重有什麼影響？跟著我們還可以問：西方神話的含義，尤其是加插了心理學解釋的神話的「原始類型」，如「伊底帕斯情意結」（Oedipus Complex，殺父戀母情意結）、納西塞斯（Narcissism，美少年自鑑成水仙的自戀狂）……在中國的文學裡有沒有主宰性的表現？這兩種隱藏在神話裡的經驗類型和西方「唯我、自我中心」的文化傾向有沒有特殊的關係？如果有，用在中國文學的研究裡有什麼困難？

　　顯而易見，這些問題只有在中西比較文學中才能尖銳地被提出來，使我們互照互省。在單一文化的批評系統裡，很不容易注意到其間歧異性的重要。又譬如所謂「分期」、「運動」，在歐美系統裡，是在一個大系統裡的變動，國與國間有連鎖的牽動，由不少相同的因素所引起。所以在描述上，有人取其容易，以大略年代分期。一旦我們跨上中西文化來討論，這往往不可能。中國有完全不同的文學變動，完全不同的分期。在西方的

比較文學中，常有「浪漫時期文學」、「現代主義文學」，集中在
譬如英法德西四國的文學，是正統的比較文學課題。在討論過
程中，因為事實上是有相關相交的推動元素，所以很自然的也
不懷疑年代之被用作分期的手段。如果我們假設出這樣一個題
目：「中國文學中的浪漫主義」，我們便完全不能把「浪漫主義」
看作「分期」，由於中國文學裡沒有這樣一個文化的運動（五四
運動裡浪漫主義的問題另有其複雜性，見筆者的 "Historical To-
tality and the Studies of Modern Chinese Literature," *Tamkang Re-
view*, 10.1–2 [Autum & Winter, 1979]: 35–55），我們或者應該否
定這個題目；但這個題目顯然另有要求，便是要尋求出「浪漫
主義」的特質，包括構成這些特質的歷史因素。如此想法，「分
期」的意義便有了不同的重心。事實上，在西方關於「分期」
的比較文學研究裡，較成功的，都是著重特質的衡定。

由是，我們便必須在這些「模子」的導向以外，另外尋求
新的起點。這裡我們不妨借亞伯拉姆斯 (M. H. Abrams) 所提出
的有關一個作品形成所不可或缺的條件，即世界、作者、作品、
讀者四項，略加增修，來列出文學理論架構形成的幾個領域，
再從這幾個領域裡提出一些理論架構形成的導向或偏重。在我
們列舉這些可能的架構之前，必須有所說明。第一，我們只借
亞氏所提出的條件，我們還要加上我們所認識到的元素，但不
打算依從亞氏所提出的四種理論；他所提出的四種理論：模擬
論 (Mimetic Theory)、表現論 (Expressive Theory)、實用論 (Prag-
matic Theory) 和美感客體論 (Objective Theory，因為是指「作
品自主論」，故譯為「美感客體論」)，是從西方批評系統演繹出
來的，其含義與美感領域與中國可能具有的「模擬論」、「表現
論」、「實用論」及至今未能明確決定有無的「美感客體論」，有

相當歷史文化美學的差距。這方面的探討可見劉若愚先生的《中國文學理論》一書中拼配的嘗試及所呈現的困難。第二，因為這只是一篇序言，我們在此提出的理論架構，只要說明中西比較文學探討的導向，故無意把東西種種文學理論的形成、含義、美感範疇作全面的討論（我另有長文分條縷述）。在此讓我們作扼要的說明。

經驗告訴我們，一篇作品產生的前後，有五個必需的據點：㈠作者，㈡作者觀、感的世界（物象、人、事件），㈢作品，㈣承受作品的讀者和㈤作者所需要用以運思表達、作品所需要以之成形體現、讀者所依賴來了解作品的語言領域（包括文化歷史因素）。在這五個必需的據點之間，有不同的導向和偏重所引起的理論，其大者可分為六種。茲先以簡圖表出。

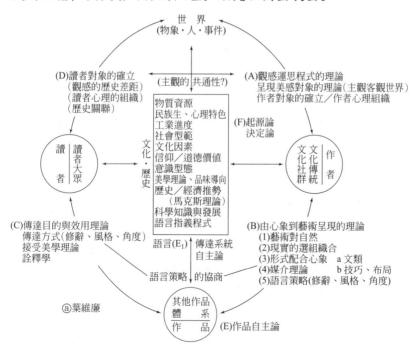

　(A)作者通過文化、歷史、語言去觀察感應世界，他對世界（自然現象、人物、事件）的選擇和認知（所謂世界觀）和他採取的觀點（著眼於自然現象？人事層？作者的內心世界？）將決定他觀感運思的程式（關於觀、感程式的理論，譬如道家對真實具體世界的肯定和柏拉圖對真實具體世界的否定）、決定作品所呈現的美感對象（關於呈現對象的理論，譬如中西文學模擬論中的差距，譬如自然現象、人事層、作者的內心世界不同的偏重等）、及相應變化的語言策略（見(B)）。作者對象的確立、運思活動的程序、美感經驗的源起的考慮，各自都產生不同的理論。

　(B)作者觀、感世界所得的經驗（或稱為心象），要通過文字將它呈現、表達出來，這裡牽涉到藝術安排設計（表達）的幾項理論，包括(1)藝術（語言是人為的產物）能不能成為自然的討論。(2)作者如何去結構現實：所謂「普遍性」即是選擇過的部分現實；所謂「原始類型」的經驗即是「減縮過」的經驗。至於其他所提供的「具體的普遍性」、「經驗二分對立現象」，如李維史陀 (Lévi-Strauss) 的結構主義所提出的、如用空間觀念統合經驗、用時間觀念串連現實、用卦象互指互飾互參互解的方式貫徹構織現實，都是介乎未用語與用語之間的理論。(3)形式如何與心象配合、協商、變通。這裡可以分為兩類理論：(a)文類的理論：形成的歷史，所負載的特色、配合新經驗時所面臨的調整和變通等（請參照前面有關「文類」的簡述）。(b)技巧理論。(4)語言作為一種表達媒介本身的潛能與限制的討論，如跨媒體表現問題的理論。(5)語言策略的理論，包括語言的層次，語法的處理，對仗的應用，意象、比喻、象徵的安排，觀點、角度……等。有些理論集中在語言的策略如何配合原來的心象；

但在實踐上，往往還會受制於讀者，所以有些理論會偏重於作者就「作品對讀者的效用」（見(C)）和「讀者的歷史差距和觀感差距」（見(D)）所作出的語言的調整。

(C)一篇作品的成品，可以從作者讀者兩方面去看。由作者方面考慮，是他作品對讀者的意向，即作品的目的與效果論（「教人」、「感人」、「悅人」、「滌人」、「正風」、「和政」、「載道」、「美化」……）。接著這些意向所推進的理論便是要達成目的與效用的傳達方式，即說服或感染讀者應有的修辭、風格、角度的考慮。（這一部分即與(B)中語言策略的考慮相協調。）

從讀者（包括批評家）方面考慮，是接受過程中作品傳達系統的認識與讀者美感反應的關係。譬如有人要找出人類共通的傳達模式（如以語言學為基礎的結構主義所追尋的所謂「深層結構」，如語言作為符號所形成的有線有面可尋的意指系統）。

由作者的意向考慮或由讀者接受的角度考慮都不能缺少的是「意義如何產生、意義如何確立」的詮釋學。詮釋學的理論近年更由「封閉式」的論點（主張有絕對客觀的意義層）轉而為「開放式」的探討：一個作品有許多層意義，文字裡的，文字外的，由聲音演出的（語姿、語調、態度、情緒、意圖、意向），與讀者無聲的對話所引起的，讀者因時代不同、教育不同、興味不同而引發出來的……「意義」是變動不居，餘緒不絕的一個生長體，在傳達理論研究裡最具哲學的深奧性。

(D)讀者（包括觀眾）既然間接的牽制著作者的構思、選詞、語態，所以讀者對象的確立是很重要的，但作者只有一個，往往都很難確立，讀者何止千萬，我們如何去範定作者意屬的讀者群（假定有這樣一個可以辨定的讀者群的話）？作者在虛實之間如何找出他語言應有的指標？反過來說，如果作者有一定的

讀者對象作準（譬如「普羅」、「工農兵」、「婦解女性」、「教徒」……），其選擇語言的結果又如何？讀者對象在作者創作上的美學意義是什麼？他觀、感世界的視限（歷史差距）和作者的主觀意識間有著何種相應的變化？因為這個差距，於是亦有人企圖發掘讀者心理的組織，試著將它看作與作者心理結構互通的據點，所謂「主觀共通性」的假設。這裡頭問題重重。這個領域在我國甚少作理論上的探討，而在外國亦缺乏充分的發展。顯而易見，這個領域的理論雖未充分發展，但俱發生在創作與閱讀兩個過程裡。事實上，從來沒有人能夠實際的「自說自話」。

　　(E)一篇作品完成出版後，是一個存在。它可以不依賴作者而不斷的與讀者交往、交談；它不但能對現在的讀者，還可以跨時空的對將來的讀者傳達交談。所以有人認為它一旦寫成，便自身具有一個完整的傳達系統，自成一個有一定律動自身具足的世界，可以脫離它源生的文化歷史環境而獨立存在。持這個觀點的理論家，正如我前面說過的，一反一般根植於文化歷史的批評，而專注於作品內在世界的組織。（俄國形式主義、新批評、殷格頓的現象主義批評）接近這個想法，而把重點放在語言上的是結構主義，把語言視為一獨立自主超脫時空的傳達系統，而把語言的歷史性和讀者的歷史性一同視為次要的、甚至無關重要的東西。這是作品或語言自主論最大的危機。

　　(F)由以上五種導向可能產生的理論，不管是在觀、感程式、表達程式、傳達與接受系統的研究，作者和讀者對象的把握，甚至於連「作品自主論」，無一可以離開它們文化歷史環境的基源。所謂文化歷史環境，指的是最廣的社會文化，包括「物質資源」、「民族或個人生理、心理的特色」、「工業技術的發展」、「社會的型範」、「文化的因素」、「宗教信仰」、「道德價值」、「意

識形態」、「美學理論與品味的導向」、「歷史推勢（包括經濟推勢）」、「科學知識與發展」、「語言的指義程式的衍化」……等。作者觀、感世界和表達他既得心象所採取的方式，是決定於這些條件下構成的「美學文化傳統與社群」；一個作品的形成及傳達的潛能，是決定於這些條件下產生的「作品體系」所提供的角度與挑戰；一個作品被接受的程度，是決定於這些條件所造成的「讀者大眾」。

但導向文化歷史的理論，很容易把討論完全走出作品之外，背棄作品之為作品的美學屬性，而集中在社會文化現象的縷述。尤有進者，因為只著眼在社會文化素材作為批評的對象，往往會為一種意識型態服役而走上實用論，走上機械論，如庸俗的馬列主義所提出的社會主義現實主義。但考慮到歷史整體性的理論家，則會在社會文化素材中企圖找出「宇宙秩序」（道之文——天象、地形）、「社會秩序」（人文——社會組織、人際關係）及「美學秩序」（美文——文學肌理的構織）三面同體互通共照，彷彿三種不同的意符（自然現象事物、社會現象事物、語言符號）同享一個脈絡。關於這一個理想的批評領域仍待發展。一般導向文化歷史的理論的例子有(a)作者私生活的發掘，包括心理傳記的研寫；(b)作者本職的研究，包括出版與流傳的考證；(c)社會形象的分析；(d)某些社會態度、道德規範的探索，包括精神分析影響下的行為型範（如把虐待狂和被虐待狂視作一切行為活動的指標）；(e)大眾「品味」流變的歷史；(f)文學運動與政治或意識形態的關係；(g)經濟結構帶動意識形態的成長；比較注重「藝術性」，但仍未達致上述理想的批評領域的有(h)文類與經濟變遷的關係；(i)音律、形式與歷史的需求；或(j)既成文類和因襲形式本身內在衍化的歷史與社會動力的關係。一般說

來，歷史與美學、意識形態與形式的融合還未得到適切的發展。

　　我們在中西比較文學的研究中，要尋求共同的文學規律、共同的美學據點，首要的，就是就每一個批評導向裡的理論，找出它們各個在東方西方兩個文化美學傳統裡生成演化的「同」與「異」，在它們互照互對互比互識的過程中，找出一些發自共同美學據點的問題，然後才用其相同或近似的表現程序來印證跨文化美學匯通的可能。但正如我前面說的，我們不要只找同而消除異（所謂得淡如水的「普通」而消滅濃如蜜的「特殊」），我們還要藉異而識同，藉無而得有。在我們計畫的比較文學叢書中，我們不敢說已經把上面簡列的理論完全弄得通透，同異全識，歷史與美學全然匯通；但這確然是我們的理想與胸懷。這裡的文章只能說是朝著這個理想與胸懷所踏出的第一步。在第二系列的書裡，我們將再試探上列批評架構裡其他的層面，也許那時，更多「同異全識」的先進不嫌而拔刀相助，由互照推進到互識，那麼，我們的第一步便沒有虛踏了。

　　　　　　　　　　　　　　　　　　葉維廉

　　　　　　　　　　　　　1982 年 10 月於聖地雅谷

附錄：比較文學論文叢書第一批目錄

一、葉維廉：《比較詩學》
二、張漢良：《比較文學理論與實踐》
三、周英雄：《結構主義與中國文學》
四、鄭樹森：《中美文學因緣》（編）
五、侯健：《中國小說比較研究》
六、王建元：《雄渾觀念：東西美學立場的比較》
七、古添洪：《記號詩學》
八、鄭樹森：《現象學與文學批評》
九、陳鵬翔：《主題學研究論文集》（編）

參考書目：

這裡只列舉其要，分中西方兩部分，著重理論及問題的探討。因為本文舉了不少西方的例子，先列西方典籍與論文。

甲：外文

一、比較文學理論：

Wellek & Warren. *Theory of Literature*. 3rd.ed: 1962

Aldridge, A. Owen, ed. *Comparative Literature: Matter and Method*, 1969

Stallknecht N. P. and Horst Frenz, ed. *Comparative Literature: Method and Perspective*, Rev.ed; 1971

Etiemble, René, *Comparaison nést pas raison: La Crise de la Littérature Comparée,* 1963; English Version: *The Crisis in Comparative Literature*, tr. G. Joyaux and H. Weisinger (Michigan

State U. Press, 1966)

Guillén, Claudio, *Literature as System: Essays Toward the Theory of Literary History*, 1971

Van Tieghem, Paul, *La Littérature Comparée*, 1931（中文版：戴望舒譯：《比較文學論》商務，一九六六臺版）

Weisstein, Ulrich, *Comparative Literature and Literary Theory*, 1973

V. M. Zhirmunsky, "On the Study of Comparative Literature," *Oxford Slavic Papers*, 1967

二、比較文學與中世紀文學：

Curtius, E. R., *European Literature and the Latin Middle Ages*, tr. W. R. Trask, 1973

三、「世界文學」的觀念：

Strich, Fritz, *Goethe and World Literature*, tr. C. A. M. Sym, 1949

Remak, Henry H. H., "The Impact of Cosmopolitanim and Nationalism on Comparative Literature from the 1880s to the post-World War II Period," *Proceedings IV*, Vol. 1: 390–397

四、比較文學專題研究：

Block, Haskell M., "The Concept of Influence in Comparative Literature," *YCGL 7* (1958): 30–37

Guillén, Claudio, "The Aesthetics of Literary Influence," in *Literature as System* 1971: 17–52

Guillén, Claudio, "A Note on Influences and Conventions," in *Literature as System*, 53–68

Wai-lim Yip, "Reflections on Historical Totality and the Studies of Modern Chinese Literature," *Tamkang Review*, 10.1–2 (Autumn & Winter, 1979): 35–55

Ihab Hassan, "The Problem of Influence in Literary History: Notes Toward a Definition," *Journal of Aesthetics and Art Criticism*, 14 (1955): 66–76

Arrowsmith, William & Roger Shattuck, eds. *The Craft and Content of Translation*, 1961

Brower, Reuben A., ed. *On Translation*, 1966

Wellek, René, "Periods and Movements in Literary History," *English Institute Annual for* 1940

Poggioli, Renato, "A Symposium on Periods," *New Literary History: A Journal of Theory and Interpretation, I.* (1970)

Miles, Josephine, "Eras in English Poetry," *PMLA*, 70 (1955): 853–75

   Examples of Period Studies

     1. Renaissance: Panofsky, Erwin, "Renaissance and Renascences," *Kenyon Review*, 6 (1944): 201–36

     2. Classicism: Levin, Harry, "Contexts of the Classical," *Contexts of Criticism*, (Cambridge, Mass., 1957): 38–54

     3. Baroque: Wellek, René, "The Concept of Baroque in Literary Scholarship," *Journal of Aesthetics*, 5 (1946): 77–109

     4. Romanticism: Wellek René, "The Concept of Romanticism in Literary Scholarship," *Comparative Literature 1* (1949): 1–23, 147–72

5. Realism: Harry Levin, "A Symposium on Real
ism", *Comparative Literature 3* (1957): 193–285

Guillén, Claudio, "On the Uses of Literary Genre," *Literature as System*: 107–34

Levin, Harry, "Thematics and Criticism," *The Disciplines of Criticism*, ed. P. Demetz, T. Greene and L. Nelson, 1968: 125–45

E. Auerbach, *Mimesis*, tr. W. R. Trask, 1953

Monro, Thomas, *The Arts and Their Interrelations*

Praz, Mario, *Mnemosyne: The Parallel between Literature and the Visual Arts*, 1970

L. Spitzer, *Liguistics & Literary History*, 1948

N. Frye, *Anatomy of Criticism*, 1957

五、文學理論：（從略）

乙：中文

一、比較文學理論：

1. 錢鍾書：《談藝錄》（上海：開明，一九三七）（部分）

2. 錢鍾書：《舊文四篇》（上海：上海古籍，1979）（部分）

3. 錢鍾書：《管錐篇》三冊（香港：太平，一九八○）（部分）

4. 陳世驤：《陳世驤文存》（臺北：志文，一九七二）

5. 劉若愚：《中國文學理論》（杜國清譯，臺北：聯經，一九八一）

6. 葉維廉：《飲之太和》（臺北：時報，一九七八）

7. 葉維廉編：《中國古典文學比較研究》（臺北：黎明，一九七七）

8. 鄭樹森、周英雄、袁鶴翔：《中西比較文學論集》（臺北：

時報，一九八〇）

9. 袁鶴翔：〈中西比較文學定義的探討〉，《中外文學》四卷三期（八・一九七五）二四－五一；〈他山之石：比較文學、方法、批評與中國文學研究〉，《中外文學》五卷八期（一一・一九七七）六－一九

10. 顏元叔：〈何謂比較文學〉，見顏著：《文學的史與評》（臺北：四季，一九七六）一〇一－一〇九

11. 張漢良：〈比較文學研究的範疇〉，《中外文學》六卷十期（三・一九七八）九四－一一三

12. 李達三：《比較文學研究之新方向》（臺北：聯經，一九七八）

13. 古添洪：〈中西比較文學：範疇、方法、精神的初探〉，《中外文學》七卷十一期（四・一九七八）七四－九四

14. 鄭樹森：《文學理論與比較文學》（臺北：時報，一九八二）

二、比較文學專題研究：

見鄭樹森的〈比較文學中文資料目錄〉，刊在前列《中西比較文學論集》三六一－四一二，極為詳盡，內分：

A、理論

B、影響研究

  ㈠中國與西方

  ㈡中英

  ㈢中法

  ㈣中德

  ㈤中俄

  ㈥中美

  ㈦中日

㈧中韓

㈨中印

C、平行研究

㈠詩

㈡小說

㈢戲劇

㈣文學批評

㈤其他

因為極為詳盡，在此不再另列。

　丙：專刊中西比較文學的刊物

1.《中外文學》（臺灣大學外文系出版）

2. *Tamkang Review*（臺灣淡江大學外文系出版）

3. 香港中文大學比較文學研究中心不定期集刊，已出版的有
　二冊：

　㈎ Tay, Chou & Yuan, eds. *China and the West: Comparative Literature Studies*, 1980

　㈏ J. Deeney, ed. *Chinese-Western Comparative Literature: Theory & Strategy*, 1980

再版序

　　真沒料想到，我主編的這本《主題學研究論文集》在出版了二十年後，竟然還有機會再版。我更沒有預料到，這本編著（尤其是拙作〈主題學研究與中國文學〉〔英文版在淡江大學主辦的「第四屆國際比較文學會議上宣讀」，修訂版輯入 *Tamkang Review* 14.1–4 (1983–1984) 刊出〕在過去這些年以來，竟然受到相當的重視，引用者也愈來愈多。

　　趁這次再版的機會，我不僅給拙文做了些許文字潤飾，更把撰寫格式做了合乎時宜的修訂，俾使它更經得起學術上的考驗。至於論點，由於有歷史進展的時空考慮，並未做大幅度之翻新。在這方面讀者如果對主題學有興趣，可找筆者在另一個國際場合發表的〈主題學理論與歷史證據〉（1996 以及 2001）來參照，或參考筆者此次才納入本書的一篇介紹性評論〈主題學研究的復興〉。

　　同樣的文詞以及論文撰述格式修訂也見於本人另一篇文章〈中西文學裡的火神〉之中。這篇拙作當時係用英文撰寫並且發表在師大英語系系刊上頭，為了能及時在《中外文學》上頭刊出以收入本論文集，當時係情商老友李有成博士（今中研院歐美所所長；那時他還在臺大唸博士班）與內人趕譯出來的，匆忙之間，當然有一些格式以及文詞上的小弊病，本人當時都來不及跟他們研究潤飾，這一次我都儘量做了一些訂正。其實，在訂正過程之中，才驟然驚覺，其實他們兩位的翻譯水準特高，

技術上的瑕疵全都是本人的疏忽惹出來的。在此，我不僅要特別指出他們對拙文翻譯的貢獻，還得衷心感謝他們當時不斷開夜車將拙文趕譯，此情此景，豈是區區一個「感激」所能道盡！

　　至於其他各文，東大圖書公司的編輯先生發揮了最高的專業，連一個標點符號都不放過，對任何相關建議，我都花了時間仔細對照，以揣測某些原文的疏忽而加以修正，以期做到盡善盡美。

　　王立教授在近年出版的《宗教民俗文獻與小說母題》（吉林，2001 年）一書中，他曾兩度提到筆者給東大編輯的這本論文集以及拙作〈主題學研究與中國文學〉對開拓中西主題學比較研究的棉薄貢獻。茲引錄如下：

> 陳鵬翔主編的《主題學研究論文集》（臺北：東大 1983 年出版）面世，標誌著這一研究方法正式開始從民俗故事研究領域向文學主題學研究領域過渡。（頁 39）
> 進入 20 世紀 80 年代后，較早將主題學理論復歸、引進、拓展的，都是陳鵬翔教授與謝天振教授。
> 陳鵬翔教授 1979 年完成的博士論文《中英古典詩歌裡的秋天：主題學研究》〔英文〕即開始了對中國文學意象母題和套語的探討，1983 年發表的〈主題學研究與中國文學〉一文，更是將主題學理論引進中國文學研究的典範之作；他主編的同名論文集較為偏重與民俗、神話切近的個案性文學主題，尤其重視將西方理論引進，提供了許多啟人思考的課題與思路。（頁 456）

筆者這樣引錄王文，冀望有心人不要以為本人是在往自己臉上

貼金。1983 年 7 月我在《中外文學》發表了〈主題學研究與中國文學〉這篇論文以來，直接或間接受到我和謝天振的啟發而完成的研究論文已經非常多，王金生的《白兔記故事研究》（文大，1986）、洪淑苓的《牛郎織女研究》（臺大，1987）以及王立的《中國古代文學十大主題》（沈陽，1990）等等都只是啟始而已，二十世紀九十年代中期以來，利用主題史與主題學的理念撰寫的單篇論文或是學位論文更多，在這方面，有心的讀者只要上網去檢索一下國內的碩博士論文摘要以及國科會每年補助的研究成果即可獲得證實。可是，令人感到遺憾的仍然是，真正能做中西方比較研究的論著依然如鳳毛麟角。

在西方學術界，主題學研究自二十世紀八十年代中期復興以來，它大都跟婦女／性別研究、黑人研究、文化研究、意識型態研究和新歷史主義等等結合在一起，讀者已很難在美國現代語言學會出版的國際書目裡頭的「主題」這個標題下找到條目，而「母題」這個項目又被納入「主導性主題」(leitmotif) 項下，有時可能連一個條目都找不到，可這些表相並不表示主題學研究已自學界研究中消失，相反地，我們應該說，這只僅僅表示研究分類的轉變而已，主題學研究實已侵入到各種研究領域之中。

相對於學界主題研究的大量成長，主題人物在媒體與作家手中的變異可也叫人驚歎與驚駭。有關包公（包青天）的故事不斷在電視上被翻演／再現固然跟一般老百姓對正義的無法申張與期待有關，可是白蛇故事的不斷在傳媒與文壇上冒現，其所傳達的意含可就複雜多了。人們固然可以從抨擊父權體制這個角度來看待它的孳乳變異現象；相反地，人們是否也從中看到自己的以及時代的慾望在其中獲致某種宣洩？從這個角度來

看有關文本，有人竟然在白蛇與小青的關係上大做文章，說她們是同女的符具或具體化；這麼一來，她們竟都是女性軀體 (female body) 或是女性意識或自我 (female self / female identity) 的象徵了。主題人物的變異竟然可以變異到這個地步，這恐怕任誰也都無法否認這是女性主義造成的。另一方面，若從傅柯的權力與話語的關聯角度來分析白蛇故事／傳說在傳媒上頭的無限上綱，這顯然都跟權力的運作／操控有關。而到底這種權力機制是主流的抑或是另類的應該不是最重要的，重要的應是它竟然能發揮作用吧!

　　最後我要說的是，在民間故事、傳說研究方面很重要的幾本著作如丁乃通的《中國民間故事類型索引》(1978) 和史蒂‧湯姆森的《民間故事類型學》(1961)，它們在 1986 年以及 1991 年都有了中文譯本，這對研究民間故事／傳記的分類固然極為重要，對於主題學研究也應是很值得重視的事。在類似這樣的一些重要著作都陸續翻譯成中文之後，主題學研究如果能夠在二十一世紀發展得更加輝煌，那應該是頗可期許的一件事。

陳鵬翔　　　2004.04.11 臺北

原　序

　　蒐集在這本論文集裡的主要文章，是從比較文學的角度探討的，在精神上和葉維廉教授所提供的架構有著一定的呼應；但為了使主題學的某些層面更加透徹，這裡也收了一些不盡然是從比較文學立場出發的文章，作為一種印證與延伸，有些甚至只可視為主題史的研究；但是，它們在考證某一個主題的源流或在立說上頗有可取，可為真正的主題學研究奠基。

　　主題學還是一門正在擴展中的學問，冀望讀者在讀完本書後，能有所啟悟，在理論上或某一主題的研究上有所發揮及建樹，相信本書的各位作者一定會感到萬分欣慰。

七十二年八月五日
陳鵬翔於師大英語系

主題學研究論文集　　目次

主題學研究的復興

陳鵬翔

　　主題學研究自從 60 年代末 70 年代初期復甦以來（Levin 的兩篇理論文章，杜勒謝的〈從母題素到母題〉以及威斯坦和姚斯特著作中的篇章具可為例證），西方國家對神話傳說人物如普羅米修士、唐璜和浮士德等的研究著作已相繼面世，因此我認為麥柯費 (Major Gerald McGough) 的博士論文《主題史／主題學：歷史綜述與實踐》(1975) 可為這十來年間的時間界標。自 80 年代以來，應用英文寫成的主題學理論和文章當在十篇左右（包括歸岸 1993 年於哈佛大學出版的著作中那篇〈主題：主題學〉）、著作以及會議論文集當在六本左右，這就難怪 1993 年由哈佛大學出版社出版的一本論文集要取名《主題學批評的復興》(*The Return of Thematic Criticism*) 了。包括該書編者沙勒茲 (W. Sollors) 以及論者杜魯松 (R. Trousson) 和吉爾曼 (S. L. Gilman) 等人都異口同聲指出，近年來美國學界已重新對主題學發生興趣（頁 XiV，290 和 294），這未嘗不是一個可喜的現象。❶ 在中文方面，我用中英文草成的那篇〈主題學研究與中國文學〉一直是海內外中文比較文學界的教材或參考資料，受

---

❶　有關西方主題學理論的書目，讀者早期可參考威斯坦的〈比較文學與文學理論〉(Bloomington: Indiana UP, 1973)，頁 295–296；雷文的〈母題〉，收入 *Dictionary of the History of Ideas*, Philip P. Wiener 等編 (New York: Charles Scribner's Sons, 1973) 第三冊第 243–244 頁以及 Theodore Ziolkowski, *Varieties of lierary Thematics* (Princeton: Princeton UP, 1983)：頁 201–227；近期可參考 Werner Sollors 編的 *The Return of Thematic Criticism* (Cambridge, MA: Harvard UP, 1993)，頁 301–321。

到這篇文章啟發的論文和著作除了王立教授的以外，我手頭實在沒有仔細的統計資料。在臺灣，據我所接觸，碩士論文像王金生的〈白兔記故事研究〉(1986) 以及洪淑苓的〈牛郎織女研究〉(1987) 等都是在有意識吸收主題學理論或者參考了我的論文後寫成的（因為他們不是向我請教過就是論文口試時找了我去當委員，故可確定也），很可惜都尚未能進入到主題學理論的拓展，甚至連主題學理論裡的主題 (theme) 不僅指抽象的概念（即語意的層次）也同時指具象的人物（即所謂的「前譬喻性的」主題人物，亦即句構的層次）這個簡單卻是非常重要的概念都無法搞清楚，因而他們的論述仍只能停滯在考述神話傳說人物的源流系統（亦即停滯在傳統的主題史研究）上頭，無法像柏勒普 (V. Propp) 那樣採取並時性分析法，把故事解剖與重構 (decompose and recompose)，然後凸顯它們的深層結構並把它們句構化、符碼化或圖表化。同樣的缺失也可以在大陸學者的主題研究論著中見到。不過不管怎麼說，臺灣與大陸學界受到主題學理論的啟發而寫成的論文已經不在少數 ❷。可是正如

---

❷ 1986 年 6 月底我去陽明山參加王金生的碩士論文答辯，會後曾永義教授對我說：「你那篇論文給我們學界帶來不少主題學研究論文。」自 1984 年 7 月我在《中外文學》發表〈主題學研究與中國文學〉迄今，除了本文提到的王金生和洪淑苓的論文外，還有蕭登福的《漢魏六朝佛道兩教之天堂地獄說》（臺北：學生書局，1989）和《先秦兩漢冥界及神仙思想探原》（臺北：學生書局，1990），林幸謙的〈生命情結的反思：白先勇小說主題思想之研究〉和黎活仁的《現代中國文學的時間觀與空間觀》（臺北：業強，1993）等等。近年來，利用主題學理論撰寫成之中英文碩士論文更是所在多有。單單我本人即曾在臺師大國文所指導三本博士論文：陳大為的《亞洲中文現代詩的都市書寫》(2000 年)、鍾怡雯的《亞洲華文散文的中國圖象》(2000 年) 和李癸雲的《朦朧‧清明與流動──論臺灣現代女性詩作中的女性主體》(2001 年)。中文系中同事即常常跟我提到他們系裡在這方面研究的成果／長。

李漢亭在十四、五年前所寫的一篇綜覽性文章所指陳的：

> 跨國性的主題學論題，應該是臺灣〔和大陸〕可以大量
> 墾拓的對象，因為中國在文化上主導東亞數千年，民俗
> 故事或一般觀念給予四鄰的影響相當充沛。若以接受而
> 言，印度佛教母題影響中國文學處同樣不少。種種因緣
> 皆顯示臺灣學者擁有足夠的文化資源，可以在跨國性的
> 主題學領域中發揮所長。然而，事實遠非如此：專書不
> 論，單篇論文處理的仍以本國民俗主題母題的演變為主，
> 跨出門檻者極少，原因何在？（頁53）

　　臺灣與大陸學界為何還那麼缺乏實質比較性的主題學論
文？李漢亭以為是西方這一套理論本身的歧異所造成的後果，
我卻無法苟同。我認為，一來當然是我們對這一套理論的介紹
做得不夠；但是，最關鍵的應是我們學界本身缺乏宏觀思想，
以致培養出來的學生都急功好利，不能虛心去找教授討教，不
能把語文此一工具搞好。西方自 1985 年底開始，已為主題學大
約召開了六次研討會或國際會議，這些會議成果不是出版成學
報的專號就是以專書面世（沙勒茲，頁 xiv—xv 和 301），總之
到了 80 年代末年，他們真的已下定決心要結束對主題學的「憎
惡」❸。

　　主題學發軔於 19 世紀末德國的民俗學，其發展線索迄今約

❸ 布列蒙 (C. Bremood) 和巴維爾 (T. Pavel) 給他們編的專號《主題的變異》
Communications 47(1988) 寫了一篇後記叫做〈結束憎惡〉(La fin d'un
anathème)；"anathema" 有「被憎恨之物」或「被詛咒之物」的意思，沙
勒茲在其序文中提到這篇後記之標題的意義非常「恰切」（頁 xiv），亦即
學界應結束對主題學理論以及研究的憎惡和偏見。

為：

　　㈠ 19 世紀末以迄 20 世紀 50 年代：主題史 (Stof-fgeschichte)；

　　㈡ 60 年代至 80 代中期：主題學 (thematics 或 thematology)；

　　㈢ 80 年代中期以來：主題學題目被納入流行的各課題之中（根據沙勒茲，這些課題有族群屬性、族群性、族群中心論、女性軀體、女性隱喻、女性本體、婚姻、性欲、社會階級和社會身分等等〔頁 xii〕）。

　　但是，我們必須指出，理論的發展與實際主題研究並未全方位互輔以及相互支援，因為有些實踐研究未必是有意識地在理論的引導下完成的。早期對某一主題的源流考索採取的是異時性研究法，到了柏勒普和李維史陀對主題的深層結構分析流行後，主題學從此側重的是並時的句構研究法，可主題的語意剖析並未從此就消失。

　　同樣地，到了 1984 年之後，在理論上像柴歐考斯基 (T. Zi-olkowski) 那樣，仍以繫聯文學作品中的「主題、母題和意象」跟其「社會、文化以及歷史背景」（頁 ix）的做法並未絕跡（也不可能絕跡），惟更值得我們注意的恐怕還應是像朱可夫斯基 (A. Zholkwski) 和薛柯夫 (Yu. Shcheglov) 的衍生／表達性詩學。這兩位蘇俄結構主義理論家仍舊沿襲柏勒普於 1928 年在《民間故事型態學》一書中所揭露的企圖（即把一位作家的著作歸結成一兩個句子），他們企圖把文學研究模式化❹。他們要

---

❹ 他們自 1962 年即開始合作提倡結構主義詩學，但第一篇翻譯成英文在英美世界發表的論文（由 L. M. O'Toole 為之，發表在 *Russian Poetics in Translations* 第一輯上頭）卻要遲至 1975 年；此後，他們的論文才在《詩

找出「主題→文本」的標準衍生序，亦即確立主題與文本的「契合邏輯」(朱可夫斯基，頁 28)。朱氏認為，「主題是明確歸結出來的一些指涉性或語碼範圍常數，文本即根據表達性技巧從這些常數中推演得來」(頁 25)。換言之，文本即由發揮表達性技巧而得到。表達性技巧 (expressive devices，簡作 EDs) 是結合主題與文本的一些運作法則 (operational rules)，根據朱和薛，這些法則只有後列這十種而已：具體化、擴增、重複、變異、細分、對比、協調、結合、預備和減縮 (朱可夫斯基，頁 25；薛和朱，頁 2)。問題是，我們在實踐運用這些法則／單元在分析文本時，我們常會發覺，這十個表達性技巧可能會合併產生新的表達性技巧，如是觀之，則它們的數目必然會超過十個。比這個更嚴重的問題是，我們用什麼法則來引導規範這種種結合？(丁格特，頁 99)

　　朱和薛的衍生詩學係從作者的角度著手 (writer-oriented)，他們所建立的是「主題 $\underset{\longrightarrow}{EDs}$ 文本」這個文本衍生模子；相反地，另一批從事主題學科學研究法的學者像畢琳斯 (G. Prince) 和林蒙‧柯南 (S. Rimmon-Kenan) 則從讀者的角度著手，從事的是文本「主題化」("Theming" 為畢琳斯一文的標題) 的建構。以畢琳斯的理論來看，他非常重視閱讀時的情境，據他說：「欲加以主題化的文本總是包括了主題分析者的情境。甚至更明白地說，我老是建構我做主題分析的作品」(引見丁格特，頁 102)。

學》、《詩學與文學理論》和《新文學史》等英文學報上出現，並受到西方學者的注意。朱可夫斯基的第一本英文著作《主題與文本》於 1984 年由康乃爾大學出版。在西方，他們的結構主義詩學分別被稱為蘇俄衍生詩學、文學能力的「主題 $\underset{\longrightarrow}{EDs}$ 文本」模子或表達性詩學，模式化後即為「主題→文本」這個模子(「表意性技巧」共有十個，可參見 Zholkovsky，頁 25 以及 Shcheglov & Zholkovsky，頁 2)。

跟朱和薛全然不顧閱讀時的情境不同，畢琳斯認識到不同的讀者會導出不同的主題化過程。由於害怕流為徹底的主觀論，他還提出了表現的均衡、中心性、架構的具體性和範圍四項約束法則以為限制，當然這些都只是一些依據經驗即可歸結而得的原則，它們並不需要太多的文字來加以論述。

　　自作者的角度逐漸進展到從讀者的角度來研究討論文本，這一條軌跡正說明了西方自新批評研究法進展到結構主義然後再過渡到後結構主義（其中包括了解構論、新歷史主義和部分女性主義等）。這些方法的興替過程時間將近過了八、九十年。在這些年裡頭，這些種主流／宰執閱讀方法的摧腐拉朽，不僅造就、推展了全新的論述，在主題學的視域來看，它們亦促使作家對民俗素材（主題人物）甚至古典著作進行了各種顛覆性的改寫，不管我們稱這些改造為「重估」、「修訂」甚或「篡改」等❺，這些作為可真是石破天驚地劇烈。

　　在西方，早一些的名著像喬伊斯 (1882–1941) 的《尤利西斯》(1922)，安奴伊 (Jean Anouieh, 1910–1987) 的《安蒂柯妮》(1942)，湯姆斯・曼 (1875–1955) 的《浮士德博士》(1947) 和羅厄爾 (1917–1977) 的《被縛的普羅米修士》(1967) 等是否受到文學理論的影響而創作出來尚有待求證。可是，吳爾芙 (Christ Wolf) 的《卡珊卓》(1983) 和吉琳涅 (Elfrieda Jelinek) 的《諾拉出走了之後》(*What Happened after Nora Left Her Husband, or Pillars of Societies*, 1984) 等這些文本，它們顯然都是在女性主

---

❺　女性主義者李奇 (Adrienne Rich) 對這種以新的批評方法「重估」、「重塑」甚至「篡改」舊文本的做法稱為 "revision," 而柯洛妮 (Annette Kolodny) 則稱之為「修正式重讀」(revisionary rereading)，引見季爾柯斯基 (T.Ziolkowski) 的〈序文〉：頁 9。

義重估世界文學的呼籲之下創作了出來的❻。這些當然都是人物主題的改寫、挪用部分，另外還有一些西方女性主義者則是對現當代文本以及古代經典的激進甚至顛覆性閱讀跟挪用／再挪用，這部分有一些顯然是腦力激盪迸出了火花來❼，有一些則顯然是亂套理論套出了頭❽。

這種腦力激盪與理論套用同樣見諸東西方對蛇精故事之改寫。白蛇的傳說到底是否真的源自希臘神話還是印度民間，並非我在此的專注點❾，因為至少要找到它的原型 (prototype) 幾已不可能。在比較的視角之下，十九世紀英國詩人濟慈 (John Keats, 1795–1821) 是一浪漫主義詩人，而浪漫詩人又大都以顛覆體制為能事並且以強調個人的主體性為時尚，照說由他來刻劃書寫蛇精蕾米亞 (Lamia)，他「理應」站在代表弱勢與情感的蕾米亞這一頭才對。可他卻逆流操作，硬是站在代表理性／智的哲人阿波羅尼斯這一邊，把蕾米亞與李西亞斯的愛情摧毀掉

❻ 李爾柯斯基說她們給吾人「提供了一個新看法」。此一引文以及其論證，見上提之〈序文〉：頁9。

❼ 李爾柯斯基說她們的重估、甚至再挪用相當「戲劇化地有創見」。(dramatically original)，見上提之〈序文〉：頁9。

❽ 雷文 (Richard Levin) 就曾從莎翁的悲劇此一範疇來研究女性主義者如何套用主題學理論，結果發覺她們都從父權制度切入，根本不理會悲劇成規（即文類）或是人物性格（如李爾王）等因素在劇中所起的作用，把一切悲劇的造成都簡約成性別關係這麼一個一般性、具體性主題。雷文之論證請見其論文〈女性主題學與莎士比亞悲劇〉：頁125–38。

❾ 早期趙景深《白蛇傳》考證》(1938) 一文認為，白蛇的故事確有可能來自印度，然後傳至希臘的說法，而民俗學者丁乃通在將近三十年後的說法是，白蛇的故事在耶穌在世前後即已在中西亞（即印度也）地區流行，可其真正的原型 (prototype) 卻無法找到，見丁著 "The Holy Man and the Snake-Woman," *Fabula* 8:3 (1966)：頁150與190。而今大陸已有學者或從母題之普遍性或集體潛意識的角度來否定白蛇傳說源自印度之說法，其論述請見於范金蘭著《白蛇傳故事型變研究》第二章之注52，頁48–49。

⓿，這一點無論如何都無法印證論述／言談 (discourse) 的宰執力量，反而印證了濟慈作為一個浪漫主義者卻又擁有古典主義的情懷（重視理性與秩序）這一點。（白）蛇精故事近年來在臺、港、星、馬的傳播、發展的確蓬勃驚人。一方面，我們看到了大荒的詩劇《雷峰塔》(1979)、張曉風的散文〈許士林的獨白〉(1997) 和李喬的長篇《情天無恨──新白蛇傳》(1996) 以不同的文類表達了他們對屬於異類的白蛇所遭受到的歧視與迫害深表同情，所秉持的無非是比較富有現代性的「物類平等」的理念⓫。另一方面，華美作家嚴歌苓的中篇《白蛇》(1999) 和香港女小說家李碧華的長篇《青蛇》(1989) 卻把白蛇傳說「翻案」寫成同性戀議題的故事，顯然她們都深受這個時代強勢的女性主義的啟迪⓬。我想最最出人意表之外可又最能體現現當代酷兒理論的應是田啟元的小劇場文本《白水》(1993) 以及這個文本的改編本《水幽》(1995) 了。前者以四位男演員演出白蛇、青蛇、許仙與法海四個角色，而後者則全由女演員演出這些角色，劇作家顯然有意以軀體之隨意轉換來顛覆觀眾對異性戀與同性戀之刻板想像⓭，而人物主題之衍化、變形至此靈活流動，

⓾　關於情感與理智的衝突以及最終理智摧毀了情感這一點，請參考顏元叔師的〈《白蛇傳》與《蕾米亞》──一個比較文學的課題〉一文：頁26-37，尤其是頁 27 以及頁 32-36。

⓫　請參考范金蘭的《緒論》說明，頁 11。

⓬　嚴歌苓在利用官方版本與民間版本這兩種相互顛覆與填補的技巧「掩蓋」之下，把徐群珊（青蛇）與扮演白蛇的歌劇院演員孫麗坤寫成一個同女故事。而李碧華的《青蛇》則不滿明代馮夢龍的《警世通言》「隱瞞了荒誕的真相」（頁 194-95），可清代陳遇乾的《義妖傳》卻又把她與白蛇的故事「過分的美化」（頁 195）。在此境況之下，她決意動手寫自己的故事（一個充斥著情慾與忌妒的四角糾葛）。這兩則翻寫都充滿解構與後設技巧，而女性主義者汲取了解構論等後結構主義精神早已是學術上之定論。

⓭　在〈白蛇／舌傳：變態的情慾語言（雛形版）〉這篇論文中，張志維成功

恐亦以臻至人類情慾想像之巔峰造極吧。當我們這麼論述時，我們絕不應該忽略了權利／力道 (power) 在這種種主題人物之衍變與書寫 (discourse) 中所發揮的力量，書寫／文本與時代之所強好（指權力、霸權、甚至異類論述）畢竟是如影隨形的。

在論述了女性主義對主題人物的書寫與研究產生了這麼鉅大的影響之外，其實我們也可以從新歷史主義或者後殖民論述等看到它們對主題研究或正面或負面的貢獻。舉個最簡單的例子就是莎士比亞的《暴風雨》(1611)。前人研究莎翁他一生這個最後的喜劇時，不是考證它的背景、素材／人物來源，就是落難公爵卜樂斯柏勒 (Prospero) 與其女兒米蘭達等的關係，甚至把這個老公爵、老魔術師等同莎翁來看待，絕未從殖民征服等主題來探討卜與其奴隸卡利班 (Caliban) 等的宰執關係。總之藉由新歷史主義對社會各階層、各種聲音的齊量等觀的挖發，或是後殖民論述對殘存於文本（歷史的甚至社會經濟政治等殘留的「痕跡」）中的各種次文本的激進性閱讀，一個嶄新的莎翁出現了，當然，這種種新穎的詮釋、閱讀之可能出現，假使不是有上面提到的這兩種研究方法之出現與啟發，它們根本就不可能現身。

總之，我最後這一大段之論述，主要在說明主題學研究在二十世紀八十年中期以來，它早已跟現當代的各式理論、研究結合在一起，或者說被納入各式課題、領域之中。主題學研究的再興是一種陌異化、變形的再興。

（2004，06，09 臺北）

地從林懷民的《白蛇傳》與田啟元的兩文本中看出蛇／舌所能推展出來的情慾流動、衍化想像，他擬想建立的「酷兒符號學」(queer semiotics) 確實值得吾人重視。見張志維：頁 31–46。

參考書目:

大荒:《雷峰塔》。臺北: 天華,1979。

王立:《宗教民俗文獻與小說母題》。長春:吉林人民,2001。

王金生:〈白兔記故事研究〉。臺北: 文化大學碩士論文,1986。

李喬:《情天無恨——白蛇新傳》。修訂版。臺北: 草根,1996。

李碧華:《青蛇》,第二版。臺北: 皇冠,1990。

李漢亭:〈臺灣比較文學發展與西方理論的歷史觀察〉,《當代》29 期 (1988),頁 48–59。

洪淑苓:〈牛郎織女研究〉。臺北:臺灣大學碩士論文,1987。

范金蘭:《白蛇傳故事型變研究》。臺北: 萬卷樓,2003。

張志維:〈白蛇／舌傳: 變態的情慾語言 (雛形版)〉。《中外文學》26 卷 12 期 (1998): 31–46。

張曉風:〈許士林的獨白〉。《步下紅毯之後》。臺北:九歌,1979。141–49。

陳鵬翔:〈主題學研究與中國文學〉,收入拙編《主題學研究論文集》(臺北: 東大圖書出版公司,1983): 頁 1–29;英文略有修正,題為 "Thematology East and West: A Survey and Theoretical Exploration", *Tamkang Review* 14. 1–4 (1983–1984): 63–83.

顏元叔〈《白蛇傳》與《蕾米亞》——一個比較文學的課題〉。《文學經驗》。臺北: 志文,1972。26–36。

嚴歌苓〈白蛇〉。臺北: 九歌,1999。

Works Cited:

Dlengott, Nili. "Thematics: Cenerating or Theming a Text?" *Orbis Litterarum* 43 (1988): 95–107.

Dolezel, Lubormir. "From Motifemes to Motifs." *Poetics* 4 (1974): 55–90.

Gilman, Sander L. "Themes and the 'Kernel of Truth'," in *The Return of Thematic Criticism*, ed. Werner Sollors (Cambridge, MA: Harvard UP, 1993): 294–296.

Guillen, Claudio. "Themes: Thematology." *The Challenge of Comparative Literature*. Trans. Cola Franzen. Cambridge, MA: Harvard UP, 1993. 191–239 和 367–372.

Jost, Francois. "Motifs, Types, Themes." *Introduction to Comparative Literature*. Indianapolis: Pegasus, 1974. 173–224.

Levin, Harry. "Thematics and Criticism." *Grounds for Comparison*. Cambridge, MA: Harvard UP, 1972. 91–109.

Levin, Harry, "Molif." *Dictionary of the History of Ideas*. 4 vols, Ed. Philip P. Wiener, et al. New York: Charles Scribner's Sons, 1973. 3: 235–244.

Levin, Richard, "Feminist Themetics and Shakespearean Tragedy." *PMLA*. 103(1988): 125–138.

McGough, Major Gerald. *"Stoffgeschichte" / Thematology: A Historical Survey, Synthesis, and Practical Applications*, diss. Vanderbilt, 1975.

Propp, Vladimir. *Morphology of the Folktale*. 2nd ed. rev Louis A. Wagner. Austin: U of Texas Press, 1968.

Shcheglov, Yu. & A Zholkovsky. *Poetics of Expressiveness: A Theory and Application*. Amsterdam: John Benjamins, 1987.

Sollors, Werner. Introduction to *The Return of Thematic Criticism*, xi-xxiii.

Ting, Nai–tung. "The Holy Man and the Snake-Woman." *Fabula*(Berlin)8:3(1966):145–191.

Trousson, Raymond. "Reflections on Stoffgeschichte," in *The Return of Thematic Criticism*. 290–293.

Weisstein, Ulrich. "Thematology." *Comparative Literature and Literary Theory*. Bloomington: Indiana UP, 1973. 124–149.

Zholkovsky, Alexander. *Themes and Texts*. Ed. Kathleen Parthé. Ithaca: Cornell UP, 1984.

Ziolkowski, Theodore. *Varieties of Literary Thematics*. Princeton: Princeton UP, 1983.

Ziolkowski, Theodore. Introduction to *Thematics Reconsidered*. Ed. Frank Trommler. Amsterdam: Rodopi, 1995. 5–11.

主題學研究與中國文學

陳鵬翔

　　我這個題目定得很大，乍看之下，似乎有意把比較文學內的主題學和中國文學一網打盡。事實上，這是不可能的。本文只擬就主題學在西方和中國學術上的發展做一介紹，並就它和一般主題研究的異同以及其理論層次做一些探討，最後並擬採用結構主義的分析法，給中英某些類型的詩構築一個理論系統、提供一個研究的模子。

　　「主題學」為比較文學的一個範疇，源自十九世紀德國學者（如格林兄弟 Jacob Grimm, 1785–1863; and Wilhelm, 1786–1859）對於民俗學的狂熱研究，因此一般人總認為它是德國人的禁臠。當初的民俗學研究側重在探索民間傳說和神仙故事等的演變；目前則已大大跨越出此一範圍，不僅探討相同的神話故事、民間傳說在不同時代、不同作家的手裡的處理，而且也擴大探討諸如友誼、時間、離別、自然、世外桃源和宿命觀念等與神話沒有那麼密切相關的課題。不過不管怎麼說，主題學跟比較文學結合還是晚近一、二十年的事❶。

---

❶　例如，一般比較文學系學生常常用的一本書：*Comparative Literature: Method and Perspective*, rev. ed., ed Newton P. Stallknecht and Horst Frenz (Carbondale: Southern Illinois Univ. Press, 1971) 就未收入有關主題學的論文。這本書第一版出版於一九六一年。但到了一九六八年，Jan Brandt Corstius 的 *Introduction to the Comparative Study of Literature* (New York: Random House, 1968) 裡即用了一些篇幅來討論主題學；同年 Ulrich Weisstein 的 *Comparative Literature and Literary Theory* (Bloomington: Indiana Univ. Press, 1968) 則全書七章就有一章專論主題學。勒文 (Harry Levin) 的大作 "Thematics and Criticism," *The Disciplines of Criticism*, ed. Peter

　　「主題學」(thematics or thematology) 這詞等於德文的 Stof-
fkunde 和法文的 thématologie，至於在英文裡，到底應用 themat-
ics 還是 thematology，則還是見仁見智的問題❷。依威斯坦 (Ul-
rich Weisstein) 舉證，「主題學」此一術語是由勒文 (Harry Levin)
所創用❸，而且為了支持其說法，還引用勒文底下這句話作為
其書中第六章的註二：「假使曾有哪一個字創用了而又被推翻，
則必屬此一惹人討厭的詞無疑，至今一般字典還未開明得足以
把它收入。」❹勒文為何會說它是「惹人討厭的詞」(forbidding
expression) 呢? 我想除了 thematics 容易跟形容詞 thematic 造成
混淆外，就是在五六十年代，大多數學者還不能接受「主題學」
成為比較文學的一部門。博學如比較文學美國學派的泰斗韋禮
克 (Rene Wellek) 在其第三版的《文學原理》依舊認為：

Demetz, Thomas Green, and Lowry Nelson (New Haven: Yale Univ. Press,
1968) 也是於這一年才發表。

❷ 勒文在創造 thematics 這個名詞時就曾提到，其形容詞 thematic 恰好與
「主題」(theme) 變成形容詞時，字母完全一樣；主題研究 (thematic studies)
一般側重在探討作品的意義，而主題學研究則是探究同一主題在不同時
代不同作家的處理，其側重點是技巧的。見上引勒文的大作第一二八頁。
勒文雖知道 thematics 與 thematic 會造成困擾，但是，他在文章裡卻是 the-
matics 與 thematology 相互應用，或許是擬使二詞共存。其他學者如注❶
裡提到的 Corstius 和 Weisstein 則僅用 thematology。這兩個詞的應用恐怕
還要依個別學者的喜好而定，無法統一的了。伊利諾大學的姚斯特 (Fran-
cois Jost) 認為，「常見的主題學研究僅限於『主題史』(Stoffgeschichte)，
其實主題學即德文的 Stoffkunde，這才是主題學 (thematology) 的正確翻
譯，即有關主題的學問或知識，有別於研究主題歷史的 Stoffgeschichte」，
見其 Introduction to Comparative Literature (Indianapolis: Pegasus, 1974)，
頁 291。

❸ 見威斯坦，第一二五頁。

❹ 見上引勒文的文章，第一二八頁。

追溯文學上（譬如《蘇格蘭女皇瑪麗的悲劇》）所有不同
的版本，這對探求政治情操的歷史，也許是一個很有趣
味的問題，而且當然偶爾會說明了鑑賞史的轉變，甚至
悲劇觀念的轉變。但是，這種探源工作本身並沒有真正
的連貫性或辯證。它並未提出單一的問題，當然也就未
提出批判性的問題。主題學研究 (Stoffgeschichte) 是歷史
中最不富有文學性者。❺

在歐洲大陸，貝登史伯哲 (Fernand Baldensperger) 和哈札特
(Paul Hazard) 都堅決反對這一門研究，理由很簡單，這一類研
究「會永遠不完整」，而且未涉及文學的相互影響❻。法國派比
較文學家的實證主義傾向是可以理解的；但是英美學者六七十
年代之不能接受這一門學問也許是源於素來的排斥歐洲事務心
理，也許是真的排斥其不完整性。總之，在六七十年代，對這
一門學問有所闡發的大都是法德人士❼，而且蘇俄學者對這個
理論的建樹亦已逐漸翻譯成英文❽，遂逐漸形成一股影響力。

---

❺ 韋禮克，《文學原理》第三版 (New York: Harcourt, Brace & World, 1962)，
　第二六〇頁。

❻ 見威斯坦，第一三〇頁。

❼ 除了勒文和法艾特 (Walter Veit) 等幾位的理論是用英文發表之外，其他
　的探索和闡發大都是法文或德文。有關主題學的書目見威斯坦，第二
　九五至二九六頁。

❽ 例如湯瑪薛弗斯基 (Boris Tomashevsky) 的 "Thematics," in *Russian For-
　malist Criticism: Four Essays*, tr. ans & ed. Lee T. Lemon & Marion J. Reis
　(Lincoln: Univ. of Nebraska Press, 1965), pp. 61–95；薛格維 (Yu. K. Sche-
　glov) 和儒格維斯基 (A. K. Zholkovskii) 的 "Towards a 'Theme— (Expre-
　ssion Devices)—Text' Model of Literary Structure," in *Generating the Liter-
　ary Text* tr. L. M. O'Toole (n.p. 1975), pp. 3–50；和薛格維的 "Towards a
　Description of Detective Story Structure," in *Generating the Literary Text*,

西方真正要結束對主題學的「憎惡」，應始於 1985 年左右，自
該年底始，西方學者已為主題學研究召開過六七次國際性研究
會，並且出版會議論文集❾。

　類似西方的主題學研究在國內的發展，我認為至少已有將
近六七十年的歷史，中間似乎有所中斷，因此使人誤以為我們
沒有這一類研究，那是令人感到非常啼笑皆非的事。當然，國
內學者在二十年代甚或更早以前所做的主題學研究，並未採用
「主題學」這麼一個名詞。這個名詞當然可以算是一個新詞，
是最近三五年才由馬幼垣、李達三和我等所啟用❿。如果要給
它下個定義的話，那麼我們可以這麼說：主題學研究是比較文
學的一部門，它集中在對個別主題、母題，尤其是神話（廣義）
人物主題做追溯探源的工作，並對不同時代作家（包括無名氏
作者）如何利用同一個主題或母題來抒發積愫以及反映時代，
做深入的探討。而且由於最近現象學、詮釋學 (hermeneutics)、
記號學 (semiotics) 和讀者的反應批評 (reader response criticism)

頁 51-77，都是非常富有啟發性的論著。

❾　最具指標意義的該是底下這兩本論文集的出版：①沙勒茲 (W. Sollors) 主
　編的《主題學批評的復興》(*The Return of Thematic Criticism*) (Cambridge,
　MA: HarVard UP,1993)，②特倫姆勒 (F. Trommler) 主編的《主題學再審
　議》(*Thematics Reconsidered*)(Amsterdam: Rodopi, 1995)。在為其編著所寫
　的前言中，沙氏曾對這種學術氣候的逐漸有相當仔細的探索，見其〈前
　言〉，尤其是第 xi-xv 頁；也請參筆者的〈主題學理論與歷史證據〉《主題
　學理論與實踐》(臺北，2001)：頁 257-261。

❿　見馬幼垣，〈有關包公故事的比較研究──三現身故事與清風閘〉，《聯合
　報》(一九七八年四月十一日及十二日) 第十二版；李達三，《比較文學
　研究之新方向》(臺北市：聯經，一九七八年)，頁三一五至三一七；以
　及筆者在臺大完成的博士論文 "Autumn in Classical English and Chinese
　Poetry: A Thematological Study" (臺北：國立臺灣大學，一九七九年七月)
　的中文摘要部分。

等方法的蓬勃發展，我們未嘗不可純就不同作者對同一主題的知覺 (consciousness) 來探討其差異，或純從讀者的反應來勘察同一主題的演變？由於主題學的理論和方法並未臻至極境，這些期望應是有可能實現的。

　　既然已提到主題學在國內的發展，其來有自，我們還是先從引用鄭樵在《通志‧樂略》上的一段話著手。鄭說：

> 稗官之流，其理只在唇舌間，而其事亦有記載。虞舜之父、杞梁之妻，於經傳有言者不過數十言耳，彼則演成萬千言……。顧彼亦豈欲為此証罔之事乎？正為彼之意向如此，不說無以暢其胸中也。**⑪**

這幾句話不僅道出民間傳說在庶民之間的驚人發展，而且直指這些有名佚名作家的「意向」，他們利用民間故事來「暢其胸中也」。因此，我們不只可從其對故事的處理來了解其心態，亦可經由這些不斷孳長的故事來管窺各時代的真面貌。顧頡剛的〈孟姜女故事的轉變〉是第一篇重要的而且相當完整的民俗研究**⑫**，其大文中就引了鄭樵這一段討論孟姜女故事的孳乳的話。顧氏的主題學研究是否曾受到西方民俗學研究的影響，迄今我尚無資料來證實這一點。不過他初次的嘗試以及往後的研究都能把握住鄭樵這一段話的真諦而避免了西方早期主題史 (Stoffgeschichte) 研究只考證故事的增衍而不及其他的缺失，這卻是

---

⑪　鄭樵，《通志》，陳宗夔校，四部備要本（臺北市：中華書局，缺年代），卷二十五，頁十七 b。

⑫　鍾敬文在《孟姜女故事研究集》第一冊的〈校後附寫〉說，顧頡剛的孟姜女故事研究是他於《古史辨》之外，「一個很成功的工作」。見《孟姜女故事研究集》第一冊（廣東：中山大學，一九二八年），第一二九頁。

有目共睹的事。他在論證唐末貫休（公元八三二一九一二年）的〈杞梁妻〉是孟姜女故事的一大轉變時，即開始提到這詩是「唐代的時勢的反映」 ⑬，然後於探索「杞梁築長城、孟仲姿哭長城」的複雜原因時，更肯定而具體地指出孟姜女哭倒萬里長城的故事與時代社會密切關聯：

> 隋唐間開邊的武功極盛，長城是邊疆上的屏障，戍役思家，閨人懷遠，長城便是悲哀所集的中心。杞梁妻是以哭夫崩城著名的，但哭崩杞城和莒城與當時民眾的情感不生什麼關係，在他們的情感裡非要求她哭崩長城不可。⑭

我要特別強調的是，顧頡剛不僅能直指杞梁妻從無名氏過渡到孟姜女以至孟仲姿的演變過程 ⑮，更重要的是，他能把作品與時代對看，甚至據以窺測有名無名詩人的用意，而避免了西方早期主題學只考證故事源流而不及其他的缺失。在他看來，杞梁妻哭倒萬里長城已「是唐以後一致的傳說，這傳說的勢力已經超過了經典，所以對於經典的錯迕也顧不得了。」⑯ 更有甚於此的是，她已成為無助婦女吐露胸中積懷、控訴社會的利器或

---

⑬ 顧氏的〈孟姜女故事的轉變〉初刊於一九二四年十一月廿三日出版的《歌謠週刊》（北京大學）上，後收入《孟姜女故事研究集》第一冊；引文見這一冊第二十四頁。

⑭ 見〈孟姜女故事研究〉《孟姜女故事研究集》（臺北：福祿圖書公司複刊，1969）第一冊，頁四六至四七。其他尚在頁二八至二九，頁一一五至一一六等處，或發揮或綜合民俗故事反映時代的論點。

⑮ 關於這複雜巧妙的推論過程，見《孟姜女故事研究集》第一冊，頁三四至三七。

⑯ 同前註，頁三二。

象徵。

　　令人感到嘲諷的是，追隨顧氏之後的學者在做主題學論文時，要不就是未注意到他的貢獻，要不就是未擁有他見著知微的洞察力，只顧考證故事的增衍異同，而未及探尋其孳乳延展的根由，落入早期西方主題學研究的窠臼中。鄭明娳女士於民國六十八年十二月八日假中央大學舉行的第一屆中國古典文學研究會議上發表的〈孫行者與猿猴故事〉❼就是典型的例子。她這篇論文是她當時正在撰寫中的博士論文的一部分，從猿猴人性化的故事開始，中經無名氏〈補江總白猿傳〉和《大唐三藏取經詩話》等至百回本小說《西遊記》，詳細考證勾勒出猴子故事神聖化過程，考據論證等俱無缺失，可說是非常精采的一篇論文。問題是我們在看完這篇論文後，我們還是弄不清楚為什麼有這麼多作家要利用猿猴故事來做文章。純粹出於作者的奇思麗想，抑或有別的「用意」存在？這些都是屬於美學層次的問題，如果學者們能在論文中約略加以說明，讀者們一定會感到更加興味無窮。葉慶炳老師在講評時指出，動物成妖必與人發生性慾關係，早期的猿猴故事應是愛情故事的先驅，因為早期人們的愛情受到禮教的束縛，因此只有藉動物來表達（這段話據本人當時所作的記錄）。葉先生是魏晉南北朝志怪小說的專家，他的話應該是有所根據的，絕非無的放矢。從此可見，學者們若能在美學的層次上多下一些工夫，把所研究的作品與時代與作者聯繫起來看，必能提出更豐富的研究成果來。

　　像鄭明娳女士這樣做的研究論文最近越來越多❽，讀者隨

---

❼　收在《古典文學》第一集（臺北：學生書局，一九七九年），頁二三三至二五六。也見《西遊記探源》（臺北：文開文化事業，一九八二年），頁一六七至一八六。這文章在她的博士論文裡略有少許改動。

時可在報章學報上看到。我們絕對不敢否定它們的價值，只是在讀這一類研究成果時，總覺得它們若有所「缺」。現在再舉一篇成功的主題學研究論文來支持我的論點。這裡我要舉的是王秋桂發表在《淡江評論》上的一篇英文文章〈孟姜女故事早期版本的發展〉[19]。王先生這篇文章應是他博士論文的一部分所改寫完成。在我看來，顧頡剛對孟姜女故事所做的考證研究實已非常仔細完整，不想王先生在做了仔細的考證後竟然有新的發現和指陳。他在探討蒐集在《琱玉集》（完成於七八世紀之交）和《文選鈔》（完成於西元六五八至七一八年間）裡兩則孟仲姿故事時指出，這兩則故事雖係在隋朝以後才抄錄下來，唯「它們很可能是歷經長期傳誦後的成果」[20]，因此得擺在唐朝以前的歷史架構裡來觀察它們如何反映了時代現實[21]。然後他根據《北史》、《北齊史》和《隋史》等記載，一一指出那時北朝和隋朝一共修築了若干里長城，徵集了多少士兵來完成任務。我認為王文的最大的貢獻就在此，他雖未言明他已修正或推翻了顧頡剛的說法，實際上，這兩則故事已提到孟仲姿哭倒萬里長城，則顧氏所謂「貫休詩是孟姜女故事的一大轉變」的說法就被超越了，而孟姜女哭倒萬里長城不僅是唐代開疆拓土的時勢的反映，同時也更是北朝和隋朝拓殖經營邊疆的一面鏡子。

上面所舉的兩個例子明顯地告訴我們，王文更富啟發性。

---

[18] 本人必須指出，鄭女士的博士論文〈西遊記探源〉有一些地方曾探討到「西遊記」故事在東方國家如印度和韓國的淵源和散布，多少可列入比較文學的範圍內。

[19] 原文作 "The Formation of the Early Versions of the Meng Chiang-nü Story," *Tamkang Review*, 9, no. 2 (1978): 111–40.

[20] 見前註，頁一二一。

[21] 見前註，頁一二一。至於探討這兩則故事如何反映時勢，則請看頁一二一和頁一二三至一二八。

它雖非比較文學論文，但它對藝術層面的探索顯然比鄭文深刻。問題是因為用英文寫成，因此一般寫類同西方舊式主題學論文的本國學者未必有機會看到。王秋桂繼承的正是顧氏甚至可以說是鄭樵所建立據作品以蠡測時代風貌以明作者「意向」的傳統。柯斯提爾茲教授 (Jan Brandt Corstius) 在提到主題學研究時，曾提醒比較文學的學者「必須了解到，只要主題學研究能根據作品本身，增進我們對西方文學許許多多時代的特色的了解，則它就有價值。」❷❷ 勒文在〈主題學與文學批評〉一文裡也提到主題係因作者與時代不同而變異：

> 主題類似象徵，意義極為分岐：也就是說，它們可以在不同的情況賦予不同的意義。這使得對這些主題的探索成為思想史的研究（參考艾倫〔Don Cameron Allen〕對諾亞或安德生〔George K. Anderson〕對流浪的猶太人的研究）。我們在查究了某些時代（例如華格納在歌劇中再演出「尼白龍根之歌」的故事）、某些地點（例如威吉爾把羅馬與特洛埃城牽連起來）或某些作家——為什麼聖女貞德的形象能感動像馬克吐溫、蕭伯納和法朗士這樣的懷疑論者而卻無法獲得莎翁的同情心？——為何選擇某些主題後，我們的了解必能更豐富些。❷❸

柯斯提爾茲和勒文這種話當然不會從韋禮克口中說出來，但正

---

❷❷ *Introduction to the Comparative Study of Literature* (New York: Random House, 1968): 121.

❷❸ Harry Levin, "Thematics and Criticism," *The Disciplines of Criticism*, ed. Peter Demetz, Thomas Greene, and Lowry Nelson (New Haven: Yale University Press, 1968): 144.

是目前做主題學研究所必須有的共識。這些話如果跟五十年前顧頡剛的論點並擺對看，則更能顯示顧氏在主題學研究上的重要性。也就是說，在柯、勒二氏說出同樣的話以前，我們的顧氏早已著了先鞭，在身體力行，據作品以了解作者的意圖並用以印證時代，使我們對孟姜女故事與唐代的時勢之間的關係有深一層的了解。

　　話雖這麼說，但是不可否認的，中國學者對主題學理論的探討還是相當薄弱。不僅此也，連深入而徹底的主題史研究也還相當有限。顧頡剛在《孟姜女故事研究集》第一冊的序文中提到他的研究和期望時說：

> 我的研究孟姜女故事，本出偶然，不是為了這方面的材料特別多，容易研究出結果來。……孟姜女在故事中還是次等的（我五六歲時已知有祝英臺，但孟姜女到十餘歲方知道），費了年餘功夫已有這些材料，而且未發現的〔恐〕怕尚有十倍廿倍。像觀音、關帝、龍王、八仙、祝英臺、諸葛亮等等大故事，若去蒐集起來，真不知有多少的新發現，即如尖酸刻薄的故事，自從《徐文長故事》一書出版以來，大家纔想起，這類故事是各處都有而人名各不同的。所以浙江的徐文長，四川便是楊狀元，南陽便是龐振坤，蘇州便是諸福保，東莞便是古人中，海豐便是黃漢宗……。這類故事如果都有人去專門研究，分工合作，就可畫出許多圖表，勘定故事的流通區域，指出故事的演變法則，成就故事的大系統。我的孟姜女研究既供給了別的故事研究者以型式和比較材料，而別的故事研究者也同樣地供給我，許多不能單獨解決的問

題都有解決之望，豈非大快！ ❷

顧頡剛在這一段文字中所提及的十來個民間傳說，在過去五六十年來，蒐集或研究得比較可觀而且深入的只有顧頡剛本人撰編的《孟姜女故事研究集》三冊（中山大學一九二八及一九二九年）及王秋桂於一九七七年在劍橋大學完成的博士論文〈中國俗文學裡孟姜女故事的演變〉❷、周青樺的《梁祝故事研究》（婁子匡編《民俗叢書》第一五四號，臺北，一九七四年）、錢南揚的《祝英臺故事集》（一九三〇年）、錢南揚及顧頡剛等發表在《民俗周刊》（九三至九五期合刊〈祝英臺故事專號〉，一九三〇年二月）探討祝英臺故事的論著，其他學者的《呂洞賓故事》二集（一九二七年）和《徐文長故事》一至五集（一九二九年）❷；另外，他所提到的觀音、關帝、龍王和諸葛亮等，可說還沒有比較完整的研究。顧氏的期望五十五年來大體上尚未能完全實現，寧不怪哉。

馬幼垣晚於顧氏五十年後發表的〈有關包公故事的比較研究〉結尾一段這麼說：

近年比較文學興盛，大家開始在「主題研究」(thematic

---

❷　《孟姜女故事研究集》第一冊，頁四至五。

❷　王秋桂博士論文原標題為 "The Transformation of the Meng Chiang-nü Story in Chinese Popular Literature," Cambridge diss. 1977.

❷　本段文字內容，除了參照我手頭擁有的資料外，尚參考了譚達先《中國民間文學概論》（香港：商務書局，一九八〇年）附錄〈參考資料選抄和主要理論作品參考書目〉一文，特此誌明。至於路工編的《孟姜女萬里尋夫》（上海，一九五五年）和《梁祝故事說唱集》（上海：中華書局，一九六〇年）則只是資料彙編，貢獻雖然有，只是談研究則連西方早期主題史研究的精神都未企及。

studies) 上下功夫。在中國文學內，此種課題甚多，包公自然是其中顯著之例，其他如孟姜女、王昭君、董永、八仙、目蓮、劉知遠、楊家將、呼家將、狄青、岳飛、白蛇等，都是極繁繞的問題，牽涉長時期的演化和好幾種不同的文體，而且往往還需借重西方學者對西方同類文學作品的研究，以資啟發參證。由於此等問題的異常複雜，對研究者來說，挑釁性也增加。❷

馬幼垣在此提及的一些主題學課題，孟姜女及八仙上提都已有專書研究，王昭君故事黃緊璓在民國二十二年五月已發表了長篇研究〈王昭君故事的演變〉（見《民俗周刊》一百二十一期），目蓮已有陳芳英的〈目蓮救母故事之演進及其有關文學之研究〉❷，白蛇故事除了許文宏於一九七三年發表在《淡江評論》上的英文論文外❷，潘江東於民國六十八年在文化大學完成的碩士論文〈白蛇故事研究〉據口試委員之一的曾永義教授說，「資料大抵該備於此」❸，想必可信；包公除了馬氏在做研究外還有海登 (Allen Hayden)❸ 在研治，董永和岳飛僅有相當完善的資

---

❷ 參見❿，《聯合報》一九七八年四月十二日第十二版。

❷ 這是陳女士於民國六十七年在臺大中文系撰成的碩士論文，後來她把有關目蓮故事的基型演變部分發表在《中國古典小說研究專集》第四輯（臺北市：聯經，一九八二年），頁四七至九三。

❷ 許文的標題及發表出處如下："The Evolution of the Legend of the White Serpent (Part I & II)," *Tamkang Review*, 4.1–2 (April & October, 1973)：109–27&121–56.

❸ 潘文已出版成書，定名為《白蛇故事研究》（臺北市：學生書局，一九八一年）。曾永義的評文〈潘江東的「白蛇故事之研究」〉初刊一九七九年三月廿日的《中國時報》第八版，後收入其所著《說俗文學》（臺北市：聯經，一九八〇年），頁一五三至一五七。引句見頁一五五。

❸ 見 Anthony C. Yu, "Problems and Prospects in Chinese-Western Literary Re-

料彙編 ❸，至於劉知遠、楊家將、呼家將和狄青等，恐怕還有待大家的努力。不過，在此必須一提的是曾永義於民國六十八、六十九年在《中國時報》發表的〈梁祝故事的淵源與發展〉和〈從西施說到梁祝〉二文；曾氏是國內一直在做民俗學研究的著名學者，也曾寫過兩三篇涉及主題學理論的論文，這得容後再論。

　　顧頡剛的孟姜女故事確曾給別的民間故事研究者提供了「型式和比較材料」的方法，但主題學研究從三十年代中期到七十年代中期似乎中斷了近四十年。自七十年代以來，這方面的研究又顯得蓬勃了起來。反觀西方主題學研究自十九世紀中葉發軔以來，三十至五十年代似乎沉寂了一陣子，惟自六十年代末以來，由於理論的確立拓展，研究者也就愈來愈多。任何對主題學稍為有所涉獵的人都知勒文、威斯坦、法艾特 (Walter Veit)、杜魯松 (Raymond Trousson)、弗朗瑟爾 (Elisabeth Frenzel) 和湯瑪薛弗斯基 (Boris Tomashevsky) 等在理論上的建樹。至於專著，則里奧‧威斯坦對唐璜 (1959)、鐵特揚 (Charles Dédéyan) 對浮士德 (1954–61)、杜魯松對普羅米修士 (1964)、勒文對黃金時代的神話的探究，都是有目共睹的貢獻。至於單篇論文，大家只要翻一翻美國現代語文學會所編的《國際書目》(*International Bibliography*) 中〈一般研究：主題與類型〉(General: Themes and Types) 部分詳細查閱一番，就會發覺主題學研究自六十年代中期以來，又趨於蓬勃。

　　在進入理論探討之前，我想在此得給主題學和一般主題研

lations, " *YCGL*, 23 (1974): 52.

❸　所提兩書是杜穎陶編《董永沈香合集》(上海：古典文學，一九五七年) 和杜編《岳飛故事說唱集》(上海：古典文學，一九五七年)。

究作個區分和說明。主題學是比較文學中的一部門 (a field of study)，而普通一般主題研究 (thematic studies) 則是任何文學作品許多層面中一個層面的研究；主題學探索的是相同主題（包含套語、意象和母題等）在不同時代以及不同的作家手中的處理，據以了解時代的特徵和作家的「意圖」(intention)，而一般的主題研究探討的是個別主題個別處理與呈現。最重要的是，主題學溯自十九世紀德國民俗學的開拓，而主題研究應可溯自柏拉圖的「文以載道」觀和儒家的詩教觀。假使我們接受湯姆森 (Stith Thompson) 把民間故事分成類型和母題 (type and motif) 的做法以及他給組構式母題 (constituent motifs) 所下的定義 ❸，則主題學應側重在母題的系統性研究，而普遍主題研究要探索的是作家的理念或用意的表現。早期主題史研究側重在探索同一母題的演變，鮮少有挖發不同作者應用同一母題的意圖；現在主題學的發展（其實顧頡剛五十五年前早已做到），上面已提及，則有這種趨向。也就是說，批評家可經由剖析分解故事的途徑，進而來揣測作者的用意。如果我們就這個角度來看，則主題學研究顯然有借助於普通主題研究的地方。

我寫這篇論文有一個用意即在向讀者指出，類似西方主題學研究這樣的概念，宋朝的鄭樵即約略擁有。但是前面也提到，中國學者對這門學問在理論上的探討是相當薄弱的，這卻也是不爭的事實。顧頡剛在其於一九二七年發表的〈孟姜女故事研究〉結論部分即已指出：

---

❸ Stith Thompson, *The Folktale* (New York: Holt, Rinehart & Winston, 1946), 頁 415; 及其 "Advances in Folklore Studies," in *Anthropology Today*, ed. A. L. Kroeber (Chicago: University of Chicago Press, 1953), 頁 594.

我們可知道一件故事雖是微小，但一樣地隨順了文化中心而遷流，承受了各時各地的時勢和風俗而改變，憑藉了民眾的情感和想像而發展。我們又可以知道，它變成的各種不同的面目，有的是單純地隨著說者的意念的，有的是隨著說者的解釋的要求的。我們更就這件故事的意義上回看過去，又可以明瞭它的各種背景和替它立出主張的各種社會。❸

在這一段文字裡，民間故事衍變的關鍵與憑藉以及近年來西方主題學理論所強調的研究價值所在全都觸及了。同時，研究者在考究一個故事主題時，人物、事件和場面 (situation) 等他們都不致於忽略，詩詞散文和小說等主題學必須跨越和掌握的不同文體他們全都碰到，甚至貝登史伯哲批評做主題學研究會「無窮無盡」顧頡剛也已體驗過❸，問題是我們非常缺乏更深一層的探討，而且中國文學批評裡沒有「母題」此一概念。此外，主題與人物、母題與主題、意象等的關係，對這些非常重要的問題我們俱未做過深入的探索，而西方卻在反覆探討中。

前面已提到曾永義曾經給民間故事研究提供過一些理論基礎。他曾在不同的場合提到故事的發展必經過「基型」、「發展」和「成熟」這三個階段❸。在〈從西施說到梁祝〉一文裡，他對此三階段的前二者有比較詳細的發揮。他說：

---

❸ 見《孟姜女故事研究集》第一冊，頁一二三至一二四。
❸ 見《孟姜女故事研究集》第一冊的序文，頁四。
❸ 見〈梁祝故事的淵源與發展〉、〈潘江東的「白蛇故事之研究」〉和〈從西施說到梁祝〉三篇文章，這些文章都收入他的《說俗文學》，頁一二二、一五四和一六〇。

民間故事的「基型」，可以說都非常的「簡陋」，如果拿來和成熟後的「典型」相比，那麼其間的差別，往往不止十萬八千里，甚至於會使人覺得彼此之間似乎沒什麼關係。可是如果再仔細考察，則「基型」之中，都含藏著易於聯想的「基因」，這種「基因」，經由人們的「觸發」，便會孳乳，由是再「緣飾」、再「附會」，便會更滋長、更蔓延。……有時新生的「緣飾」和「附會」照樣含有再「觸發」的「基因」，如此再「緣飾」再「附會」，便幾乎沒有完了的一天。所以民間故事的孳乳展延，有如一滴眼淚到後來滾成一個大雪球一樣，居然「驚天動地」，有如星星之火逐漸燎遍草原一樣，畢竟「光耀寰宇」。 ㊲

曾永義把所有民間故事的發展歸結出「基型」、「發展」和「成熟」三個階段，這是顧頡剛未曾做出的歸納，當然非常有創意。還有他上面這段縱論故事發展經過「基型」和「發展」二階段的文字，當然要比上引顧氏的理論詳盡而充實多了。可是，假使讀者們眼光敏銳一些的話，必然會發覺他的概念多多少少已蘊藏在上引顧頡剛那段文字中，甚至於蘊藏在本文前引鄭樵的《通志‧樂略》上的那段文字之中。不過不管怎麼說，曾氏能據前人之研究成果而加以發揮，在建立本國人的主題學理論上，實已跨出了第一步。

西方學者在做主題學研究時有比較堅實的基礎。自從芬蘭民俗學家阿爾奈 (Antti Aarne) 在一九一〇年給西方民間故事（開始時係建立在北歐的資料上）作了分類而建立了一個系統

㊲　見《說俗文學》，頁一六〇及一六二至一六三。

以後❸，西方大部分國家甚至日本的學者，都已給其本國的民俗傳說作了詳盡的分類甚或建立了系統❸，因此在資料的應用上當然比我們的方便太多了。更重要的是，湯姆森根據他修訂及迻譯阿爾奈《民間故事的類型》的經驗，再加上後來孜孜不息地蒐集和研究，終於依據四萬個故事、神話、寓言、傳奇、民謠、笑話及其他類型的故事，在一九三二至三六年推出了六大卷的《俗文學母題索引》(*Motif Index of Folk Literature*)，在書中根據英文字母（I，O 和 Y 除外），把母題分成二十三類。他們這兩位學者的影響雖然不是立即的，但是卻是非常壯觀。柏勒普 (V. Propp) 採取科學的型構的研究方法，把阿爾奈與湯姆森故事類型 300 至 749 號中的神仙故事分解歸納成三十一個功能（他的 function 大略等於其他學者的母題或故事組構質素），於一九二八年寫成結構主義的經典之作《民間故事的型構》(*Morphology of the Folktale*)，而李維史托斯 (Claude Lévi-Strauss) 則把這種方法擴展應用到神話結構的分析和詮釋上，成績斐然。

　　反觀我們的主題學研究，在資料蒐集方面，自從《徐文長故事》及顧頡剛的《吳歌集》出版，資料的蒐集顯然還做得不夠❹，至於像阿爾奈和湯姆森這樣的做法把中國民間傳說加以

---

❸　阿爾奈的《民間故事的類型》(*The Types of the Folktale*) 出版於一九一〇年，後由湯姆森 (Stith Thompson) 兩度修正、翻譯及擴充，全書至一九六一年版時，總共收了二三四〇個條目。他們把民間故事分成五大類後，再細分成三十二小類。

❸　據湯姆森說，至一九五〇年代初期，世界上已有將近二十個國家根據阿爾奈的系統給其民俗傳說作了詳細的分類。見 *The Folktale*，頁 419–21 以及 "Advances in Folklore Studies," 頁 591.

❹　參見譚達先，《中國民間文學概論》，頁四四七至四八七；《敦煌變文集》（京都：中文出版社，一九七八年），頁九一五至九一六；以及 Nai-tung

分類，望穿秋水至一九七八年總算有了丁乃通的《中國民間故事類型索引》(*A Type Index of Chinese Folktales*)。丁氏把中國民間故事（主要是童話，傳說和神話及其他類型一概不收，而傳說與神話的分量比童話還要多）根據「阿湯分類法」(AT types) 分成 843 類❹；國內學者對丁先生的分類容或有不盡同意之處，但這總是有了個起步。至於理論層次的探索和建立，讀者從我這文章前面兩三段的論證以及後邊的討論，一定可以發覺我們還停留在相當一般性的討論階段。如何從這種一般性的探討提昇到精緻的理論的建立應是大家所關切的。

湯姆森在《民間故事》一書中，把所有的民間故事分成「類型」和「母題」二類：類型為一「有獨立存在的傳承故事」，這些故事有時雖或「可與其他故事一起講述」；母題則為「故事中最小的因素，此種因素在傳統中有延續下去的力量。」❷在做了這種界定後，接著他把母題分為三種：㈠故事的主角，㈡為情節背景中的某些事項，㈢事件。事件佔了母題的大部分，且能單獨存在。一個類型可能只有一個母題，也可能有許多母題❸。在一九五三年發表的一篇文章裡，他認為：

> 這些母題就是原料，世界各處的故事即據此而構成。因此，把所有簡單與複雜的故事分析成組構母題 (con-

Ting, *A Type Index of Chinese Folktales*, FF Communications no. 223 (Helsinki: Academia Scientiarum Fennica, 1978), 頁 252–279.

❹ 丁乃通對他採用阿湯分類法來整理中國民間故事，以及他的民間故事資料庫何以不收入神話、傳說和軼事等，他在前揭書頁一七，頁一〇至一一及頁一四都有清楚說明。

❷ 見 *The Folktale*, 頁 415.

❸ 見前註，頁四一五至四一六。

stituent motifs)，並據此做成一個世界性的分類是可以辦到的。❹

湯姆森對母題的認定可能有人不盡然同意，因為他的母題觀所包括的某些因素應撥充到主題的名目下，但卻可作為我們討論的起點。第一，故事的主角在主題學研究裡可稱為主題也可以稱為母題，主要應以其在作品中的功能而定；跟故事主角密切相關的某些事件如追尋英雄進入地獄、孟姜女哭倒萬里長城俱可稱為主題的一部分。第二，湯姆森的理論係建立在研究分析民間故事的基礎上。當我們利用他的母題觀來解析抒情詩甚至敘事詩中的某些中心意象時，我們該怎樣修正其觀念才能配合我們的需要？這一點待我們討論意象與母題的關係時再討論。第三也是最重要的一點，他擬把所有民間故事分解成更基本的組構母題此一企圖，確實給後來的結構主義者帶來莫大的啟發與鼓舞。例如柏勒普和李維史托斯就是據此意圖而給神仙故事與神話作了更精確和更科學化的分析和抽離，他們所提出來的理論對後來的結構主義者影響非常深遠。

假使我們不故步自封，願意把主題學的範圍從民間故事的研治擴展開來把抒情詩也包括在內的話，則意象和套語 (topos) 也應佔有一定的地位。在詩中，意象和套語的應用都有積極的功能在；它們常常還承擔起象徵的角色來。這些意象和套語都是大大小小的母題，是組成一篇作品的重要因素。顯然地，湯姆森的母題觀並未考慮到母題所承擔的意義質素。而我們知道，意象除了提供視聽覺等效果外，最重要的是它們所潛藏包括的意義功能。

---

❹　見其 "Advances in Folklore Studies," 頁 594.

在研究抒情詩尤其中國的四言絕句時，意象與母題的關係必須廓清。也就是說，意象與母題是兩個意義涇渭分明的詞語，還是可以相互支援？大體上，學者和理論家都認為意象和母題是兩個層次不同的概念。提到意象，吾人立刻會想到龐德 (Ezra Pound) 的定義「意象就是在一剎那間同時呈現的一個知性及感性的複合體」；這複合體能使人在欣賞藝術品獲得一種從時空的限制中掙開來的自在感、一種「突然成長的意識」❹。意象能在我們面對藝術品的剎那間給我們的感覺是自足的，然後我們才會想到它們所可能給出的意義❹。意象除了視覺意象外，還有聽覺、觸覺和味覺等類。在抒情詩裡，一行詩通常具有一個意象，有時甚至具有兩三個不等。這麼一個意象有時可能是一象徵，例如布萊克的《病玫瑰》中的〈玫瑰啊，你病了〉的玫瑰，但這畢竟是少數(是所謂的「個人化象徵」(private imagery))。一般的了解是，當一個意象不斷出現時，它才可能被賦予象徵的意義。倒是母題跟象徵的關係可能要更密切一些。根據我做中英抒情詩、自然詩的比較研究的一點心得，我認為好幾個意象可能構成某個母題（譬如季節的母題、追尋的母題或及時行樂的母題）。我用「可能」這詞表示，有許多意象叢未必能形成母題，因為這已涉及「母題」這個詞的本義了。舉例來說，英國中古英文裡的著名傳奇〈嘉溫爵士與綠騎士〉的第二部分前兩節共有四十五行，大體上是描繪季節的遞嬗，這就構成了生死再生的神話型態的季節母題，而當中的意象何止四十五個❹。

---

❹ 龐德, "A Few Don'ts," 收入 *Prose Keys to Modern Poetry*. Karl Shapiro 編 (New York: Harper & Row, 1962), 頁 105.

❹ 另見弗萊爾 (N. Frye) 給詩意象所下的定義, *Anatomy of Criticism* (Princeton: Princeton University Press, 1957), 頁 81.

❹ *Sir Gawain and the Green Knight*, J. R. R. Tolkien 和 E. V. Gordon 編,

四五年前我在寫博士論文時曾給中英古典詩人作過統計：十八世紀後英國詩人若寫一百首詩，只有 0.53 及 0.28 首涉及秋天和春天，而中國詩人則有 5.68 和 1.99 首涉及描寫秋和春；當時我認定一首四言絕句必須有兩行或兩行以上涉及秋或春，它們才算包容了秋或春之母題，純粹的景物描寫未必就跟此二種母題有關❹。在中世紀拉丁文學裡曾發揮過特別的修辭功能的「套語」(topoi) 不是為了托出「幽美的情境」就是為了表達特別的題旨，因此大都可算是母題❹。

前提母題與象徵的關係可能比與意象還要密切一些。一九六四年時容格曾指出，母題即「單一的象徵」，實際上即等於原型（他所謂的「原始意象」）❺。母題即是單一的象徵。在美學的範疇裡，佛萊爾在其「批評解剖」裡指出，「象徵」作為言辭溝通的單元就是「原型」。他給母題下的定義是「文學作品中作為文辭單元的象徵」❺，而一首詩則是一個「母題交錯形成的結構」❺。母題這個詞的原義是「感動以及促使人做某事」❺，但由於很早就變成音樂技巧的一部分，即為托出主題而不斷應用的結構元素 (structural elements)，其與「象徵」此一觀念搭上

Norman Davis 修訂二版 (London: Oxford University Press, 1967)，頁 14–15.

❹ Chen Peng-hsiang, "Autumn in Classical English and Chinese Poetry: A Thematological Study," (Taipei: National Taiwan University, 1979), 頁 15–25.

❹ 見勒文 (H. Levin), "Motif," *Dictionary of the History of Ideas*, 四卷本. Philip P. Wiener 等編 (New York: Charles Scribner's Sons, 1973), 卷三，頁 243.

❺ 見前引 , "Motif," 頁 242.

❺ 見前引弗萊爾文，頁 99、73 及 366 .

❺ 見前揭引，頁 77 及他處。

❺ 這是法國翰林院於一七九八年出版的「字典」第五版給母題所下的定義。所引見勒文 , "Motif," 頁 235。

線也並非毫無來由的。母題是重複出現的意象，而且除了表層意義外尚有絃外之音，這和象徵的形成和功用大體上都是一致的。

　　除了上提母題與意象、象徵一些微妙的關係外，母題與主題的關係也得略為釐清。主題學中的主題通常由個別的或特定的人物來代表，例如攸里西斯即為追尋的具體化，耶穌或阿多尼斯 (Adonis) 為生死再生此一原型的縮影等。母題我認為是由兩個或兩個以上不斷出現的意象所構成，因為往復出現，故常能當作象徵來看待。在敘述結構裡，華西洛夫斯基 (Veselóvskij) 給母題下的定義是：任何敘述中最小的而且不可再分割的單元❺❹。他這種看法大體上是不錯的。一個母題（例如四行詩僅僅只寫春或秋）可以構成一個主題，但一個主題通常是由兩個或多個母題托出。主題和母題俱有涉及理念的地方，因此我認為湯姆森在《民間故事》一書中給母題所下的定義未涉及概念是有所欠缺的，但因為他的定義係歸納自民間故事和傳說，則其缺憾是可以理解的。在分量上，我同意威斯坦所說的「母題是較小的單元，而主題則是較大的。」❺❺此外，理論學家大都同意「母題與場面有關」，他們所指的場面 (situation) 也就是湯姆森所說的背景中某些事項以及事件；而「主題則跟人物有關」❺❻。

　　我在這前面花了一些篇幅來討論母題與意象、象徵和主題的關係，一來這些術語在主題學研究裡非常重要，二來在討論過程中，其實我是不斷在給自己甚至中國的主題學比較研究尋

---

❺❹　見柏勒普，《民間故事的型構》第二版修正 (Austin: University of Texas Press, 1968)，頁 12; 亦見 Fokkema and Kunne-Ibsch 的 *Theories of Literature in the Twentieth Century* (London: C. Hurst & Company, 1978)，頁 18.

❺❺　Weisstein, 頁 313.

❺❻　見上引，頁 139; 亦見 Levin, "Thematics and Criticism," 頁 144.

找立足點。在提出我想給自然詩（至少秋天詩）所做的模子之前，我必須（其實是任何主題學研究者都必須）提到湯瑪薛弗斯基給母題重新下的定義，因為他的定義與我對母題的了解有一些關係。湯瑪是俄國形構主義者，他跟後來的薛柯夫 (Scheglov)、朱可夫斯基 (Zholkovskii) 或其他結構主義者如柏勒普和李維史托斯都有相同的做法：就是把作品簡化成某些顯著的成因或基本質 (fundamentals)，這些基本質就像一個句子中的組構部分：主詞、動詞或受詞。他在〈主題學〉裡有一段話牽涉到母題的定義以及他的理論的基礎如下：

> 在把文學作品簡化成主題元素後，我們就獲得了不能再減縮的部分，即主題素材中最小的質子：「黃昏莅臨，」「拉斯若尼可夫殺死那老婦人，」「那英雄（或主角）死了，」「信收到了，」等等。作品再不能縮減的部分的主題就叫做母題；每個句子實際上都有它的母題。**⑤⑦**

他這個定義確實有新鮮之處，但是一提到「每個句子都有它的母題」時，這跟普通文法書給句子下的定義就幾已等同了。不過不管怎麼說，他對母題的意義層面之強調卻可以補充湯姆森的定義之不足。母題之應用對整首詩的結構（尤其是主題結構）是肌膚相關的，把母題（其實也即組構元素）分剖出來，然後再把它們的構成原則顯現出來 **⑤⑧**，這種結構主義的分析法已切

---

⑤⑦ Boris Tomashevsky, "Thematics," 收入 *Russian Formalist Criticism: Four Essays*. Lee T. Lemon and Marion J. Reis 翻譯與編 (Lincoln: University of Nebraska Press, 1965), 頁 67.

⑤⑧ 巴茲 (Poland Barthes) 用「解剖」和「顯露」(dissection and articulation) 兩個術語來描述結構主義的整個分析過程；見其大作 "The Structuralist Ac-

入到藝術創造活動的核心裡，其貢獻是不容置疑的。

一九七九年七月我在所完成的博士論文〈中英古典詩歌裡的秋天：主題學研究〉裡，我曾給在中英古典秋詩裡不斷出現的意象和母題如楓葉、白露、西風，蟋蟀、葡萄和罌粟花等製造了一個名詞叫做「套語詞彙」(topical words and phrases)。它們除了是秋天詩萬無一失的「指標」(indicator of pointer) 之外，也同時是「主旨」的 (topical)，因為它們能「直指詩之宏旨所在」❺❾。更重要的是，這些套語在不同的文學傳統裡早已糾結上繁富的聯想，在在能展顯不同民族不同的心智活動。詳言之，「白露」的「白」和「西風」的「西」在中國古典詩裡常常已不純是「一種顏色」和「一個方位」這麼單純的聯想；它們早已糾結上（而我們在應用時有時也「忘」了真有如斯的含義呢）一套極為複雜而巧妙的陰陽五行思想。再舉「蟋蟀」這個母題（意象或套語）以說明中英民族心智活動的不同。這是中英古典詩裡常常出現的一個意象。在中國古典詩裡，蟋蟀為秋季諸多層面（如季節的遞嬗、及時行樂、悲傷和警惕等）甚或整個季節的縮影❻⓿；但是在英國古典秋天詩中，這意象就未必蘊含了這

---

tivity," *Critical Theory Since Plato*. Hazard Adams 編 (New York: Harcourt Brace Jovanovich, Inc., 1971), 頁 1197 以及 1198.

❺❾　"Autumn in Classical English and Chinese Poetry: A Thematological Study" (Taipei:National Taiwan University,1979), 頁 4–5;"topical words and phrases," 此一術語見頁 4 以及他處.

❻⓿　在甲骨文裡，「秋」字的一個寫法「𤌔」，據郭沫若考證，即為像蟋蟀之形。他說：「𪚥字從唐蘭釋。唐讀為秋。卜辭又有𪚥字，即說文𪚥字所從出。龜屬絕無有角者，且字之原形亦不像龜。其像龜甚至誤為龜者，乃隸變耳。今案字形，實像昆蟲之有觸角者，即蟋蟀之類。以秋季鳴，其聲啾啾然，故古人造字，文以象其形，聲以肖其音，更借以名其所鳴之節季曰秋。」引文見高鴻縉著《中國字例》（臺北市：三民，一九六〇年），頁二二七。唐蘭的詮釋見《古文字學導論》（臺北市：樂天影印，一九七

麼豐富的心智活動在內。例如濟慈的〈秋頌〉(To Autumn) 中的蟋蟀是蟄伏在籬笆間。當田野收割完畢後，牠們伴著蚊蚋、羔羊、知更鳥和燕子齊聲唱出「秋天的音樂」來（第二十四行「你也有你的音籟」）。牠們的叫聲透露了滿足和收穫以外，頂多也只有淡淡的美麗的哀愁了。

在未詳細提出我想給研究中英秋天詩建立的模子以前，在此我必須提到兩位俄國文學理論家的做法，因為我們的企圖有些雷同。在〈朝向一個「主題——（表現技巧）——作品」的文學結構的模子的建立〉("Towards a 'Theme—(Expression Devices)—Text' Model of Literary Structure") 中，薛柯夫和朱可夫斯基認為文學作品的主題並非作品的「摘要」，而是「系統的抽象觀念，其價值在於這概念與作品間是否已建立充分令人信服的等同關係」；接著在另一個脈絡裡，他們又說：「主題就是作品減去表現技巧。」**㉛** 所謂「表現技巧」就是「等同法則」(correspondence rules)，就是組構元素的組合技巧。假使我們能把握住一位作家在創作中所採取的一些固定技巧，則我們多少便能更深入地進入到他的創作世界中。

薛柯夫和朱可夫斯基的做法與柏勒普的非常相像：柏氏在《民間故事的型構》中把一百童話故事分解組合就像在處理一個故事一樣，而薛朱二氏要證實的是「就某種意義而言，一位作者在不同的作品中所表現的只是同一個東西」**㉜**。既然許多民間故事或一個作家的不同作品展現的只是一個或三幾個主題

〇年），卷二，頁四一前至四二後。

㉛ Yu. K. Scheglov 和 A. L. Zholkovskii 著，"Towards a 'Theme—(Expression Devices)—Text' Model of Literary Structure," 譯者 L. M. O' Toole，英文收入 *Generating the Literary Text*，引文見頁 7 及頁 27。

㉜ 前揭文，頁 31.

的變異而已，因此他們認為可經由作品深層結構的分解和重組而尋繹出它們的「轉化的法則」(laws of transformation) 來 ❻，這種做法毋寧是文學研究之福，誰都無可厚非。

　　我認為在中英古典秋天詩或是中西及時行樂詩裡，經由結構的分析組合，然後給它們找出轉化的規律是相當可行的。中國秋天詩所要表達的主題無非是悲憤、感懷身世、時間的遞嬗、收穫和滿足，如果遭逢亂世則詩人的感憤感懷也愈深，而英國古典秋天詩所著重表達的主要是時間的壓迫感、季節所展示的生死再生的型態、收穫、滿足和憂傷。前面已提到，中英古典詩都有一些套語指標，怎麼樣應用這些指標來表現上提的這些主題是很巧妙的創作問題，結構主義者所特別關懷的是「母題（指向）──→主題」以及「主題←→作品」中間所應用的等同法則。在表現豐收及滿足的主題時，中英詩人慣常使用的是瓜果葡萄稻穀等秋天收穫物的意象，如欲表現頹敗、哀傷等意旨時，他們就應用落日、落葉、秋蟬、蟋蟀和西風等令人聽望而心生悽惻的意象或母題。從這些意象或母題推展到把主題托出，其過程不外乎應用 contrast, intensification 或 combination 等這些技巧而已。所以我認為給中英秋天詩、中西及時行樂詩等尋找出一個鑑賞或批評的模子來是可以做得到的。

---

❻　"System of transformation" 和 "laws of transformation" 是 Jean Piaget 和 Michael Lane 的用語；對這些名詞的發揮和應用，見 Isaiah Smithson, "Structuralism as a Method of Literary Criticism," *College English*, 第 37 卷 第 2 期 (1975), 頁 145,147 以及他處。

中西文學裡的火神

陳鵬翔

　　馬林諾斯基 (Malinowski) 在研究突魯布里安島人 (Trobriand Islanders) 的神話時，發現該島人對於神話有如下三種不同的看法：「一是島上人士相信是真實歷史的有關於過去的傳說；二是只是說來娛樂人而與事實真理無涉的民間故事或神仙故事；三是足以顯示該島人的信仰、道德與社會結構的宗教神話。」❶福格森 (Francis Fergusson) 根據馬林諾斯基的說法，認為新古典時代的作家對神話時常採取第二種態度，因此讀者在讀他們的作品時能心安理得。但是，浪漫主義以及後期浪漫主義的作家卻不以新古典主義對神話的態度為滿足，而試圖在他們所引用的神話裡強加上某種哲思❷。對我而言，福格森這種分法是相當機械化的。如果說浪漫派詩人雪萊 (P. B. Shelley, 1792–1822) 已成功地運用普羅米修士的神話來闡發他的民主思想，則古典的伊斯格勒斯 (Aeschylus, 紀元前 525–456) 也成功地運用了同樣的神話來鼓吹巨人族的普羅米修士和宙斯的修好。而二十世紀六十年代的美國詩人羅威爾 (Robert Lowell, 1917– 1977) 也應用同一個神話來表現現代社會的複雜性和人類存在的困擾。因此，顯而易見地，無論是在古典時代、浪漫時代或是既不古典也不浪漫的現代，文學家均普遍地運用神話（也不僅僅限於火神神話而已）來表達他們的思想。

---

❶　福格森，"'Myth' and the Literary Scruple," 收入 *Myth and Literature*. John B. Vickery 編 (Lincoln: University of Nebraska Press, 1969), 頁 140.

❷　見前註，第一四一頁。

　　在這篇論文裡，我想對西方文學裡的火神普羅米修士和中國文學典籍裡的類似神話做個比較研究。由於這是一篇主題學研究，因此在探索過程中我會時時記住科斯提爾茲 (Jan Brandt Corstius) 如下的靜言：「學者必須了解主題學研究的價值，純係建立在它依據文學作品本身能增進我們對西方文學許許多多時代的特徵的了解。」❸ 作者對題材的選擇不僅能夠反映時代精神，而且有時還跟作者本身有一層很微妙的關係。在文章裡，首先我將提到《易經》裡的八卦之一的火和與火有關的三皇、祝融和回祿。接著，我將討論到天府火部裡的火正羅宣和其手下劉環以及另一位火神赤精子，這些俱是出現於明代（公元一三八六——一六四四年）陸西星所著的歷史小說《封神演義》裡的神祇。最後我將側重於探討伊斯格勒斯的古典悲劇《普羅米修士被綁》，以見劇作家具體地表現了普羅米修士和宙斯言歸於好的宇宙觀，同時也將研討雪萊的浪漫主義詩劇《普羅米修士釋放了》，以見作者具體地表現了建基於博愛的民主思想以及時代精神，並探討現代美國劇作家羅威爾於一九六七年演出的《普羅米修士被綁》，以見現代人精神的複雜和存在的荒謬和悲壯。

　　中國神話裡有許多火神，惟無人代表和完成普羅米修士所代表和做過的所有事，所以，事對事和功能對功能的比較是不可能並且是不實際的。

　　《易經》中的離卦☲代表火。此卦的象辭曰：

　　　離，利貞，亨；畜牝牛，吉。
　　　象曰：離，麗也。日月麗乎天，百穀草木麗乎土。

❸ *Introduction to the Comparative Study of Literature* (New York: Random House, 1968), 頁 121.

重明以麗乎正，乃化成天下。柔麗乎中正故亨，是以畜牝牛吉也。❹

在希臘神話裡，火代表「靈感」、「生命力」、「溫暖」、「熱」、「光」、知識和文明等等。在上引之象辭裡，我們發覺「麗」字（形容詞同時亦是名詞）不僅蘊含了「光」、「熱」、「溫暖」和「光明」（日月麗乎天）之意義外，同時也有「活力」（百穀草木麗乎土）、「知識」和「文明」的含意在內。離卦或除了「靈感」之意外，其含意幾與希臘神話中「火」之意義不謀而合。

自從漢初以來，中國人習慣把五行跟四方和中間配合。東代表木，南代表火，西代表金，北代表水和中代表土❺，五行有相生相剋之功，而且多多少少已經從《尚書‧洪範》裡所說的五種物質轉變成五種氣。這種轉變極可能肇始自鄒衍之揉合陰陽與五行❻。在鄒衍以前，《尚書‧洪範》曰：「火曰炎上。」孔氏注五行只說：「自然之常性❼。」以南配火，或許是因為中國南方比較炎熱使然。但是，屈原〈招魂〉裡的南方卻是一個神祕、野蠻和狐蛇出沒之地，是一個任何文明人必須規避之地，長居必會招來生命之虞。有關的詩行引錄如下：

魂兮歸來，南方不可以止些。

---

❹ 王弼注，《周易》，卷三第十一頁，上海涵芬樓四部叢刊本。

❺ 見蘇輿，《春秋繁露義證》，第十一卷四 b，宣統庚戌刊本，臺北河洛圖書出版社一九七四年影印；或高誘注，《淮南子‧天文訓》，第三卷二 b 至三 a，四部叢刊本，上海涵芬樓影印。

❻ 王夢鷗，《鄒衍遺說考》，臺北市商務，一九六六年。

❼ 《尚書》，孔氏傳孔穎達疏，十三經注疏本第十二卷五 b 至六 a，臺北市藝文印書館影印，沒列日期。

> 雕題黑齒，得人肉以祀，以其骨為醢些。
> 蝮蛇蓁蓁，封狐千里些。
> 雄虺九首，往來倏忽，吞人以益其心些。
> 歸來兮，不可以久淫些。 **❽**

詩裡的南方是一個蛇狐出沒的神祕蠻荒，很明顯地，這是詩人憑經驗與想像揉製而成，與〈洪範〉裡說「火曰炎上」都是極平實的自然現象的描寫，尚未拈上陰陽五行配對方位那一套玄上思想。

在中國，希臘火神的功能正由傳說中的三皇所分別代表。先談神農氏。沃諾 (E. T. C. Werner) 在《中國神話和傳說》裡說：

> 神農是農牧之神，同時也具有火神的身分，理由是因他繼承了伏羲氏之王位後，採用火為朝廷之表徵，就像黃帝採用土為其代號一樣。因此，他被尊稱為火神。他教導人民使用火來熔鑄用具和武器，以及使用油來點燈等等。他朝中所有的官制大致上均與此一元素有關；因此有火正、北方火官和南方火官等。由於他是火神又是火之守護神，人們遂把第二個火的符號加到他名字上面，把火帝改成了炎帝。 **❾**

我雖不全同意其說法，可是我卻覺得沃諾先生對火帝改成炎帝

---

❽ 洪興祖，《楚辭補註》，第三二八至三二九頁，臺北藝文印書館一九六五年影印本。

❾ 沃諾 (E. T. C. Werner), *Myths and Legends of China* (London: Harrap, n. d.), 頁 239.

的推論頗為有理。據我的理解，神農是日神、農神和醫藥之神。班固在《白虎通》的〈五行篇〉說：「炎帝者，太陽也。」❿既然他是日神，他遂被稱為「炎帝」。他之被稱為農牧之神是因為他是第一位教導人民耕種五穀的帝王。《易經》記載其事跡曰：

> 包犧氏沒，神農氏作。斲木為耜，揉木為耒，耒耨之利，以教天下，蓋取諸益。日中為市，致天下之民，聚天下之貨，交易而退，各得其所，蓋取諸噬嗑。⓫

教導人民製作農具的是他，建立了市場的也是他。鑑於他是日神，沃諾先生遂推論說他「教導人民使用火來熔鑄用具和武器，以及使用油來點燈等等。」袁珂先生推論說，他要老百姓以他為表率。在他這日神升到天空正中時，他們就可以開始當天的交易⓬。有一種傳說甚至說，有一次當他在教導人民播種五穀時，天空突然紛紛降落下穀種，他遂把這些穀種蒐集了播種在已耕好的田地上，以後才有供人們食用的五穀⓭。由於他灌輸給人民農學知識，其德感天動地，後人遂尊稱他為神農氏。

　　神農氏又為醫藥之神，多少與他之被尊為日神有關。陽光可以治癒皮膚病，其之被視為一種醫療力量是理所當然的。關於他在醫藥方面所扮演之角色有多種傳說。傳說他曾經用「赭鞭」（顯然是指紅色的陽光）來鞭打各種各樣的藥草，這些藥草經過鞭打後，它們有毒無毒，或寒或熱，各種性質都會呈露了

---

❿　班固，《白虎通》，見《漢魏叢書本卷》上，第三七頁 b，臺北市新興書局影印，一九七七年。

⓫　王弼注，《周易》，第八卷第二頁。

⓬　見袁珂著，《中國古代神話》增訂本，第七一頁，上海商務，一九五七年。

⓭　見袁著，第七十至七一頁。

出來，然後他就根據這些藥草所含的賦性，以治療病人。另一種傳說指他曾遍嘗百草，有一次曾在一天之內中毒七十次。更有一傳說，說他在遍嘗了百草之後，無意間嘗到一種斷腸草，終於腸子斷爛而逝。

另外兩個史前時期的帝王伏羲和燧人氏，也像神農氏一樣，非常慈善與偉大。三皇中最早的伏羲，被冠以不同之尊稱，如「宓羲」、「庖羲」、「伏戲」、「包犧」、「伏犧」、和「虙戲」等等。他是南方之神少昊之子，但是奇怪的是，他後來竟當了東方之帝，且被尊稱為太昊，其意為太帝。據說他和女媧的關係⓮，就如同希臘的宙斯和希拉 (Zeus and Hera)，是一對兄妹，甚或是一對夫婦。袁珂先生以為此非僅為一假設，且為一事實。因為第一，在漢朝（公元前二〇六年至紀元二一九年）的石刻畫與磚畫中，常有人首蛇身的伏羲和女媧一起出現的畫像。有的畫中，甚至在二人中間著一天真爛漫的小兒，手扯著他們的衣袖。顯然地，他們是一對夫婦，且過著非常美滿的家庭生活。第二，在西南地區苗傜等少數民族間流行的傳說中，伏羲和女媧不但是夫婦，而且是親兄妹結成夫婦，其父和雷神作戰，從蒼穹掉下來死去後，人類也因此遭殃，全被雷神所興弄的洪水所淹死，而他們就在此非常境況下結為夫婦，他們也因此被尊為人類的祖先⓯。據此，若說伏羲真的是人類的一個祖先，那麼他跟普羅米修士是可以相提並論的，因為在希臘神話裡，普羅米修士也被視為人類的創造者⓰。

⓮　在中國神話裡，據說女媧曾造人。據此，則她跟普羅米修士就有了類似處，因為有一傳說說她是人類之創造者。我不想把她跟普羅米修士作比較，因為她並非火神。

⓯　見袁著，第四一至四五頁。

⓰　Edith Hamilton, *Mythology* (New York: The New American Library, 1942),

伏羲對人類的偉大貢獻可見於《易・繫辭》，茲引如次：

> 古者包犧氏之王天下也，仰則觀象於天，俯則觀法於地；觀鳥獸之文，與地之宜，近取諸身，遠取諸物，於是始作八卦，以通神明之德，以類萬物之情，作結繩而為罔罟，以佃以漁，蓋取諸離。**⑰**

此段文字有兩點值得注意處。第一，伏羲製作了一套叫做八卦的神祕符號，古代創造中國文字者遂據以演變成象形文字。第二，他是第一位以繩子結網並且教導人民使用網罟捕魚的人。此外，亦有書把「造書契」的功績歸之於他**⑱**。甚至有把燧人氏鑽木取火的事功也加在他身上的。據此，則把火種帶給人民並教導人民燒烤肉類的是他而非燧人氏了**⑲**。實在說，在三皇之中，唯有他完成了普羅米修士所完成的大部分事功，包括造書契、取火以及給人民灌輸烹飪的知識。

在為人民獲取火種這層面而言，則三皇之一的燧人氏所完成的功績，幾等於普羅米修士所完成者。傳說他是一極睿智的人，時常到處漫遊。一日，他抵達西方之極地「遂明國」，在那裡，人們終年不見日月。燧人氏疲憊不堪，走到了一棵巨木下，倒頭就睡。依常理看，遂明國既然終年罩在黑暗中，樹蔭下自然應比他處更黑暗才對；但是，這純粹是臆測而已。事實上，林中充滿了閃爍的火光，像珍珠或鑽石的發出光芒，四處閃亮，

頁 68–69.

⑰　王弼注，《周易》，第八卷第二頁。

⑱　《辭海》上冊，第一九九頁，臺北中華書局一九七二年版。

⑲　見袁著，第五十至五一頁。

遂明國的人民在光亮處工作、休憩和吃睡。這可使這個傳說中
的青年大為驚訝。他便開始去探尋閃閃星光的來源，發現星光
原來是由一些形狀像鴞的大鳥，用牠們短而硬的嘴壳去啄那樹，
就在一啄之間所爆出來的燦爛火光。突然間，靈機一動，他便
想出了鑽木取火的方法，而這種取火方法，當然跟鴞鳥啄木所
發出的是不太一樣的。他回到自己的國家以後，便開始教導人
們起火煮食之方，使他們免去了因生吃獸肉而感染疾病。後來，
他被選為國王，並被尊為「燧人」，也即「取火者」之意❷。

從以上的探討裡，吾人可以發覺，古代中國人的火種來自
樹林裡，而不像古希臘人那樣，是從一位全知的巨人普羅米修
士那裡得來。比較而言，希臘人對火種之來源和使用的解釋是
超越論和本體論式的，而中國人之解釋則是源自經驗而為人文
的。再者，中國人並不像古希臘人，認為諸神統馭一切，鑽木
取火的傳說就跟發明象形文字、織網捕魚和傳遞農業知識一樣，
肯定的完全是人類的智慧。

由以上的探討，我們現在曉得普羅米修士的功能在中國分
別是由三皇所代表：伏羲氏傳播知識，或甚至是取火者；神農
氏灌輸給人民醫藥和農耕的知識；燧人氏是取火者。三皇由於
對人民有莫大之貢獻，為民所愛戴，故前二者被尊崇為神，而
燧人氏則被擁立為王。雖然有些歷史學家以為，這幾個超自然
的人物實際上並不存在，但是大多數中國人就像突魯布里安島
人一樣，把有關他們的傳說，認為是「有關過去的真實歷史」；

❷ 見袁著，第五一至五二頁及五四頁。又《韓非子‧五蠹篇》曰：「上古之
世，民食果蓏蚌蛤，腥臊惡臭，而傷害腹胃，民多疾病。有聖人作，鑽
燧取火，以化腥臊；而民悅之，使王天下，號之曰燧人氏。」此段引文可
見上海涵芬樓四部叢刊本《韓非子》卷十九第一頁。

若不是正史，至少也是野史。

　　除了上提之三皇以外，中國神話還充斥著五、六位以上的火神。中國人對這些火神的態度相當分歧。若是一個神祇不斷見諸正史或稗官野史，並且其影響力深植於人心，那麼國人對他的態度就像突魯布里安島人對待類似的傳說一樣，是屬於第一種。若他只是出現在諸如《封神演義》那樣的小說中的虛構人物，那麼國人通常把他的故事當作「只是說來娛樂人而與事實無關的民俗或神仙故事」。在這五、六位神祇中，最著名的是祝融和回祿，通常他們都被視為真實人物。有關這些火神的記載繁多且自相矛盾，但是他們早已成為家喻戶曉的人物。成語如「遭回祿之災」或「遭祝融之禍」指的是，有些房子遭大火燒毀，就好像被這些火神親身光顧了一樣。

　　據說火神祝融和其曾祖父神農氏在南方統轄一個方圓一萬二千里之地❷。另外據某些文獻如班固的《白虎通》和應劭的《風俗通》記載，他曾繼承了神農氏的基業，而成為三皇之一❷。這種記載是可以理解的，因為他跟燧人氏一樣是火神之一，而古代人為了奉他為神，便把他跟燧人氏認同甚至混為一談。

　　「祝融」本為一官職，相當於「火正」。據字義而言，「祝」者，「甚也」或「大也」；融者，「明也」，釋義俱與火神之特徵相吻合❷。他的正名叫「吳回」，又名「黎」。《史記》在詳考楚之族譜時說，他的真名是「重黎」，而「吳回」為其弟名❷。惟《左傳》昭公十八年「禳火于玄冥、回祿」，孔穎達疏曰：「楚

❷　見袁著，第七十及七四頁。
❷　王孝廉譯、森安太郎著，《中國古代神話研究》，第一頁，臺北市地平線出版社一九七四年版。
❷　見前註，第四至五頁。
❷　見前註，第四頁。

之先吳回祝融，或云回祿即吳回也。」❷ 又據《史記》載，此一
吳回或回祿因其兄重黎應帝嚳之命不力被誅而出為重黎，又復
居火正為祝融 ❷。從上面的討論裡，我們可以看出，重黎和回
祿這兩兄弟都是史前的超自然人物。他們生前都曾任火正之職，
故死後便被奉為火神。

《山海經》之〈海外南經〉曰：「南方祝融，獸身人面，乘
兩龍。」❷ 據此文獻，吾人可知此火神為一人面獸身者，外出時
總是騎著兩條龍。據說他有個兒子共工，為水神。這位水神紅
髮，人面蛇身，生性愚蠢又殘忍。有一次在女媧完成了造人的
工作後，這位水神卻唆使一幫醜惡、貪婪與兇殘的惡友，跟他
父親打了起來。此次戰況慘烈，直從天上打到人間。到了人間，
水神仗恃他的權力竟命令河裡的生物興風作浪，以助他淹死敵
手。他雖使盡力氣，仍然戰勝不了他的父親。相反地，他與手
下的幫兇大都被祝融憤怒的火焰燒得焦頭爛額，落荒而逃。敗
陣之後，他又氣又惱，覺得無臉見人，於是一頭向西方的不周
山碰去。不周山是一根撐天的柱子，經水神共工這麼一碰，柱
子被碰斷了，大地的一角也被碰壞，半邊的天塌下來，天上露
出一個大窟窿，後經慈愛而萬能的女媧揀了無數五色卵石才把
它補起來 ❷。從我們的研究中，我們可以這麼說，祝融和其逆
子的戰爭，正足以顯示水火不相容的特性。

---

❷ 見《春秋左傳注疏》，卷四十八第八四二頁，臺北藝文印書館十三經注疏
　 本。

❷ 見《新校史記三家注》，卷四十第一六八九頁，臺北世界書局一九七三年
　 影印本。

❷ 見郝懿行，《山海經箋疏》，卷六第七頁，臺北藝文印書館一九七四年影
　 印清嘉慶阮氏本。

❷ 見袁著，第五七至六十頁。

　　至於回祿其人，以及他之所作所為，我想沃諾書中的記載
已足讓吾人了解他了：

　　　　回祿生於堯的父親帝嚳（紀元前二四三六年至二三六六
　　　　年）之前。他有一隻神祕的鳥叫做北方，和另外一百隻
　　　　關閉在葫蘆裡的火鴉。一旦把牠們釋放出來，就足以引
　　　　起一場殃及全國的大火災。黃帝曾命令祝融去攻打回祿
　　　　並征服蚩尤，祝融擁有的一個純金大手鐲，是他最神妙
　　　　和最厲害的武器。他把手鐲往空中一丟，落下來時便套
　　　　在回祿的頸子上，把他拖倒在地動彈不得。回祿眼見無
　　　　從反抗了，只得哀求其對手手下留情，並應允為對方之
　　　　徒弟以應戰。此後，他總是自稱為「火師之徒」。❷

　　沃諾此段文字取自《神仙通鑑》。問題在於他說「回祿生於堯之
父帝嚳之前」，此一說法正好跟我們說他「生當帝嚳時代」相反。
再者，因他與蚩尤站在同一戰線上以反對統治者，在本質上他
已具備了火神的性格。由於反叛黃帝，他終於被祝融所征服，
而祝融據推測即是他之兄長。第一個矛盾可以解釋成，在神話
裡，時代錯誤並不是什麼值得大驚小怪的現象。第二個矛盾既
有趣又富有意義，因為它顯示出原始人類漸漸開化，漸漸意識
到火雖對他們有益，但也可能變成一種毀滅力量。就本文而言，
我們可以這麼說：「在他死後，他被奉為神，後人把他的像供在
竈上祭拜。」❸ 他的名字成了「火災」的同義字。

---

❷　見沃諾著，第二三八至二三九頁。
❸　沃諾著, A Dictionary of Chinese Mythology (New York: The Julian Press,
　　1969), 頁 197. 欲對這火神以及其他八九個火神如伏羲、神農、祝融、羅

　　從上面對三皇和兩個火神祝融及回祿的討論裡，我們可以看出他們多多少少都與火有關。他們是先民的恩人，但因鑑於祝融或回祿之所作所為，人們開始了解到火雖有用，有時卻也會變成毀滅力量。撇開史家之眼光不談，在民間的想像裡，有關火神之種種傳說常被認為是人類進入文明階段的「可信的前代歷史」。下面我們要討論陸西星《封神演義》裡的角色羅宣、劉環和赤精子，前二者是毀滅力量，後者則是仁慈的人物。作者對於這些火神的傳說和故事的態度頗為隱晦。他寫這些傳說故事，好像是抱著「說來娛樂人，而與事實真理無涉」的態度，但就全書而言，他似乎是在倡言某種社會和宇宙的秩序。也就是說，作者覺得羅宣和劉環為紂王（紀元前一一五四年至一一二一年）的長子效勞是不義的，而赤精子為周武王的軍師效力則是合乎正義的。在這種情況下，我們可以確言，他對神話的態度已從第二種轉移至第三種了。

　　《封神演義》裡總共有七個與火有關的角色，但其中只有三個顯著地表現出火神的特質。最常出現的是赤精子。他是一名道士，居住在太華山雲霄洞。沃諾先生說：「他是火之化身……他本身以及與其有關的事物，如皮膚、頭髮、鬍子、褲子和衣袖等，都是火的顏色，有時他出現時也戴頂藍帽子，真像極了藍色的火舌。」❸他投效在軍師姜子牙帳下，時而雲遊四方，以尋求師友之助。在小說中，他很成功地完成了兩項任務。其一是出戰道士姚賓。在這次戰鬥裡，他險些喪生落魂陣中，後來他從老子處借來了太極圖，才破了落魂陣，殺了姚賓。其二是收伏他的徒弟紂王的二兒子殷洪，因為殷洪下山後並未遵守原

　　宣、蚩尤等有比較深入的了解，讀者可參考此書第一九四至一九九頁。
❸　見前註，第一九六頁。

先的諾言，保周伐紂。開始幾個回合，他並未順利地收伏他，因為此時他徒弟身上擁有當初下山時他所贈予的奇門異器，連他自己也敵不過。最後，他還是藉著太極圖的神妙，含淚把殷洪收在圖裡化成灰燼。

　　赤精子為姜子牙而戰的理由是為尋求社會安寧與宇宙的正義。他在戰場斥責其徒的話尤能顯示此一動機。在第六十回，當赤精子聽到殷洪解釋他違背初衷，轉而去幫助父親乃人倫之常時，他笑罵道：

> 畜生！紂王逆倫滅紀，慘酷不道，殺害忠良，淫酗無忌，天之絕商久矣；故生武周，繼天立極，天心效順，百姓來從，你之助周，尚可延商家一脈，你若不聽吾言，這是大數已定，紂惡貫盈，而遺疚於子孫也。可速速下馬，懺悔往愆，吾當與你解釋此愆尤也。❸❷

簡言之，既然紂王逆天行事，殘酷不仁，故為了維持社會與宇宙秩序於不墜，他是注定要敗亡的。事實上，赤精子在人間所言與天上的女媧的話遙相輝映。她命令三女妖下凡去擾亂商朝（紀元前一八〇〇年至一四〇〇年）時，曾對她們說：

> 三妖聽吾密旨！成湯氣數黯然，當失天下；鳳鳴岐山，西周已生聖主。天意已定，氣數使然，你三妖可隱其妖形，託身宮院，惑亂君心；俟武王伐紂以助成功，不可殘害眾生。事成之後，使你等亦成正果。（第五頁）

---

❸❷　陸西星，《封神演義》，第五〇二頁，臺北文源書局一九七四年版，後引俱取自此一版本，並注明頁數。

從赤精子和女媧的話裡，我們現在知道作者所抱持的是什麼樣的態度了。這些跟火神有關的神話故事並不一定只是「說來娛樂人，而與事實真理無涉」，而是深具意義。它們是作者用來襯托出其強調社會和宇宙秩序的工具。

若說姜子牙帳下的赤精子是殷仁和的力量，那麼在紂王大兒子帳下的羅宣和劉環便是毀滅的力量。羅宣原是火焰中仙，是火龍島上的道士。「戴魚尾冠，面如重棗，海下赤鬚紅髮，三目，穿大紅八卦服，騎赤烟駒。」（第五三八頁）總之，他任何一點都與火的顏色有關。

在他與子牙眾門人對陣，抵擋不住時，他「忙把三百六十骨節搖動，現出三頭六臂，一手執照天印，一手執五龍輪，一手執萬鴉壺，一手執萬里起雲煙，雙手使飛煙劍」（第五三九頁）。雖然如此，對陣的第一回合他就被打下赤烟駒，落荒而逃。就在那一個晚上，羅宣乘赤烟駒，祭起法寶，飛至空中，把萬里起雲煙射入西岐城中。為了加強火力，他把萬鴉壺開了，又用數條火龍，把五輪架在空中。剎那之間，千萬隻火鴉飛騰入城，畫閣雕樑，頓時傾倒。就在這當兒，瑤池金母之女龍吉公主出現了。她用霧露乾坤網把整個城罩住，大火因而熄滅。接著羅宣的武器一件件失靈，他只好溜下西岐山，不料途中卻撞到托塔天王李靖。李靖祭起三十三天黃金寶塔，金塔落將下來，正好打在羅宣的腦袋上。

劉環也是道士，居住在九島。他「黃臉虬鬚，身穿皂服」（第五三八頁），前來助其師兄羅宣一臂之力。羅宣在酣戰龍吉時，他仗劍直取龍吉。龍吉公主一點不慌張，祭起二龍劍，隨即將劉環斬殺於火內。

上面的探討使我們了解到，羅宣和劉環確是殷毀滅力量。

他們替紂王的大兒子殷郊效力，想要摧毀敵將和西岐城；但是他們終究徒勞無功。跟他們有牽連的故事，只是作者用來襯托出他維護社會和宇宙秩序的佐證。雖然如此，在這部小說的結尾，這兩位超自然的道士，也跟其他陣亡的忠臣俠士，受到冊封超昇入天國。在火部當中，羅宣被敕封為火德星君正神，其所兼領的火部五神，朱昭被冊封為尾火虎、高震為室火豬、方貴為嘴火猴、王蛟為翼火蛇、劉環為接火天君。比較而言，羅宣和劉環只在叛逆這層面是和普羅米修士相似。

　　在紀元前五世紀或更早的希臘，盜火者普羅米修士的傳說幾乎是家喻戶曉。西方第一位悲劇作家伊斯格勒斯以三部曲的形式來處理這個叛逆的巨人抗拒暴君宙斯的故事，而使其永垂不朽。三部曲中，《普羅米修士被綁》❸是碩果僅存的一部，而《普羅米修士釋放了》和《取火者普羅米修士》則已軼失。諾伍德 (Gilbert Norwood) 認為，按照事件發生的先後，應先是普羅米修士冒犯了宙斯，繼而他被處罰，終於他們言歸於好，故這三個劇本的合理次序應該是《取火者普羅米修士》、《普羅米修士被綁》和《普羅米修士釋放了》❸。這種推斷，比認為三部曲的次序應是《普羅米修士被綁》、《普羅米修士釋放了》和《取火者普羅米修士》，更能跟伊斯格勒斯傾向於維護一個和諧的社會和宗教秩序的藝術特質和精神配合。

　　《普羅米修士被綁》處理的是火神向暴虐的宙斯挑戰以及緊跟而來加諸於他的懲罰。這個劇本的結構有些像馬羅

---

❸　Edith Hamilton 所譯，收在擴大版 *The Continental Edition of World Master-pieces* 之中．Maynard Mack 等人編 (New York: Norton & Company, Inc., 1966)，第一卷，頁 280–309. 本人的引文即出自這個版本．

❸　*Greek Tragedy* (New York: Hill and Wang, 1960)，頁 92–93.

(Christopher Marlowe) 的《浮士德博士》一樣，略於情節，幾無中環，描寫得最精采的是主角強烈情感的變化，以及主配角所流露出來的力量。巨人普羅米修士始終不肯向宙斯妥協，以致被火與鍛鐵之神何費斯特士 (Hephaestus) 用鎖鍊縛在西錫亞 (Scythia) 的懸崖上。福格森先生認為，只有浪漫派和後期浪漫派的作家試圖把某種哲思強加在他們所引用的神話上 ❸，我則覺得，伊斯格勒斯雖說是古典派作家，他仍利用火神的神話來表達他的社會觀和宇宙觀。就像大部分古希臘人一樣，他對於自己所處理的題材，抱著一種相信的態度。據此，我們可以說，劇作家對火神神話的態度是突魯布里安島人對神話的第一種和第三種態度的綜合。

　　普羅米修士對人類的愛不只在一兩處顯示出來。他屬於巨人族，但卻同情宙斯的革命。宙斯由於他的幫助，一旦把他父親克魯諾斯 (Kronos) 推翻了之後，為了鞏固自己的王權，便決定毀滅人類並重新創造人種。普羅米修士基於對人類的愛，乃起而反抗宙斯，使人類免於浩劫。這一來，他可變成了萬神之神的仇敵。在他跟海神的統領談到他與宙斯的宿怨時，他指出：

　　　　宙斯一旦奪取了父王之位後，
　　　　便立刻封賞各神職位，
　　　　組織王國；
　　　　而人類之痛苦
　　　　他卻毫不關懷。
　　　　他的願望是人類應毀滅，
　　　　而後他就可以生產另一人種。

---

❸　見註❷。

沒有人膽敢忤逆其意志，除了我。
我有此斗膽，我拯救了人類，
因此我被縛住受盡磨折。
這苦頭是悲慘的，令人目不忍睹。
我同情人類，
我未料到會落到這個地步。
在此受盡無情的懲罰，我是
宙斯之恥辱。（第二四三至二五七行）

我們只看他對統治階級的反抗，就可發現他像極了羅宣和劉環，甚至像極了那位反抗黃帝的蚩尤。這一點容後再討論。在此我們只消說，他因對人類充滿了愛，以致為人類受苦。從另一方面來看，他也是個耶穌型人物，因為受惠於他的宙斯，對他的幫忙非但未思回報，反而將他綁在西錫亞的一塊岩石上。一直要等到宙斯的第十三代後裔赫勒克利斯（Heracles，又叫 Hercules）來釋放他，在這之前，他只得忍受宙斯惡毒的懲罰。我們若把普羅米修士跟中國的叛逆火神比較的話，我們就會發覺，他跟戰死疆場的羅宣與劉環大不相同，他變成了一位受苦受難的英雄，一位與荒謬的命運作戰的西西佛斯 (Sisyphus)。

　　與伏羲和燧人氏一樣，普羅米修士也是取火者，是人類之恩人。但有一點卻不盡相同，伏羲與燧人氏只須到樹林裡取火，他則得到天庭盜取，並且在拯救了人類之後，隨即把火傳給他們。為了此一越軌行為，他得忍受宙斯的折磨。在被釘在西錫亞的巉岩之後，他曾在獨白中明白地指陳這一切：

　　我被綁得緊緊的，我必須忍受。

> 我帶給人類禮品。
> 我尋找出火的祕密來源,
> 隨後我裝上一蘆葦管的
> 火給人類,這技藝之先師,
> 改變了一切之根源。
> 這便是我必須擔當的罪愆,
> 在蒼穹下被釘在岩石上。(第一一八至一二五行)

不論在東方或西方,人類懂得利用火通常被認為是通往文明的第一步。普羅米修士冒著生命之危險,為人類帶來如此珍貴的火種,而他只能以帶著嘲諷的口吻來訴說他的動機是因為「我太愛人類了」(第一三四行)。因此,就他對人類的愛以及因此受到懲罰而論,他倒是像極了耶穌。

像神農與伏羲一樣,普羅米修士也是一位帶給人類知識的人。他為先民帶來思考與記憶的能力;他教導他們使用數字,把字母拼成字的方法;他提供他們農業、醫藥、礦物以及其他方面的知識。簡言之,他教導他們各式各類的技藝,以減輕他們的痛苦。他說如下的話時,確實是一點也不誇張:

> 在我使他們看到以前,
> 火的徵兆對他們而言是太模糊了。
> 地底下給人類蘊藏了
> 寶貴的東西,
> 銅和鐵,金和銀。
> 在我未指出挖採的方法以前,
> 有誰敢說他懂得挖採?

除了吹噓以外，沒有人敢這麼說。

人類所有的技藝、物產都來自我。（第五三七至五四六行）

我們都曉得，在中國神話裡，這方面的貢獻，一部分是屬於伏羲，另一部分則歸諸神農。中國沒有一個神祇是可以完全跟普羅米修士相比擬的。

上文曾略略提到，普羅米修士在個性上頗似撒旦，總愛反抗權威。這一點在伊斯格勒斯的劇本裡表現得特別明顯。在他被鎖禁於西錫亞的巉岩後，他依然故我，違抗如前。有一次，他的一位兄長奧森 (Ocean) 基於愛心與骨肉之情，特地跑來想幫他忙，但是首先叫他，在宙斯的恚怒下，要謙卑一些。普羅米修士以輕蔑的態度聽著，然後拒絕了乃兄的勸告，並且勸他切莫與作惡多端的人交往。奧森匆忙離去之後，普羅米修士又向一群海神誇耀他對人類的善行。他說在他「自恥辱、悲傷和枷鎖中／得救」之前，他

必須長久屈服在痛苦和悲傷之下。

只有如此他的束縛才有解開之一日。

所有的技巧、機詐，就像愚蠢一樣暴露

在需要面前。（第五五三至五五六行）

當變形為牝牛的艾歐 (Io) 出現在普羅米修士面前時，普羅米修士為她預言她未來的命運，並言及宙斯的敗亡；因其時宙斯正準備跟一個女人結婚，而這女人將會替他生下一位比父親還強悍的兒子。他也提到十三代以後，宙斯會有一名後裔，「英勇無比，以弓箭之術揚名」（第九五六行），這後裔會為他帶來

自由。眼前他深知自己與宙斯的命運，他決不向任何暴力低頭。
在宙斯的使者赫美士 (Hermes) 到來，要他透露宙斯注定要被推
翻的祕密之前，他向一群海上女神說：

> 在我看來，宙斯根本不算什麼。
> 讓他顯現其意志，顯示其力量，
> 他能在天上作威作福的
> 時日已不長了。(第一〇四一至一〇四四行)

赫美士來到後，對他百般恐嚇，而他依舊輕蔑如前，嘲笑赫美
士只不過是「諸神的跑腿」(第一〇五九行)。他向宙斯挑戰：

> 那麼把三叉形的火焰
> 投到我身上吧。讓霹靂
> 撕裂四周的空氣。
> 狂風癱瘓了天空，
> 颶風搖撼大地之根本，
> 海浪湧起來吞噬了星星，
> 就讓我被捲入地獄裡，
> 捲入「需要」兇猛的漩渦裡，
> 他都殺害不了我。(第一一五五至一一六三行)

突然間，整個自然界起了一陣騷動，態度依然傲慢的普羅米修
士沉入了地獄裡。這就是違抗宙斯的取火者的悲慘命運。與中
國的火神相較之下，我們發覺他和羅宣、劉環，甚至蚩尤頗為
相像，但有一點卻跟他們不同；他們最後被殺而超昇，而他在

與其對手和解之前，卻被打入地獄去接受苦刑。

　　上面的探索使吾人理解到，伊斯格勒斯是個古典主義者；他根據原始的傳說以為素材，把踰越者囚禁起來以獲取宇宙的秩序。他與十九世紀浪漫派的雪萊不同。雪萊釋放了劇中的主角，他則非但囚禁了普羅米修士，甚且讓普羅米修士與宙斯和解，藉以換取某種社會與宇宙的和諧。在《普羅米修士被綁》一劇中，我們看到的是宙斯年輕時的暴行，以及普羅米修士不屈不撓的抗拒和力量；然而這只不過是整個三部曲之部分描繪而已。雖然《普羅米修士釋放了》已遺失了，不過整個故事的輪廓我們大致還清楚。在伊斯格勒斯現存的劇本裡，普羅米修士一再暗示，總有一天萬神之神會要他幫忙的，而且一位「英勇無比，以弓箭之術揚名」（第九五六行）的人會來釋放他。在跟海上女神對話中，他甚至預言他可能和宙斯妥協：

> 我曉得他很野蠻。
> 正義只站在他那一邊。
> 但是有朝一日他落魄了，
> 他會變得溫和的。
> 他會平緩他固執的脾氣，
> 跑來見我。
> 屆時我們之間就會有和平和互愛。（第一九九至二○五行）

換言之，儘管伊斯格勒斯是一位古典主義者，他也難免採用了取火者的傳說，來表達他對社會與宇宙的看法。實在說，他是把人類的進化史跟自己的宗教觀念混合了起來。

　　十九世紀，歌德、拜倫和雪萊這三位浪漫派詩人全都寫過

普羅米修士的傳說。像大部分自我中心的浪漫主義者一樣，歌
德和拜倫頌讚普羅米修士，並把他反抗命運的行為跟人類的等
同。譬如說，在拜倫的〈普羅米修士〉中，我們讀到底下數行：

> 宙斯所從你身上榨取的
> 只是刑拷你的折磨
> 反施於他的威脅；
> 你很準確地預測了他的命運，
> 但你卻不願意告訴他以緩和其憤怒；
> 在你靜默中就是他的懲罰，
> 而在他靈魂裡的只是空懺悔，
> 不祥之恐懼掩飾得很差，
> 他手裡的閃電顫抖著。❸❻

拜倫把普羅米修士這位巨人捧為英雄，是因為他不肯向敵人屈
服，而宙斯則被貶為罪人。此外，詩人把人跟自己悲慘的存在
的掙扎，跟普羅米修士的掙扎認同了：

> 人就像你，生而即半神聖，
> 是一條源頭純潔而被攪混了的溪流；
> 他能約略預測
> 自己充滿陰影的命運；
> 他的不幸和抗拒
> 以及悲苦的孤立的命運。（第四七至五二行）

---

❸❻ 見 Ernest Bernbaum 編的 *Anthology of Romanticism,* 第三版 (New York:
The Ronald Press Company, 1948), 頁 546. 其他引文俱取自這本選集。

很明顯地，拜倫寫作本詩絕非為了娛人娛己。相反地，他寫作這首詩是為了使讀者昇華。「人類生而即半神聖」，而他就像全知的巨人普羅米修士，能預知自己的命運並加以反抗，使萬神之神顯得更為渺小。

雪萊的《普羅米修士釋放了》❸❼，在人物刻劃、主題和題材方面，無疑的是普羅米修士神話的擴展。從他對這個火神神話的處理，可以看出他個人反叛的性格與時代的精神。雪萊跟伊斯格勒斯不同，後者為了貫徹其宗教觀，最後不惜讓普羅米修士和宙斯修好，雪萊則在《普羅米修士釋放了》的序文說，他「反對讓這位英雄與人類的迫害者妥協這樣脆弱的結局。」❸❽和米爾頓史詩中那個只為本身的榮耀與利益而戰的撒旦比起來，雪萊認為「普羅米修士似乎是道德與智性最完美的類型，他為最純粹與最真實的動機所驅使，去追求最高貴與最佳的目標。」❸❾誠然，雪萊的普羅米修士不僅熱愛人類，而且也寬宥了自己的仇敵，這一點我們後面自然會發現。因此，從各個角度看來，他確是一個耶穌型的人物❹⓿。

雪萊為了表達他的博愛思想，不惜擴大甚至於扭曲了原始的火神神話。他的劇作共有四幕，跟伊斯格勒斯的一幕劇自是不同，因此，比較上要來得複雜得多。在劇中，主角在西錫亞已忍受了三千年的折磨，正等待著釋放的那一刻的到來。力量

---

❸❼ 見 Ernest Bernbaum 編的 *Anthology of Romanticism*, 第三版，頁 883–935. 其他引文俱取自這本選集。

❸❽ 見前註，第一一九八頁。

❸❾ 見前註，第一一九九頁。

❹⓿ 在 *Sheliey's Prometheus Unbound* (Baltimore: The John Hopkins Press, 1965) 這本研究著作中，瓦塞爾曼 (Earl R. Wasserman) 即曾把普羅米修士比擬作耶穌基督，見頁 92–110.

(Force)、暴力 (Violence)、海上女神以及艾歐都已自劇中消逝，代之出現的卻是另外大約十個新角色，諸如狄摩戈根 (Demogorgon)、赫鳩力士 (Hercules)、亞細亞、潘狄亞 (Panthea)、艾奧妮 (Ione) 和朱比特的幽靈 (Phantasm of Jupiter) 等。非常明顯地，雪萊的人物都有所代表或象徵。像普羅米修士或代表人性及革命家，朱比特代表邪惡及暴權，赫鳩力士代表力量以及亞細亞代表自然或美等等，都是比較明顯的。至於狄摩戈根到底是自然之精、宇宙魂、需要還是魔鬼，則顯得見仁見智❹。整個劇本到底該看待為寓言劇還是抒情浪漫劇，也是眾說紛紜，莫衷一是❷。

我們說《普羅米修士釋放了》是浪漫的，其意義即在雪萊跟伊斯格勒斯相反，在解決取火者與迫害者之間的爭端，自有他的一套。假如普羅米修士代表人性與改革，而朱比特代表邪惡與殘暴，那麼，要消除這種衝突的唯一途徑就是愛。戲開始時，普羅米修士還一再要求他的母親「大地」和潘狄亞、艾奧妮兩海神，為他重述朱比特首次折磨他時，他對朱比特所發出的詛咒，不過，「大地」和兩女神卻不加以理睬。最後，朱比特的幽靈現身來複述此一詛咒。在聽過後，普反而拒絕再這樣詛咒人。經過三千年的苦刑折磨，現在他已變得睿智多了，同時也「不再」怨恨了（第一幕第五七行）。他發覺自己仍然是不屈

---

❹ 批評家通常把狄摩戈根解釋為魔鬼、自然之精、宇宙魂、需要等等，見 Kenneth Neill Cameron 著 "The Political Symbolism of *Prometheus Unbound*," *PMLA*, 卷 58(1943), 頁 742–743.

❷ 在 "*Shelley's Promatheus Unbound*, or Every Man His Own Allegorist," *PMLA*, 卷 40(1925): 頁 172–184, 懷特 (Newman I. White) 自雪萊的書信、雪萊夫人給本劇所寫的札記以及當時的評論文字舉證，否認這本抒情劇是一個寓言劇。

不撓，可他卻盼望人間「再沒有人受苦」（第一幕第三○七行）。他變得非常人道，甚至乎恕道，因為他終於寬恕了迫害他的人。

從各方面看來，第一幕表現的是普羅米修士的心路歷程，通過此一過程，他逐漸了解到，解決人類的爭端與衝突的唯一方法，不應是恨或報復，而應該是愛。當默鳩里（即前面提到的赫美士）和復仇女神來威脅他，要他說出朱比特未來命運的祕密時，他毫不屈服，因為他內心了然，暴力是無法永遠統治世界的。就像耶穌一樣，他明白「痛苦」是他的「自然元素」，而「仇恨」則屬於朱比特——這裡由復仇女神來象徵（全引自第一幕第四七八行）。因此，在默鳩里和復仇女神離去之後，一群精靈隨即出現，預言愛勢將治癒人類的病痛。他們也預言，普羅米修士會為世間帶來愛，以掃除邪惡與憂患的統治。精靈離去後，普羅米修士即刻承認愛的力量，因為他對妻子亞細亞的愛，曾支撐他忍受痛苦而不投降。正如他在第一幕開始時所說的，他「不再」怨恨；他只希望人間「再沒有人受苦」。他實已茅塞頓開，因為他終於明瞭，「除了愛之外，所有的希望都要落空的」（第一幕第八二五行）。

愛的母題在第二幕裡更為增強。在這一幕，亞細亞和潘狄亞隨著「迴音」，來到需要之神狄摩戈根的轄境。在狄摩戈根居住的洞穴裡，亞細亞問了許多問題，主要是普羅米修士何時會獲得自由，並為世人帶來自由，以征服朱比特的獨裁殘暴。主人為了回答這些問題，指給她們看永恆的「時光」的旅程，其中有一段旅程正標示了朱比特之敗亡，另一段則標明普羅米修士獲釋。亞細亞和潘狄亞陪同「時光精靈」，乘車子來到一處新樂園之後，整個人都變了，彷彿變成了另外的人。潘狄亞臉色「蒼白」，而亞細亞則與愛一模一樣，因為愛的光芒不斷從她身

上湧出。下列潘狄亞的話正足以刻劃出亞細亞的愛對她和其他
事物的影響：

> 你真變得好多啊！我不敢正視你；
> 我似乎視而不能見。我忍受不了
> 你美麗的光芒。美好的變化
> 正在自然元素裡發生，使得
> 你可以這樣不披紗帶綵……
> 愛就像太陽的火光
> 填滿人間那種氣氛，
> 從你身上迸出，照亮天地間，
> 照亮深邃的海洋和黑暗的洞穴，
> 以及居住在這些地帶的生命；直到憂傷
> 遮住了發出它的靈魂：
> 這就是你目前的狀況；不只是
> 我這作為你姊妹兼伴侶的人而已，
> 而是整個宇宙都在尋求你之憐憫。(第二幕第五景第十六至
> 二十行，第廿六至卅四行)

亞細亞在答覆潘狄亞的頌讚時說：

> 施予或接受，
> 愛都是甜蜜的。愛好比陽光一般普遍，
> 而它親切的聲音從不叫人感到厭倦。
> 就像遼闊的天空，維持一切生命的空氣，
> 它使得爬蟲跟神祇同等：

最最能激起它的人是幸運的，
就像我現在這麼樣；但是感觸最深的人，
在飽經患難後，是更快樂的，
就如我不久後就會更快樂一樣。（第二幕第五景第卅九至四
七行）

無疑地，亞細亞和維納斯一樣，是愛的化身，雪萊正好利用她
與普羅米修士的關係，來散播宇宙愛的福音。

　　第三幕敘述了朱比特的敗亡與普羅米修士的被釋。在伊斯
格勒斯的《普羅米修士被綁》裡，普羅米修士僅僅暗示說，有
一天宙斯會與西諦斯 (Thetis) 結合，並且生下一個註定要推翻
父親的孩子，就像早年宙斯推翻乃父克魯諾斯一樣。我們曉得，
在希臘神話裡，宙斯為了避開這段致命的姻緣，把西諦斯嫁給
庇流士 (Peleus)。我們了解此點後，便有理由猜測，在伊斯格勒
斯久已失傳的《普羅米修士釋放了》一劇中，普羅米修士終必
要與宙斯言和，並且向後者吐露這個致命的祕密。然而，在雪
萊版的普羅米修士神話中，朱比特卻與西諦斯結合，並頌讚自
己的力量，除無法控制人之靈魂外，是無所不能的。就在這個
時候，標示他就要遭到推翻的恐怖時光之車終於到來了，「需要
之神」狄摩戈根自車上跳下來。跟我們的期盼相反的是，宣判
朱比特末日的不是他自己與西諦斯所生的孩子，而是這位「需
要之神」狄摩戈根。在雪萊的思想系統裡，這位「需要之神」
與愛是互為表裡的，因為若缺少了愛，一個剛自暴政下掙脫出
來的國家，勢必要陷入另一種極權之桎梏中 **㊸**。

　　第三幕的另一重要事件是普羅米修士之被釋。在伊斯格勒

㊸　見 Cameron, 頁 744.

斯的《普羅米修士被綁》中，普羅米修士預言有朝一日，一位
「英勇無比，以弓箭之術揚名」(第九五六行)的人會來釋放他，
顯然地，他指的是赫勒克利斯。在雪萊的劇作中，釋放的行動
一如預言所料。被釋放後，普羅米修士興奮地告訴亞細亞，他
們要如何在愛中度過未來的歲月。接著，他派遣時光精靈向人
類宣布他之被釋，而人類即面臨了一次激變。時光精靈在向人
類宣布了消息後，曾向普羅米修士報告此一轉變：

> 但是不久我一張望，
> 我就發現王座都空蕩蕩的，人們
> 就像精靈一樣，相伴而行——
> 沒有人到處搖尾乞憐，沒有人被踩在腳下；憎恨、鄙視
> 或者恐懼，
> 自愛或自卑等不再鏤刻在
> 人們額頭，就像進入地獄之門那幅情景，
> 「所有的希望都遺棄那些進入此地的人」；
> 沒有人皺眉、沒有人顫抖、沒有人以焦急恐怯
> 注視另一個人發出的冷漠的命令眼光，
> 直到獨裁者的意願之所在
> 不幸變成使他難堪的事，
> 驅策他就像驅策一匹疲憊的馬一樣走向死亡。(第三幕第
> 四景第一三〇至一四一行)

在這個剛從暴政掙脫的世界裡，人們不再受到自己同胞的奴役，
他們可以自由來去，「就像精靈那樣」；仇恨、鄙視、恐懼，以
及人類其他的不幸，全已消逝。在緊接下去的報告裡，時光精

靈進一步說，傲慢、忌羨、嫉妒和恥辱永遠無法再破壞「愛這忘憂水甘美的滋味」（第三幕第四景第一六三行）。雖然人類仍將遭受命運、死亡與乎天道無常的折磨，但是有了博愛作為生命的引導原則，人類自是幸福無窮。第四幕更具體刻劃了大地與月亮（象徵所有的事物）在愛統治下的種種景象，把愛的母題發揮得淋漓盡致。

以上對《普羅米修士釋放了》的探索使吾人了解，雪萊是富於革命與浪漫的精神的詩人。他扭曲了原來普羅米修士與宙斯和解的主題，並根據愛的統攝力量，來散播他那自由、平等與正義的民主思想。套用馬林諾斯基的話來說，則雪萊對於普羅米修士神話的態度是屬於第三種的。就愛這方面而言，他的普羅米修士很像神農、燧人氏和伏羲這些中國火神。就反叛性而言，他的普羅米修士又很像羅宣和劉環。

羅威爾的《普羅米修士被綁》是作者心境與現代社會的最佳反映。現代社會非常複雜，人的意識型態尤其複雜。羅威爾的劇本有一半改編自伊斯格勒斯的原劇，有一半為創作。正如作者在〈手記〉中所說，他並未蓄意把坦克車和香煙等現代文明裡的一些東西塞到劇本裡，也未故意模倣並加以嘲弄哪一位現代政治家；但是，他說：「我想我的關注和憂慮以及當代人的都滲入」到劇中❹。非常明顯地，他深受到存在主義如沙特和卡繆的影響❺；他劇中追隨螫刺艾歐的蒼蠅已變成「腐敗之蠅」(flies of corruption)（第廿六頁），就像沙特的《蒼蠅》裡所刻劃

---

❹　見作者的〈手記〉，附在 *Prometheus Bound* (New York: Farrar, Straus & Giroux, 1969) 前頭，頁 v. 文中所引俱取自此一版本。

❺　這一點 Jonathan Price 已提及。見 "Prometheus Bound," 收入 *Critics on Robert Lowell*. Jonathan Price 編 (Coral Gables, Florida: University of Miami Press, 1972), 頁 109.

的一模一樣；這些蒼蠅跟天上的統治者勾接，狼狽為奸來折磨人類，羅威爾的火神像極了卡繆所塑造的西西佛斯 (Sisyphus)，是一個荒謬英雄，執著於一絲微渺的希望，不斷抗拒各種殘暴的力量，追求正義和真理。然而比較而言，羅威爾的整個精神不如卡繆樂觀，而是相當地悲觀❹。

羅威爾劇中的火的象徵意義比伊斯格勒斯的廣泛而且模稜兩可。柏來斯 (Price) 指出，它象徵宇宙間的物質、人類的想像力、人類鑑別是非善惡的判斷力、思考能力和語言能力等❹。這些象徵或含義伊氏劇中的「火」多多少少尚能涵蓋。可是，他的火不像哀氏的火僅僅只負載正面意義，而卻也是「藥物」或「麻醉藥」：

　　第一個聲音：但是，你為何被綁著，站在這兒？你尚未告訴我們。
　　普羅米修士：我給了人類一種藥物。現在他們往往把死亡忘了。
　　第二個聲音：那怎麼可能？什麼藥物？
　　普羅米修士：我給他們希望，盲目的希望！（第十至十一頁）

這些「藥物」麻醉了他們，使他們忘卻了生之痛苦、忘卻了死亡。火是「盲目的亮光」（第十一頁）。

他的「火」是宇宙間最基本的質子、是電子，曾經給人類

---

❹　Price 指出，羅威爾認為人類歷史毫無進展可言，而他政治上也悲觀，見上引文，第一一二頁。

❹　Price, 頁 112.

帶來光明、希望，但它可能給人帶來意想不到的毀滅，普羅米修士可是此一物質的傳遞者，惟對其毀滅力量也深為害怕。他的智慧能洞燭九天，預知神祇的繼承，惟卻無法避免仇恨之火吞噬了他自己。天庭的使者赫美士將出現以前，他曾這麼說過：

> 現在我已看透了宙斯，我看到他那寬大的額頭上的爛巴。他太強了，他寧願死也不會接受我的條件。同樣地，我也寧願死也不會接受他的。也許由於我們，不錯，也許由於我們的關係，火已經升起來埋葬大小的神祇。沒有人能把我們背後燃燒著的灰爐掃掉。（第五六頁）

普羅米修士的「我們」顯然把宙斯包括在內。力量再堅強也不能永遠征服一切；宙斯雖然無所不能、無所不在，可他並沒有火神的智慧，他終究會腐敗而被推翻的。

從火的象徵與含義裡，我們可以發現羅威爾的態度是模稜兩可的，他的心智是相當複雜的。火可以「重建」也可以「毀滅地球」（第十一頁）。普羅米修士有無可能跟宙斯妥協，劇作家幾乎並未為我們提供任何線索。他的火神跟伊斯格勒斯的一樣頑強、堅決、頑抗。最後我們看到他被縛在懸崖岩壁上，天昏地暗，雷電大作，蒼鷹隨時會飛來搶啄其腸臟。正如他所說的，他是燃燒在自己的火焰之中。受苦受難是他的本質，也是現代人的本質。

我們的結論是，有關伏羲、神農、燧人氏、祝融、回祿、赤精子、羅宣和劉環這些中國火神的傳說，真是千頭萬緒。一般人都相信古代三皇的傳說是真實的歷史，以顯示人類如何自原始的階段，進化到相當文明的階段，但是有關祝融、回祿和

其他火神的傳說卻大都是虛構的故事，純粹為了娛樂人們而傳遞下來，絲毫沒有較可靠的根據。從三皇的傳說到羅宣和劉環的故事，我們不難發現，火已從仁慈的力量演變成破壞的力量。有關古代三皇、祝融和回祿的傳聞始終都保留了傳說的本色，從未改寫成任何傑出的藝術形式；但在西方，有關普羅米修士的故事，自伊斯格勒斯以來，歌德、拜倫、雪萊、穆地 (William Vaughn Moody)❹和羅威爾等皆曾以不同的藝術形式處理過，以表達他們對整個社會和宇宙的看法。中國火神的故事比較富人性色彩，而普羅米修士的神話則蘊含了比較多的宗教情操。倘若貫穿伊斯格勒斯的《普羅米修士被綁》的質素是力量，統攝雪萊的《普羅米修士釋放了》的是愛，而聯綴羅威爾的《普羅米修士被綁》為存在之荒謬以及抗拒之悲壯，那麼在中國火神的傳說裡，其中最顯著的成分卻是仁慈與博愛。

---

❹ 穆地寫過一個未完成的詩劇三部曲，名叫 The Masque of Judgement (1900), The Fire-Bringer (1904) 和 The Death of Eve (1912)，主要在探討人類如何抗拒上帝以及最終之妥協。

附記：本文原屬英文稿，多承李有成和吳連英兩位幫忙逐譯，才來得及在 65 年 7 月的《中外文學》（第五卷第二期）刊出，特此誌謝。

王昭君故事的演變

黃繁琇

　　王昭君的故事發生得很早，那時是漢元帝竟寧元年（即公元前三三年），至現在公元一九三一年已相距有一千九百六十年左右，這時間內關於昭君的詩詞小說等記載，不勝其多，它們中有簡有詳，持論紛紛不一，據最早的記載，亦已有不同之說。至於昭君經歷事跡的真面目，則今人似難找到答案。我們所敢說的是昭君是一年少貌美才多的女子，被選入宮，後單于自願為漢婿，昭君便被選去嫁單于。元帝捨不得她的才貌，她惓戀著故國的風光，但卒死於塞外。至於這故事之能有如此大的流傳性的原因約有兩點：㈠單于在元帝時兵富力強，設漢不肯和他聯婚，則必至於用兵。雖然元帝之時漢非衰世，但昭君一出塞則可免單于與漢的糾紛。所以在當時一般人難免有一種感激和讚賞她的心理。㈡昭君是一個好女子，正該花好月圓地娛樂她的青春，何堪遠嫁於塞外胡人？這便是紅顏薄命，引起有情人的憐惜，所以，在當時已有不少人為她抒寫衷情。樂府古題中說：

　　　　漢人憐昭君遠嫁，為作詩歌。（胡鳳丹《青冢志》卷一引）

　　後來文士更為她表十分的同情，況且昭君的那種悲劇式的女性的怨恨，又是文人吟詠或寫作的好題材，到再後更是「詠明妃事，言人人殊」了。

　　根據可靠的統計，詠昭君的事以形式論則無論詩詞文賦小

說，無論長短篇都有，以量論，只《青冢志》所載已共有四百六十篇左右，以作者論，無論有名無名的文士都有很多，有名文人如陳後主、李白、杜甫、牛僧儒、令狐楚、白居易、杜牧、歐陽修、蘇軾、侯方域、袁枚、劉大櫆、納蘭性德等，以時代論由漢起至晉、宋、齊、梁、陳、隋、唐、宋、金、元、明、清，幾無朝沒有，其中唐以前較少，唐代則較多，民間記載亦有，如敦煌文學中《明妃傳》殘卷，即是平民作品之一，宋代作品比之唐更多，元因立國期較短，故少於宋，明又很多，清則最多，這樣看來，昭君作品的多寡和時間距離的長短約成反比，我們便得到兩點結論以說明昭君故事在從前的位置：㈠昭君的故事在唐以前並不是少，但多失傳。㈡昭君的故事不因時間之久遠而冷淡於人們的心目中，尤其是這點足證昭君故事的流行性之大了。

　　現在我們綜合從前人的傳說，作一個細心的考察，把各異同之說的前後關係，分析清楚。那麼，我們或可以希望得到前人對於昭君的態度的一個較清楚的觀念。

　　關於王昭君記載，最早的還是漢代的文字，即班固的《漢書》內所載，王昭君嫁去匈奴時是元帝竟寧元年戊子（公元前三三年），班固則生存於建武八年壬辰（公元三二年）至永元四年壬辰（公元九二年），那麼班固作《漢書》的時候距離王昭君嫁匈奴之年約在一百二十五年之內。但可惜他的記載很簡，所以才引起後人的歧異之說。在那裡他說：

　　　竟寧元年春正月，匈奴虖韓邪單于來朝，詔曰：「匈奴郅
　　　郅單于，背叛禮義，既伏其辜，虖韓邪單于不忘恩德，
　　　鄉慕禮義，復修朝賀之禮，願保塞傳之無窮，邊垂長無

兵革之事,其改元為竟寧,賜單于待詔掖庭王檣為閼氏。」
（應劭曰「王檣王氏女」,名檣字昭君。文穎曰「本南部秭歸人
也」出卷九〈元帝紀〉。）

在卷九十四〈南匈奴傳〉較為詳細:

單于自言願婿漢氏以自親,元帝以後宮良家子王牆字昭
君賜單于,單于驩喜,上書願保塞上谷以西至敦煌……
王昭君號寧胡閼氏。（師古注曰言胡得之國以安寧也）生一男
……呼韓邪死,雕陶莫皋（呼韓邪的閼氏所生的兒子）立,
為復株絫若鞮單于……復株絫單于復妻王昭君,生二女,
長女云為須卜居次,小女為當于居次。（李奇注居次者,女
之號,若漢言公主。）

很可注意的是《漢書》中的兩段記載的名字都不同,〈元帝
紀〉作王檣,〈南匈奴傳〉作王牆,這或者是傳寫的不同,還有
〈南匈奴傳〉說王昭君在單于死後,再嫁給大閼氏所生的兒子,
然後死,和後漢蔡邕《琴操》的見解恰同。後代文人又替她可
惜,要把她弄成一個節烈的女子,所以後來傳說對於她的死便
又有許多不同。

在蔡邕（公元一三三──一九二年）的《琴操》卷六〈怨曠
思維歌〉說昭君是被她的父親送去元帝而不是被選去的。他說
道:

王昭君者,齊國王穰女也。昭君年十七時,顏色皎潔,
聞于國中。穰見昭君端正閑麗,未嘗窺看門戶,以其有

異於人，求之皆不與。獻於孝元帝，以地遠既不幸納，叨備後宮，積五六年。昭君心有怨曠，偽不飾其形容，元帝每歷後宮，疏略不過其處，後單于遣使者朝賀。元帝陳設倡樂，乃令後宮粧出，昭君怨恚日久不得侍列，乃更修飾，善粧盛服，形容光輝而出，俱列坐，元帝謂使者曰：「單于何所願樂？」對曰：「珍奇怪物皆悉自備，惟婦人醜陋，不如中國。」帝乃問：「後宮欲以一女賜單于，誰能行者起！」於是昭君喟然，越席而前曰：「妾幸得備在後宮，麄醜卑陋，不合陛下之心，誠願得行。」時單于使者在旁，帝大驚悔之，不得復止。良久，太息曰：「朕已誤矣。」遂以與之。昭君至匈奴，單于大悅……昭君恨帝始不見遇，心思不樂。心念鄉土。乃作〈怨曠思維歌〉……昭君有子曰世違，單于死，子世違繼立。凡為胡者父死妻母，昭君問世違曰：「汝為漢也為胡也？」世違曰：「欲為胡耳。」昭君乃吞藥自殺……（平津館刊本）

晉朝（公元二六五—四一九年）昭君的事，有兩說可注意的，作者是石崇和葛洪，他們是同時的。

　　石崇（公元二四九—三〇〇年）的〈王明君辭〉說的仍是簡單和含混，我們難肯定昭君的出塞是自動的還是被選而去，以文意看來，似乎昭君不願意嫁匈奴人，而且更不願意嫁兩次。〈明君詞序〉說：

王明君者，本是昭君，以觸文帝諱改之，匈奴盛，請婚於漢，元帝以後宮良家子昭君配焉。昔公主嫁烏孫，令琵琶馬上作樂，以慰其道路之思。其送昭君，亦必爾也。

（胡鳳丹《青冢志》卷三）

又辭說：

> 我本漢家子，將適單于庭……昔為匣中玉，今為糞上英，
> 朝華不足歡，甘與秋草并。傳語後世人，遠嫁難為情。
> （《青冢志》六引《詩雋函類》。）

葛洪（公元二四八—三二八年）《西京雜記》（一說劉歆所撰，一說為吳均。）則說得較詳細許多，他以為昭君之失意，由於畫工貪財，昭君之出塞，由於元帝選她的圖使圖中人遠嫁，他這段記載很得後人的同情，更是後來昭君故事的張本。《西京雜記》說：

> 元帝後宮既多，不得常見。乃使畫工圖其形，案圖召幸之，諸宮人皆賂畫工，多者十萬，少者亦不減五萬，獨王嬙自恃容貌不肯與，工人乃醜圖之，遂不得見，後匈奴入朝，求美人為閼氏，上案圖以昭君行，及去，召見，貌為後宮第一，善應對，舉止閑雅，帝悔之，而名籍已定。方重信於外國，故不復更人，乃窮案其事，畫工皆棄市，籍其家。資皆巨萬，畫工有安陵毛延壽，為人形，醜好老少，必得其真，安陵陳敞，新豐劉白龔寬、并工為牛馬飛鳥（亦肖）眾勢，人形好醜，不逮延壽，下杜楊望亦善畫，尤善布色，樊育亦善布色，同日棄市，京師畫工於是差（殆）稀。（見正覺樓叢書，有括弧之字為別本之字。）

葛洪告訴我們說昭君名王嬙，和《漢書》的王檣與牆是不同字了。葛洪在這書的序中說：「《西京雜記》，以裨《漢書》之闕。」那麼我們姑且留待後文看嬙檣牆，哪個是較妥。

跟《西京雜記》之後的有宋范曄（公元三九八—四四五年）的《後漢書》。他說昭君自動的請嫁給單于，因為她在宮中幾年都不曾見幸。這一說幾乎和葛洪那一說一樣地重要，是後來傳說的張本。〈南匈奴傳〉說道：

> 昭君字嬙，南郡人也。初元帝時目（以）良家子選入掖庭。時呼韓邪來朝，帝敕目（以）宮女五人賜之。昭君入宮數歲，不得見御。積悲怨，乃請掖庭令求行，呼韓邪臨辭大會，帝召五女以示之，昭君豐容靚飾，光明漢宮，顧景裴回，竦動左右，帝見大驚，意欲留之，而難於失信，遂與匈奴，生二子。及呼韓邪死，其前閼氏子代立，欲妻之，昭君上書求歸，成帝勑令從胡俗，遂復為後單于閼氏焉。

總觀以上正史所載（正史即《前漢書》及《後漢書》，因為史書是較可靠的），我們先得一個昭君故事的整個觀念，那麼後來的演變，才容易比較，我們的觀念是這樣：

王昭君被元帝選入後庭，數年不得見御，適單于願婿漢，元帝賜昭君給單于，或者是她「請掖庭令求行」。她於是嫁給單于。單于死，大閼氏子立，想妻昭君，昭君求歸漢，不成，就嫁單于子，生二女。

漢晉間除正史外記載文字和正史不同尚有幾點：㈠昭君在單于使者宴會中避席而起答曰願嫁單于（見《琴操》）。㈡昭君

因畫師畫壞了而不見幸，元帝按圖畫而選昭君去匈奴（見《西京雜記》）。㈢昭君生子世違，後世違繼立，欲娶昭君，她便自殺（《琴操》）。但第二點許多人都以為宮人無如此多錢賂畫工，故不可靠，第三點，則為文人想替她保全名節，故亦不可靠。所以我們可說它們是最早的演變，但最要緊的是正史和非正史都有一同點，即是昭君在宮中時不曾得見元帝。

梁朝（公元五○二－五五六年）詠昭君詩很多，如簡文帝、武陵王沈約、施榮泰等作品，但於故事無加減，獨有兩位女詩人劉氏和梁氏都以為昭君的悲劇由於畫師的罪。劉氏（王淑英妻）〈昭君怨〉：

> 一生竟何定，萬事最難保，丹青失舊儀，玉匣成秋草……

沈滿願（范靖妻）〈昭君歎〉：

> 早信丹青巧，重貨洛陽師（毛延壽長安人今作洛陽），千金買蟬鬢，百萬寫蛾眉。《青冢志》卷九）

陳代（公元五五七－五五八年）詠昭君的有陳昭、張正見等，陳後主也以為悲劇由於畫圖為引線，他說：

> 圖形漢宮裡，遙聘單于庭……《青冢志》卷九）

北周庾信、王褒等的作品中，王褒似乎說昭君入宮已得見幸，才被選去嫁單于。這一說是別開新面，和梁以前的《西京雜記》及《後漢書》都不同，後人也有依附此說的。他的〈明

君詞〉說：

> 蘭殿辭新寵，椒房餘故情……《青冢志》卷六）

隋代（公元五八九—六一七年）的薛道衡（公元？—六〇九年）則又是以為畫師有罪。其〈昭君辭〉說：

> 我本良家子，充選入椒庭，不蒙女史進，更失畫師情，
> 蛾眉非本質，蟬鬢改真形，專由妄命薄，誤使君恩輕……

唐代（公元六一八—九〇六年）立國時間很長，所以關於昭君的記載也較多，但這些作品多是詩人的吟詠，無詳細的記載。總觀他們的主張，也離不開葛洪和范曄兩說。民間記載也有，惟惜於失傳。

張彥遠的《歷代名畫記》和葛洪之說雷同，絲毫無差別，他說：

> 時元帝後宮既多，使圖其狀，每披圖召見，諸宮人競賂
> 畫師錢帛，獨王嬙貌麗，意不苟求，工人遂為醜狀，及
> 匈奴求漢美女，上按圖召昭君行，帝見昭君貌第一，甚
> 悔之，而籍已定，乃窮其事，畫工皆棄市，籍其家資皆
> 巨萬，毛延壽畫人老少美惡，皆得其真……（學津討原本）

此外持此說的人很多。如郭震〈王昭君〉：

> 聞有南河信，（或河南使）傳言殺畫師，始知君念重，更

肯惜蛾眉。

李白（公元七〇一一七六二年）〈王昭君〉：

生乏黃金枉圖畫，死留青冢使人嗟。

沈佺期〈王昭君〉：

非君惜鸞殿，非妾妒蛾眉，薄命由驕虜，無情是畫師。

崔國輔〈王昭君〉：

一回望月一回悲，望月月移人不移，何時得見漢朝使？
為妾傳書斬畫師。

劉長卿〈王昭君歌〉：

自矜嬌豔色，不顧丹青人，那知粉繪能相負，卻使容華
翻誤身……

白居易（公元七七二一八四六年）〈昭君怨〉：

明妃風貌最娉婷，合在椒房應四星，只得當年備宮掖，
何曾專夜奉幃屏，見疏從道迷圖畫，知屈那教配虜庭，
自是君恩薄如紙，不須一向恨丹青。

又〈青冢〉：

> ……何乃明妃命，獨懸畫工手，丹青一註誤，白黑相紛糺，遂使君眼中，西施作嫫母……

牛僧孺（公元七七九一八四七年）的《周秦行紀》則起首描寫昭君的容貌，因為他當小說作，故不能不有描寫，而且牛僧孺以為昭君前後嫁單于父子兩次，於貞操已失，偶爾陪他一宿，也不為過，他寫道：

> 更有一人，圓題柔臉穩身，貌舒態逸，光彩射遠近，時時好矖，多服花繡，年低薄后，后顧指曰：「此元帝王嬙也……」酒既至，太后曰：「牛秀才遠來，今夕誰人與伴？」乃顧謂王嬙曰：「昭君，嫁呼韓邪單于，復為株絫若鞮單于婦，固自用，且苦寒地胡鬼何能為？昭君幸無辭。」昭君不對，低眉羞恨，俄各歸休……余衣上香經十餘日不歇，意不知其如何。（魯迅校本）

此外唐代詩品除王叡〈解昭君怨〉外都以為是畫師的罪，如李商隱〈王昭君〉，徐夤〈明妃〉，羅虬的〈昭君詩〉，崔塗〈過昭君故宅〉，張祐〈賦昭君冢〉，只有蔣吉的〈昭君冢〉說的如下：「曾為漢帝眼中人，今作狂胡陌上塵……」

此外敦煌文學中有唐寫本〈明妃傳〉殘卷，容肇祖先生已證為晚唐的作品，這篇是從《西京雜記》畫工毀畫一說，但其中描寫已是比唐以前任何作品都詳細，可惜開首缺去很多，所以我們不曾知道她曾否得到元帝的見幸，雖然她被畫工毀畫；

因為毀畫之後也許能夠被元帝知覺，然後才被單于來求了去，正如後來的演變一樣呢，這篇是通俗文學作品，所以把昭君寫作昭軍，其中布局描寫也很流利，而結局是悲劇式的，全文的大意如下：

昭君和單于同行往蕃，但心中是鬱鬱不樂。

賤妾儻期蕃裡死，遠恨家人招取魂。

單于到了蕃之後仍覺昭君不快活，便傳號令打獵以娛樂，並即刻封她為煙脂皇后。

單于見明妃不樂，唯傳一箭，說令口軍……良日可惜，吉日難逢，遂拜昭軍為煙脂皇后。

昭君仍是不樂，單于又傳令登高山打獵，但反更使她愁多些。

昭軍一度登千山，千迴下淚，慈母只今何在？君王不見追來，當嫁單于？誰望喜樂。良由畫匠，捉妾陵持！

於是她便不歡而死。單于悲傷至極，而漢使也來祭她。全文就這樣結局。

從昨夜以來，明妃漸困。應為異物，多不成人。單于重登山川，再求日月百計尋口，千般求術……恰至三更，大命方。單于脫卻天子之服，還著庶人之裳……饒夜不離喪側……漢使弔畢，即使乃行至蕃漢界頭，遂見明妃

之冢，青冢寂寞，多經歲月……望其青冢，宣哀帝之命，
乃述祭詞……

這篇東西是昭君故事更進一步的說法，史書是說昭君曾前
後嫁給單于父子兩次，且有說她自動的求去嫁單于，那麼昭君
便好像是一個脾氣大而不顧節烈的女子，但晉石崇已經替她表
明其消極的反抗，求一般人對於她同情，如石崇說：「殊類非所
安，雖貴非所榮，父子見陵辱，對之慙且驚，殺身良不易，默
默以苟生，苟生亦何聊，積思常憤盈。」南朝宋范曄〈南匈奴傳〉
說：「前闕氏子代立，欲妻之，昭君上書求歸，成帝勑令從胡俗，
遂復為後單于闕氏焉。」已經想為她出脫，《琴操》則說她因為
兒子想從胡俗，便飲藥自殺，比之《後漢書》又進一步，〈明妃
傳〉則以為她入蕃後便鬱鬱不樂而死，是更進一步地為她出脫。
這是文人替她保全節烈的痕跡，我這意見和容肇祖先生在《迷
信與傳說》中〈明妃傳殘卷〉跋相同。

我前文已經說過，在漢晉之間的傳說並不曾說到昭君在入
宮之後曾經得過元帝的恩寵，但是在北周已有人起首想說昭君
曾得恩寵，然後才不得已被選去嫁單于。唐代亦有響應。這樣
一來，好像是樂極生悲，其悲更淒涼，雖然這樣一來已弄少了
其純粹悲劇的成分，但是唐人的作品就現存者對於這方面的演
變，仍屬很簡單，如蔣吉〈昭君冢〉，不過是這方面的演變的先
河。

蔣吉〈昭君冢〉：「曾為漢帝眼中人，今作狂胡陌上塵……」

或者唐人尚有較詳細的持此說的論調，而現存書有限，所

以不能為更確切的肯定了。

　　宋（公元九六○－一二七六年）的昭君的故事自然和前人無大差異，同時，宋人對於昭君的古蹟已很留意，而畫家也以昭君出塞為好題材。王象之《輿地紀勝・明妃廟》：

> 昭君名嬙，避晉諱，改曰明妃，本縣人，王穰之女也。
> 年十七，漢元帝時待詔掖庭，不得見。後單于願婿漢氏，
> 於是以昭君行……昭君服毒而死……（《青冢志》引）

這是合《琴操》和《前漢書》之說。

　　畫家從自己的經驗和想像來畫昭君的圖，才有弄錯了衣冠之制。郭若虛《圖畫見聞誌》卷一〈論衣冠異制〉末說：

> 閻立本圖昭君妃音配虜，戴帷帽以據鞍……殊不知帷帽
> 創從隋代……雖弗害為名蹤亦丹青之病爾，帷帽如今之
> 席帽周回垂網也。（學津討原本）

　　此外，從毀畫說得非常之多，而又加上琵琶在昭君手裡，以為她在朝的怨恨靠琵琶一曲為她訴哀情，實際上琵琶並不是她彈的，這其中的關係，我另有附帶的討論。如歐陽修（公元一○○七－一○七二年）〈明妃曲和王介甫作〉，司馬光（公元一○一九－一○八六年）〈和王介甫明妃曲〉，王安石（公元一○二一－一○八六年）〈明妃曲〉，曾鞏〈明妃曲〉，邢居實〈明妃引〉，李綱、陳造、唐庚、白玉蟾、〈明妃曲〉，高似孫〈琵琶引〉，薛季宣、劉宰、〈明妃曲〉等。郭祥正〈王昭君〉則以為昭君十五歲入宮，入宮不堪寂寞，自願嫁胡，呂本中也以為昭

君自願嫁胡，此外他們都不曾增加故事的枝節，也不曾創新見解。

金代作品最少，於故事亦無增減，我們可以不談。

元代（公元一二七七——三六七年）雜劇盛行。曲家對於王昭君的故事又非常地注意，他們便憑自己的見地為她作成劇曲，如馬致遠〈漢宮秋〉，關漢卿〈哭昭君〉，張時起〈昭君出塞〉，吳昌齡〈夜月走昭君〉，可惜這幾篇中多已失傳，現在我們拿起筆來寫昭君的故事，而喪失那重要的演變的材料，所以我們希望日後能夠發現那幾本書以補全我這篇故事的演變。

馬致遠的〈漢宮秋〉現可找到存於《元曲選》中，馬致遠是元初的人。他的這曲除了於昭君故事演變的價值外，仍有文學的價值，全劇的大意如下：

漢中大夫毛延壽想奉承皇帝，便勸元帝選妃，元帝便派人去選民間女子十五以上二十以下的來充後宮，選中者各圖形一幅。毛延壽便到了成都（今四川省）秭歸縣選得農人王長者的女兒王嬙字昭君。她年十八歲，生得「光彩射人，十分豔麗」，她恃容貌，不肯行賂，毛便把她的圖形在眼下點成破綻，於是她便被發入冷宮裡，宮中生活寂寞不堪，常以琵琶消遣。一日，元帝過宮，聽得琴聲，於是元帝見了她，她便訴怨，元帝想斬毛延壽，不幸被他去了。這時昭君已被封為明妃，親幸了一個多月。毛延壽走到單于國去，獻她的圖給單于，叫他按圖要人，元帝捨不得給。而文武又不肯因一女子之故用兵，於是昭君便起行。元帝餞送她於灞橋。單于想封她為寧胡閼氏，但行到黑龍江，昭君跳入江死了。單于葬她於江邊，號為青塚。元帝因想念她太過，有一次得夢見她，同時單于也知道毛延壽是奸臣，送他回漢，元帝把他斬了。

曲中描寫生動，言語俊妙，如元帝與昭君的恩情，他說：

「(南呂一枝花) 四時雨露勻，萬里江山秀，忠臣皆有用，
高枕已無憂。守著那皓齒星眸，爭忍的虛白晝？近新來
染得些證候，一半兒為國憂民，一半兒愁花病酒！」

從這段故事，我們知道它的演變已很進步，第一，它是承
著唐人蔣吉等的昭君已見元帝之說，而推波助瀾，加以描寫，
使宮中的恩愛，和胡地的淒寒一比，有苦樂之別，而引起一般
人對於她的哀憐。第二，它是承唐寫本〈明妃傳〉所代表的唐
民間意見以成全昭君的節烈，所以昭君一到黑龍江就死。這樣
一來，昭君對元帝不曾有負其恩寵，對人民不曾有負其和蕃之
望，是多麼一個勇敢節義的女子。第三，它是承宋人如歐陽修
等之意把琵琶加上她的手上，這樣一來，昭君變成一個有才情
的女子，是一個確然可以自傲而不用賂畫師的人。第四，它說
毛延壽跑到匈奴獻了圖，單于要索昭君到手，而昭君死於黑龍
江，單于卒知毛延壽為奸臣，送回漢，元帝把他斬了，這是為
符觀眾的「終能水落石出」、「惡人必不得善終」的願望，總之，
這篇曲一方面能順故事演變之趨勢，又一方面在結構上也已完
密，所以後來人對於昭君的觀念以它的貢獻為大。

至於其他詩人的作品，無非持毀圖之說和琵琶之怨；畫家
多是把琵琶放在她的手裡，如王惲〈王昭君出塞圖〉，虞集〈題
昭君出塞圖〉，王思廉〈昭君出塞圖〉，馬臻〈王昭君圖〉，許有
壬〈題友人所藏明妃圖〉，陳旅〈明妃出塞圖〉，吳師道〈李祁
昭君出塞圖〉，陳高〈題明妃圖〉，舒頔〈昭君圖〉，貢師泰〈題
出塞圖〉，盧君〈題昭君出塞圖〉，張澤、徐履方的〈明妃曲〉

等等。

除了馬致遠的〈漢宮秋〉和張時起的〈昭君出塞〉外，元至清間還有三種曲本是以昭君的故事為題材，他們是薛旦的《昭君夢》和陳玉暘《昭君出塞》，和尤西堂的《弔琵琶》，他們的大意可在焦循《劇說》(《曲苑》)中看出一點來。

《劇說》卷五說：「王昭君事見《漢書》，《西京雜記》(按此說則以《西京雜記》為劉歆作)有誅畫工事，元明以來作昭君雜劇者有四家，馬東籬(致遠)《漢宮秋》一劇可稱絕調，臧晉叔《元曲選》取為第一，良非虛美；但《西京雜記》謂王嬙自恃容貌，不肯與，工人乃醜圖之，工人不專指毛延壽，所誅畫工，延壽而外，又有安陵陳敞，新豐劉白，龔寬，下杜陽望，樊商，同日棄市，東籬則歸咎毛延壽一人，又本《青塚事》謂昭君死於江，而以元帝一夢作結，薛旦反此，作昭君夢則謂已嫁單于而夢入漢宮也，惟陳玉暘〈昭君出塞〉一折，一本《西京雜記》不言其死，亦不言其嫁，寫至出玉門關即止。最為高妙，尤西堂作《弔琵琶》前三折全本東籬，末一折寫蔡文姬祭青塚，彈胡笳十八拍以弔之，雖為文人狡獪，而別致可觀，元人張時起有《昭君出塞劇》，今不傳。」

尤侗是清初的出色的曲家，他在自序說：

> 元人雜劇，惟景臣有《屈原投江》，尚仲賢有《歸去來兮》，關漢卿有《哭昭君》，張時起有《昭君出塞》，吳昌齡有《夜月走昭君》，俱未及見世。所傳者獨馬東籬《漢宮秋》耳，顧漢元屬夫，妻子被人奪去，何處更施麋，而東籬四折，全用駕唱，大覺無色。明妃千秋悲怨，未為寫照，亦是闕事。

可知西堂因不滿意馬致遠的《漢宮秋》，而執筆為昭君寫衷情了。

雖然如此，《弔琵琶》的劇情也不大異於《漢宮秋》。王嫱是王穰的女兒，年紀十七歲，成都秭歸人，家在花村香溪，被選入宮，三年都不見幸，因為她不給錢賄賂毛延壽，有一天彈琵琶給元帝發現了，於是親幸了她，而延壽便帶了圖走去單于那裡去，單于硬要了昭君去，她的琵琶的絃也有一天彈斷了。走到交河，投水死了，單于把毛延壽殺了，元帝便夢見昭君的魂回來！請他照管她的父母。後來蔡琰出塞，走到交河，很淒涼地憑弔了昭君一番，似乎把她的魂也引了來，全劇便完。

由此，我們可知焦循說的不錯！他說：尤西堂作《弔琵琶》。前三折全本東籬，末一折寫蔡文姬祭青塚、彈胡笳十八拍以弔之，雖為文人狡獪，而別致可觀。

尤侗的詞藻，雖不甚豔麗，然運用別人的詩詞，得當自然，也非平常的俗筆。第七頁調笑令〈昭君唱〉：

> 謝你遠勞的蒲萄。這時節不是簾外春寒賜錦袍，難道醉臥沙場君莫笑，敢要我，倚新粧，臉暈紅潮，做箇飛燕輕盈上馬嬌。則怕酒醒時，記不起何處今宵。

第八頁〈東源樂〉：

> ……絃斷還堪續鳳膠，只怕腸斷了這鳳膠能續斷腸多少。

這些都是顯淺而優雅的文筆。

總之，在故事上，《弔琵琶》和《漢宮秋》同一命脈，只是

多了蔡琰祭塚的枝節而已。

至於薛旦《昭君夢》是以為昭君確已嫁匈奴單于，和正史及一般人的意見正同，尤西堂《弔琵琶》則寫昭君至黑龍江死後，有蔡琰，她的同病者去祭她，是接連《漢宮秋》多生的枝節，而且也別開生面，陳玉暘《昭君出塞》只講她因畫師之害，而出塞而已，在劇曲說，其結構確是勝人一籌，因可免了觀眾的討厭而使他們去想其後來的情況；但在故事上說，陳玉暘並不曾有新的演變。

明代（公元一二六八──一六四三年）的詩畫和前幾說無甚增減，從畫工毀畫之說的有很多，如高啟〈王明君〉、張宣、徐壽〈王昭君〉、李東陽、謝鐸、范北祥、張時徹〈昭君怨〉等等，而且他們的歌詠中都有琵琶，其實漢〔元帝〕送公主嫁烏孫時有琵琶，如傅玄〈琵琶賦序〉曰：「故老言漢送烏孫公主嫁昆彌，念其行道思慕，使知音者於馬上奏之。」石崇〈明君詞〉亦曰：「匈奴請婚於漢，元帝以後宮良家配焉，昔公主嫁烏孫令琵琶馬上作樂，以慰其道路之思，其送明君，亦必爾也。則知彈琵琶者乃從行之人，非行者自彈也。」（《青冢志》引野客叢書）

惟有羅貫中《隋唐演義》有幾句話似乎說，昭君的父親想做國丈，但究竟是否她父親把她送入宮，因為希望做國丈，還是既被選之後，已失女兒，才有這奢望？他也不曾說，此外他還把昭君的臉容裝飾描寫幾句，這描寫是從前文字少有，除了《周秦行紀》那幾句。

〈泣顏回〉：「想是當初妾把緹縈，不合門楣，一望熱騰騰穩坐昭陽，美滿兒國丈風光。」（《隋唐演義》）

「擁著一個昭君，頭上錦尾雙豎，金絲紫額，貂套環圍，

身上穿著五彩舞衣，手中抱著一面琵琶。」(《隋唐演義》)

明末清初以後的作品中，我們又找到更甚的演變，那就是
《雙鳳奇緣傳》所載，全書四卷，共八十回。

這書起頭說漢元帝有一天夢見昭君，和她定下情約，醒來
便派人去選妃。

漢帝得夢妃，奸相貪財逼美。(第一回目)

丞相毛延壽奉選妃之差去到越州，越州知府王忠有一個女
兒名叫嬙，乳名皓月昭君，現年十七歲，毛相到了王忠家，不
久便知道王忠有女叫昭君，於是要詐錢，昭君不肯賂，親自畫
三幅圖，一立，一坐，一行，毛相恨她，把她的圖點上一點在
眼下叫做傷夫滴淚痣。

> 昭君將這三幅美人圖畫完，摺起出房……毛相……心中
> 想著，怒沖沖的拿了美人圖向後堂而走，口內不住罵著：
> 「你既輕人，我有主意。」叫左右取筆過來，就在昭君每
> 張圖畫眼下，點了芝麻大一點黑痣，「若聖上看見，待我
> 啟奏此乃傷夫滴淚痣，命主損三夫，聖上若要此女，恐
> 江山不利，即時聖上疑忌，自然不用，使他父女分離，
> 方減我心頭之恨。」(第三回)

同時毛相便另找一姓魯的女子去應選，果然元帝選魯為西
宮，而毛相把昭君弄入冷宮，幸而有一天昭君的琵琶聲給皇后
聽到，昭君有機會訴怨給皇后知，皇后便把元帝扯來見她。

話說昭君聽得林后也叫開門，心中一想，「漢王那一朝天
子，被奴家這般抱怨，并不回言，也就戮了，……奴是
何等臉面？常言人不知足，必取其辱，再不開門，於理
不合，吩咐內監，快些開門，迎接聖駕……漢王也叫平
身，開眼細看昭君，喜動十分……但見她臉上和雞蛋之
嫩，毫無一點微塵……她眼堂下何曾有傷夫之痣？」……
輕移蓮步，出了房門來見漢王，在燈下觀看美人，越來
發美貌，但見她：青絲挽就蟠龍髻，兩鬢梳來似吐雲，
一雙杏眼生來俏，淡掃蛾眉分外清，頭戴翠花冠一頂，
金釵十二按時辰，上穿金線雲之子，腰束湘江水浪裙，
步下金蓮恰三寸，大紅花鞋愛煞人，走過香風來一陣，
渾是仙女降凡塵。(十五回)

於是元帝重責魯妃，封昭君為西宮，派李陵去捉毛延壽，
不幸毛已跑到單于國，獻昭君圖給單于，唆他興兵索昭君，李
陵敵蕃敗，降給匈奴，單于使其妹妻李陵，其公主自殺，李陵
也自殺。蘇武又奉命和蕃，被單于扣留，蕃王既得不到昭君便
病，而延壽獻計，他便再起兵，漢派李廣去對敵，仍不能勝匈
奴且兵臨城下，於是張（元伯）相便計獻假昭君，在宮中找一
個宮女和昭君形貌相似的，送給單于，但是單于退兵回國不久
已知那人是假的，他便二次興兵，又犯雁門關，京城危急，元
帝沒有法子，只能把昭君送給單于，昭君到了匈奴，單于見她
長得美，便喜慰萬分。

蕃王一見，心中大喜……
但見她髮是千根烏油黑，鬢分兩處至耳根雁尾拖來垂在

腦後，中華鬆髻巧十分，臉如瓜子彈得破，不施脂粉毫
如銀，八字柳眉分左右，一雙俏眼碧波生，鼻孔端正多
福分，兩耳不小天生成，櫻桃小口沒多大，一口銀牙白
森森，身材柳腰多窈窕，玉筍尖尖十指痕，步步金蓮剛
三寸，紅綉花鞋足下登……（見五十四回）

昭君不久便要求蕃王把毛延壽斬了，蕃王為美人之故，卒
斬延壽，每次蕃王想和她成親，她仗有仙衣護身，又用迷藥毒
了蕃王，故他時時有病。一方面昭君詐作許了心願，那心願是
如果蕃王病好，則必造一浮橋，在橋上拜河神以謝神恩。她說
等到還了心願之後，她便和他成親。但是那座浮橋費了十六年
的工夫才造成，造成之後，還願的那天，她在白洋口橋上跳水
自殺，以保全名節，她臨死時吟三首詩答謝蕃王，第三首說：

二九之年別漢宮，片雲掩月到熊京，玉容不染塵一點，
耽擱蕃王十六春。（見六十回）

她死後，屍首被帶回中國的芙蓉嶺上安葬，滿朝文武都送
葬，因而昭君流落在芙蓉嶺的父母知道，葬禮那天他們和昭君
的妹妹，都去賽昭君處得見漢帝。有一天，賽昭君在花園裡玩，
遇見仙女九姑授她百般武藝，於是「十八般武器」她都會賣弄，
預備報仇去打匈奴。

恰巧元帝的皇后病死了，賽昭君便充立正宮，漢王又念昭
君的義烈，便立刻設祭於芙蓉嶺，並想興兵伐匈奴以報仇，不
久匈奴又入寇，李廣把匈奴兵大打敗，蕃王求降於白水橋，漢
王想把蕃王殺掉，而昭君則顯靈求情，於是漢王才准蕃王投降，

後來國家太平，賽昭君又生了一個太子，那太子是繼元帝而立的皇帝了。

這樣看來，這故事雖然有不依正史的事實穿插，如蘇武和昭君是同時人，及李陵自殺於匈奴或李廣遲於李陵去征匈奴等等；因為這是民間的演義，作者當然為適合民眾起見，不妨信口開河，更加以仙法等事使人對它增加興趣，以昭君故事的演變來說，這書的情節較任何的在它以前的書都多情節，在演變的進步上說，它也是承接前文，並沒有和前人不相連接的弊病。總之，這書於故事的演變上約有幾點很重要的：一，它說昭君入宮後受苦，但卒能見元帝，後來才不幸被單于興兵索取。漢帝仍是不捨，便獻假昭君，假昭君被單于識破，才不得已把昭君拿出。這一點它是承北周，唐，蔣吉，和元，馬致遠之說，使元帝至不得已時才拿出昭君出來，更表明他們間的恩愛和昭君肯為國出塞的義氣。同時，昭君的樂極生悲，惹人不少憐惜，二，它承晉石崇〈王明君辭〉，《後漢書》，唐〈明妃傳〉等為昭君保全名節的步驟，借仙方佛法以維持十六年之久而不失節於單于，卒能自殺於白洋水，既死之後，她的屍又能運回中國葬，而且她的靈又能為單于求情。這點顯然是說善人神必佑之，且貞烈的人其靈不滅，或節義的人，不咎既往，因為她全不怨單于的要索而累她出塞之意。三，它借琵琶為線索，昭君一有幽怨，琵琶便出臺了。四，毛延壽被單于斬首，是為的符讀者之望。五，對於昭君形貌的描寫較前人為詳細，但不外是把好相貌的地方應有盡有地搬出。六，它用昭君的妹妹去續做皇后。這點是節外生枝，而且那皇后又受了仙法，能夠報仇，更是為讀者或聽者所願知的事。

此外清代詩詞中，仍有不少作品，但無非詠歎昭君事。唐

建中（《蓮坡詩詞》）主范曄說昭君越席請行之說，持畫師說的
有袁枚〈昭君〉，吳雯、屈復、鮑桂星〈明妃〉，陸次雲〈明妃
曲〉等等，總之畫師和琵琶都是他們吟詠的材料。

　　民國（公元一九一一年）以來，昭君故事的演變仍屬日日
進行。今年五月本市《越華報》有一小品文記昭君之劇，共分
六幕，其大意當出於馬致遠之劇和那《雙鳳奇緣傳》；此外，散
曲唱詞中，怕仍有不少的材料，容日後有機碰到，加以修正好
了。

　　郭沫若君的《王昭君》劇，成於一九二三年七月，不過是
近十年內的作品，全劇二幕，第一幕的背景是毛延壽的畫室，
室外園景隱約可見，第二幕是掖庭，景致很新麗的，全劇很短，
只做到昭君起行去匈奴而止。故事隨了作者的幻想，和以前的
不同。

　　王昭君或王待詔是秭歸縣人，三歲的時候，父親死了，母
親便取了一個異姓的兒子來養，同姓的親屬因為爭產的壞意，
就乘機在元帝選妃的時候，報了昭君的名字，於是真的選去，
他們更勸她的母親假扮老媽子跟了去，那留下的螟蛉子受不得
欺負就跳了長江死了。十八歲的昭君和母親到了宮廷之後，毛
延壽又問她要錢，她不肯給他，於是他就畫她的圖畫得很醜，
但是毛延壽的女兒淑姬和弟子龔寬都很同情昭君，他們兩個愛
人打算救昭君，在單于使者請美人，元帝選了昭君的圖要她去
後，他們把毛延壽的卑劣行為，在元帝微行到延壽家時，和盤
托出告訴了元帝，這時延壽正是在廷向昭君求愛的時候，昭君
把他罵了一頓，還打了嘴巴，元帝回去，把延壽定斬了，但是
延壽臨死時痛罵元帝和龔寬，因為元帝縱慾，龔寬也已有妻而
又向淑姬求愛，延壽死後，那個為了女兒的出塞而瘋狂了的昭

君的母親又死了。昭君在極端失望的時候，憤而求去匈奴，雖然這時元帝已不許她去，淑姬因為知道了龔寬的污史，又死了父親，憤而陪她同去，只留了那個半傻的元帝對著延壽的頭和昭君的真的像起了無限的感慨，幕就下了。

這劇和以前作品不同的地方很多。

㈠受了西洋或希臘悲劇的影響，它包含了幾重悲劇的下場，毛延壽和昭君母親的死、元帝和延壽的戀昭君、龔寬戀淑姬之失意，都是悲劇的意味。

㈡作者不是有意地側重於昭君的貞烈，而倒是有意地痛罵人類的卑鄙的行為，王昭君罵元帝，淑姬罵她的父親，也罵元帝，又恨龔寬，他們都是貪財好色的惡狗，倒不如兩個女子的理想高雅得多。

㈢全劇含不少詩意的優美的詞句，在從前馬東籬的《漢宮秋》中也略見一些佳句，但是這裡充滿了飄逸的風采，例如延壽對昭君說：

> 梅花沒有你這樣的清豔，白雪沒有你這樣的純潔，春天是棲寄在女兒們的心裡的，你不要像那槁木一樣的枯寂吧……我知道你此刻也不會有金錢酬報我，但是呢，你有比金錢還要貴重的花園，你的園門緊閉……。

又如開幕時淑姬的讀《楚辭》，和延壽的罵屈原是瘋人？是作者借機會談談文學家。他說：「瘋子呢，屈原正是一位瘋子，他瘋子還惹得許多人去學他，和像宋玉景差都是些假瘋子，就是我們前代的賈誼，也學得太像了。學得瘋瘋倒地哭死了，我只恨秦始皇燒書沒有把這部《楚辭》燒絕種。」

㈣此劇的結構緊嚴，比以前作品大進步了。它包括的範圍很少，因為出塞後的情形一概不提，但是出塞前雖著力描寫，然而用字不多，已很可觀，淑姬比昭君還要重要，也更生動，龔寬不過是配角，用來使情節較為感人而已，情節中只有一點微瑕，那就是昭君的母親隨她同到王宮去這一點，一個婦人已經領了一個兒子，養了他十四五年，居然因為離不開女兒的原故，便捨棄了兒子和家庭而遠迢迢地跑到王宮去。這種去是無目的的，因為明知跟她同去也是無濟於事，作者為了要使昭君感到極端的悲傷極端的失望，因為她的快樂被她的「弟弟帶走了」，她的悲哀給她的「母親帶走了」，便似嫌牽強地把她跟昭君去。

㈤此劇全據《西京雜記》之意！持畫工之說，毛延壽被斬首了，正是「畫工皆棄市」，而且從「安陵陳敞，新豐劉白，龔寬」中拿龔寬來做延壽的學生。昭君一到悲苦的時候便拿琵琶消遣，也正如別的文學家和畫家的見解一樣。

㈥昭君已得見帝，但是不曾親幸，這樣一來，悲劇的要素仍然存在，昭君的名節依然被保存，所勝者是沒有顯然的故意替她保存名節的痕跡，而同時在昭君演變的時代上亦不曾和我以前的假定不相符。

總之，這劇在時代上是最後。作者作它全出於一種「懷古的幽思」，並不是如說書者為了應付觀眾而信口開河，所以它在技術上較敦煌本的《明妃傳》殘卷或《雙鳳奇緣傳》高妙多多，這種歷史劇而帶文學意味，歷史劇而有諷刺性質，較之俄國普希金的 Boris Godunov 托爾斯泰的 Tsar Fyodor Jvanovitch 還勝一籌，它是一篇不可多得的文藝作品，一向不曾有機會看看它排演起來，所以還不知道它在舞臺上的成績如何，很是可惜。

　　若以橫斷面的方法來討論和考證昭君的名字籍貫等等的已經有人。我除了承認昭君的名字以王嬙為妥，昭君之出塞，抱琵琶者是從人而不是昭君本身，後來詩人和畫家硬把琵琶加在她手裡等等，我要特別提出的是昭君入宮之後已見元帝和在出塞以前不曾見元帝的兩說。持前說者多為演義家劇家，因為他們作品較長，持後說者多為詩人，因為詩人詞家多已知道正史所載昭君的事。他們的作品不過是短小的詠歎而已，無須節外生枝。再後，我覺得很可惜的是關於昭君的容貌個性的描寫竟是如此的少，可笑是從前人竟毫不去想像而只接受那個最美的，可以施之於每一個美人的形容詞去形容他們所愛憑弔的昭君。

　　若想明瞭昭君故事的演變更容易些，請參看我附帶的圖表。

　　最後，昭君的故事雖然發生在一千九百幾十年前，而且傳說又如此的多，但是，如我上文那樣以時代去找尋，我們可以找到昭君故事的演變是有連續性的，這連續性的唯一的原因是一般人都想替她保全名節。

　　《浙江大學文理刊》第四期發表一〈明妃曲〉，詞意照舊，附錄於下。

明　妃　曲

嘗　試

　　生長成都秭歸縣，豔如雨裡桃花片，朝朝暮暮隨阿娘，茅屋一燈學針線。阿娘白髮女紅顏，阿娘慈和女嬌戀。老父在旁看入神，笑語輕輕夜不倦。漢家天子大徵妃，使臣搜尋天下遍，一朝忽見絕世姿，謂須攜入昭陽殿。哭挽娘衣不肯行，一去萬里何時見？使臣如虎不稍留，還索賂金數百串。老父龍鍾前致

詞，「官人請恕家寒賤」。不諒民家父母心，賊心從此銜深怨，畫圖任意亂塗污，不足要取君王羨。十年不得親至尊，纖小含冤誰為辯？春悲萬卉彫復開，夏泣流螢沒復現，豈期琵琶彈秋風，能使君王垂寵眷！久枯弱草遇春霖，楊柳腰肢芙蓉面。君王盡日惑傾城，聽政無心坐生厭，帝王夫婦俱年輕，華燭宵宵直達旦。恃恩話及當年情，宛轉訴冤淚如霰。君王一怒髮沖冠，誓殺賊首昭誣詔。賊臣聞譏膽欲裂，手挾畫圖逃北國，秋風大野拜單于，云為漢家獻絕色。案圖索取充後宮，不與即以兵相脅。單于見圖如見仙，魂已離殼魄離宅。捋鬚咆哮欲高飛，如此佳人何可得？立呼番使入漢庭，坐擁大兵聽消息。番使入朝依旨奏，漢議紛紛聞於路，大臣齊拜白西宮（明妃所居地），明妃掩面君王怒。毋奈將懦卒不雄，欲留美人力不夠。琵琶寶馬出重關，塵霧茫茫不得救。此行豈信必不歸，眼底風光尚依舊。「為君脫下漢衣裳，留待他年驗肥瘦」。霸橋送別兩心碎，君王持酒勸妃醉，玉杯溶溶非杜康，昨宵今日孤王淚，勸卿沉醉往胡邊，寧忍清醒強分袂，天風蕭蕭百臣悲，落日橫山如夢寐。慢撥琵琶淚不已，回首君臣落日裡，昔辭父母入漢宮，今別漢宮適荒鄙，夫妻恩愛已無期，父母呼喚更誰理？深羨兒時諸女鄰，生死猶能在鄉里。大河浩浩綰風沙，千騎萬騎如蜂蟻，琵琶更促淚更滋，知是單于來迎己。聞道此地號龍江，漢胡分疆即在此，下馬長跪望南天，「妾身從此不歸矣！」拜罷脫身入洪波，報答君親惟一死。

〈漢武〉和〈明妃曲〉
——談宋詩主議論的特色

吳宏一

　　唐詩和宋詩是中國詩歌苑囿中並開爭茂的兩大奇葩。唐代詩壇，人才輩出，兼擅眾美，情韻之綿長，寄興之悠遠，已臻藝術境界的頂峰，後來者實難以為繼；而宋詩亦代有其人，他們別開生面，另樹一幟，以議論入詩，標舉理趣，窮力夸新，措意深微，亦自難能可貴，不讓唐詩專美於前。本文即擬就主議論方面，舉幾篇作品來說明宋詩的特色。

　　我們先看楊億的〈漢武〉詩。楊億在宋真宗年間，和劉筠、錢惟演等人在宮中修書時，「歷覽遺編，研味前作」之餘，「更迭唱和，互相切劘」，宗法李義山，以雕章麗句相尚，一時蔚成風氣，號為西崑體。後人以西崑體的末流過於雕琢，性情寖遠，句律太嚴，惟工組織，因此有掎摭之譏。事實上，後來宋詩大家如歐陽修等人，都頗為推許西崑體，對於楊億等人的長處，也知所擷取，並不抹殺西崑體的價值。業師鄭因百先生有句云「西崑一脈到江西」，就是在說明西崑體對宋詩主流江西詩派的影響。因此，有人以為西崑體徒具形式，惟工組織，沒有什麼內容意義，那是一大錯誤。現在將楊億〈漢武〉一詩抄錄於後，來看看在開宋詩本色之先河上，它的啟導作用：

　　　蓬萊銀闕浪漫漫，弱水迴風欲到難。
　　　光照竹宮勞夜拜，露溥金掌費朝餐。

力通青海求龍種，死諱文成食馬肝。

待詔先生齒編貝，忍令索米向長安。

楊億的這首詩，主題是在譏諷漢武帝迷信方術，而不能任用賢才。首聯開頭兩句，寫海上仙山，可望不可即。頷聯（三、四句）、腹聯（五、六句）對仗工整，應用《史記》、《漢書》上的史料：漢武帝在甘泉圜丘祠壇上的徹夜禱告，服用金掌銅盤上的朝露，擴張土界而力通西域，殺死方士而不肯承認，在在說明了漢武帝的迷信神仙之說，追求長生之方。然而「勞夜拜」的勞，「費朝餐」的費，已足以說明漢武帝的一切努力都白費了，長生的理想全然落空，不老的仙術盡成虛妄，仙山仍在虛無縹緲間。以上六句，一件一件具體說來，都與漢武帝求仙的事實有關，到最後兩句才把筆勢一轉，猛然涉入本意：說長安中、朝廷上有個目如懸珠、齒若編貝的東方朔，才華無雙，漢武帝卻只叫他待詔金馬門，過著潦倒的日子。顯然與前六句成一強烈的對比。這種上六下二的特別寫法，杜甫〈秋興〉八首、李義山的〈茂陵〉等詩都曾用過，由此也可看出西崑體和杜甫、李義山的密切關係來。

漢武帝這歷史上著名的帝王，他的文治武功顯赫當代，素為後人所稱頌，照理說，有關漢武帝的歌詠，也勢必出之以感時懷古或力加歌頌才是，但楊億卻不肯落入習套，而從另一個角度來觀察漢武帝。人家說漢武功業彪炳，英才蓋世，他偏偏說是迷信神仙，捨近求遠，不能任用賢才。在華麗的詞藻、工整的詩句中，楊億不露痕跡地在詩中表現了議論的理趣。

其次，我們看看歐陽修、王安石等人的兩首詩。這兩首詩都是題詠王昭君的作品，可以看出宋詩主議論的風尚來。

明妃初出漢宮時，淚溼春風鬢腳垂；低佪顧影無顏色，
尚得君王不自持。歸來卻怪丹青手，入眼平生未曾有，
意態由來畫不成，當時枉殺毛延壽。……家人萬里傳消
息：好在氈城莫相憶。君不見咫尺長門閉阿嬌，人生失
意無南北。(王安石〈明妃曲〉二首之一)
漢宮有佳人，天子初未識，一朝隨漢使，遠嫁單于國。
絕色天下無，一失難再得。雖能殺畫工，於事竟何益！
耳目所及尚如此，萬里安能制夷狄？漢計誠已拙，女色
難自誇。明妃去時淚，灑向枝上花。狂風日暮起，飄泊
落誰家？紅顏勝人多薄命，莫怨東風當自嗟。(歐陽修〈再
和明妃曲〉)

　　據《漢書》的記載，王昭君只是一名宮女，漢元帝因為匈
奴呼韓邪單于入朝請求和親，便把王昭君配給他，曾生下一男
孩，呼韓邪死後，昭君又嫁給呼韓邪前妻之子雕陶莫皋，生了
兩個女兒。故事原來如此簡單，但越到後來，有關王昭君的故
事附麗越多。從《後漢書》、《西京雜記》以後，王昭君變成絕
色美人，她因為不肯賄賂畫工毛延壽，以致圖像被點，居於長
門永巷之中，得不到元帝的御幸，後來許配給呼韓邪單于之時，
元帝才驚為天人，欲留之而不得，只好殺毛延壽洩憤。從石崇、
吳兢以後，王昭君的容貌越來越漂亮了，人格越來越崇高了，
她不但在出塞時坐在馬上含淚彈著琵琶，增加了詩情畫意，而
且非常忠君愛國，不肯屈辱，有的說她投水自殺，有的說她吞
藥而死……。都對她寄予莫大的同情和崇敬。我們看看下引的
歷代詩人對她的歌詠：

……生乏黃金枉圖畫，死留青塚使人嗟。

昭君拂玉鞍，上馬啼紅頰。今日漢宮人，明朝胡地妾。

（李白〈王昭君〉二首）

……畫圖省識春風面，環佩空歸夜月魂。千載琵琶作胡語，分明怨恨曲中論。（杜甫〈詠懷古跡〉）

漢家宮闕夢中歸，幾度氈房淚溼衣。惆悵不如邊雁影，秋風猶得向南飛。（劉長卿〈昭君詞〉）

大致說來，後人的題詠不勝枚舉，而總其要，不外敘其離愁別恨而已。尤其於畫工的點染、馬上的琵琶怨曲、在胡地對家國的懷念，更迭相描寫，深致同情。然而在歐陽修、王安石的詩篇中，我們看到的，卻不止同情，而且還進一步的在發表議論。就畫工毛延壽點染一事來說，王安石說：「意態由來畫不成，當時枉殺毛延壽。」歐陽修說：「雖能殺畫工，於事竟何益！耳目所及尚如此，萬里安能制夷狄？」顯然不把過錯全推給毛延壽，而認為凡庸的漢元帝自己要負起責任來。就王昭君身在胡地、心繫家國一事來說，王安石說：「家人萬里傳消息：好在氈城莫相憶。」因為王昭君不出塞和番，說不定仍在永巷之中，即或得幸，也難保沒有退居長門的一天。歐陽修說：「紅顏勝人多薄命，莫怨東風當自嗟。」是說一切委諸命運吧，要怪也只能怪王昭君自己長得太漂亮。

　　從以上所說的例子中，我們可以看出宋詩好發議論的風尚，而且他們所發的議論，大多在作翻案文章。

　　　　　　　　　　《人間》一九七八年六月九日十二版

《源氏物語・桐壺》與〈長恨歌〉

林文月

一

　　日本平安朝才女紫式部的鉅著《源氏物語》為取材於平安朝中期至末期的長篇小說。全書分〈桐壺〉、〈帚木〉、〈空蟬〉、〈夕顏〉、〈若紫〉、〈末摘花〉、〈紅葉賀〉、〈花宴〉、〈葵〉、〈賢木〉、〈花散里〉、〈須磨〉、〈明石〉、〈澪標〉、〈蓬生〉、〈關屋〉、〈繪合〉、〈松風〉、〈薄雲〉、〈槿〉、〈乙女〉、〈玉鬘〉、〈初音〉、〈胡蝶〉、〈螢〉、〈常夏〉、〈篝火〉、〈野分〉、〈行幸〉、〈藤袴〉、〈真木柱〉、〈梅枝〉、〈藤裡葉〉、〈若菜〉（上、下）、〈柏木〉、〈橫笛〉、〈鈴虫〉、〈夕霧〉、〈御法〉、〈幻〉、〈雲隱〉、〈匂宮〉、〈紅梅〉、〈竹河〉、〈橋姬〉、〈椎木〉、〈總角〉、〈早蕨〉、〈寄生〉、〈東屋〉、〈浮舟〉、〈蜻蛉〉、〈手習〉、〈夢浮舟〉等五十四帖。〈幻〉帖以前為前篇，以主人公光源氏為中心，襯以藤壺、紫之上等才媛，描寫其華麗的生活。〈雲隱〉帖，僅有帖名而無文章。〈匂宮〉、〈紅梅〉及〈竹河〉三帖為前編至後編之過渡。〈橋姬〉以下十帖為描寫光源氏之後嗣薰、匂宮及宇治八之宮的公主們錯綜複雜的關係。以故事背景由平安京（即今京都）移至宇治，故世稱後十帖為「宇治十帖」。

二

　　首帖〈桐壺〉的全文之中，約三分之二的文字為敘述光源氏的雙親桐壺帝與其寵妃更衣的愛情故事。桐壺帝對更衣的寵

愛，以及二者間生離死別的纏綿的感情，顯然可視為脫胎於白
居易的〈長恨歌〉中唐玄宗與楊貴妃的故事。本文擬就二文逐
一比較，實際觀察〈桐壺〉與〈長恨歌〉之間的關係。

　　〈桐壺〉全文的構想，及其文筆技巧受〈長恨歌〉影響者，
可大略分為㈠直接攝取及㈡間接容受兩類。先看其直接攝取〈長
恨歌〉部分。

　　　　那種破格寵愛的程度，簡直連公卿和殿上人之輩都不得
　　　　不側目而不敢正視呢。許多人對這件事漸漸憂慮起來，
　　　　有的人甚至於杞人憂天地拿唐朝變亂的不吉利的事實來
　　　　相比，又舉出唐玄宗因迷戀楊貴妃，險些兒亡國的例子
　　　　來議論著。

白居易的〈長恨歌〉雖重抒情而通篇未有一字及於諷諭，但如：
「緩歌慢舞凝絲竹，盡日君王看不足。漁洋鼙鼓動地來，驚破
〈霓裳羽衣曲〉。」又如：「翠華搖搖行復止，西出都門百餘里。
六軍不發無奈何，宛轉蛾眉馬前死。」等句，在在都暗示著唐玄
宗溺愛楊貴妃招致變亂幾於亡國之事，故陳鴻〈長恨歌傳〉謂：
「意者不但感其事，亦欲懲尤物，窒亂階，垂於將來也。」紫式
部在文章開首處即明白指出桐壺帝與唐玄宗，更衣與楊貴妃之
間相似的身分處境，從而預伏了故事展開後處處可見的〈長恨
歌〉的影子。「公卿和殿上人之輩都不得不側目而不敢正視呢。」
則甚至蹈襲了與〈長恨歌〉關係密切的〈長恨歌傳〉句：「京師
長吏為之側目」。

　　令人議論紛紛的桐壺帝對更衣的愛情更進展而被擬為唐玄
宗對楊貴妃的寵幸。

……這一向皇上太過寵幸她，一有什麼遊宴、或什麼有趣的場合，總是第一個召她上來。有時候早晨睡過了頭，第二天也就一直留著她在身邊陪伴著，不讓她走……。

這一段文字乃根植於〈長恨歌〉裡的：

> 春宵苦短日高起，從此君王不早朝。
> 承歡侍宴無閒暇，春從春遊夜專夜。
> 後宮佳麗三千人，三千寵愛在一身。

對於詩句的先後次序雖然有些許改變，然而寫桐壺帝迷戀和專寵更衣的這一段文字取自白居易這幾句，該是不容否認的。楊貴妃能在後宮佳麗三千人中獨得唐玄宗的專寵，是否受到別的后妃嫉妒呢？白居易在〈長恨歌〉中不知有意或無意，沒有提到；或者，韻文的敘述，這一層應該是含蓄於言外的吧；而身為一個女作家，紫式部寫女性心理是更為細緻入微的，故而她不容桐壺帝不公平的垂愛於更衣一人，更衣始終被太多女御和別的更衣的嫉恨包圍著。她的處境也因為替桐壺帝產下一位皇子而益形艱難了。不過，沒有生孩子的楊貴妃（正史和小說均未見有貴妃曾生育的記載）和產下皇子的更衣都注定不能長久享有那一份恩幸。唐玄宗貴為天子，在六軍不發的要挾之下，竟保護不住愛妃的生命；同樣的，外面的壓力，內心的苦悶，使賢淑內向的更衣無法承擔，終致積鬱成疾。眼看著日漸消瘦衰弱的更衣為養病而不得不遠離，桐壺帝愛莫能助，其間雖有生離與死別之不同，此情此景與「宛轉蛾眉馬前死」而「掩面救不得」的玄宗的衷情悲苦無二致。

> 生有涯兮離別多，
> 誓言在耳妾心苦，
> 命不可恃兮將奈何！

　　這是更衣對依依癡情的桐壺帝所詠的和歌，在生離的那一瞬間，她或已預感到永久的分別吧。命既不可恃，誓言和法師的祈禱都無濟於事，返歸故里的更衣在午夜過後便去世了，從此，桐壺帝沉入回憶的悲痛深淵中。由於與更衣的生離而死別，桐壺帝與唐玄宗的遭遇不謀而合，二者的心境也愈加接近了。

> 近來皇上朝晚總要觀賞宇多天皇敕畫的「長恨歌圖」——
> 那上面有伊勢和貫之題的畫款，他卻總是挑那些歌詠生
> 死別離為題材的和歌及漢詩做為談論的話題。

紫式部在這一段文字裡更不避諱地直引「長恨歌」三字。所謂「長恨歌圖」是指將白居易的〈長恨歌〉內容繪成畫卷，或畫在屏風上者而言。畫面上有平安朝女詩人三十六歌仙之一、伊勢守藤原繼蔭之女所題的和歌，以及《古今和歌集》漢文序的作者紀貫之所題的漢詩等。由於境遇的相似，桐壺帝藉觀畫詠歌而感慨自身，遂成為理所當然之事。紫式部在此成功地將東西兩國宮闈的愛情悲劇聯繫起來，小說的深度與厚度從而增加，也更令人回味無窮了。往下是一段命婦從更衣故里返宮覆命的文字：

> 接著，命婦奏上了老夫人託她帶回來的禮物。皇上看到
> 那些更衣生前的遺物，不禁聯想起，如果這些東西是臨

邛道士赴仙界尋訪楊貴妃時所持歸的信物金釵該有多好!

悲莫悲兮永別離,

芳魂何處不可覓,

安得方士兮尋蛾眉。

國畫裡楊貴妃的容貌,即便是再優秀的畫師恐怕也筆力有限,表現不出那種栩栩如生的情態來。據說她有「太液芙蓉未央柳」般的姿色,諒那種唐風的裝扮定必華麗絕俗的;但是,想起更衣生前那種溫婉柔順而楚楚動人的模樣兒,又豈是任何花色鳥音所能比擬的呢?「在天願作比翼鳥,在地願為連理枝」那朝朝暮暮的誓約彷彿還縈繞耳際,而今卻已人天相隔。命運如此不可把握,怎不教人長恨啊!

〈長恨歌〉的詩句在這一段文字裡有最明顯的引用:

臨邛道士鴻都客,能以精誠致魂魄。

為感君王展轉思,遂教方士殷勤覓。

……

唯將舊物表情深,鈿合金釵寄將去。

釵留一股合一扇,釵劈黃金合分鈿。

目睹更衣生前遺物,從而展開對楊貴妃之聯想,更進而回憶更衣生前之風采,紫式部藉桐壺帝不可抑制的思潮起伏,巧妙地安排了唐朝和平安朝二貴妃的比較。

太液芙蓉未央柳，芙蓉如面柳如眉。

白居易形容楊貴妃容貌的詩句在桐壺帝的腦海裡如此清楚地浮現。與楊貴妃那種唐式的雍容華貴的美相比，更衣楚楚可人的美毋寧是更嬌柔而適合桐壺帝的。紫式部透過小說人物道出了她個人的（也是古今一般日本人的）審美標準。接下去，從楊貴妃的容貌而聯想其與唐玄宗的纏綿愛情誓約：

在天願作比翼鳥，在地願為連理枝。

於是，白居易在〈長恨歌〉中為玄宗與貴妃所擬的七夕長生殿之誓約也就直接移植到〈桐壺〉之中，成為桐壺帝與更衣生前朝朝暮暮的誓言了。往日的信誓旦旦猶在耳際，卻已人天相隔，人生多麼不可思議，命運又多麼不足恃，桐壺帝和唐玄宗同樣有綿綿不絕的長恨！〈長恨歌〉的末句：

天長地久有時盡，此恨綿綿無絕期。

正勾畫著題旨，而〈桐壺〉這一段文字也充分吮吸了〈長恨歌〉的精髓。由「長恨歌圖」引起的聯想繼續使桐壺帝墜入傷心的回憶裡：

由於思念更衣，皇上對任何事物都覺得意興闌珊，此刻即使聞見風聲鳥鳴都會使他悲傷不已。

文字上雖然不盡相同，但是桐壺帝意興闌珊，怕聞風聲鳥鳴的

心境豈非即是唐玄宗那種「行宮見月傷心色，夜雨聞鈴斷腸聲」的心境嗎？再如次段：

> 皇上掛念著更衣母親的居處，獨自挑弄著燈心，燈火已盡，都還不曾入眠。遠處響起右近衛府的報更聲。大概是丑時了吧？這才悄悄地進入寢宮裡，然而總還是睡不著。

白居易寫亂後自蜀還都，池苑依舊，而愛妃已死，感慨於物是人非的唐玄宗，有句：

> 夕殿螢飛思悄然，孤燈挑盡未成眠。
> 遲遲鐘鼓初長夜，耿耿星河欲曙天。

散文的〈桐壺〉巧妙地融化了以上四句詩。而伊勢的詩歌所勾起的甜蜜往事：

> 早晨又因為想到伊勢所詠的「玉簾深垂兮春宵短」那首歌，真是無限懷念有更衣陪伴的甜蜜往日，竟而遲遲不能起床，以至怠慢了朝政。

雖然在時間的安排上，〈桐壺〉將此段文字設在更衣之亡後；而〈長恨歌〉則用以刻劃玄宗與貴妃最美滿幸福的生活，無論如何，桐壺帝沉湎於甜蜜往事的回想這一段文字正是：

> 春宵苦短日高起，從此君王不早朝。

的具體描寫。由於桐壺帝日夜思念亡妃致廢寢忘食，故而左右近侍不得不引以為憂，敏感地聯想到隔海的唐朝廷所發生的不幸事情：

> 「這樣下去怎麼得了啊！」他們都在竊竊私議：「也許是前世的宿緣吧，從前是罔顧人言，只要跟先后有關的事情，皇上就沒有了分曉；如今呢，又全然不理朝政。真是糟糕啊！」他們甚且還引出外國朝廷的例子，偷偷地惋惜慨歎著。

所謂「外國朝廷的例子」即是指前文「有的人甚至於杞人憂天的拿著唐朝變亂的不吉利的事實來相比，又舉出唐玄宗迷戀楊貴妃，險些兒亡國的例子來議論著。」如前所述，〈長恨歌〉雖然沒有諷諭的文字，有心者自能讀出「欲懲尤物，窒亂階」之旨，紫式部在此不僅比較虛構的平安朝廷與實在的唐朝廷故事，更明顯地引用了〈長恨歌〉的內容，以為前車之鑑。

三

以上所舉諸例為桐壺直接攝取〈長恨歌〉部分。此外，〈桐壺〉一帖中，另有間接容受〈長恨歌〉之趣味或氣氛，從字面上看，不一定有相同處，實則可以追尋其融匯因襲白居易之構想者。例如全文開首處：

> 不知是在那一個朝代的時候，在宮中許多女御和更衣之中，有一位身分並不十分高貴，卻格外得寵的人。那些本來自以為可以得到皇上專寵的人，對她自是不懷好感，

　　既輕蔑且嫉妒的。至於跟她身分相若的或者比她身分更
　　低的人，心中更是焦慮極了。

紫式部所塑造的更衣這個角色，既非出身名門高第，又無特殊
之後臺撐腰，而能於後宮眾多的后妃之中獨贏得桐壺帝寵幸，
成為眾矢之的，必定是才貌有過人之處（關於更衣之才貌，紫
式部未曾正面描寫，卻有二處間接暗示：㈠藉其死後桐壺帝回
想，與楊貴妃之比較，㈡藉老宮女推薦藤壺之際的對白）。白居
易形容楊貴妃云：

　　天生麗質難自棄，一朝選在君王側。
　　回眸一笑百媚生，六宮粉黛無顏色。

〈長恨歌〉所要強調的是唐玄宗與楊貴妃生前的恩愛纏綿，以
烘托出死別後的幽怨淒迷，故而未及於貴妃被專寵後可能受到
的眾妃之嫉妒，不過，詩中如：

　　雲鬢花顏金步搖，芙蓉帳暖度春宵。
　　春宵苦短日高起，從此君王不早朝。
　　承歡侍宴無閒暇，春從春遊夜專夜。
　　後宮佳麗三千人，三千寵愛在一身。

諸句，卻無論如何不能不令人想像「六宮粉黛」、「後宮佳麗」
對楊貴妃的羨慕、反感或妒恨了。梅妃的傳說恐怕也是這種想
像所導致的當然結果吧。紫式部對更衣因遭嫉而受到的奚落難
堪有較多的描寫：

更衣所住的地方叫做桐壺殿。離開皇上所住的清涼殿相
當遠，因此皇上行幸桐壺殿的時候，得經許多后妃的殿
前。而皇上偏又頻頻前往桐壺殿，這也就難怪旁人要妒
恨了。有時候，更衣承恩召見的次數太多，也會遭受大
家的惡作劇。時常有人故意在掛橋啦、長廊上啦，到處
撒些穢物，想弄髒迎送更衣的宮女們的裙襬。又有時，
大家商量好了，將更衣必經的迴廊兩端的門鎖起來，害
得她在裡頭受窘難堪。

這些直接間接加諸更衣身上的作弄和羞辱，實在是因更衣而失
寵的後宮粉黛佳麗無可奈何的報復手段。〈長恨歌〉所含蓄的部
分，在〈桐壺〉裡卻變成正面的描寫，而加以渲染發揮了。

白居易的〈長恨歌〉著重美化的抒情，全篇之中有幾處不
符史實，例如前面的四句：

> 楊家有女初長成，養在深閨人未識。
> 天生麗質難自棄，一朝選在君王側。

便與玄宗奪壽王妃的故事不合。又如後段所寫方士訪太真於仙
境一節，則更是純屬虛構。不過，就詩的情調上言之，卻因此
段設想而增加了幾許虛無縹緲而浪漫的美感。在〈桐壺〉裡，
更衣病逝後，紫式部為日夜哀思的桐壺帝安排了命婦赴更衣故
里探訪皇子和老夫人的一節：

> 當秋風颯颯，涼意襲人的時分，皇上比往常更加思念亡
> 妃了。於是，他派了一名靭負的命婦到更衣故里去。……

居喪的人是不便有一般的風雅餽禮貽贈的，所以只能將
更衣生前的遺物——衣裳一套及梳髮用具一組，託命婦
持歸宮中呈獻皇上。

命婦只是屬於四位或五位的中等宮女；不同於司理陰陽界之事
的「臨邛道士鴻都客」，而更衣的故里在亂草叢生的荒郊外；當
然也不同於仙境的「樓閣玲瓏五雲起」。然而，秋寒之日驅車趲
程的命婦，與「上窮碧落下黃泉，升天入地求之遍」的方士，
二者所負之使命卻是相同的。臨邛道士在虛無縹緲的仙境覓得
已化為仙人的太真後，攜返了楊貴妃與唐玄宗當年定情之物
——合鈿金釵（參看陳鴻〈長恨歌傳〉），以及殷勤的寄詞；趲
負命婦自更衣故里返宮之際，老夫人也託帶更衣的遺物——衣
裳梳具(當亦為桐壺帝昔日贈與更衣的禮物)，又附上信函一紙。
這種種的設想安排，顯然不是出於巧合，紫式部的靈感來源是
呼之欲出的。果然，在後文，桐壺帝睹物思人，遂有〈長恨歌〉
詞的聯想（已見前文）。

　　即使在較瑣碎的景物描寫方面，〈桐壺〉裡仍然可以窺見間
接蹈襲〈長恨歌〉之處。例如寫命婦驅車抵達更衣故里的一段：

眼前那一片景象已深深打動了她的心。……自從這個夏
天痛失愛女之後，她老人家已經無心關懷這一切，門前
任由荒草叢生著，如今月光依然照射其上，倍增無限淒
涼。

其實便是萬劫歸來後，映入玄宗眼裡的蕭條景象，

歸來池苑皆依舊，太液芙蓉未央柳。

……

西宮南內多秋草，落葉滿堦紅不掃。

〈桐壺〉之帖有關桐壺帝與更衣之間的故事大體止於命婦之覆命，與桐壺帝之悲歎。其後，故事的重心轉為再娶容貌酷似更衣的藤壺而衷情有所寄託的桐壺帝，以及《源氏物語》的真正主人公光源氏的成長過程。在後段裡，〈長恨歌〉的投影逐漸淡去，但是，偶然仍可見作者於構思布局之際，尚未能盡去唐代開元天寶年間這一段歷史故事人物的影響。例如在塑造光源氏這個人物的個性時，紫式部除賦予他俊美絕俗的外形，以及穎秀的天資之外，還特別強調了擅長音樂的一點：

> 正式的學問——如經書漢詩等的造詣，自是不在話下，就連音樂方面的才能，也得天獨厚。吹笛弄琴起來，真箇是響徹雲霄，如果把他的才藝一一枚舉起來，別人定會以為信口開河而懶得聽下去呢。

唐玄宗精通音律，酷愛法曲，其「皇帝梨園弟子」的雅事（詳新、舊《唐書》〈音樂志〉、〈禮樂志〉）為眾所周知。〈長恨歌〉中雖未見有直接言及此事之詩句，然而透過：

> 驪宮高處入青雲，仙樂風飄處處聞。
> 緩歌慢舞凝絲竹，盡日君王看不足。
> 漁陽鼙鼓動地來，驚破〈霓裳羽衣曲〉。

諸句，並不難想像這位天子的風流才華了。桐壺帝既在多愁善
感方面與唐玄宗有類似之處，身為其皇子的光源氏在個性才情
上有接近玄宗的傾向，也應是順理成章的。諒紫式部執筆寫光
源氏這個人物時，腦際恐怕難免掠過經由〈長恨歌〉而熟悉的
唐玄宗之印象吧。

四

　　以上，逐一比較了〈桐壺〉與〈長恨歌〉有關聯的部分。
本帖不像《源氏物語》其餘各帖之多引白居易的其他詩文（詳
日本東京女子大學丸山キヨ子著《源氏物語と白氏文集》），而
純以〈長恨歌〉為依據。誇張一點的說，除卻〈長恨歌〉的支
柱，〈桐壺〉這一帖幾乎難以成立。當然，紫式部的高度文學修
養是使《源氏物語》一書所以能千年來傲視日本文壇，睥睨一
切作品的主要原因。同時，《源氏物語》在日本文學史上所具有
的意義，以及它本身的文學價值，也更非僅只限於其部分模倣
或取材於〈長恨歌〉之上。不過，僅就〈桐壺〉一帖而言，紫
式部對〈長恨歌〉所表現的心折情形卻是不容否認的。她把唐
玄宗與楊貴妃的感傷的愛情故事巧妙地脫胎換骨，移植於桐壺
帝與更衣身上，使唐朝的宮闈悲劇重現於日本平安朝廷中。

　　白居易〈與元九書〉云：

> 及再來長安，又聞有軍使高霞寓者，欲聘娼妓，妓大誇
> 曰：「我誦得白學士〈長恨歌〉，豈同他妓哉！」由是增價。
> ……又昨過漢南，適遇主人集眾樂，娛他賓。諸妓見僕
> 來，指而相顧曰：「此是〈秦中吟〉〈長恨歌〉主耳。」……
> 今僕之詩，人所愛者悉不過雜律詩與〈長恨歌〉已下耳。

〈長恨歌〉之風行一時，為白居易本身所承認之事實，而白居易詩文在他生存之時便已流傳入朝鮮、日本等地（詳臺大《文史哲學報》第二十一期拙著〈唐代文化對日本平安文壇之影響〉一六九頁——一七四頁）。紫式部在眾多輸入日本的漢文書籍之中最愛誦讀〈長恨歌〉，為其哀感頑豔的情節氣氛所感動，乃至費盡心機地將其精髓編織入《源氏物語》裡，其實，只是證明了文學藝術之普遍性，以及欣賞者無礙於國籍的所謂「人同此心，心同此理」而已，這一點是並不足為怪的。

楊妃故事的發展及與之有關之文學

曾永義

我們知道，楊玉環不僅是有唐的一位美麗妃子，而且也是我國歷史上數一數二的美人。她由壽王妃度為女道士，入侍明皇，冊為貴妃，從而奪佔了明皇後宮中所有的寵愛。她的死，又和使大唐由盛轉衰的「安史之亂」有關。在她那三十八年的生命中，可以說已富有相當濃厚的傳奇色彩，所以天寶以後的文人，便把她當作一個為文作詩的好題目。但是正如陳寅恪先生說的，文人賦詠，並非如史家記述，因此有意無意之間，便加入了許多附會和誇飾。於是楊妃故事的內容也逐漸豐富起來（這幾乎是一種公式，西子、昭君故事莫不如此）。我們若就其發展的過程中，考其較為重要的幾個脈絡，那麼大略有四端可尋。其一為天人之說的滲入。其二為明皇遊月宮、豔羨嫦娥的附會。其三為楊妃與安祿山穢亂後宮的誣陷。其四為塑造梅妃以導上陽宮人的幽怨。茲分別論述於後：

一、蓬萊仙子

在唐人許許多多以太真遺事為題材的詩文中，白〈歌〉陳〈傳〉以前，大抵都只局限於人世的瑣碎記述和託懷寄意的吟詠，並未涉及神靈的附會（寅恪先生《長恨歌箋證稿》已有是說）。直到白〈歌〉陳〈傳〉，方才滲入了天人之說，而結構成首尾備具的敘事詩篇和傳奇小說，由此使太真故事的境界更加迷茫美麗。但是，這種「蓬萊仙子」的增飾，還是有它自然形成的背景的。白樂天〈客有說〉云：

> 近有人從海上迴，海山深處見樓臺，中有仙龕虛一室，
> 多傳此待樂天來。

又〈答客說〉云：

> 吾學空門非學仙，恐君此語是虛傳。海山不是我歸處，
> 歸即應歸兜率天。

又〈海漫漫〉云：

> 海漫漫，直下無底旁無邊。雲濤煙痕最深處，人言中有
> 三神山。山上多生不死藥，服之羽化為天仙。

關於海上仙山之說，唐人每樂於稱道（見蘇鶚《杜陽雜編》與
盧肇《逸史》），樂天雖疑其虛傳，但卻每以之入詩。那麼當他
寫作〈長恨歌〉時，以楊貴妃曾經度為女道士，賜號太真，便
很自然的聯想到所謂蓬萊仙山，並同時「幻設」美麗之仙子，
而以之點染在太真妃的身上。這應當是樂天神化楊貴妃的第一
個因素。〈長恨歌〉云：

> 臨邛道士鴻都客，能以精誠致魂魄。為感君王展轉思，
> 遂教方士殷勤覓。

陳〈傳〉亦云：

> 適有道士自蜀來，知上心念楊妃如是，自言有李少君之

術，玄宗大喜，命致其神，方士乃竭其術以索之。

〈歌〉中的「鴻都客」不知係指何人，但〈傳〉中的「李少君」，則指〈漢武故事〉中的道士無疑。李少君為武帝致李夫人的魂魄，〈長恨歌〉中的臨邛道士也為明皇尋覓楊貴妃的靈魂，由此可見，白〈歌〉陳〈傳〉在神化的情節上，顯係受《漢武故事》的影響（寅恪先生已有是說）。這是樂天神化太真妃的第二個因素。關於這一點，我們還可以在他的〈李夫人〉詩中見出端倪。詩云：

> 漢武初喪李夫人……傷心不獨漢武帝，自古及今皆若斯。君不見穆王三日哭，重璧臺前傷盛姬。又不見泰陵一掬淚，馬嵬坡下念楊妃。縱令妍姿豔質化為土，此恨長在無銷期。生亦惑，死亦惑；尤物惑人忘不得。人非木石皆有情。不如不遇傾城色。

他這樣有意的將穆王與盛姬，漢武帝與李夫人，唐明皇與楊貴妃的故事牽扯在一起，而點出了「自古及今皆若斯」的話語。那麼，他欲以之來諷諫當時多內寵的憲宗皇帝，使之知所以「鑑嬖惑」的目的是很顯然的。而〈長恨歌〉寫作的目的也正是如此。陳〈傳〉云：

> 樂天因為〈長恨歌〉，意者不但感其事，亦欲懲尤物，窒亂階，垂於將來也。

〈長恨歌〉和〈李夫人〉寫作的目的既然都一樣，白樂天又把

楊貴妃、李夫人並論，那麼〈長恨歌〉中的神話色彩，自是直接襲自於李夫人故事了。玄虛子的〈長恨歌傳跋〉，其敘馬嵬變後，明皇遣道士致太真魂魄的情節，雖然和白〈歌〉陳〈傳〉不同。但其實只是李夫人故事更具體的模擬而已。

　　白〈歌〉陳〈傳〉對太真故事，還有一個很重要的附會，那就是長生殿七夕密誓之說。據陳寅恪先生的《長恨歌箋證稿》說，長生殿既然是在驪山華清宮中，而遍考明皇駕幸華清的日期，從無在夏天的。因此，以為長生密誓並不足為信。他這種論點應當很正確，不過若衡以明皇對貴妃之寵愛無微不至，則其對雙星立盟言之地點縱或不在長生殿，但比翼連理之誓，未始不是一件可能的事。

二、月殿嫦娥

　　楊妃故事滲入神話之後，於是附會以神仙之事的筆記叢談，也如雨後春筍。這固然是唐人小說琦瑋僪傀的普遍風氣，但白〈歌〉陳〈傳〉始肇其端的影響是很大的，這些神仙附會之中，以明皇遊月宮為主要的掌故。考遊月宮實因〈霓裳羽衣曲〉而起。劉夢得〈望女几山〉詩云：

> 開元天子萬事足，惟惜當年光景促。三鄉陌上望仙山，
> 歸作〈霓裳羽衣曲〉。仙心從此在瑤池，三清八景相追隨。
> 天上忽乘白雲去，世間空有〈秋風詞〉。

元微之〈法曲〉詩中亦有「明皇度曲多新態，宛轉浸淫易沉著。赤白桃李取花名。〈霓裳羽衣〉號天樂」之句，他們的用意雖然都在於諷刺，但是其中都提到「仙山」和「仙樂」，或許竟因此

而把〈霓裳羽衣曲〉牽涉為廣寒之樂，由此再啟遊月宮、譜〈霓裳〉之說的也不一定。

關於遊月宮的故事，在鄭處誨的《明皇雜錄》和鄭嵎的《津陽門詩注》中，均已見記載。此外，如《異人錄》、《逸史》、《鹿革事類》、《開天傳信記》、《仙傳拾遺》及《幽怪錄》等也都有所述及。其中雖然引導明皇同遊的仙人道士有申天師、羅公遠與葉法善的不同，所得曲名也有「霓裳」和「紫雲回」的分別，其時間、地點也有所差異，但應當都是同一個來源的附會與增飾。杜牧之〈華清宮〉詩有句云：「月聞仙曲調，霓作舞衣裳。」可見遊月宮、譜〈霓裳〉的傳說那時已相當盛行，所以杜牧之也蒐奇入詩了。

元朝白仁甫有《唐明皇遊月宮》雜劇一本，這恐怕是最早把這個故事演為戲曲的創作。其劇本雖已散佚不存，不過由他的另一本《梧桐雨》劇，其楔子中的明皇賓白和第一折中的貴妃賓白，似又可以看出其內容的一點痕跡。明皇云：

> 六宮嬪御雖多，自武惠妃死後，無當意者，去年八月中秋，夢遊月宮，見嫦娥之貌，人間少有，昨壽邸楊妃，絕類嫦娥，已命為女道士，既而取入宮中，策為貴妃，居太真院。

又貴妃云：

> 開元二十八年八月十五日，乃主上聖節，妾身朝賀，聖上見妾貌類嫦娥，令高力士傳旨，度為女道士，住內太真院，賜號太真。

這裡所說的「貌類嫦娥」是很值得注意的。雖言「貌類」，但恐怕直把太真妃附會成月中仙子了。白仁甫所作的《遊月宮》和《梧桐雨》雜劇，嚴氏《元劇斟疑》謂其情節或者如《西廂》五本一樣，竟是前後連貫的。其間承遞的關係大概是：因為遊月宮豔羨嫦娥之貌美，既而見壽邸楊妃似之，乃取入宮中。如此在情節上非但可以和明皇實白符合，而且前後也可以銜接得來。把太真妃比作嫦娥，早在唐朝的張祐似乎就有這個意思。其〈南宮歎〉（自注：亦述玄宗追恨太真妃事）詩云：

> 北陸冰初結，南宮漏更長。何勞卻睡草，不驗返魂香。
> 月隱仙娥豔，風殘夢蝶揚。徒悲舊行跡，一夜玉階霜。

「月隱仙娥豔，風殘夢蝶揚。」雖然說得很朦朧，但隱約之中則是把月中仙娥比作太真妃的。文人們這種想法其實很自然，因為遊月宮的傳說早已盛行，那麼把嫦娥附會在寵專後宮的美麗妃子身上，不但在情節上有因果的關係，而且故事的內容也因此更加多彩多姿。

白仁甫《遊月宮》雜劇的內容，雖已無可考。但在《雍熙樂府》裡面，著錄有好幾套關於《遊月宮》的曲子。它們是：卷五頁九十一仙呂調六么序「冰輪光展」套（寫明皇中秋夜宮中宴賞，問及廣寒仙子，天師葉法善乃導引明皇飛上月明天），卷十五頁一大石調玉翼蟬煞「似仙闕」套（寫明皇到達月宮遇金甲天神），卷十一頁九十二雙調新水令「駕著五雲軒」套（案此套雍熙題名作「祿山夢楊妃」，觀其內容則完全與祿山、楊妃無涉。蓋寫明皇到達月闕，素娥以霓裳舞宴樂之），卷四頁七十三仙呂調點絳唇「玉豔光中」套（寫明皇於歌舞宴樂之際，因

見嫦娥貌美而動心，欲使之「鳳返丹霄外」），卷四頁八十三仙
呂調青杏兒「一片玉無瑕」套（寫明皇醉後失態「憑肩賞碧桃
花」，為法善所止），卷四頁七十四仙呂調點絳唇「人世塵清」
套（寫素娥私見明皇，正歡娛之際，為葉靖所催促，不得已悵
然而歸，因感念到「若是無緣成配偶，怎生向九霄雲外相逢。」）
這六套曲子的內容似乎是前後銜接的，而且都屬兼敘兼詠的性
質，其曲文最長不過六支，而以三支、四支最多，很可能它們
皆是屬於王伯成《天寶遺事諸宮調》中的套數。再從這些曲子
所敘寫的故事看來，主要的是唐明皇遊月宮而豔羨嫦娥，這和
《梧桐雨》所謂「貌類嫦娥」之語，似有痕跡可尋。因之，我
們或許可以說，王伯成《天寶遺事諸宮調》關於明皇遊月宮一
段，應當是頗受白仁甫《遊月宮》的影響。現在坊間說部《唐
明皇遊月宮》，以貴妃為月宮素娥、郭子儀為白虎星、安祿山為
青龍星、李白為太白金星、唐明皇為孔昇真人所衍成的故事內
容，恐怕也是緣此附會增飾而成的。

　　遊月宮故事，發展到屠隆的《彩毫記》，乃更別出心裁的將
貴妃和李白都牽扯進去，洪昇的《長生殿》則以貴妃夢遊得〈霓
裳〉新譜，而伏下與明皇死後月宮團圓的關目。凡此都是曲家
為適應其排場布置，而酌意剪裁的。

三、錦襯祿兒

　　對於太真故事寫得最細密完備的，要算宋撫州樂史子正了。
他採集了唐末記載天寶遺事的筆記叢談，諸如柳宗元（？）《龍
城錄》，馮贄雲《仙雜記》、《記事珠》，李隱《瀟湘錄》，李德裕
《次柳氏舊聞》，李肇《國史補》，高彥休《闕史》，南卓《羯鼓
錄》，段安節《樂府雜錄》，張固《幽閑鼓吹》，鄭處誨《明皇雜

錄》，段成式《酉陽雜俎》，蘇鶚《杜陽雜編》，鄭棨《開天傳信
記》等的零言片語，以及白〈歌〉陳〈傳〉之說，加以排比潤
色成〈楊太真外傳〉二卷，首尾備具，斐然可觀。有此一傳，
前此侈談太真遺事的，直可廢置了。在這篇傳裡面，對於安祿
山與楊貴妃，並不襲取姚汝能《安祿山事跡》、溫畬《天寶亂離
西幸記》和王仁裕《天寶遺事》的穢亂之說。但是到了司馬光，
乃摭入其《資治通鑑》之中，於是祿山、貴妃之間，千載而下，
便有不清不白的罪名。《通鑑》卷二一六天寶十年正月云：

> 甲辰，祿山生日，上及貴妃賜衣服寶器酒饌甚厚。後三
> 日，召祿山入禁中，貴妃以錦繡為大襁褓裹祿山，使宮
> 人以綵輿舁之。上聞後宮歡笑，問其故，左右以貴妃三
> 日洗祿兒對。上自往觀之，喜，賜貴妃洗兒金銀錢，復
> 厚賜祿山，盡歡而罷。自是祿山出入宮掖不禁，或與貴
> 妃對食，或通宵不出，頗有醜聲聞於外，上亦不疑也。

像這樣經過司馬光的《通鑑》一記載，則貴妃穢亂的罪名，幾
乎成了鐵案。但是司馬光所以為據的，只是小說家者言而已，
殊無確證。洪邁《容齋隨筆》卷一「淺妄書」則，曾列舉《天
寶遺事》之錯誤數條以為笑，並謂其「固鄙淺不足攻，然頗能
疑誤後生。」袁枚的《隨園詩話》便不贊同這種說法，他說：

> 楊妃洗兒事，新、舊《唐書》皆不載，而溫公《通鑑》
> 乃采《天寶遺事》以入之。豈不知此種小說乃委巷讕言？
> 所載張嘉貞選婿得郭元振，年代大訛，何足為典要，乃
> 據以污唐家宮闈耶？余詠玉環云：「《唐書》新舊分明在，

那有金錢洗祿兒?」蓋洗其冤也。第李義山〈西郊百韻〉詩有「皇子棄不乳,椒房抱羌渾」之句,天中進士鄭嵎〈津陽門〉詩亦有「祿兒此日侍御側,繡羽褓衣日屓贔」之句;豈當時天下人怨毒楊氏,故有此不根之語耶?

可見溫公將錦褓洗兒記載在《通鑑》是有欠考究的;而後人對於楊妃何以平白生此不根之語呢?那大概如《隨園》所說的,天下人怨毒楊氏,因而眾惡歸之的緣故吧?龔德柏先生在《戲劇與歷史》一書中也不贊成加楊妃以穢亂之名。他說我國歷代的史書,對於皇太后、皇后、貴妃、公主等的傳記,只要真有淫亂之事是從不隱諱的;豈有新、舊兩《唐書》獨為楊妃諱的道理?也因此康熙年間精選材料所編成的《歷代通鑑輯覽》,便刪去這些不根的說法。不過,我們若稍為觀察一下唐人的詩歌和筆談,不難發現這種誣衊的說法,早已在醞釀之中。白居易〈胡旋女〉云:

> 天寶季年時欲變,臣妾人人學圜轉;中有太真外祿山,
> 二人最道能胡旋。梨花園中冊作妃,金雞帳下養為兒。
> 祿山胡旋迷君眼,兵過黃河疑未返。貴妃胡旋惑君心,
> 死棄馬嵬念更深。從茲地軸天維轉,五十年來制不禁。
> 胡旋女,莫空舞;數唱此歌悟明主。

白氏此詩雖然旨在點明貴妃、祿山為禍天下之罪魁,以資感悟明主莫蹈覆轍。但是他處處把祿山、楊妃並列,不禁使人聯想到,其間可能頗有密切的關係。李肇的《國史補》說得更明白些:

> 安祿山恩寵寖深，上前應對，雜以諧謔，而貴妃常在坐。
> 詔令楊氏三夫人約為兄弟，由是祿山心動。及聞馬嵬之
> 死，數日欸惋。雖林甫養育之，國忠激怒之，然其他腸，
> 有所自也。

樂史的〈外傳〉也採入此說。張祐大概也信以為然，所以在〈華清宮和杜舍人〉的詩中也寫下這麼兩句：

> 雪埋妃子貌，刃斷祿兒腸。

可見他們都認為祿山造反和楊妃的美貌有關。大概是因為唐人早就有這種觀念，所以到了唐末五代的姚汝能、溫畬、王仁裕等，便更具體的附會成錦繃拜母，穢亂後宮了。

楊妃自從被溫公《通鑑》定讞為「淫婦」之後，文人賦詠便每每以此為指責之的。宋宋无《唐宮詞補遺》之一云：

> 罷朝輕輦駐花邊，催喚黃門住靜鞭；
> 三十六宮人笑話，上前爭索洗兒錢。

又元薩都剌〈楊妃病齒圖〉有云：

> 妾身雖侍君王側，別有閑情向誰說；
> 斷腸塞上錦繃兒，萬恨千愁言不得。

又明王思任〈馬嵬歌〉有云：

不是三郎負玉環，玉環自引胡兒緼。

又清李朝〈礎馬嵬〉云：

深宮曾見錦裯眠，死後徒留一股鈿；
莫恨漁陽鼙鼓逼，當時曾賜洗兒錢。

像這樣的吟詠，還算是出於詩人婉約含蓄的諷刺。若以之施於戲曲，那就要渲染滿紙了。戲曲中詠太真遺事最古的《梧桐雨》，便已沾上這種惡習。其楔子的安祿山賓白和第一折的楊妃賓白，卻都公然將穢亂道出，由此不禁使觀者對楊妃生鄙視厭惡之感。其後長生密誓，便覺假意虛情；馬嵬之變，也令人以為罪有應得。而明皇梧桐夜雨、痛悼妃子，更使人感到癡傻得可笑。所以說《梧桐雨》劇雖然曲文優美可誦，但因為這幾句浮言的抄襲，竟使全劇為之減色，豈不可歎！然而，若以之較王伯成《天寶遺事諸宮調》對楊妃、祿山私情的細膩渲染，著意誇張，則不啻小巫見大巫而已。

《雍熙樂府》著錄的套數中，有卷七頁七十九中中呂調粉蝶兒「玄宗無道」套（題名祿山偷楊妃，敘祿山乘楊妃醉臥中偷情事）、卷一頁五十六黃鐘調醉花陰「羨煞尋花上陽路」套（題名祿山戲楊妃，敘祿山與楊妃幽會）、卷十一頁八十九雙調新水令「舞腰寬褪」套（題名祿山憶楊妃，敘祿山出鎮漁陽，懷念楊妃之情）、卷十二頁九十四雙調夜行船「被一紙皇宣」套（題名亦作祿山憶楊妃，敘馬嵬變後，祿山追悼楊妃之情），這四套曲子從其聯套的體例和敘述的方法看來，很可能都是屬於《天寶遺事諸宮調》中的套數。其曲文都極盡猥褻誨淫之能事。由

此亦不難見出，在人們的心目中，楊妃早已成為淫亂的人物。而此後凡是以她的故事為題材的文學作品，總多少要帶上幾筆。像明朝無名氏的《沈香亭》和吳世美的《驚鴻記》（此書據說尚存，已有影印本行世）據《曲海總目提要》，它們也都有「錦襯拜母」一節，顯然也涉及楊妃和祿山間的醜行。但是在這種醜行的渲染之中，還是有人持不同的意見的。屠隆《彩毫記》第十四齣「祿山謀逆」中安祿山賓白云：

> 自家東平郡王安祿山……天子殊恩，鐵券開裂土之賞；貴妃異寵，錦褓賜洗兒之錢。中外雖傳醜聲，宮闈實未及亂。彼不過視我為弄臣，烏鴉豈偶彩鳳；我未免因而生邪念，黑蟆妄想天鵝。

他這裡所說的「彼不過視我為弄臣，烏鴉豈偶彩鳳」的話是很能令人發深省的。試想以安祿山那麼臃腫癡肥的胡人，豈是風華絕世的楊妃所能以身相許的？

所以到了洪昇的《長生殿》便乾脆把這些無稽之談統統刪掉，並且將太真妃美化，把她對明皇的感情寫成真摯精誠，至死不變。他這種題材的處理，對於乾隆以後的《子弟書》、《南詞》等歌詠太真故事的地方俗曲，具有相當大的影響。它們大抵都根據《長生殿》為素材，編成可以彈唱的曲詞，因此楊玉環在彈唱者的口中，大體還是一位美麗而純情的妃子。但是，仍有承襲穢亂之說而加以敷衍的。譬如百本張的《子弟書》「醉酒」一曲，便是極力描摹楊妃的淫冶之態。這篇曲文一共分為五回、四十四節、五百十二句。頭回十節百零四句敘明皇萬壽節見壽王妃楊氏美麗，乃取入宮中冊為貴妃，從此恩愛無比，

楊氏一門因而貴顯。後明皇復納梅妃，楊氏苦悶不已，見園囿
三春如錦，徒增寂寞。第二回十節八十八句，敘楊妃自怨自艾、
妒恨交煎之際，有一宦官進言慰解，並慫恿到御花園玩賞。第
三回七節八十八句，敘楊妃遊園賞春，心情甚暢。第四回九節
二十六句，敘楊妃命酒開宴，獨酌盡情之餘，又命宦官、宮娥
同筵侍飲，於是「杯盤交錯」、「其樂無邊」，此時楊妃舉頭望月，
不禁俯而自憐。第五回十節百零八句，敘楊妃醉意朦朧、神恍
意搖，忽見一「青春美少年」，乃手拉小太監之手，欲行求歡，
為小太監婉拒。既而醉臥入夢，忽報安祿山來，乃乘興邀之；
兩情正爾綢繆，忽黃鸝一聲，而以驚夢作結。

　這本《子弟書》醉酒的內容和皮黃中貴妃醉酒的情節頗有
相似處。葉堂《納書楹曲譜補遺》卷四所錄時劇《醉楊妃》，大
略寫楊妃在百花亭賞月，感念到嫦娥獨守清虛，又想到君王對
自己的薄倖寡恩，不禁顧影自憐。此時花陰沉沉、好風徐徐，
而寂寞人越增寂寞。在百無聊賴之餘乃借酒澆愁，但是酒入愁
腸容易醉，為之情癡意嬾，忽然看到侍宴的斐力士和高力士，
竟拉著他們的手說：

> 你娘娘有一句知心話兒說與你們知，不嫌我殘花敗柳枝，
> 我和你雙雙同入在宮幃裡，做一對比目魚並頭連理枝。
> 你便來來來，你若是稱我的心，遂我的意，我便來朝一
> 本的奏丹墀，我便來朝一本的奏丹墀；管教你官上加官，
> 職上再職；官上加官，你便職上再職。你待不依呵！準
> 備著這場死。

現在平劇「貴妃醉酒」的曲文與此略有不同，當是根據《醉楊

妃》修正來的。而《納書楹曲譜》是乾隆五十九年的刊本，葉堂即稱之為「時劇」，可見《醉楊妃》在乾隆年間已經演之於氍毹。也因此不知是它根據《子弟書‧醉酒》改編的，還是《子弟書》根據它來敷衍擴充的，我們已不能確考，不過它們之間有因襲的關係則是毫無疑問的。《戲劇月刊》二卷一號〈成之荒腔走板室曲考〉云：

> 馬嵬坡劇徽班舊已有之，惟詞句鄙俗，難登大雅之堂，經名鬚生汪笑儂大加潤色，遂有點鐵成金之妙。其劇情係明皇時楊貴妃私通胡兒安祿山。

又據說漢戲、湘戲經常演「馬嵬驛」這齣戲，當安祿山圍城時，祿山向明皇的唱詞中有「快快獻上楊玉環」一句（見《戲劇與歷史》）。可見地方戲曲演楊妃故事的，也大都襲取溫公之說以為敷衍，楊妃蒙此奇冤，真要千古莫白了。記得從前由王元龍、李麗華主演的電影「楊貴妃」，依然循此惡例改編，而當有人師唐徐夤「未必娥眉能破國，千秋休恨馬嵬坡」與「張均兄弟皆何在，卻是楊妃死報君」之意，編成戲劇公演時，竟然還有人斥之為顛倒黑白，不明歷史呢！

四、上陽怨女

　　樂史的〈楊太真外傳〉之後，關於楊妃故事另一個重要的發展是「梅妃」這個人物的塑造與楊、梅爭寵的增飾。這一段記載始見於題為唐曹鄴撰的〈梅妃傳〉。何以筆者說梅妃是塑造出來的人物，而楊、梅爭寵又是增飾的呢？因為明皇妃嬪中其實並無梅妃「江采蘋」其人，她大概只是作者因感白樂天〈上

陽白髮人〉「臉似芙蓉胸似玉，未容君王得見面，已被楊妃遙側目，妒令潛配上陽宮，一生遂向空房宿」的詩意，為了抒發帝王後宮苦命佳人的幽怨，而塑造出來的「上陽宮人」的典型罷了。同時曹鄴也絕不是〈梅妃傳〉的作者，那是南宋葉夢得的一位不知姓名的朋友所偽託的。因此，《古今圖書集成》附〈梅妃傳〉於〈明皇后妃傳〉中，不免妄採稗官野史，殊欠考據。

太真遺事增飾了梅妃爭寵的故事之後，以之演為戲曲者，早見於院本存目之中（《輟耕錄‧諸雜砌》有《梅妃》一本）。明朝無名氏的《沈香亭》與吳世美的《驚鴻記》，據《曲海總目提要》說，其情節大抵相同，其主要之差別蓋唯《沈香亭》以楊妃為女主角，而《驚鴻記》則以梅妃為女主角而已。其內容較之〈梅妃傳〉，則又增加了韋應物為嶺南太守，進貢嶺梅，漢王與楊妃謀害梅妃，安史亂起，梅妃為元都觀女道士，及明皇返都，復召入宮，其後以少君之術，李白與梅妃復得隨明皇見玉妃於蓬萊，玉妃指示云：「唐天子乃孔昇真人，梅夫人乃王母侍女許飛瓊，李白乃方壺仙吏，而己為太乙玉女。」等情節。其中韋應物固不及於明皇時為嶺南太守，而進貢嶺梅，亦顯襲取楊妃荔枝之說，至若少君致魂，則又點綴設色了。洪昇《長生殿》「絮閣」一折，雖亦取材於〈梅妃傳〉，其劇中亦屢述及梅妃，但僅用側筆和旁筆，因之梅妃自始至終並未出場。唐英或許認為這種演法太把梅妃看輕了，所以又作了《長生殿補闕》，據說它是補上賜珠與召閣兩齣的（見李氏《唐英及其劇作》）。後來藤花主人梁廷枬亦感《梧桐雨》、《彩毫記》、《長生殿》皆但以楊太真為主而不及江妃，因更撰《江梅夢》雜劇（見自序）。此外，石韞玉尚有「梅妃作賦」一折（見《清人雜劇初集》），則但為案頭清供而已。

以上楊妃故事發展的四個主要脈絡，僅是筆者涉獵所及，妄為議論而已。其正確與否，尚有待讀者諸君共同商榷。底下筆者想再就上文所未涉及的有關楊妃故事的文學作品略為敘述一二。

五、文人賦詠

唐高彥休《闕史》云：「馬嵬佛寺，楊妃縊所，爾後才士文人，經過賦詠，以導幽怨者，不可勝紀。」又《容齋續筆》貳「唐詩無避諱條」略云：「唐人歌詩，其於先世及當時事，直詞詠寄，略無隱避。至宮禁嬖昵，非外間所應知者，皆反覆極言，而上之人亦不以為罪。如白樂天〈長恨歌〉諷諫諸章，元微之〈連昌宮詞〉始末，皆為明皇而發。杜子美尤多。此下如張祐賦〈連昌宮〉等三十篇，大抵詠開元天寶間事。李義山〈華清宮〉等詩亦然。今之詩人不敢爾也。」可見唐朝詩人對楊妃馬嵬歌詠之盛。而其所以敢「直詞詠寄」，且「上之人亦不以為罪」的原因，依筆者所見，不外下列兩點：

其一、唐朝因天寶末貴妃專寵、國忠竊柄，以致祿山為亂，荼毒天下，國勢衰落，吐番入寇，方鎮為亂，天下莫不憤恨而歸咎於明皇、楊氏，因乃肆行譏評，在上者亦以為可資鑑戒，故不以為罪。觀崔群〈論開元天寶諷止皇甫鎛疏〉，劉夢得〈連昌宮〉詞「爾後相傳為皇帝，不到離宮門久閉」，不難見出。

其二、太真遺事多彩多姿，是一個為文作詩的好題目，這種心理和歷代詩人動輒以息夫人、西施、李夫人、明妃、飛燕、綠珠、真娘等為歌詠對象的心理是一樣的。何況為時不遠，感慨方深，更要有意的拿來吟詠一番了。

唐人詠太真遺事，其長篇鉅著除了眾所周知的〈長恨歌〉、

〈連昌宮〉詞外，尚有張祐〈華清宮和杜舍人〉（一作趙嘏，又作薛能詩）、杜牧〈華清宮三十韻〉、溫庭筠〈過華清宮二十二韻〉，而其中敘事最為詳實、詩體最長者，則為鄭嵎〈津陽門〉，全詩一千四百字足一百韻。此外以華清宮、上陽宮、溫泉宮（即華清宮原名）為題者，更不勝枚舉，大抵都託以議論詠懷，頗涉馬嵬之感歎。至於直以馬嵬為題起興寄慨者，亦俯拾即是。茲舉數首如下，以資欣賞。賈島〈馬嵬〉云：

> 長川幾處樹青青，孤驛危樓對翠屏；
> 一自上皇惆悵後，至今來往馬蹄腥。

又鄭畋〈題馬嵬〉云：

> 肅宗迴馬楊妃死，雲雨雖亡日月新；
> 終是聖明天子事，景陽宮井又何人。

又李義山〈馬嵬〉二首之一云：

> 冀馬燕犀動地來，自埋紅粉自成灰；
> 君王若道能傾國，玉輦何由過馬嵬。

又溫庭筠〈馬嵬佛寺〉云：

> 荒雞夜唱戰塵深，五鼓雕輿過上林。才信傾城是真話，
> 真教塗地始甘心。兩重秦苑成千里，一炷胡香抵萬金。
> 曼倩死來無絕藝，後人誰肯惜青禽。

又于濆〈馬嵬驛〉云：

> 常經馬嵬驛，見說坡前客；一從屠貴妃，生女愁傾國。
> 是日芙蓉花，不知秋草色；當時嫁匹夫，不妨得頭白。

此外如羅隱「泉下阿蠻應有語，這回休更怨楊妃。」黃滔「天意從來知幸蜀，不關胎禍自蛾眉。」張祐「塵土已殘香粉豔，荔枝猶到馬嵬坡。」……等亦都從不同的角度來抒發個人的感想。又由這些詩亦可見，像老杜「不聞夏殷衰，中自誅褒妲」那樣將禍國的罪名加諸楊妃身上，唐人已有不盡贊同者。竊以為宋劉克莊〈明皇按樂圖〉所云：「惜哉傍有錦褓兒，蹴破咸秦跳河隴。古來治亂本無常，東封未了西幸忙。輦邊貴人亦何罪，禍胎似在偓月堂。」將變亂之根源，歸於李林甫之禍國是較為公正的。

唐以後詩人之詠馬嵬事者，大抵都不出唐人機杼。至於楊妃故事敷衍為歌舞戲曲者，宋有石曼卿《拂霓裳轉踏》、王平《大樂滾遍》（見《碧雞漫志》卷三），惜皆不存。陳元靚《歲時廣記》卷二十七有〈越調伊州曲〉述開元遺事，亦但拾陳言，並無新意。金源院本有「天長地久」、「玉環」、「梅妃」之目。元人雜劇，白氏二本外，尚有關漢卿《唐明皇啟瘞哭香囊》、李直夫《念奴教樂》、庾天錫《楊太真浴罷華清宮》、《楊太真霓裳怨》二本、岳伯川《羅光遠夢斷楊妃》、無名氏《明皇村院會佳期》等。以上並見《錄鬼簿》、《太和正音譜存目》，除《哭香囊》殘存四曲見《北詞廣正譜》外，餘均已散佚。

明人傳奇除上述《沈香亭》、《彩毫》、《驚鴻》外，尚有單本《合釵》（見《傳奇彙考》）、戴應鰲《鈿盒》（見《遠山堂曲品》）、戴子晉《青蓮》（見呂天成《曲品》）、吾邱瑞《合釵》（見

呂氏《曲品》）等，均已散佚不存。雜劇有汪道昆《唐明皇七夕長生殿》（見《顧曲雜言》）、徐復祚《梧桐雨》（見《花當閣叢談》）、王湘《梧桐雨》（見《遠山堂曲品》）、無名氏《秋夜梧桐雨》（見《遠山堂曲品》）。《明皇望長安》（凌濛初校注本《西廂記》評語中所載）、《舞翠盤》（凌氏本《西廂記五劇解注》所引）等，亦均散佚無存。

清人作品除《長生殿》、《長生殿補闕》、《江梅夢》、《梅妃作賦》外，尚有尤侗與張韜之《清平調》（二劇同名，見《清人雜劇初集》）。民國以來，梅蘭芳之《太真外傳》與程硯秋之《梅妃》亦擅場一時。由此可見，太真遺事歷時既久，傳唱彌遠，而燈火闌珊，餘音嫋嫋之際，蓋徒令人發思古之幽情而已。

《明道文藝》第 21 期民國六十六年十二月

梁祝故事的淵源與發展

曾永義

　　梁祝、白蛇和西廂，是我國民間流傳最遠的三個愛情故事。其間雖悲歡離合各殊，而其所表達的深情厚愛，無不惻惻動人、沁人肺腑。我們甚至於可以把它們看作是：舊社會的青年男女為爭取自由的婚姻和理想的伴侶，而竭盡身心去奮鬥的三個不同類型的寫照。所以直到今天，它們仍舊憑藉著各種文學和藝術，活生生的傳播在人們的心目之中。

　　西廂的旖旎風光，崔張的花前月下、琴心唱和，終至有情人成了眷屬，最是教人豔羨不已；而白娘子的執著、奮鬥和犧牲，許漢文的猶疑、懦弱和退卻，則教人同情、酸楚而無奈；至於祝英臺與梁山伯，一個堅貞賢淑，一個篤實忠厚，他們以相同的至愛，相同的情操，彼此奉獻了完完全全的生命，雖生不能同衾，死卻能同槨，形軀雖銷亡於人間，而精魂則依傍於塵外，翩翩然如展翅駕東風的莊蝶，逍遙於廣漠之野，無何有之鄉，它給人的感受，始則哀婉淒切，終則優雅美感。

　　梁祝既然為民間故事，照例有基型、發展、成熟三個過程。相傳他們是東晉時代的人，但有關的最早記載則是唐中宗時梁載言的《十道四蕃志》❶，只說到「義婦祝英臺與梁山伯同冢」。到了晚唐，張讀的《宣室志》才有較詳細的記載。

---

❶　明末徐樹丕《識小錄》卷三「梁山伯」條謂梁祝事「《金樓子》及《會稽異聞》皆載之」。《會稽異聞》未知為何代何氏之書，《金樓子》則為梁元帝所著，若徐氏之說可信，則梁祝故事已流傳於蕭梁之時。但今本《金樓子》未見記載，所以姑且存疑。又《十道四蕃志》所載也止見於《乾道四明圖經》引錄，並非直接資料。

英臺，上虞祝氏女，偽為男裝游學，與會稽梁山伯者同肄業。山伯，字處仁。祝先歸。二年，山伯訪之，方知其為女子，悵然如有所失。告其父母求聘，而祝已字馬氏子矣。山伯後為鄞令，病死，葬鄞城西。祝適馬氏，舟過墓所，風濤不能進。問知有山伯墓，祝登號慟，地忽自裂陷，祝氏遂并埋焉。晉丞相謝安奏表其墓曰義婦冢。

這大概是梁祝故事的雛形。其中英臺喬裝，梁祝同學，山伯訪祝，祝適馬氏，墓裂同埋等重要關目都已見之於此。但是像「山伯後為鄞令病死」和「謝安奏表其墓」，卻不為後來的戲劇和說唱家所接受。

宋代有關梁祝的資料，首先見於張津的《乾道四明圖經》，說道：「義婦冢，即梁山伯、祝英臺同葬之地。在縣西十里接待院之後，有廟存焉。」則梁祝不止有墓，而且立廟了。其次見於徽宗大觀間（一一○七年）知明州事的李茂誠所撰的〈義忠王廟記〉，這篇文章見於《鄞縣志》的「壇廟」類，說道：義忠王諱處仁，字山伯，姓梁氏，會稽人，為鄞令，生於東晉穆帝永和壬子（三五一年）三月一日，病卒於孝武帝寧康癸酉（三七三年）三月十六日。當英臺哭墓，地裂並埋的時候，「從者驚引其裾，風裂若雲飛，至董谿西嶼而墜之。」馬家為此告到官府，請求開棺，沒想竟有大蟒蛇護冢，只得作罷。到了安帝隆安丁酉（三九七年）秋日，孫恩叛亂，劫掠會稽和鄞縣，把梁祝的墓碑毀棄江中，於是山伯之神大怒，托夢於太尉劉裕，領著鬼兵神將助平寇亂，為此劉裕「奏聞帝，以神功顯雄，褒封義忠神聖王，令有司立廟焉。」

可見梁山伯在宋徽宗時，已經在民間當義忠王了。李茂誠這篇〈廟記〉未知何所據而云然，看他言之鑿鑿，使人不能不相信確有其人。只是他所說的山伯的名和字，正好和張讀的《宣室志》相反；又山伯官鄞令，他卻說官鄒令，大概是這兩個縣相鄰易混的緣故；至於大蛇護冢之說，也許是碰巧，而助平寇亂之言，則無論如何是神話了。

再其次宋人對於梁祝故事還有化蝶之說。南宋紹興年間薛季宣〈游祝陵善權洞〉詩有句云：「蝶舞凝山魄，花開想玉顏。」又《桃溪客語》引南宋末年咸淳《毘陵志》說：「昔有詩云：『蝴蝶滿園飛不見，碧鮮空有讀書壇。』俗傳英臺本女子，幼與梁山伯共學，後化為蝶。」有此傳說，梁祝故事更增加了一分超現實的美感。

大抵說來，梁祝故事到了宋代已經根幹枝條具成，此後就是紛披長葉，蔚為大樹了。其枝蔓展延的方法：一方面渲染可能的事實，使之更富趣味；一方面轉變神奇的傳說，使之更能滿足人們的心靈。前者如「十八相送」、「樓臺會」已見於明傳奇「同窗記」的關目，於是地方戲劇與說唱文學更孳乳誇飾，而「柳蔭結拜」、「書館談心」、「英臺思兄」、「四九求方」、「山伯殉情」、「馬家逼婚」等關目，也就逐漸使人耳熟能詳了，於是梁祝故事為人所津津樂道了，梁山伯與祝英臺成為愛情的偶像了。後者則主要由化蝶轉為還魂，還魂之說始於明代。崇禎間祁彪佳的《遠山堂曲品》錄有朱少齋的一本傳奇《英臺記》，注云：「即還魂。」可見朱少齋是教梁山伯和祝英臺死後又還魂結為夫妻的。但清初的〈梁山伯歌〉卻乾脆教他們轉世投胎為夫婦：「山伯送往張家去，英臺送往李家莊，兩世姻緣再成雙。」可見轉世投胎之說並不怎麼流行，倒是還魂之說在乾隆以後的

唱本中，佔了大多數。

在梁祝故事的發展中，有時不免會摻入一些破壞美感的枯枝敗葉。譬如李茂誠的〈廟記〉中說：當山伯知道英臺已許馬家，便「喟然歎曰：生當封侯，死當廟食，區區何足論也！」大有男子漢大丈夫功成名就何患無嬌妻之慨，試想英臺如果聽到，哪會輕易為他一死！又如清末四川桂馨堂編印的鼓詞《柳蔭記》，居然把山伯、英臺寫成得異人傳授，身懷絕技，南征北討，立功立名；請看其中英臺的一番手段：「英臺說著心煩惱，萬朵桃花臉下生，真言咒語念一遍，六甲靈文口內吞。忙把酒壺奪在手，兩臂掌力重千斤。一壺下去無情重，文通一命見閻君。提起尸首往下摔，丟下樓去響一聲。」像這樣有如凶神惡煞的祝九娘子，豈能為人們所接納？而若究其始作俑者，恐怕還是李茂誠的山伯平寇之說吧！此外像一般劇本和唱本中有關山伯懷疑英臺為女性的一段，也往往鄙惡不堪，破壞了山伯篤實忠厚的形象。凡此都是梁祝故事中的孽枝蔓草，應當斬除淨盡才是。

梁祝故事之所以新奇動人，主要的因素應當是英臺的喬裝求學和梁祝至情至愛的殉情、化蝶或還魂。而其實無論易釵為弁的喬裝也好，或墓裂同埋，死後化蝶、還魂也好，都是有其淵源的，梁祝故事不過是吸收綜合而已。

祝英臺的女扮男裝，應當取自早就在北朝流傳的木蘭故事。木蘭穿上軍裝代父從軍，轉戰南北，立功立名，她的伙伴「同行十二年，不知木蘭是女郎。」像這樣的故事自然為人們所津津樂道，那麼易武為文，教英臺喬裝去求學，同時加上和山伯的精神戀愛，豈不教人更加嚮往？在舊社會裡「女子無才便是德」，婦女的心靈是被壓抑的，那麼祝英臺的行徑，豈不正抒發了她們的心靈？豈不正體現了她們夢寐以求的憧憬。我想五代前蜀

的才女黃崇嘏，喬裝而為宰相周庠的參軍，應當是祝英臺的崇拜者❷。

　　梁祝的殉情和化蝶，在唐代以前也頗有類似的故事。最早的就是眾所周知的東漢末〈孔雀東南飛〉中的焦仲卿和劉蘭芝，他們恩愛非常，但蘭芝不得婆婆之心，仲卿又懦弱無為。結果蘭芝再嫁之日，雙雙殉情自殺。蘭芝是「攬裙脫絲履，舉身赴清池。」仲卿是「徘徊庭樹下，自掛東南枝。」於是「兩家求合葬，合葬華山傍。東西植松柏，左右種梧桐。」他們生死不離的至愛也就體現了「枝枝相覆蓋，葉葉相交通。中有雙飛鳥，自名為鴛鴦，仰頭相向鳴，夜夜達五更。」所謂「生命誠可貴，愛情價更高」。他們就是為了完成愛情，所以不惜犧牲了生命，後人也因此歌頌他們。

　　其次見於《樂府詩集》所引《古今樂錄》的〈華山畿〉和干寶《搜神記》中的〈韓憑夫婦〉，也都是很類似的哀豔故事。

　　韓憑是宋康王的舍人，他的妻子何氏很美麗，被宋康王奪去，他因此幽怨自殺。何氏也趁著和康王登臺之際投臺而死，在她的衣帶裡寫著遺言，說：「王利其生，妾利其死；願以屍骨賜憑合葬。」康王很生氣，故意教他們夫妻的墳墓相望不相即，說道：「你們夫婦既然那麼相愛，如果你們能使墳墓相合，我就不再阻止你們。」沒想過了不久，果然有大梓木生長在墳墓的兩頭，十天之後就有雙手合抱那麼粗，兩棵梓木說也奇怪，居然「屈體相交，根交於下，枝錯於上」。同時又有一對鴛鴦，常常棲止樹上，早晚之間交頸悲鳴，聲音非常感人。宋國人很哀悼他們夫婦，就把冢上的樹木稱作「相思樹」。又據說鴛鴦鳥就是

❷　女扮男妝事，清趙翼《陔餘叢考》卷四十二「女扮為男」列舉史傳之例七條。

他們夫婦的精魂變成的。

〈華山畿〉是南朝的一種樂曲。樂曲的本事是：宋少帝時，南徐有位讀書人，路過華山要到雲陽去，碰到旅店中一位十八九歲的少女，非常喜愛她，卻無從親近，於是相思成疾。他的母親去拜訪那少女，少女脫下她的圍裙說把它偷偷的放在他睡的席子下面，病就會好轉。果然有了起色。可是有一天不意之間他掀開了席子，看到圍裙就緊緊的抱住，然後往肚裡吞食。當他快氣絕時，囑咐他母親，出殯時路過華山。而當柩車到達少女家門口時，那頭強壯的牛卻怎麼拖也拖不動柩車。這時少女沐浴梳洗完畢，出門向著靈柩唱道：「華山畿，君既為儂死，獨活為誰施？歡若見憐時，棺木為儂開！」棺木果然應聲而開，少女隨即進入。她的家人拚命拍打，也沒有辦法救她。結果將他們合葬，稱為「神女冢」。

另外舊題梁任昉撰的《述異記》也載有海鹽陸東美和其妻朱氏的「比肩基」，基上的雙梓和棲止的雙鴻，都和韓憑夫婦很近似。

由以上這幾則傳說，不難看出梁祝故事的濫觴和前影。〈華山畿〉棺木應聲而開，正是梁祝地裂並埋的根源；〈孔雀東南飛〉和〈韓憑夫婦〉的鴛鴦，以及陸東美伉儷的雙鴻，就是梁祝化蝶的先驅❸。「地裂並埋」和「棺開同葬」，都象徵至情至愛的感天動地；化為鴛鴦、鴻雁、蝴蝶，交頸交鳴而交舞，都象徵著至情至愛不因死生而易其本質，同時也將人世間的無限憾恨，

---

❸ 明彭大翼《山堂肆考・羽集》卷三十四「韓憑魂」條云：「俗傳大蝴蝶必成雙，乃梁山伯、祝英臺之魂，又曰韓憑夫婦之魂，皆不可曉。李義山詩：『青陵臺畔日光斜，萬古貞魂倚暮霞。莫許韓憑為蛺蝶，等閒飛上別枝花。』」則韓憑夫婦之魂在唐代已由鴛鴦轉為蝴蝶，梁祝化蝶之說，可能直接襲自於此。

昇華為超現實的美滿。人們汲飲它，有如甘露淘洗心靈的清涼；人們仰望它，有如彩虹高懸的燦爛，獲得的是神遊渺渺的快慰。

至於出現在明代末年梁祝還魂的附會，我想和當時最負盛名的一部戲劇，湯顯祖的《牡丹亭還魂記》有很密切的關係。《牡丹亭》的本事，據湯氏在卷端的題辭是說得自於「晉武都守李仲文、廣州守馮孝將兒女事」，以及「漢睢陽王收拷談生事」。按李仲文事見《太平廣記》卷三百十九引《法苑珠林》，馮孝將事見《太平廣記》卷二百七十六引《幽明錄》，談生事見《太平廣記》卷三百十六引《列異傳》，都是敘述亡魂與生人相媾事，但其中只有馮孝將之子馬子與徐玄之女相遇，而徐女得以復活與馬子結成夫婦。所以《牡丹亭》中的柳夢梅和杜麗娘與馮氏和徐氏較相近，而梁祝還魂又應當受自柳杜的影響。

死後又還魂，較之化蝶似乎來得庸俗而缺乏超渺空靈的情味。但是誠如湯顯祖所云：「情不知所起，一往而深。生者可以死，死者可以生；生而不可以死，死而不可復生者，皆非情之至也。」可見至情至意是不論生死的，既然不論生死，則死者自然可以使之復生。這是人們的願望，也是人們共同認定的情操。而鬼神世界裡正充滿人間無從覓取的女媧五彩之石，那麼何不取一塊補補柳杜的惆悵，同時也取一塊補補梁祝的憾恨呢？

民間故事發展的憑藉，就是各種不同形式的文學和藝術，詞牌中有「祝英臺近」一調，可見梁祝故事在宋代已經傳播歌者之口。此後元代有白樸《祝英臺死嫁梁山伯》雜劇，明代傳奇有朱從龍《牡丹記》、王紫濤《兩蝶詩》、無名氏《同窗記》、《訪友記》和朱少齋《英臺記》。清代說唱文學和地方戲劇以及雜曲中梁祝故事，更是不勝枚舉。近人有《梁祝戲劇輯存》和《梁祝故事說唱集》二書，其書尚且未採錄中央研究院所藏的

俗文學資料，而已能哀輯成冊，可見俗文學中的梁祝故事是多麼豐富。又近人所新編的電影和地方戲劇本以及改編的小說和連環圖畫等，我所看到的也有一二十種之多，則梁祝故事猶然如汩汩然的靈泉，活水長流，滋生不已。

想當年轟動整個臺灣省，由凌波和樂蒂主演的電影「梁山伯與祝英臺」，成功的因素可能很多，但有一點不可否認的是：能從俗文學中汲取菁華，抓住人們對梁祝嚮往的心靈。譬如凌波所唱的那一支招牌歌曲〈遠山含笑〉便是抄自川劇《柳蔭記》，樂蒂假扮郎中所唱的〈一要東海龍王角〉，便是修改清初〈梁山伯歌〉的唱詞。其中最耐人尋味的是〈十八相送〉，其表達英臺為女兒身的各種比喻，在明傳奇中已經刻意描寫，而各種地方戲劇和說唱文學更是肆意的鋪敘和妝點，充分表現了俗文學的活潑和機趣。而越劇中這一段，可以說是集俗文學的大成，電影又大致襲自越劇，所以能教觀眾興味盎然，百觀不厭。我想現代的電影或電視編劇家，如果也能留意一下俗文學，稍用一點心思去研究，像蜜蜂採蜜一般的含茹其英華，相信會獲得許多可貴而有意義的題材。

梁祝故事的傳布由唐至今已經有一千兩百多年，不止遍及全國，影響民心，使得山東、浙江、江蘇、甘肅、安徽、河南、河北等省無形中都冒出了梁祝的墳墓、廟宇和讀書處，而且據說也流入鄰邦韓日越等國。則梁祝故事的傳布較之白蛇、西廂故事似乎來得更廣遠。

在民國二十四年編修的《鄞縣通志》卯編中，對於「義忠王廟」有這樣的記載：「晉安帝時劉裕奏封梁山伯為義忠王，令有司立廟。宋郡守李茂誠有記，明邑令魏成忠有碑記。清乾隆、道光、光緒三朝歷次重修，光緒元年邑人陳勤有碑記。民國十

年又修。廟下戶口一千三百餘戶。舊曆三月一日為神誕期，八月十六為神諱期。今三月一日、八月十七日均有戲。」這是義忠王廟的簡史和近況。如此說來，梁山伯真個廟宇煌煌，俎豆千秋了！只是迎神賽會之日，未知那位永遠年輕的祝九娘子，是否依偎著她那位二十三歲的郎君而同歡同笑同享萬民膜拜呢？

（原刊《中國時報・人間副刊》，1979 年 3 月 5 日）

祝英臺故事敘論

錢南揚

　　我發心蒐集祝英臺故事的材料，是在十四年的秋天，遊過了梁祝祠墓之後。那時一壁自己翻書，一壁各處託人代為尋訪，很有興致。後來東奔西走，生活很不安定，就把它擱了起來，然而各處的回信卻陸續的來了。事隔四五年，現在倘再不動筆，未免太對不起人了。

　　可是說也慚愧，材料是已經蒐集了不少，然而竟研究不出什麼來。所以現在只把所得的材料集合起來付印，以供海內同好者的研究，我也可以聊以塞責了。

　　話雖如此，不過我常常懷疑這個故事，究竟怎樣的起源？怎樣的增飾附會？怎樣的流傳各地？
現在把我個人的推想寫在下面，以就正於讀者。

一、原始故事的臆測

　　現在所得到的材料，大都是自宋以後的記載，對於六朝隋唐的東西，簡直可以說沒有。不過假使真是一些沒有，倒也罷了，我們可以毫無疑義的斷定這個故事是宋人編造出來的。然而事實上卻又不然。明徐樹丕《識小錄》云：

> 按，梁祝事異矣！《金樓子》及《會稽異聞》皆載之。

　　《會稽異聞》不知何代之書，遍找書目不可得，姑置勿論。《金樓子》乃梁元帝所作，卻是很普通的書，那書上已經載著

這個故事，豈不是發生很早了麼！然而事實卻令人失望，我曾經翻了幾種版本不同的《金樓子》，對於這個故事的記載都一字沒有。

然則徐氏之言究竟可靠呢？還是不可靠呢？要是他有意託古，或者誤記書名，這話是不可靠的，那就無話可說了。不過就情理而論，實在沒有託古的必要。說是誤記罷，然而我們知道今本《金樓子》是從《永樂大典》中輯錄出來的不完全的本子。《四庫全書總目》卷一百十七，謂《金樓子》在明初漸已湮晦，明季遂竟散亡。如何能夠斷定一定不是《金樓子》原文的散佚，而是徐氏的誤記呢？因此我們雖不敢信徐氏之言是十二分的可靠，然也無法證明他是不可靠。現在在未發見徐氏之言不可靠的證據以前，只好當他是可靠的了。那麼，這個故事發生於梁元帝之前了。

這個故事託始於晉末，約在西曆四百年光景，當然，故事的起源無論如何不會在西曆四百年之前的。至梁元帝採入《金樓子》，中間相距約一百五十年。所以這個故事的發生，就在這一百五十年中間了。

我們試看當時社會上婦女的情形，晉葛洪《抱朴子》云：

> 而今俗婦女，休其蠶織之業，廢其玄紞之務。不績其麻，市也婆娑。舍中饋之事，修周旋之好。更相從詣，之適親戚。承星舉火，不已於行。多將侍從，暐曄盈路。婢使吏卒，錯雜如市。尋道藝譴，可憎可惡！或宿於他門，或冒夜而反。遊戲佛寺，觀視魚吷。登高臨水，出環慶弔。開車褰幃，周章城邑。盃觴路酌，絃歌行奏。轉相高尚，習非成俗。

可見當時的婦女實在放誕風流得很！不像後世的那麼拘束，所以男女的界限也不甚嚴。宋劉義慶《世說》云：

> 潘岳，字安仁，紗有姿容。挾彈出洛陽道，婦人遇者，莫不連手縈之。又，岳每行於道，群嫗以果擲之，常盈車。

即此一端，可以想見了。試想在這種放誕風流的環境裡，雖不能說一定會有祝英臺那樣的事實發生，然而至少這種思想是可以發生的。

最初的故事的情節如何不可知，不過我們知道故事的歷程，是由簡單而漸趨複雜的。所以據我個人的推想，不過是，「有一個女子喬裝了男人，到學堂裡去念書。後來愛上了一個男同學，卻又不肯說出自己是女子，一直蹉跎下去。父母不知就裡，將她另許了人。及至男人知道她是女子，要想訂婚，可是已經遲了。結果，兩人都鬱鬱而死。」這麼一種簡單的情節罷了。可是太平常了，不能滿足聽者的好奇心，於是有奇怪的入墓化蝶種種事跡的添加。

二、故事的增飾附會

在六朝的時候，還有個「華山畿」的故事。惟歷來對於華山的解釋，都以為是西嶽華山，於是雲陽亦牽涉到陝西去了。胡適之先生以為南徐州治是現在的丹徒，雲陽是現在的丹陽，所以華山也就是丹陽南面高淳縣境的花山（詳《白話文學史》）。此說大概是不錯的。試想在交通不便的古代，從南徐到陝西雲陽，往返何等費事，則故事裡所說「母為至華山尋訪」，「車載

從華山度」等的事情，未免太不近情理了。

現在已經定華山雲陽都在江蘇，我們知道故事是有地方性的，所以這個故事一定發生在那裡了。已經知道它發生於江蘇，江浙是鄰省，所以很有機會和祝英臺故事相接觸。已經有接觸的機會，所以便有互相抄襲的可能。試看祝英臺的入墓，和華山女子的入棺，何等相像。

宋李茂誠〈梁山伯廟記〉	宋郭茂倩《樂府詩集》
嬰疾勿瘳，屬侍人曰「鄧西清道源九隴墟為葬之地。」	氣欲絕，謂母曰，「葬時，車載從華山度。」
波濤勃興，舟航縈迴莫進。	牛不肯前，打拍不動。
地裂而埋璧焉。	女透入棺。
馬氏言官開槨，巨蛇護冢不果。	家人叩打，無如之何。

據此，我們可以斷定這二個故事一定有關係的。朱孟震《浣水續談》裡也說「事與祝英臺同」，可見古人早已見到這一點了。

宋少帝在位僅一年，即被廢，當西曆四百二十三年。《樂府詩集》云：「〈華山畿〉者，宋少帝時懊惱一曲，亦變曲也。」「華山畿」故事似乎確發生在少帝，說不定祝英臺故事的發生在「華山畿」之後，則是祝英臺抄襲「華山畿」了。

《金樓子》原文雖不可見，對於入墓之事，大概是已經有了。現在我們再看唐朝人的記載，《四明圖經》云：

> 《十道四蕃志》云：「義婦祝英臺與梁山伯同冢。」即其事也。

可惜只引得一句，況且「同冢」二字又很籠統，死後葬在一處，也是同冢，地裂而陷入，也是同冢。不過有一層很可注意，我們知道作《十道四蕃志》的梁載言，是中宗時候人，在那時已稱祝英臺為「義婦」了。則「謝安奏表其墓曰義婦冢」之事，由來很久，說不定也在六朝時候就有的。

又，清翟灝《通俗編》卷三十七「梁山伯訪友」條，引唐張讀《宣室志》云：

> 英臺，上虞祝氏女，偽為男裝游學，與會稽梁山伯者同肄業。山伯，字處仁。祝先歸。二年，山伯訪之，方知其為女子，悵然如有所失。告其父母求聘，而祝已字馬氏子矣。山伯後為鄞令，病死，葬鄞城西。祝適馬氏，舟過墓所，風濤不能進。問知有山伯墓，祝登號慟，地忽自裂陷，祝氏遂并埋焉。晉丞相謝安奏表其墓曰「義婦冢」。

張讀已經是晚唐人了，下距李茂誠僅三百年，然試以此文與李氏〈廟記〉同看，又附會進不少事情去了。

至於化蝶之事，加入稍遲。不但《宣室志》上沒有，就是李氏的〈廟記〉中也僅說，

> 從者驚引其裙，風裂若雲飛，至董谿西嶼而墜之。

而沒有提到化蝶。據目今的材料而論，化蝶事最早提到的，要算宋薛季宣的〈游祝陵善權洞〉詩了。那首詩中有兩句道：

蝶舞凝山魄，花開想玉顏。

而薛氏已經是南宋紹興間的人了。此外《桃溪客語》所引咸淳《毘陵志》，亦云：

昔有詩云：「蝴蝶滿園飛不見，碧鮮空有讀書壇。」俗傳英臺本女子，幼與梁山伯共學，後化為蝶。

在明朝有楊守阯〈碧鮮壇〉詩云：

雙雙蝴蝶飛，兩兩花枝橫。

谷蘭宗〈祝英臺近〉詞云：

祇今音杳青鸞，穴空丹鳳，但蝴蝶滿園飛去。

到了清朝，說到蝴蝶的更多了，我也不去舉他了。

據現在的傳說，化蝶有兩種說法，一是裙化蝶，一是魂化蝶。考化蝶的故事發生很早，晉干寶《搜神記》云：

宋大夫韓憑，娶妻美，宋康王奪之，憑自殺。妻陰腐其衣，與王登臺，自投臺下，左右攬之，著手化為蝴蝶。

又唐段成式《酉陽雜俎》云：

秀才顧非熊少時，嘗見鬱樓中壞綠裙，旋化為蝶。

這都是說衣裙化蝶。後世說祝英臺裙化為蝶，當由此演化而來。至於魂化蝶事，《搜神記》也有一則云：

> 晉烏傷葛輝夫，義熙中，在婦家宿。三更，有兩人把火至階前，疑是凶人，往打之。欲下杖，悉變成蝴蝶，繽紛飛散。

然此與梁祝魂化蝶情形不類，不必據此以為是魂化蝶的由來。蓋魂化蝶的傳說，實在也是從韓憑妻衍化而來。明彭大翼《山堂肆考·羽集》卷三十四云：

> 俗傳大蝴蝶必成雙，乃梁山伯、祝英臺之魂，又曰韓憑夫婦之魂，皆不可曉。李義山詩：「青陵臺畔日光斜，萬古貞魂倚暮霞。莫許韓憑為蛺蝶，等閑飛上別枝花。」

此地可注意的幾點，一、《搜神記》只說韓憑妻衣化蝶，而此地不但從「衣」變成「魂」，看李義山之詩，當時總有韓憑化蝶的傳說，所以有「莫許韓憑為蛺蝶」之句，則由韓憑妻牽連到韓憑了。可見韓憑夫婦魂化蝶的傳說，在唐朝已有了。到宋朝乃轉變而為梁祝的魂化蝶，試看上面薛氏的「蝶舞凝山魄」，《毘陵志》的「後化為蝶」，也都是說魂化蝶。二、照彭氏的說法，乃以梁祝魂化蝶為主，而反以韓憑夫婦處於次要地位。他所以要加「又曰韓憑夫婦之魂」這一句，乃是因有李氏這首詩的緣故。李氏說韓憑而不說梁祝，可見在唐朝化蝶的傳說，還是韓憑所佔有。彭氏以梁祝為主體，可見到明朝梁祝的勢力甚大，已取而代之了。

　　還有一事值得注意的，就是宋元明寧波的志乘中，沒有一句關於化蝶的話。上面所舉的例，都是宜興志乘中的。所以我疑心祝英臺故事傳到宜興之後，才把化蝶事加入的。雖則到了清朝，寧波也有化蝶的傳說，光緒《鄞縣志》裡也有李裕的「女郎歌以怨，輒來雙鳳子」的詩。然恐怕是又反從宜興傳入寧波的。

三、故事的流布

　　這個故事的流布，照目前蒐得的唱本和傳說而言，已有十一二省了，所以我們可以武斷的說一句，在中國是沒有一處沒有的。不但此也，就是在國外的朝鮮，也有這個故事。魏建功先生曾在朝鮮來信說：

> 梁山伯祝英臺故事，此間有印本，惜為朝鮮文。弟已得其一，乞假時日，繕出奉寄。

可見其流布的遠了。一部二十四史，叫我從何處說起。現在實沒有研究這個大題目的力量和時機，所以如今只在這個大題目中挑出一部分來說。哪裡這一部分呢？就是幾處有梁祝遺跡的地方。明張岱《陶庵夢憶》卷二云：

> 己巳至曲阜，謁孔廟，買門者門以入，宮牆上有樓聳出，區曰「梁山伯祝英臺讀書處」，駭異之。

清吳騫《桃溪客語》卷一云：

梁祝事見于前載者，凡數處。《寧波府志》云，梁山伯，字處仁，家會稽。出而游學，道逢上虞祝英臺，偽為男粧。梁與共學三載，一如好友。既而祝先返。又二年，梁始歸。訪于上虞，始知其女也，悵然而歸，告諸父母，請求為婚。而祝已許字鄞城馬氏矣，事遂寢。未幾梁死，葬鄞城西清道原。（一云梁為鄞令而死）其明年，祝適馬氏，經梁墓，風雷不能前。祝知為梁墓，乃臨穴哀慟，悲感路人。墓忽自啟，身隨以入。事聞于朝，丞相謝安請封之曰「義婦冢」蔣薰《留素堂集》，清水縣有祝英臺墓，嘗為詩以弔之。又，舒城縣東門外亦有祝英臺墓。今善權山下有祝陵，相傳以為祝英臺墓。何英臺墓之多耶？然英臺一女子，何得稱陵，此尤可疑者也。又，《談遷外索》云：「鄞縣東十六里接待寺西，祀梁山伯，號忠義王云。」

清焦循《劇說》二云：

《錄鬼簿》載白仁甫所作劇目，有祝英臺死嫁梁山伯。宋人詞名亦有〈祝英臺近〉。《錢唐遺事》云：「林鎮，屬河間府，有梁山伯祝英臺墓。」乾隆乙卯，余在山左，學使阮公修山左金石志，州縣各以碑本來，嘉祥縣有祝英臺墓碣文，為明人刻石。丙辰客越，至甯波，聞其地亦有祝英臺墓，載于志書者詳。其事云：「梁山伯祝英臺墓，在鄞西十里接待寺後，舊稱『義婦冢』。」又云：「晉梁山伯，字處仁，家會稽。少遊學，道逢祝氏子，同往肄業。三年，祝先返。後山伯歸，訪之上虞，始知祝為女子，

名曰英臺。歸告父母求婚，時已許鄮城馬氏。山伯後為縣令，嬰疾勿起，遺命葬鄮城西清道原。明年，祝適馬氏，舟經墓所，風濤不能前。英臺臨冢哀慟，地裂而埋璧焉。事聞于朝，丞相謝安封『義婦冢』。」此說不知所本，而詳載志書如此。乃吾郡城北槐子河旁有高土，俗亦呼為祝英臺墳。余入城必經此。或曰：「隋煬帝墓，誤為英臺也。」

上面三人所記，於張氏得一處，曲阜。於吳氏得四處，寧波，清水，舒城，宜興。於焦氏得四處，林鎮，嘉祥，寧波，江都。除寧波重複外，共得八處：一、山東曲阜（讀書處）；二、浙江寧波（墓，廟）；三、甘肅清水（墓）；四、安徽舒城（墓）；五、江蘇宜興（讀書處，墓）；六、河北河間（林鎮墓）；七、山東嘉祥（墓）；八、江蘇江都（墓）。

　　看他從浙江向北，而江蘇安徽，而山東，而河北，折而向西，到甘肅。據我們的理想，山西陝西一定亦有經過的痕跡可尋。

　　《錢塘遺事》卷九〈嚴光大祈請使行程記〉云：

二十九日，（德祐丙子三月）易車行陸。州（陵州）西關就渭河登舟，午後，過林鎮，屬河間府，有梁山伯祝英臺墓。夜宿於岸。

德祐，宋恭帝年號，距宋亡僅三年，在那時林鎮已有梁祝墓，則故事的傳入一定在恭帝之前。

　　這個故事慢慢的傳到甘肅，已經在五代之後了，所以《清

水縣志》說：「祝氏，諱英臺，五代梁時人也。」

　　倘前面推想故事進行的路線是不錯的，那就應該先至林鎮，後至清水。實在目前材料不夠用，要確定故事進行的路線，只好等待將來罷。

　　月前容元胎先生又寄來一篇謝雲聲先生作的〈祝英臺非上虞人考〉，中引《菽園贅談》云：

　　　　有人言，曾過舒城縣梅心驛，道旁石碣上大書曰：「梁山伯祝英臺之墓」。近村居民百餘家，半是祝氏。豈即當年所營駕冢耶，不可知矣。

　　現在這八處地方，除寧波、宜興、清水三處外，關於其餘五處的材料，就只上面所說的這一些。雖則馬太玄先生很熱心的替我翻了不少書，如，清康熙十二年和光緒三十三年的《舒城縣志》，康熙十二年和乾隆三十九年的《曲阜縣志》，康熙十七年的《河間府志》，嘉慶十五年的《揚州府志》等等，但結果竟一字沒有。

　　總之，故事未發見的材料還很多，希望讀者極力的幫助。

　　　　　　　十八年十二月十六日寫訖，時方風雨敲窗也

（刊於《民俗周刊》第 93，94，95 期合刊，1930 年 2 月 12 日）

從西施說到梁祝
——略論民間故事的基型觸發和孳乳展延

曾永義

一、六個以「美女」作中心，流傳最廣、最遠的中國民間故事

西施、昭君、楊妃、孟姜、梁祝、白蛇，可以說是中國流傳最廣、最遠的六個民間故事。西施、昭君、楊妃都關涉歷史：一個是「朝為越溪女，暮作吳宮妃」。扮演著惑吳興越的「女間諜」腳色，而有「繼絕世、興滅國」的不世之功；一個是「豐容靚飾，光明漢宮」的匈奴「寧胡關氏」，而人們悲歎她「環佩影搖青冢月，琵琶聲斷黑江秋」。一個被認定是挑起安史之亂的「滅火禍水」，她希望有天長地久的至愛，可是得到的卻是綿綿無絕的長恨。孟姜、梁祝、白蛇都本自傳說：一個是跋涉尋夫，有貞有烈，抗拒橫暴，感天格地，「冰心千里寒衣送，哭倒長城苦斷腸。」一個是易釵為弁，三載同窗，深情厚意，死生廝守，「貞魂化作雙蝴蝶，舞向春風散綺霞。」一個脫略妖氛，為情為愛，奮鬥犧牲，一往無悔，「雷峰塔影西湖畔，細雨輕風漾碧紗。」它們有的「嚮壁虛造」、「借屍還魂」，有的「加油添醋」、「東抹西塗」，其實都大失本來面目；它們的「濫觴」都很細微，但洄波逐流的能力都極強，所以終致匯成巨河、浪濤壯闊。它們都

以「美女」為中心，因而使得人們津津樂道，使得人們的心靈無限感染、無限牽引。

大抵說來，民間故事的發展，不外乎先有個根源，由此而生枝長葉，而蔚成大樹，這就是「基型」、「發展」、「成熟」的三個過程。本文就是想從這六個深中人心的故事，來觀察其形成的現象和分析其發展的線索。

民間故事的「基型」，可以說都非常的「簡陋」，如果拿來和成熟後的「典型」相比，那麼其間的差別，往往不止十萬八千里，甚至於會使人覺得彼此之間似乎沒什麼關係。可是如果再仔細考察，則「基型」之中，都含藏著易於聯想的「基因」，這種「基因」，經由人們的「觸發」，便會孳乳，由是再「緣飾」、再「附會」，便會更滋長、更蔓延。譬如：

吳越興亡的史實，見於《左傳》、《國語》、《史記》等可靠的記載，沒有一字提到西施其人。而最早把西施編入吳越爭戰的，則是撰《吳越春秋》的趙曄。趙曄是東漢光武帝時人，他這部稗官雜記體的「小說家言」，自不能以信史看待。但是他「創造西施」，是有根據的，第一，「西施」這個名字早見於《慎子》、《莊子》、《管子》、《墨子》、《孟子》諸書的記載，是與東施、屬、嫫母等醜婦人對舉的「美女典型」。第二，《國語・越語上》有這樣兩段話：「（句踐使文種行成於吳）曰：『……寡君之師徒，不足以辱君矣！願以金玉子女，賂君之辱，請句踐女女於王，大夫女女於大夫，士女女於士。』……」「越人飾美女八人，納之太宰嚭，曰：『子苟赦越國之罪，又有美於此者，將進之。』」據此，句踐「棲於會稽」之際，曾進女樂行成於吳，是不成問題的。太宰嚭能得美女八人，以夫差之尊，自然更多更美了。趙曄大概為此觸動靈機，乃於句踐歸越七年，欲以報吳之時，

便想當然爾的緣飾出文種的美人計來。又〈越語下〉有「吳王淫於樂而忘其百姓」之語，於是他便將傳說中西施這個美人典型來「坐實」了。《吳越春秋》記載伍子胥勸諫夫差勿納西施、鄭旦，說：「臣聞賢士國之寶，美女國之咎。夏亡以妹喜，殷亡以妲己，周亡以褒姒。」伍子胥的話語，其實是趙曄的觀念。在他看來，吳王既「淫於樂」，也一定有一個褒姒之類的美人來蠱惑他，否則，以吳國之強盛，哪會十數年之間就被越國所滅呢？於是在諸子書中不著何代之人的「古之好女西施」（《孟子》趙歧注）便被派上場了。

又如：楊妃故事的發展大概有四條脈絡：其一為天人之說的滲入；其二為明皇遊月宮、豔羨嫦娥的附會；其三為安楊穢亂後宮的誣陷；其四為塑造梅妃以導上陽宮人的幽怨。這四條脈絡其實都是由一兩首「諷諭詩」生發出來的。其一即是白樂天的〈李夫人〉，於是楊貴妃變成了「蓬萊仙子」；其二為劉夢得的〈望夫几山〉和元微之的〈法曲〉，於是楊貴妃變成了「嫦娥」；其三為白樂天的〈胡旋女〉，於是楊貴妃有了「錦襯祿兒」；其四為白樂天的〈上陽白髮人〉，於是唐明皇後宮中冒出了一個「梅妃」。

其他，王昭君之史實首見於《漢書‧元帝紀》和〈匈奴傳〉，孟姜女的影子始於《左氏》襄公二十三年傳的「杞梁妻」。一位不過是「待詔掖庭」、奉命嫁匈奴的「後宮良家子」，一位不過是在哀痛之時，仍能以禮處事的齊將之妻。而梁祝初載於唐中宗時梁載言的《十道四蕃志》，但云：「義婦祝英臺與梁山伯同冢」；白蛇源於唐無名氏的《白蛇記》，那位「白衣之姝」只是個會迷人、害人的妖精。也就是說，它們的故事都還幼稚的索然無味，人物更無一是可欽可敬的典型。但是，昭君的遠嫁已

足使人有去國離鄉的哀思；杞梁妻的善哭也引人有精誠格天的聯想；梁祝同冢則更有死生同命的企慕，人蛇戀愛到底不失浪漫的氣氛。也就是說，它們的基型雖然「簡陋」，甚至「不情」，但卻有多方觸發的因素。

上文說過，「基型」含有多方「觸發」的「基因」，一經「觸發」，便自然會有進一步的「緣飾」和「附會」，有時新生的「緣飾」和「附會」照樣含有再「觸發」的「基因」，如此再「緣飾」再「附會」，便幾乎沒有完了的一天。所以民間故事的孳乳展延，有如一滴眼淚到後來滾成一個大雪球一樣，居然「驚天動地」；有如星星之火逐漸燎遍草原一樣，畢竟「光耀寰宇」。

而我們若考察其孳乳展延的因素，則大抵有兩個來源和四條線索。兩個來源是：文人學士的賦詠和議論，庶民百姓的說唱和誇飾；四條線索是：民族的共同性、時代的意義、地方的色彩、文學間的感染與合流。

二、文人喜歡對歷史故事「加料添椒」，庶民則喜歡對傳說故事「畫手裝腳」

先說兩個來源，第一，文人的賦詠議論，當然見諸他們的作品，高文如經史，下俚如詞曲，都是他們的「工具」。他們往往具有「權威性」，擅長作「坐實」的功夫。譬如上面提到的「西施」是由越人所飾的「美女」而來的。《漢書》裡的「昭君」，既不美麗也不悲怨，可是東晉葛洪所輯的《西京雜記》便造出了「畫工圖形」、「按圖召幸」的故實，於是昭君「貌為後宮第一，善應對，舉止閑雅」了；接著托名為漢末蔡邕作的《琴操》便大寫其「志念抑沉」、「憂心惻傷」的塞外之思了。他們的「心

理」其實很簡單，只是認為遠嫁匈奴的昭君如果不美麗，如何能教呼韓邪單于款塞稱臣，如何能教人同情而稱道？而出塞之情、荒漠之域，豈有不「悲怨」的道理？於是劉宋時范曄作《後漢書》，便在〈南匈奴傳〉裡堂而皇之的說道：「昭君入宮數歲不得見御。積悲怨，乃請掖庭令求行，呼韓邪臨辭大會，帝召五女以示之，昭君豐容靚飾，光明漢宮，顧景裴回，竦動左右，帝見大驚，意欲留之，而難於失信，遂與匈奴。」從此昭君的「美麗」，誰也不敢懷疑了。又西晉石崇作〈王明君辭〉，在序裡說：「昔公主嫁烏孫，令琵琶馬上作樂，以慰其道路之思，其送明君，亦必爾也。」石崇不過是「亦必爾也」，而從此昭君的琵琶便不離身。楊妃和安祿山的關係，白居易的〈胡旋女〉之後，李肇的《國史補》就把它說得「更明白些」，到了張祐的〈華清宮和杜舍人〉詩，更乾脆說：「雪埋妃子貌，刃斷祿兒腸。」於是姚汝能《安祿山事跡》、溫畬《天寶亂離西幸記》和王仁裕《天寶遺事》便繪影繪聲的渲染「穢亂」了。於是那位既正直、又頑固、喜歡挑歷代后妃毛病的司馬光，便老實不客氣的把它記入《通鑑》卷二一六天寶十年正月裡了：「祿山出入宮掖不禁，或與貴妃對食，或通宵不出，頗有醜聲聞於外，上亦不疑也。」則楊妃「穢亂」的罪名，焉得不成了鐵案！

第二，庶民的說唱誇飾：一般百姓讀書無幾，他們的知識多半口耳相傳，往往得諸娛樂性的俚語歌俗曲和說唱戲劇。而這些「俗文學」的作者，他們對於故事的「基型」，觸發聯想的能力是更豐富的，附會誇飾的本事是更自由的。文人喜歡對歷史故事「加料添椒」，庶民則喜歡對傳說故事「畫手裝腳」。南宋初，鄭樵在他的《通志・樂略》中曾經論到：「稗官之流，其理只在脣舌間，而其事亦有記載。虞舜之父、杞梁之妻，於經

傳有言者不過數十言耳，彼則演成萬千言……。顧彼亦豈欲為此誣罔之事乎？正為彼之意向如此，不說無以暢其胸中也。」這幾句話正道出了「俗文學」對民間故事「基型」孳乳展延的「驚人」情況。所以杞梁妻的故事中心，在戰國以前只是「不受郊弔」，在西漢以前只是「悲歌哀歌」，而兩千多年後的今天，不止杞梁妻早就有名有姓，成了「孟姜女」，她的故事「方式」更是如此的豐富：一、查拿逃犯，二、花園相見，三、臨婚被捕，四、辭家送衣，五、哭倒長城，六、秦皇逼婚，七、御祭填廟，八、祭夫自殺。梁祝、白蛇故事的情況也類似，筆者在「人間副刊」已有過專文，這裡就不多說了。

次說四條線索。這四條線索，可以說是文人賦詠議論或庶民說唱誇飾時，對於民間故事的孳乳展延，無形中所採取的四種方法。

第一，民族的共同性。共同性的內容是包括民族意識、民族思想和民族情感。這是使得故事能更豐富，更多彩多姿，流傳更久、更遠的基本因素，也就是說它真正可以「囊括」人們的整個心靈。

民族意識是自覺於同屬一族類，因而對其族類產生愛護的精神狀態。自從孔子作《春秋》，舉出「尊王攘夷」的標幟，便深中人心。那麼以大漢美女出嫁戎狄鄙夫，自然是人們所不齒而以為恥的，所以昭君嫁呼韓邪單于，人們在深致惋惜之餘，在《琴操》裡，只好教她因「拒子逼婚」而「吞藥自殺」；在「變文」裡，只好教單于得不到她的歡心，令她「懷鄉抑鬱死」；而到了元代馬致遠的《漢宮秋》雜劇，更教她在蕃漢交界處投「黑江」自殺了。如果昭君地下有知，恐怕要說：「我在匈奴一嫁再婚，生兒養女，生活美滿，豈有此理！」可是王昭君從此未嫁就

非死定不可了，明人的《和戎記》、《青冢記》、清尤侗的《弔琵琶》和今平劇盛行的《漢明妃》，就教她死得更轟轟烈烈、為國捐軀了。這，說穿了就是「民族意識」在作祟。

　　民族思想是指人們所共同遵循的理念。表現在這六個故事裡的是「褒姐亡國」的觀念和「貞節烈女」的要求，以及「自由婚姻」的嚮往。吳王夫差因為西施而「敗國亡家」，於越雖有大功，於吳則為大惡，所以趙曄處置她的下場是：「吳亡後，越浮西子於江，令隨鴟夷以終。」這是說即使西施於越有大功，但她畢竟是「尤物惑人」，所以在沒有利用價值之後，便根據《墨子‧親士》篇「西子之沉，其美也」的說法，把她裝在革囊裡，丟入長江去，免得給越國留下「後患」。楊貴妃死在馬嵬兵變，杜甫〈北征〉詩中給她的評論是：「不聞夏殷衰，中自誅褒姐。」元人詠太真遺事，篇章中更充斥著「馬踐楊妃」。可見這種「美女國之咎」的觀念雖然迂腐，但卻盤踞人們的心靈。

　　「貞節烈女」，幾乎是人們塑造完美的婦女典型所必須具備的第一要件。所以王昭君在《漢宮秋》以後，既與漢元帝有過愛情，就非為保持貞操而自殺不可。孟姜女萬里尋夫，含辛茹苦，哭倒長城，滴血認骨，又能抗拒秦皇淫威，自了心願而死，這豈止「九烈三貞」而已！祝英臺既與梁山伯深情厚愛，山伯又為她而死，她豈有不以身相殉之理！也許這是「吃人的禮教」，但卻為人們所歌頌著。

　　「自由婚姻」，在古人簡直是「神話」，可是那畢竟是人們的「心願」，因此自然無限的嚮往。古來踰垣琴挑、牆頭馬上，層出不窮，便是這種「心願」的流露。祝英臺女扮男妝，已經大異流俗，可是她第二步的「相愛相守」終歸失敗了。大概要像白娘子那樣的「妖精」，才能有真正的婚姻自由，因為她可以

無所忌憚的「奮鬥」，她雖然不免「永鎮雷峰塔」，但是她畢竟
獲得了婚姻自由。

民族情感是指人們潛在心靈的自然抒發，由於同情，可以
棄瑕錄瑜，可以感歎寄托；由於悲憫，可以化不可能為可能，
可以驚天地而泣鬼神。民間故事的鮮活感人，這是一個重要的
因素。

三、自從屈原以美人香草托懷寫志以後，歷代文人也好假托美人來議論和發牢騷

大抵說來，歷史上的美人，多數受人崇拜。所謂「豔色天
下重」，人們難免有憐香惜玉之情。所以東漢袁康的《越絕書》
便說：「西施亡吳國後，復歸范蠡，同泛五湖而去。」唐陸廣微
《吳地記》，乾脆教他們先戀愛生下一子。明梁辰魚《浣紗記》
更說西施原是范蠡聘妻。他們都沒有「褒姐禍水」的觀念，給
她的是美好的過程和結局。昭君其實先嫁呼韓邪單于生子伊屠
知牙師，呼韓邪死，依胡俗再嫁呼韓邪長子雕陶莫皋單于，生
二女，長女云為須卜居次，小女當于居次。但這種事實是很不
「美感」的。昭君遠嫁匈奴已經夠可憐的了，哪再忍心以此責
備她。所以文人賦詠，總是儘量避免提到這事，戲劇則根本教
她嫁不成。楊妃在歷史上是一個非常倒楣的人，以弱女子而要
扛起亂天下的重罪，可是到了清代洪昇，作《長生殿》傳奇，
海內風靡，他獨具慧眼的「盡洗太真穢事」，極力敷演帝王后妃
的真情厚愛，使楊妃成為可敬可愛可念的女人。

自從屈原以美人香草來托懷寫志以後，歷代文人也好假托
美人來議論和發牢騷。王維〈西施詠〉說：「賤日豈殊眾，貴來

方悟稀。」「君寵益嬌態，君憐無是非。」「持謝憐家子，效顰安可希。」王安石〈明妃曲〉謂：「漢恩自淺胡自深，人生樂在相知心。」「家人萬里傳消息，好在氈城莫相憶。君不見咫尺長門閉阿嬌，人生失意無南北。」李商隱〈馬嵬〉詩：「冀馬燕犀動地來。自埋紅粉自成灰；君王若道能傾國，玉輦何由過馬嵬。」他們的見解都能別出心裁，尤其王安石之論雖被范仲淹等斥為「無父無君」，但未必不深得昭君心意。而文人多感，有時卻也不免依據稗官，不顧史實，肆意譏評。如王安石〈明妃曲〉又說：「歸來卻怪丹青手，入眼平生未曾有；意態由來畫不成，當時枉殺毛延壽。」歐陽修〈再和明妃曲〉也同樣根據《西京雜記》來譏評漢元帝：「絕色天下無，一失難再得。雖能殺畫工，於事竟何益？耳目所及尚如此，萬里安能制夷狄！」但由此也可見，民間故事一傳開來，中人就很深，主修《新五代史》的歐陽修都不能免俗。

其次，人情總是善善惡惡的，惡人當道、趾高氣揚，沒有不深惡痛絕；善人遭難，悲慘下場，沒有不感同身受、深致悲憫。而善人如果不得現世好報，豈不是人間的莫大缺憾，豈不是否定了天地有神明？人們歌頌孟姜女的堅貞，所以就可以教她哭崩「杞城」，哭崩「莒城」；哭崩「杞城」、「莒城」還不夠，就可以教她哭崩「梁山」，以至於哭崩「萬里長城」。因為她那一哭是呼天搶地、感鬼泣神、轟轟烈烈、含有數千年的邊塞之苦與生民之痛，如果不如此，無窮無盡的痛苦焉能激射發洩淨盡？人們讚歎梁祝的死生至愛，哀弔他們有情人不能成為眷屬，而莊生既然可以化為栩栩然的蝴蝶，為什麼不可以教他們的「貞魂」兩翅駕東風，成雙作對，翩躚於天地之間呢？人們感念白娘子的犧牲無悔，悲憫她的遭殃受難，而她既然有子夢蛟，為

什麼不可以教他高中狀元，衣錦祭塔，超脫她於苦海呢？這些雖然只是心靈中渺渺無依的「補償」，但卻是淘洗人間渣滓污穢的清涼劑。人們所滴下的淚水，也因此才換得了輕快的微笑。

第二，時代的意義。任何一個時代，或由於國勢興衰強弱，或由於學術衝激變遷，都自然的會形成一種時代意識，這種時代意識也很自然而容易的感染在發展中的民間故事。譬如石崇所生存的司馬氏時代，北方的五胡已成強敵壓境，所以在他的意識裡，西漢元帝時的匈奴也是強大不可抗拒的，於是他在〈王明君辭〉的序文中，便說：「匈奴盛，請婚於漢，元帝以後宮良家子昭君配焉。」他字裡行間的意思是匈奴挾其強大的兵力來索婚，元帝只好以昭君配他。而證諸史實，呼韓邪單于是來「復修朝賀之禮，願保塞傳之無窮，邊陲長無兵革之事」的，昭君是元帝賜給他為閼氏的。石崇不能說沒有讀過《漢書》，只是時代意識的感染太深，不免一時趁筆之過。而趙宋以後，漢民族積弱不振，終致亡於胡元；朱明恢復漢唐衣冠，而北方亦時有強鄰，終致亡於滿清。於是石崇的意識型態便在元明清的戲劇中活現起來。《漢宮秋》說毛延壽懼罪奔匈奴，教單于興師按圖索昭君，漢不敵蕃，元帝不得已遣昭君；《青冢記》與《漢明妃》，更使呼韓邪單于興兵圍長安，百般威迫。昭君至蕃營，以三事要單于：一撤侵漢兵，二斬毛延壽，三自繪真容呈漢帝；三事得逞，乃披劍自殺。像這樣明慧貞烈的王昭君，是人們所塑造出來的完美典型，而其盛稱夷勢，期孤忠於弱女子，豈不也正是時代意識的表現嗎？

再如洪邁《容齋續筆》貳「唐詩無避諱」條云：「唐人歌詩，其於先世及當時事，直詞詠寄，略無隱避。至宮禁嬖昵，非外間所應知者，皆反覆極言，而上之人亦不以為罪。如白樂天〈長

恨歌〉諷諫諸章，元微之〈連昌宮詞〉始末，皆為明皇而發。
杜子美尤多。此下如張祜〈賦連昌宮〉等三十篇，大抵詠開元
天寶間事。李義山〈華清宮〉等詩亦然。今之詩人不敢爾也。」
可見唐人歌詠楊妃之盛。而其所以敢「直詞詠寄」的緣故，蓋
因天寶年間，貴妃專寵、國忠竊柄，以致祿山為亂，荼毒天下，
國勢因之衰落，吐番入寇，方鎮為亂，天下人深究其因，莫不
歸罪於明皇、楊氏，因乃肆行譏評，在上者亦以為可資鑑戒，
故不以為罪。觀崔群〈論開元天寶諷止皇甫鋪疏〉、劉夢得〈連
昌宮〉詞「爾後相傳為皇帝，不到離宮門久閉。」不難見出。也
因此，楊妃故事最有時代意識，她幾乎集女人之惡事於一身，
百口莫辯，永難洗清。

　　第三，地域色彩。中國幅員廣大，古代交通不便，自然因
山川風俗而形成地方性色彩。民間故事到處傳布，流至一地，
也自然會多少加入該地的特色。譬如「廣西有被除的風俗，故
孟姜女會在六月中下蓮塘洗澡。靜海有織黃袍的女工，故孟姜
女會織就了精工的黃袍而獻與始皇。江浙間盛行著厭勝的傳說，
故萬喜良可以抵代一萬個築城工人的生命。」（顧頡剛《孟姜女
故事研究》）再如梁祝故事中最膾炙人口的「十八相送」，其「即
景取譬」的地方性色彩相當濃重，也就是英臺用來吟詠暗示山
伯自己是女兒身的物件，有不少是就「方物」來起興。由此，
俗文學的率性任真也才格外顯現出來。

　　第四，文學間的感染與合流。對於民間故事的歌詠或描述，
有些彼此之間本來是不相干的，但由於蛛絲馬跡的類似，便可
以連類相及，逐漸感染而終致合流。這就好像嘉陵江、漢水、
湘江、贛江等各有源頭，但它們最後都成為長江之水，而長江
之所以能浩浩蕩蕩，也就是匯聚眾流而成的。譬如孟姜女故事，

因為它的源頭是齊國的「杞梁妻」，所以先感染結合有關齊國的兩件事：一是善歌哭，《淮南子・覽冥訓》記載「雍門子以哭見于孟嘗君」，《列子・湯問》篇記載齊人韓娥、秦青、薛談之謳，都是「撫節悲歌」；一是杞梁妻原來沒有名姓，可是《詩經》中一再出現「彼美孟姜」、「美孟姜矣」的句子，而「姜」是齊國的姓，「孟姜」原是姜家大小姐的意思，不過庶民百姓不管這些，便硬把它派給杞梁妻做姓名。她的歌哭原來也沒有歌辭，而《楚辭・九歌》有「樂莫樂兮新相知，悲莫悲兮生別離」之句，於是《琴操》一書便給加上「哀感皇天城為墮」一句而成了「杞梁妻歎」。她所哭倒的城，原來也只是地方性的「杞城」或「莒城」，而〈飲馬長城窟行〉這首樂府，自三國的陳琳到唐代的王翰，所歌詠的多半是築長城慘死的悲怨，詩中本無指實的人，恰好杞梁妻故事中已有哭城而城頹的傳說，於是便將杞梁妻派作陳琳詩中「賤妾何能久自全」的寡婦，教她來一吐王翰詩中「鬼哭啾啾聲沸天」的怨憤。於是杞梁妻哭倒的城就非長城不可了，於是就非教她由春秋齊國人變作秦皇時代的人不可了，於是秦皇悅她的美色了，而本是齊將的杞梁，這下就非變作「秦王築城卒」不可了。如此一來，杞梁妻便完全失去了本來面目。又如梁祝的殉情和化蝶，其實是集合東漢末〈孔雀東南飛〉一詩中的焦仲卿、劉蘭芝和《樂府詩集》所引《古今樂錄・華山畿》中的南徐士子、華山少女，以及干寶《搜神記》中的韓憑、何氏事跡而成的。因為梁祝係「集大成」，所以也特別感人。

四、故事一經發展成熟，書中人物便成了「典型」

以上就個人觀察所得，以西施等六個故事為例來說明民間膾炙人口的故事，其形成的現象和發展的線索。大抵說來，觸發、聯想、附會，是其發展的原動力，而民族意識、民族思想和民族情感是其主要內容。民間故事一旦發展成熟，則其故事之主人翁，便成了典型人物，而凡屬「正面的」，莫不受到人們的崇拜，孟姜、梁祝在北宋即已「俎豆千秋」，人們膜拜的，不是象徵他們的「偶像」，而是人們共同提煉出來的，那維繫人心、與生民休戚與共的「精神」。

《中國時報·人間副刊》一九八〇年一月八日第八版

韓憑❶夫婦故事的來源與流傳

王國良

一、早期的資料

　　有關韓憑夫婦的故事，目前以保存在初唐歐陽詢等人所編《藝文類聚》中的兩則記載為最早。卷九十二「鴛鴦」門引《列異傳》云：

> 宋康王埋韓憑夫妻，宿夕，文梓生。有鴛鴦，雌雄各一，恆棲樹上，晨夕交頸，音聲感人。

又卷四十「塚墓」門引《搜神記》云：

> 宋大夫韓憑，取妻而美，康王奪之。俄而憑自殺，妻乃陰腐其衣。王與登臺，遂自投臺下，左右攬之，衣不中手。遺書於帶曰：「王利其生，不利其死，願以屍骨賜馮的合葬乎?」王怒，弗聽，使里人埋之，塚相望也。宿昔，有〔文〕梓木生於二塚之端，旬日而大合抱，屈體相就，根交於下。又有鴛鴦鳥，雌雄各一，恆棲樹上，交頸悲鳴。宋人哀之，遂號其木曰相思樹。

　　北宋初年，李昉等人編集《太平御覽》，也曾兩次引用韓憑

---

❶　韓憑，或作韓馮、韓朋。「馮」、「憑」音同，古相通用；「憑」、「朋」音近而借用。

故事。卷九二五「鴛鴦」門引《搜神記》，其文字與《類聚》卷四十無甚出入；卷五五九所引《搜神記》，則詳細多了。其云：

> 宋大夫韓憑，取妻而美，康王奪之。憑怨，王囚之，論為城旦。妻密遺憑書，謬其辭曰：「其雨淫淫，河大水深，日出當心。」王以問蘇賀，對曰：「其雨淫淫，言愁且思也；河大水深，不得往來也；日出當心，有死志也。」俄而憑自殺，妻乃陰腐其衣。王與登臺，遂自投臺下，左右攬之，衣不中手。遺書於帶曰：「願以骨與憑而合葬。」王怒，弗聽，使人埋之，塚相望也。王曰：「爾夫婦相愛不已，能使塚合，則弗禁也。」一宿，有文梓木生於二塚之端；旬日，其大合抱，屈體以相就，根交於下。又有鴛鴦，雌雄各一，恆棲樹上，晨夕交頸悲鳴，音聲感人。宋人哀之，遂號其木曰相思樹。

《藝文類聚》與《太平御覽》，乃唐宋兩代官方所編成最有名的兩部類書。其原始的構想，就是要將有關的詩、文、掌故等，按類編排，以供翻閱檢索之用。為了節省篇幅，編者往往需要從事刪節濃縮的工作。因此，類書所保存下來的資料，通常只是片段或節本，而非原文。我們當然不能根據以上所舉三段文字，斷定唐初或宋初的學者所見到的《列異傳》與《搜神記》，原來就是這樣簡略的❷。

唐人著述中引用《搜神記》之韓憑故事，今所見尚有釋道

---

❷ 《列異傳》韓憑事，僅見《類聚》所引。原文詳略如何無考，周氏《古小說鈎沉》失收；類書引《搜神記》韓憑事，尚有《古今合璧事類備要別集》、《海錄碎事》、《記纂淵海》等，率皆轉引，文字甚簡略。

宣《法苑珠林》、李冗《獨異志》、焦璐《稽神異苑》、劉恂《嶺表錄異》等書。其中以釋道宣書保存最為完整，全文共計二百六十七字❸。明末胡震亨輯刻《搜神記》，其卷十一〈韓憑妻〉篇，即以它做藍本，又加入劉氏《嶺表錄異‧韓朋鳥》篇中的「南人謂此禽即韓憑夫婦之精魂」一句而湊成的。現在通行的二十卷本《搜神記》，固然有不少問題存在，但〈韓憑妻〉一文，我們似乎可以肯定其為《搜神記》所原有無疑❹。

二、故事的流傳

　　《史記‧宋微子世家》，對宋康王只有「淫於酒、婦人，群臣諫者則射之，於是諸侯皆曰『桀宋』。」的描述，強奪韓憑妻的事跡，顯然是出於後人附會增飾，其產生的時間則已不可考。比較保守的估計，在漢末或魏晉之間，它已經廣泛地流傳，然後被蒐集載入《列異傳》中❺；東晉初期，干寶又轉錄到《搜神記》裡。從此，這個故事被保存下來，後世文人用之為典故而不絕。陳徐陵、周庾信皆撰有〈鴛鴦賦〉❻；唐代則李白〈白頭吟〉、李賀〈春歸昌谷〉詩、李德裕〈鴛鴦篇〉、李商隱〈青陵臺〉絕句、羅虬〈比紅兒〉詩皆提到它；李賀〈惱公〉詩、

---

❸　《法苑珠林》傳世者有一百卷本與一百二十卷本兩種。韓憑夫婦事見《大藏經》本卷二十七、四部叢刊本卷三十六。

❹　通行二十卷本《搜神記》乃明末重新輯佚校刻，非相傳古本，《四庫提要》、余嘉錫《四庫提要辨證》、許建新〈搜神記校注〉（《師大國文研究所集刊》第十九號）皆主是說。其文字有為它書所有而誤採者，本人擬另撰文詳論之。

❺　《列異傳》一書，《隋志》題魏文帝撰，新、舊《唐志》題晉張華撰。就各書所引佚文加以考查，所記有晚至魏明帝及齊王芳時代事，當非曹丕所及見。此書疑為魏晉間人所撰，或魏文帝原撰，復經後人增益。

❻　二文見《藝文類聚》卷九十二「鴛鴦」門。

溫庭筠〈會昌豐歲歌〉，更直接將鴛鴦稱為「韓憑」。

　　當然，在整個故事流傳的過程中，難免會有添加情節，甚至衍化變形的情況發生。李白、李商隱的詩中，已詠及「青陵臺」，焦璐《稽神異苑》則云「吳公臺」❼，晚近出現的敦煌寫本〈韓朋賦〉，則是體裁擴大，內容繁複，情節離奇，更以明白淺顯的文字寫出，充分表現出了民間文學作品的特色❽。

　　另外，相思樹上悲鳴的一對鴛鴦鳥，也逐漸變為雙舞雙飛的蝴蝶，而與梁山伯、祝英臺化蝶的故事混合了。李商隱〈青陵臺〉：「莫許（一作訝）韓憑為蛺蝶，等閑飛上別枝花。」韓憑與蝶的關係，有了新的轉變。北宋初年，樂史《太平寰宇記》卷十四「韓憑塚」條引《搜神記》云：

　　　　宋大夫韓憑，取妻美，宋康王奪之。憑怨，自殺。妻陰
　　　　腐其衣，與王登臺，自投臺下，左右攬之，著手化為蝶。

此處云衣服粉碎，化為蝴蝶，與韓憑夫婦死魂為鴛鴦，猶為二事。王安石〈蝶〉詩，則以韓憑婦化為蝶。詩云：

　　　　翅輕於粉薄於繒，長被花牽不自勝；若信莊周尚非我，
　　　　豈能投死為韓憑。

晚至明代，彭大翼《山堂肆考・羽集》三十四乃云：「俗傳大蝶

---

❼　見《永樂大典》卷一四五三六。

❽　有關〈韓朋賦〉的時代及考證，可參容肇祖撰〈敦煌本韓朋賦考〉一文（中央研究院歷史語言研究所《慶祝蔡元培先生六十五歲論文集》下冊，民國二十四年出版）。唯容氏據其音韻，考定為晉至蕭梁間所作，似有可商榷之處。

必成雙，乃梁山伯、祝英臺之魂；又曰韓憑夫婦之魂，皆不可曉。」韓憑夫婦之魂既化為一雙大蝶，並為梁祝故事襲用而與之混合；後代則韓憑事逐漸湮晦，少為里巷所知，而化蝶之說遂為梁祝所獨有了 ❾ 。

---

❾ 梁祝化蝶的故事，一般相信是完成於宋代。有關資料可參看路工編《梁祝故事說唱集》（古亭書屋影印本，民國六十四年），曾永義撰《梁祝故事的淵源與發展》（民國六十八年三月五日，《中國時報》人間副刊）。

孟姜女故事的轉變

顧頡剛

　　孟姜女的故事，論其年代已經流傳了二千五百年，按其地域幾乎傳遍了中國本部，實在是一個極有力的故事。可惜一般學者只注意於朝章國故而絕不注意於民間的傳說，以至失去了許多好材料。但材料雖失去了許多，至於古今傳說的系統卻尚未泯滅，我們還可以在斷編殘簡之中把它的系統蒐尋出來。

　　孟姜女即《左傳》上的「杞梁之妻」，這是容易知道的。因此杞梁之妻哭夫崩城屢見於漢人的記載，而孟姜之夫「范希郎」的一個名字還保存得「杞梁」二字的聲音。這個考定可說是沒有疑義。於是我們就從《左傳》上尋起。

　　《左氏》襄公二十三年傳云：

> 齊侯（齊莊公）還自晉，不入，遂襲莒，門于且于；傷股而退。明日，將復戰，期于壽舒。杞殖華還載甲夜入且于之隧，宿于莒郊。明日，先遇莒子于蒲侯氏。莒子重賂之，使無死，曰：「請有盟！」華周對曰：「貪貨弃命，亦君所惡也。昏而受命，日未中而弃之，何以事君！」莒子親鼓之，從而伐之，獲杞梁。莒人行成。齊侯歸，遇杞梁之妻于郊，使弔之。辭曰：「殖之有罪，何辱命焉！若免于罪，猶有先人之敝廬在，下妾不得與郊弔！」齊侯弔諸其室。

這是說，齊侯打莒國，杞梁華周（即杞殖華還，當是一名一字）

作先鋒，杞梁打死了。齊侯還去時，在郊外遇見他的妻子，向她弔唁。她不以郊弔為然，說道：「若杞梁有罪，也不必弔；倘使沒有罪，他還有家咧，我不應該在郊外受你的弔。」齊侯聽了她的話，便到他的家裡去弔了。在這一節上，我們只看見杞梁之妻是一個謹守禮法的人，她雖在哀痛的時候，仍能以禮處事，神智不亂，這是使人欽敬的。至於她在夫死之後如何哀傷，《左傳》上一點沒有記出。她何以到了郊外，是不是去迎接她的丈夫的靈柩，《左傳》上也沒有說明。華周有沒有和杞梁同死，在《左傳》上面也看不出來。

這是公元前五四九年的事。從此以後，這事就成了一件故事。這件故事在當時如何擴張，如何轉變，可惜我們現在已經無從知道。

過了二百年，到戰國的中期，有《檀弓》一書（今在《小戴禮記》中，大約是孔子的三四傳弟子所記）出世。這書上所記曾子的說話中也提著這一段事：

> 哀公使人弔蕢尚，遇諸道，辟於路，畫宮而受弔焉。
> 曾子曰：「蕢尚不如杞梁之妻之知禮也！齊莊公襲莒于奪（奪即隧），杞梁死焉。其妻迎其柩於路而哭之哀。莊公使人弔之。對曰：『君之臣不免于罪，則將肆諸市朝而妻妾執。君之臣免于罪，則有先人之敝廬在，君無所辱命！』」

這一段話較《左傳》所記的沒有什麼大變動，只增加了「其妻迎其柩於路而哭之哀」一語。但這一語是極可注意的。它說明她到郊外為的是迎柩，在迎柩的時候哭得很哀傷。《左傳》上說的單是禮法，這書上就塗上感情的色彩了。這是很重要的一變，

古今無數孟姜女的故事都是在這「哭之哀」的三個字上轉出來的。

比《檀弓》稍後的記載，是《孟子》上記的淳于髡的話：

> 淳于髡曰：「……昔者王豹處於淇而河西善謳，緜駒處於高唐而齊右善歌，華周杞梁之妻善哭其夫而變國俗。有諸內，必形諸外。為其事而無其功者，髡未嘗覩之也，……」（〈告子〉下）

在這一段上，使得我們知道齊國人都喜歡學杞梁之妻（華周之妻，或在那時的故事中亦是一個善哭的人，或華周二字只是牽連及之，均不可知；但在這件故事中無關重要，我們可以不管）的哭調，成了一時的風氣。又使得我們知道杞梁之妻的哭，與王豹的謳，緜駒的歌，處於同等的地位，一樣的流行。我們從此可以窺見這件故事所以能夠流傳的緣故，齊國歌唱的風氣確是一個有力的幫助。

於是我們去尋戰國時歌唱中哭調的記載，看除了杞梁之妻外，再有何人以此擅名的。現在已得到的，是以下數條：

> 雍門子以哭見于孟嘗君。已而陳辭通意，撫心發聲，孟嘗君為之增欷歔唈，流涕狼戾不可止。（《淮南子·覽冥訓》）
> 韓娥秦青薛譚之謳，侯同曼聲之歌，憤于志，積于內，盈而發音，則莫不比于律而和于人心。（《淮南子·氾論訓》）
> 薛譚學謳于秦青，未窮青之技。自謂盡之，遂辭歸。秦青弗止，餞于郊衢，撫節悲歌，聲振林木，響遏行雲。薛譚乃謝求反，終身不敢言歸。秦青顧謂其友曰：「昔韓

娥東之齊，匱糧，過雍門，鬻歌假食。既去而餘音繞梁
欐，三日不絕，左右以其人不去。過逆旅，逆旅人辱之。
韓娥因曼聲哀哭。一里（一本作十里）老幼悲愁，垂涕
相對，三日不食。遽而追之。娥還，復為曼聲長歌。一
里老幼喜躍忭舞，弗能自禁，忘向之悲也。乃厚賂發之。
故雍門之人至今善歌哭，放娥之遺聲。」（《列子·湯問》篇。
《列子》一書雖偽，但它原是集合戰國時諸書而成，故此條可信
為戰國的記載。）

這三段中，都很明白的給予我們以「齊人善唱哭調」的史實。
雍門，高誘、杜預都說是齊城門：雍門的人既因韓娥而善哭，
雍門子周（依《說苑》名周）又以善哭有名，可見齊都城中的
哭的風氣的普遍。秦青薛譚之謳，《淮南》既說其「憤于志，積
于內」，薛譚的學謳又因秦青的「撫節悲歌」而不歸，又可見他
們所作的歌謳也多帶有憤悱悲哀的風味的。用現在的歌唱來看，
悲歌哀哭，以秦腔為最。秦腔中用「哭頭」（唱前帶哭的一呼，
不用音樂的輔助）處極多，淒清高厲，聲隨淚下，足使聽客欷
歔不歡。齊國中既通行一種哭調，而淳于髡又說這種哭調是因
杞梁之妻的善哭其夫而相習以成風氣的，那麼，我們可以懷疑
這話的「倒果為因」了。杞梁之妻在夫亡之後，《左傳》上絕沒
有說到她哭，絕沒有提到她悲傷，而戰國時的書上忽有她「哭
之哀」的記載，忽有她「善哭而變國俗」的記載，而戰國時正
風行著這種哭調，又正有韓娥、秦青、雍門周一班善唱哭調的
歌曲家出來，這豈不是杞梁之妻的哭調中有韓娥、秦青、雍門
周的成分在內嗎？又豈不是杞梁之妻的故事中所加增的哀哭一
般事是戰國時音樂界風氣的反映嗎？《淮南子·修務訓》云：

> 邯鄲師有出新曲者，託之李奇；諸人皆爭學之。後知其
> 非也，而皆棄其曲。

邯鄲師為什麼要這樣呢？〈修務訓〉在前面說明道：

> 世俗之人多尊古而賤今，故為道者必託之于神農黃帝而
> 後能入說。亂世闇主高遠其所從來，因而貴之。為學者
> 蔽于論而尊其所聞，相與危坐而稱之，正領而誦之。

讀此，可知音樂界的「托古改制」，與政治界原無二致，為的是
要引人注意，受人的尊敬。所以杞梁之妻的哭用她的哭的變俗，
很有出於韓娥一輩人所為的可能。即不是韓娥一輩人所托，也
儘有聽者把他們的哭調與杞梁之妻的故事混合為一的可能。何
以故？歌者和聽者對於杞梁之妻的觀念，原即是世人和學者對
於神農黃帝的觀念。

　　用了這個眼光去看戰國和西漢人對於杞梁之妻的讚歎和稱
述，沒有不準的；上文所舉的兩段戰國時的話——「哭之哀」
和「善哭而變國俗」——不用說了，我們再去看西漢人的說話。
　　《韓詩外傳》的作者韓嬰，是西漢文景時人。《外傳》上（卷
六）引淳于髡的話，作：

> 杞梁之妻悲哭，而人稱詠。

「稱詠」，即是歌吟。這是說把她的悲哭作為歌吟。
　　《文選》所錄「古詩十九首」中的第五首。《玉臺新詠》（卷
一）歸入枚乘〈雜詩〉第一首。枚乘亦是西漢文景時人。詩云：

西北有高樓，上與浮雲齊，

交疏結綺意，阿閣三重階。

上有絃歌聲，音響一何悲？

誰能為此曲：無乃杞梁妻？

清商隨風發，中曲正徘徊，

一彈再三歎，慷慨有餘哀。

不惜歌者苦，但傷知音稀。

願為雙鳴鶴，奮翅起高飛！

這是寫一個路人聽著高樓上的絃歌聲而凝想道：「哪一位能唱出這樣悲傷慷慨的歌呢，恐怕是杞梁之妻吧？」他敘述這歌聲道：「清商隨風發，慷慨有餘哀。」可見這種歌聲是很激越的。又說：「中曲正徘徊，一彈再三歎」（歎，是和聲），可見這種歌聲是很緩慢的，羨聲很多的，與「曼聲哀哭」的韓娥之聲如出一轍。

王褒是西漢宣帝時人。他做的〈洞簫賦〉（《文選》卷十七）形容簫聲的美妙道：

鍾期牙曠悵然而愕立兮；杞梁之妻不能為其氣！

鍾子期、伯牙、師曠是絲樂方面著名的人，杞梁之妻是歌曲方面著名的人。

他形容簫聲的美，說它甚至於使得鍾子期等愕立而不敢奏，杞梁之妻失氣而不敢歌。在此，可見杞梁之妻的歌是以「氣」擅長的。這亦即是「曼聲」之義。曼聲：是引聲長吟；長吟必須氣足，故云「為其氣」。十年前我曾見秦腔女伶小香水的戲。她善唱哭頭，有一次演「燒骨記」，一個哭頭竟延長至四五分鐘，

高亢處如潮湧，細沉處如泉滴，把怨憤之情不停地吐出，愈久
愈緊練，愈緊練愈悲哀，不但歌者須善於運氣，即聽者的吸息
亦隨著她的歌聲在胸膈間盪轉而不得吐。現在用來想像那時的
杞梁妻的歌曲，覺得甚是親切。

　　所以杞梁之妻的故事中心，在戰國以前是不受郊弔，在西
漢以前是悲歌哀哭。

　　在西漢的後期，這個故事的中心又從悲歌而變為「崩城」
了。

　　第一個敘述崩城的事的人，就現在所知的是劉向。他在《說
苑》裡說：

> 杞梁華舟……進鬬，殺二十七人而死。其妻聞之而哭，
> 城為之阤而隅為之崩。（〈立節〉篇）
> 昔華舟杞梁戰而死，其妻悲之，向城而哭，隅為之崩，
> 城為之阤。（〈善說〉篇）

敘述得較詳細的，是他的《列女傳》（卷四〈貞順傳〉）。這書裡
說：

> 莊公襲莒，殖戰而死。莊公歸，遇其妻，使使者弔之于
> 路。杞梁妻曰：「令殖有罪，君何辱命焉！若令殖免于罪，
> 則賤妾有先人之敝廬在，下妾不得與郊弔！」於是莊公乃
> 還車詣其室，成禮，然後去。
> 杞梁之妻無子，內外無五屬之親。既無所歸，乃就（一
> 本作枕）其夫之尸于城下而哭之。內誠感人，道路過者
> 莫不為之揮涕。十日（一本作七日）而城為之崩。既葬，

曰：「吾何歸矣！夫婦人必有所倚者也：父在則倚父，夫在則倚夫，子在則倚子。今吾上則無父，中則無夫，下則無子，內無所依以見吾誠，外無所依以立吾節，吾豈能更二哉！亦死而已！」遂赴淄水而死。

君子謂杞梁之妻貞而知禮。詩云：「我心傷悲，聊與子同歸。」

下面頌她道：

杞梁戰死，其妻收喪。
齊莊道弔，避不敢當。
哭夫於城，城為之崩。
自以無親，赴淄而薨。

其實劉向把《左傳》做上半篇，把當時的傳說做下半篇，二者合而為一頗為不倫。因為春秋時智識階級的所以讚美她，原以郊外非行禮之地，她能卻非禮的弔，足見她是一個很知禮的人；現在說她「就其夫之尸于城下而哭」，難道城下倒是行禮的地方嗎？一哭哭了十天，以致城崩身死，這更是禮法所許的嗎？禮本來是節制人情的東西，它為賢者抑減其情，為不肖者興起其情，使得沒有過與不及的弊病。所以《檀弓》上說道：

弁人有其母死而孺子泣者。孔子曰：「哀則哀矣，而難為繼也。夫禮，為可傳也，為可繼也，故哭踊有節。」（《檀弓》上）
子游曰：「……直情而逕行者，戎狄之道也。禮道則不然。」

（《檀弓》下）

孔子惡野哭者。（《檀弓》上）鄭玄注：「為其變眾。《周禮·銜枚氏》『掌禁野叫呼歎鳴於國中者，行歌哭於國中之道者。』」陳皓注：「郊野之際，道路之間，哭非其地，又且倉卒行之，使人疑駭，故惡之也。」

由此看來，杞梁之妻不但哭踴無節，縱情滅性，為戎狄之道而非可繼之禮，並且在野中叫呼，使人疑駭，為孔子所惡而銜枚氏所禁。她既失禮，又犯法，豈非和「知禮」二字差得太遠了！況且中國之禮素嚴男女之防，非惟防著一班不相干的男女，亦且防著夫婦。所以在禮上，寡婦不得夜哭，為的是犯了「思情性」（性慾）的嫌疑。魯國的敬姜是春秋戰國時人都稱為知禮的，試看她的行事：

> 穆伯（敬姜夫）之喪，敬姜晝哭。文伯（敬姜子）之喪，晝夜哭（《國語》作暮哭）。孔子曰：「知禮矣！」（陳注：「哭夫以禮，哭子以情，中節矣。」）
>
> 文伯之喪，敬姜據其牀而不哭，曰：「……今及其死也，朋友諸臣未有出涕者，而內人（妻妾）皆行哭失聲。斯子也，必多曠於禮矣夫！」（以上《檀弓》下）
>
> 公父文伯卒，其母戒其妾曰：「吾聞之，『好內，女死之』。……今吾子夭死。吾惡其以好內聞也。二三婦……請無瘠色，無涕洟，無搯膺，無憂容，……是昭吾子也！」仲尼聞之曰：「……公父氏之婦智也夫！欲明其子之令德。」
>
> （《國語·魯語》下）

由此看來，杞梁之妻不但自己犯了「思情性」的嫌疑，並且足以彰明其丈夫的「好內」與「曠禮」，將為敬姜所痛恨而孔子所羞稱。這樣的婦人，到處犯著禮法的愆尤，如何配得列在「貞順」之中？如何反被《檀弓》表彰了？我們在這裡，應當說一句公道話：這崩城和投水的故事，是沒有受過禮法薰陶的「齊東野人」（淄水在齊東）想像出來的杞梁之妻的悲哀，和神靈對於她表示的奇蹟；劉向誤聽了「野人」的故事，遂至誤收在「君子」的《列女傳》。但他雖誤聽誤收，而能使得我們知道西漢時即有這種的傳說，這是應當對他表示感謝的。

從此以後，大家一說到杞梁之妻，總是說她哭夫崩城，把「卻郊弔」的一事竟忘記了──這本是講究禮法的君子所重的，和野人有什麼相干呢！

王充是東漢初年的一個大懷疑家，他歡喜用理智去打破神話。他根本不信有崩城的事，所以他在《論衡・感虛》篇中駁道：

> 傳書言杞梁氏之妻嚮城而哭，城為之崩。此言杞梁從軍不還，其妻痛之，嚮城而哭，至誠悲痛，精氣動城，故城為之崩也。夫言嚮城而哭者，實也；城為之崩者，虛也。夫人哭悲莫過雍門子，雍門子哭對孟嘗君，孟嘗君為之於邑。蓋哭之精誠，故對嚮之者悽愴感動也。夫雍門子能動孟嘗之心，不能感孟嘗衣者，衣不知惻怛，不以人心相關通也。今城，土也，土猶衣也，無心腹之藏，安能為悲哭感慟而崩！使至誠之聲能動城土，則其對林木哭能折草破木乎？嚮水火而泣能涌水滅火乎？夫草木水火與土無異，然杞梁之妻不能崩城明矣。或時城適自

崩，杞梁之妻適哭下，世好虛，不原其實，故崩城之名
至今不滅。

他不以故事的眼光看故事，而以實事的眼光看故事，他知道「城
為之崩」是虛，而不知道他所認為實事的「嚮城而哭」亦即由
崩城而來，這不能不說是他的錯誤。至於「城適自崩，杞梁妻
適哭下」，欲為理性的解釋，反而見其多事。但我們在這裡，也
可知道一點傳說流行，大家傾信的狀況。(〈變動〉篇中也有駁
詰的話，不複舉。)

　　東漢的末年，蔡邕推原琴曲的本事，著有《琴操》一書。
這書中(卷下)載著一段「芑(即杞)梁妻歎」的故事。「芑梁
妻歎」是琴曲名，是琴師作曲以壯杞梁妻的歎聲的，但他竟說
是杞梁之妻自做的了。原文如下：

　　〈芑梁之妻歎〉者，齊邑芑梁殖之妻所作也。莊公襲莒，
　　殖戰而死。
　　妻歎曰：「上則無父，中則無夫，下則無子，外無所依，
　　內無所倚，將何以立！吾節豈能更二哉，亦死而已矣！」
　　於是乃援琴而鼓之曰：
　　　樂莫樂兮新相知！
　　　悲莫悲兮生別離！
　　　哀感皇天城為墮！
　　曲終，遂自投淄水而死。

這一段故事雖是和《列女傳》所記差不多，但有很奇怪的地方。
她死了丈夫不哭，反去鼓琴，有類於莊子的妻死鼓盆而歌。歌

凡三句：上二句是《楚辭‧九歌‧少司命》一章中語，似乎和他們夫婦的事實不切；下一句是自己說「我的哀可以感動皇天，使城倒墮」，墮城只是口中所唱之辭。歌曲一完，她就投水死了，也沒有十日七日的話。把它和《列女傳》相較，覺得《列女傳》的杞梁妻太過費力，而《琴操》的杞梁妻則太過飄逸了。

自東漢末以至六朝末，這四百餘年之中，這件故事的中心——崩城——沒有什麼改變，看以下諸語可見：

> 鄒衍匹夫，杞氏匹婦，尚有城崩霜隕之異。(《後漢書》卷五十七〈劉瑜傳〉)
>
> 臣伏以為犬馬之誠不能動人，譬人之誠不能動天。崩城隕霜，臣初信之；以臣心況，徒虛語耳。(《文選》卷三十七〈曹植求通親親表〉)
>
> 貞夫淪莒役，杞弔結齊君。驚心眩白日，長洲崩秋雲。精微貫穹昊，高城為隤墳。(《樂府詩集》卷七十三，宋吳邁遠〈杞梁妻〉)

以前只是說崩城，到底崩的是哪地方的城，還沒有提起過，西晉崔豹的《古今注》(卷中)首說是杞都城。

> 杞梁妻，杞植妻妹明月之所作也。杞植戰死，妻歎曰：「上則無父，中則無夫，下則無子，生人之苦至矣！」乃抗聲長哭。杞都城感之而頹。遂投水而死。其妹悲其姊之貞操，乃為作歌，名曰杞梁妻焉。

這一段以杞殖作「杞植」，又忽然跑出一個妻妹明月來作曲(這

或因夫死不應鼓琴之故），與蔡邕《琴操》說不同，暫且不論。
最奇怪的，是「杞都城感之而頹」。杞梁只是姓杞，並非杞君，
他和杞都城有什麼相關。況杞國在今河南開封道中間的杞縣，
莒國在今山東濟寧道東北的莒城，兩處相去千里，何以會得杞
梁戰死於莒國而其妻哭倒了杞城？這分明是杞地的人要拉攏杞
梁夫婦做他們的同鄉先哲，所以立出這個異說。

　　在後魏酈道元的《水經注》（卷二十六「沭水」條莒縣）中，
卻說所崩的城是莒城：

> 沭水……東南過莒縣東……《列女傳》曰：「……妻乃哭
> 于城下，七日而城崩」，故《琴操》云：「……哀感皇天，
> 城為之墜」，即是城也。其城三重，並悉崇峻；惟南開一
> 門。內城方十二里，郭周四十餘里。

　　杞梁之妻所哭倒的，無論是東漢人沒有指實的城，是崔豹
的杞城，是酈道元的莒城，總之在中國的中部，不離乎齊國的
附近。杞梁夫婦的事實，無論如何改變，他們也總是春秋時的
人，齊國的臣民。誰知到了唐朝，這個故事竟大變了！最早見
的，是唐末詩僧貫休的〈杞梁妻〉：

> 秦之無道兮四海枯，
> 築長城兮遮北胡。
> 築人築土一萬里，
> 杞梁貞婦啼嗚嗚——
> 上無父兮中無夫，
> 下無子兮孤復孤。

一號城崩塞色苦；
再號杞梁骨出土。
疲魂飢魄相逐歸，
陌上少年莫相非！(見《樂府詩集》卷七十三，尚未檢他的《禪月集》。)

這詩有三點可以驚人的：

(1)杞梁是秦朝人。

(2)秦築長城，連人築在裡頭，杞梁也是被築的一個。

(3)杞梁之妻一號而城崩，再號而其夫的骸骨出土。

這首詩是這件故事的一個大關鍵。它是總結「春秋時死於戰事的杞梁」的種種傳說，而另開「秦時死於築城的范郎」的種種傳說。從此以後，長城與他們夫婦就成了不解之緣了。

這件故事所以會得如此轉變，當然有很複雜的原因在內。就我所推測得到的而言，它的原因至少有二種：一是樂府中〈飲馬長城窟行〉與〈杞梁妻歌〉的合流，一是唐代的時勢的反映。

〈飲馬長城窟行〉最早的一首即「青青河邊草，緜緜思遠道」之篇，《文選》上說是古辭，《玉臺新詠》說是蔡邕所作。此說雖未能考定，但看《樂府詩集》(卷三十八)此題下所錄詩有魏文帝、陳琳、……直至唐末十六家的作品，便可知道這種曲調是三國六朝以至唐代一直流行的。他們所詠的大概分兩派，雄壯的是殺敵凱還，悲苦的是築城慘死。建築長城的勞苦傷民，雖戰國秦漢間的民眾作品並無流傳，但這原是想像得到的。(《水經注》引楊泉《物理論》云：「秦築長城，死者相屬，民歌曰：『生男慎勿舉……』，其冤痛如此。」楊泉是晉代人，這四句歌恐即由陳琳詩傳訛的，故不舉。)三國時陳琳所作，即屬於悲苦

的方面。詩云：

> 飲馬長城窟，水寒傷馬骨。……
> 長城何連連，連連三千里。
> 邊城多健少，內舍多寡婦。
> 作書與內舍，「便嫁莫留住！
> 善事新姑嫜，時時念我故夫子！」
> 報書往邊地，「君今出語一何鄙！
> 身在禍難中，何為稽留他家子！
> 生男慎莫舉，生女哺用脯。
> 君獨不見長城下死人骸骨相撐拄！
> 結髮知事君，慊慊心意關。
> 明知邊地苦，賤妾何能久自全！」

這說的夫婦的慘別之情，雖沒有說出人名，但頗有成為故事的
趨勢。唐代王翰作此曲，其下半篇云：

> 回來飲馬長城窟，長城道傍多白骨。
> 問之耆老何代人，云是秦王築城卒。
> 黃昏塞北無人煙，鬼哭啾啾聲沸天。
> 無罪見誅功不賞，孤魂流落此城邊。

這把長城下的白骨，指明是秦王的築城卒了。《樂府詩集》又有
〈僧子蘭〉一詩，子蘭不知何時人，看集上把他放在王建之後，
或是晚唐人。詩云：

> 游客長城下，飲馬長城窟。
>
> 馬嘶聞水腥，為浸征人骨。
>
> 豈不是流泉，終不成潺湲。
>
> 洗盡骨上土，不洗骨中冤。
>
> 骨若不流水，四海有還魂。
>
> 空流嗚咽聲，聲中疑是言。

這更是把陳琳的「君獨不見長城下死人骸骨相撐拄」一語發揮盡致。拿這幾篇與貫休的杞梁妻合看，真分不出是兩件事了。它們為什麼會得這般的接近？只因古時的樂府，原即是現在的歌劇，流傳既廣，自然容易變遷。〈飲馬長城窟行〉本無指實的人，恰好杞梁之妻有崩城的傳說，所以就使她做了「賤妾何能久自全」的寡婦，來一吐「鬼哭啾啾聲沸天」的怨氣。於是這兩種歌曲中的故事就合流為一系了。

唐代的時勢怎樣呢？那時的武功是號為極盛的，太宗、高宗、玄宗三朝，東討高麗、新羅，西征吐番、突厥，又在邊境設置十節度使，帶了重兵，墾種荒田，防禦外蕃。兵士終年劬勞於外，他們的悲傷，看杜甫的〈兵車行〉、〈新婚別〉諸詩均可見。他們離家之後，他們的夫人所度的歲月，自然更是難受。她們魂夢中繫戀著的，或是在「玉門關」，或是在「遼陽」，或是在「漁陽」，或是在「黃龍」，或是在「馬邑，龍堆」，反正都是在這延亙數千里的長城一帶。長城這件東西，從種族和國家看來固然是一個重鎮，但閨中少婦的怨毒所歸，她們看著便與妖孽無殊。誰人是逞了自己的野心而造長城的？大家知道是秦始皇。誰人是為了丈夫慘死的悲哀而哭倒城的？大家知道是杞梁之妻。這兩件故事由聯想而併合，就成為「杞梁妻哭倒秦始

皇的長城」，於是杞梁遂非做了秦朝人而去造長城不可了！她們
再想，杞梁妻何以要在長城下哭呢？長城何以為她倒掉呢？這
一定是杞梁被秦始皇築在長城之下，必須由她哭倒了城，白骨
才能出土，於是遂有「築人築土一萬里」，「再號杞梁骨出土」
的話流傳出來了！她們大家有一口哭倒長城的怨氣，大家想藉
著杞梁之妻的故事來消自己的塊壘，所以杞梁之妻就成為一個
「丈夫遠征不歸的悲哀」的結晶體！

　　在這等征戰和徭役不息的時勢之中，所有的故事，經著那
時人的感情的渲染和塗飾，都容易傾向到這一方面。我們再可
以尋出一個盧莫愁，做杞梁之妻的故事的旁證。

　　莫愁，是六朝人詩中的一個歡樂的女子，這個意義單看她
的名字已甚明白。《玉臺新詠》（卷九）載歌詞一首（《樂府詩集》
作〈梁武帝河中之水歌〉），云：

> 河中之水向東流，洛陽女兒名莫愁。
> 莫愁十三能織綺，十四採桑南陌頭；
> 十五嫁為盧家婦，十六生子字阿侯。
> 盧家蘭室桂為梁，中有鬱金蘇合香。
> 頭上金釵十二行，足下絲履五文章。
> 珊瑚掛鏡爛生光，平頭奴子提履箱。
> 人生富貴何所望，恨不嫁與東家王！

這寫得莫愁的生活豪華極了，福氣極了。但試看唐代沈佺期的
〈古意〉：

> 盧家少婦鬱金堂，海燕雙棲玳瑁梁。

> 九月寒砧催木葉；十年征戍憶遼陽。
>
> 白狼河北音書斷；丹鳳城南秋夜長。
>
> 誰為含愁獨不見，更教明月照流黃？

照這樣說，她便富貴的分數少，而邊思閨怨的分數多了。「莫愁」尚可變成「多愁」，何況久已負了悲哭盛名的杞梁之妻呢！

所以從此以後，杞梁妻的故事的中心就從哭夫崩城而變為「曠婦懷征夫」。

較貫休時代稍後的馬縞（五代後唐時人），他做的《中華古今注》是根據崔豹的《古今注》。他的書不過推廣崔書，凡原來所有的幾乎一個字也沒有改。所以他的杞梁妻一條（卷下）也因襲著崔書。但即使因襲，終究因時代的不同，傳說的鼓盪而生出一點改變。他道：

> 杞梁妻歌，杞梁妻妹朝日之作也。杞植戰死，妻曰：「上無考，中無夫，下無子，人之苦至矣！」乃抗聲長哭。長城感之頹。遂投水而死。其妹悲姊子賢貞操，乃為作歌，名曰杞梁妻賢……

這和崔豹書有三點不同。(1)梁妻妹的名字由「明月」改作「朝日」了。(2)歌名不曰「杞梁妻」而曰「杞梁妻賢」（這「賢」字或係「焉」字之誤）。(3)哭倒的城不曰「杞都城」而曰「長城」。妹名和歌名不必計較，城名則甚可注意。杞梁之妻哭夫於莒齊之間，杞城感之而倒已是可怪，怎麼隔了二千里的長城又聞風而興起呢？杞梁戰死的時候，不但秦無長城，即齊國和其他各國也沒有長城，怎麼因了她的哭而把未造的城先倒掉了呢？我

們在此，可以知道杞梁之妻哭倒長城，是唐以後一致的傳說，這傳說的勢力已經超過了經典，所以對於經典的錯迕也顧不得了。

北宋一代，她的故事的樣式如何，現在尚沒有發見材料，無從知道。南宋初，鄭樵在他的《通志‧樂略》中曾經論到這事。他道：

> 《琴操》所言者何嘗有是事！琴之始也，有聲無辭，但善音之人欲寫其幽懷隱思而無所憑依，故取古之人悲憂不遇之事而以命操，或有其人而無其事，或有其事而非其人，或得古人之影響從而滋蔓之。君子之所取者但取其聲而已⋯⋯又如稗官之流，其理只在唇舌間，而其事亦有記載。虞舜之父，杞梁之妻，於經傳所言者不過數十言耳，彼則演成萬千言⋯⋯。顧彼亦豈欲為此誣罔之事乎！正為彼之意向如此，不說無以暢其胸中也。

這真是一個極閎通的見解，古今來很少有人把這樣正當的眼光去看歌曲和故事的。可惜「演成萬千言」的「杞梁之妻」今已失傳，否則必可把唐代婦人的怨思悲憤之情從「暢其胸中」的稗官的口裡留得一點。

較《通志》稍後出的，是《孟子疏》。《孟子疏》雖署著北宋孫奭的名字，但經朱熹的證明，這是一個邵武士人做了而假托於孫奭的，這人正和朱熹同時。他的書非常淺陋，有許多通常的典故也都未能解出，卻敢把流行的傳說寫在裡面，冒稱出於《史記》。如〈離婁〉篇「西子蒙不潔」章，他疏云：

案《史記》云：「西施每入市，人願見者先輸金錢一文。」

這便是史記上所沒有的。這樣著書，在學問上真是不值一笑，但在故事的記載上使得我們知道宋代時對於西施曾有這樣的一個傳說，這個傳說中的看西施正和現在到上海大世界看「出角仙人」一樣，這是非常可貴的。他能如此說西施，便能如此說杞梁之妻。所以他說：

> 或云，齊莊公襲莒，戰而死。其妻孟姜向城而哭，城為之崩。

杞梁之妻的大名到這時方才出現了，她是名孟姜！這是以前的許多書上完全沒有提起過的。自此以後，這二字就為知識階級所承認，大家不稱她為「杞梁之妻」而稱她為「孟姜」了。

孟姜二字怎麼樣出來，這也是值得去研究的。周代時婦人的名字，大都把姓放在底下，把排行或諡法放在上面。如「孟子」、「季姬」便是排行連姓的。如「莊姜」、「敬嬴」，便是諡法連姓的。孟姜二字，孟是排行，姜是齊女的姓；譯作現在的白話，便是姜大小姐。這確是周代時人的名字，為什麼到了南宋始由民眾的傳說中發見出來？

在《詩經》的〈鄘風‧桑中〉篇，有以下的一章：

> 爰采唐矣，沬之鄉矣。
> 云誰之思？美孟姜矣。
> 期我乎桑中，要我乎上宮，送我乎淇之上矣。

又〈鄭風‧有女同車〉篇二章中，也都說到孟姜：

> 有女同車，顏如舜華。
> 將翱將翔，佩玉瓊琚。
> 彼美孟姜，洵美且都！

> 有女同行，顏如舜英。
> 將翱將翔，佩玉將將。
> 彼美孟姜，德音不忘！

姚際恆在《詩經通論》（卷五）裡解釋道：「是必當時齊國有長女美而賢，故詩人多以孟姜稱之耳。」這話甚為可信。依他的解釋，當時齊國必有一女子，名喚孟姜，生得十分美貌。因為她的美的名望大了，所以私名變成通名，凡是美女都被稱為孟姜。正如西施是一個私名，但因為她極美，足為一切美女的代表，所以這二字就成為美女的通名。（現在煙店裡的美女喚做煙店西施，豆腐店裡的美女喚做豆腐西施──江浙一帶如此，未知他處然否。）又嫌但言孟姜，她的美還不顯明，故在上面加上一個「美」字喚做「美孟姜」。如此，則「美孟姜」即為美女之意更明白了。孟姜本為齊女之名，但〈鄘風〉也有，〈鄭風〉也有，可見此名在春秋時傳播得很遠。以後此二字雖不見於經典，但是詩歌中還露出一點繼續行用的端倪。如漢詩〈隴西行〉（《玉臺新詠》卷一）云：

> 好婦出迎客，顏色正敷愉，……取婦得如此，齊姜亦不如！

又曹植〈妾薄命行〉(《玉臺新詠》卷九)云：

> 御巾挹粉君傍，中有霍納都梁，雞舌五味雜香。進者何
> 人？齊姜！恩重愛深難忘。

可見在漢魏的樂府中，「齊姜」一名又成了好婦美女的通名，則
孟姜二字在秦漢以後民眾社會的歌謠與故事中繼續行用，亦事
之常。杞梁是齊人。他的妻又是一個有名的女子（有名的女子
必有被想像為美女的可能性），後人用了孟姜一名來稱杞梁之
妻，也很是近情。這個名字，周以後潛匿在民眾社會中者若干
年；直到宋代，才給智識階級承認而重見於經典。

孟姜成了杞梁之妻的姓名，於是通名又回復到私名了。

（一九二四，一一，二三，北京大學《歌謠週刊》第69號）

孟姜女故事的轉變

吳立模

這一定會引起我們的莫大的駭奇：只要指著粒粒的蠶子，同撲撲地飛的蠶蛾說：「牠們是一物呀。」當我們沒有熟悉蠶子與蠶蛾的關係的時候，我們至少要反駁著說：「不，不，牠們不相同，牠們不是一物。」

同一的，我們也一定會十分的駭奇的：只要指著《左傳》上的杞殖同現代歌曲中所傳說的萬喜良，《左傳》上的杞殖妻同現代歌曲中所傳說的孟姜女說：「他們都是一人呀。」當我們沒有熟悉杞殖同萬喜良，杞殖妻同孟姜女的關係的時候，我們至少要反駁著說：「不，不，他們不相同，他們不是一人。」

真的，他們實在是不相同。我們先看《左傳》上說：

> 齊侯還自晉，不入，遂襲莒。門於且于，傷股而退。明日復戰，期于壽舒。杞殖華還載甲夜入且于之隧，宿於莒郊；明日先遇莒子於蒲侯氏。莒子重賂之，使無死，曰：「請有盟。」華周 ❶ 對曰：「貪貨棄命，亦君所惡也。昏而受命，日未終而棄之，何以事君！」莒子親鼓之，從而伐之，獲杞梁 ❷，莒人行成。齊侯歸，遇杞梁之妻於郊，使弔之。辭曰：「殖之有罪，何辱命焉；若免於罪，猶有先人之敝廬在，下妾不得與郊弔。」齊侯弔諸其室。

---

❶ 華還字周。

❷ 杞殖字梁。「杞」又作「己」，「殖」又作「植」。

它說的是：杞殖是齊大夫，死於襲莒之役，而杞殖之妻是一個賢慧知禮的女子。

再看現在民間所流行的《孟姜女送寒衣》唱本上說：

……華亭有個孟隆德，所生一個女千金，……取名就叫孟姜女。……蘇州有個萬員外，所生一子在家庭，……取名就叫萬喜良。勿唱蘇州萬喜良，要唱京都萬歲君。只為江山來作亂，要造長城萬里程。萬里長城工程大，若無神仙造勿成。造起長城還猶可，要傷百姓一萬人。天上神仙來知道，變化凡人來送信：「蘇州有個萬喜良，一人可抵一萬人。」君王聽奏龍顏喜，皇榜掛到蘇州城。六門三關都掛到，要捉喜良造長城。……員外聽得渾抖抖，……打發孩兒去逃生。喜良逃出自家門，……逃到松江一座城。……抬頭看見一園牆，……將身挨進花園門，……暫借園中過一夜，明朝絕早就動身。勿唱喜良來住夜，再唱孟姜一段情……輕移細步下樓來，來到花園歇涼亭。……手拿宮扇乘涼坐，狂風吹扇落池塘。……高喊多時無人應，只得自己下池塘，就拿衣裳脫下來。……孟姜轉身下池塘，抬頭看見好心慌。望見有人棕櫚上，小姐連忙穿衣裳。……「立過海誓山盟愿，見我白肉是夫身。」……二人來到廳堂上，隆德一見笑盈盈。……「我也單生只一女，招你為婿結成親。」……家中大小忙碌碌，端正❸花燭做新人，不料好事多磨折，外面頃刻得知聞，團團圍住孟家門，要捉喜良公子身。……麻繩鐵索來鎖住，好像一箇肉餛飩。……「我到長城身必死，

---

❸ 端正，即預備。

小姐出帖另招親。」……「我是終身不改嫁，我夫日後見吾心！」夫妻正在分別苦，欽差催趕不停留。……解到長城身有病，築成三日命歸陰。……孟姜說與爹娘曉：「孩兒定要到長城。」……一路神靈來保佑，七日七夜到長城。……高哭三聲天又暗，低哭三聲地又昏。……高哭三聲城又塌，露出喜良屍骨真。……孟姜痛哭喜良身：「我夫為何造長城！罵聲昏王無道理，屈死我夫喜良身！」……罵君之罪非小可，解來金殿見分明。……萬歲一見龍顏喜，「原來此女貌超群。」……「孟姜若肯嫁朕身，封他正宮第一人。」……「萬歲要我宮中去，依我三件小事情……高橋一座在長城，十里長來十里闊；十里方闊造墳墩；萬歲身穿麻衣孝，親到長城祭丘墳。」……親身御駕祭丘墳。……始皇拜完來思想：「孟姜必定肯應承，……朕今要你宮中去。」孟姜聽見怒生嗔：「將我喜良親夫害，……還想我去逼成親！」孟姜跳入長橋下。……「孟姜貞烈果然真。封他夫妻人兩個：一個封為天仙女，一個封為大王身。」（全歌之六分之一）

　　它說的是秦始皇建造長城，害死一個平民，並且想娶他的妻子為正宮夫人，逼得她殉節。拿這兩篇相比較，不特事實的迥異，即姓名、時代、地方亦絕不相同。要是我們單單看了這兩篇，那麼，誰也不會承認說：「它們所說的都是一人。」

　　假如只因為他們的不相同，而茫茫地就說：「他們一切都不相同，他們絕對是兩人。」這固然是淪於強斷；但倘使貿貿然不加注釋地說：「他們實在是一人。」這也太莽略了。所以我們必得先把他們的傳說的漸變，漸變的傳說，細細的加以考究。

第一，我們在《檀弓》上，就可以尋到一篇杞梁同杞梁妻的記載：

> 曾子曰：貴尚不如杞梁之妻之知禮也。齊莊公襲莒於奪，杞梁死焉。其妻迎其柩而哭之哀。莊公使人弔之。對曰：「君之臣不免於罪，則將肆之市朝而妻妾執；君之臣免於罪，則有先人之敝廬在，君無所辱命。」

這篇因為同《左傳》著作的時代相去不遠，所以他們的記載幾乎完全相同。所最要注意的，只是多了「哭之哀」三個字，在這三個字上就顯出漸變的痕跡了。《左傳》上並沒有提起她的哭，《檀弓》上就哭了，而且哭之哀了。

其後在《孟子・告子》篇上，也有一句說到杞梁之妻的事情：

> 華周杞梁之妻，善哭其夫而變國俗。

他把哭字更放大了，不特是哭之哀，並且是善哭其夫；不特善哭其夫，並且能變國俗了。這一來，可見杞梁之妻的哭的聲勢真浩大了。

因為哭的聲勢的浩大，而後世要描寫這個「哭」的，自然非在哭上寫到極點不可。於是劉向《列女傳》上的「齊杞梁妻」條說：

> 齊杞梁（殖）之妻也。莊公襲莒，殖戰而死。……杞梁之妻無子，內外無五屬之親既無所歸，乃枕其屍於城下而哭。內誠感人，道路過者莫不為之揮涕，十日而

城為之崩。

既葬，曰：「吾何歸矣？夫婦人必有所倚者也：父在則倚
父，夫在則倚夫，子在則倚子。今吾上則無父，中則無
夫，下則無子，內無所依以見吾誠，外無所依以見吾節，
我豈能更二哉，亦死而已！」遂赴淄水而死。

他因為要極力寫杞梁之妻的哭的聲勢之大，雖已說「內誠感人，
道路過者莫不為之揮涕」，猶以為未足，一定要說到「十日而城
為之崩」，於是比「變國俗」更覺得有力，才算是描寫得透徹了。

哭到如此，真是無以復加了，於是它的變化又在歌的一方
面進行。在「既葬曰」的一段裡，就可以看出杞梁之妻又有善
歌的傳說來。再有，蔡邕《琴操》的「杞梁妻歎」條說：

〈杞梁妻歎〉者，齊邑芑殖之妻所作也。莊公襲莒，殖
戰而死。妻歎曰：「上則無父，中則無夫，下則無子，外
無可依，內無所倚，將何以立；吾節豈能更二哉，亦死
而已矣！」於是乃援琴而鼓之曰：「樂莫樂兮新相知，悲
莫悲兮生別離，哀感皇天兮城為墮。」曲終，遂自投淄水
而死。

「古詩十九首」上也說：

誰能為此曲？無乃杞梁妻！

在這上，可見杞梁之妻的歌曲在漢代流行的狀況。（現代的孟姜
女唱春，便是這一類的東西。）她變國俗的哭聲雖沒有傳下，而

後起的歌曲倒至今盛行，這也不是作《檀弓》和《孟子》的人所想得到的。

以上所引據的書，雖是這段故事已經有著變更，而齊侯只是齊侯，杞梁只是杞梁，杞梁妻只是杞梁妻，伐莒只是伐莒，正像蠶的幼蟲時的變化一般，不過長大、變白，但形式還是一樣。牠變化得最快最奇特的時候，只在成蛹、成蛾的當兒。像現在所傳說的孟姜女送寒衣，自然已在蛾的時代了；而從蠶成蛹，從蛹成蛾的時代乃自晉至元之間。

在《樂府詩集》裡，我們可以得到兩首對於杞梁之妻的歌詞。吳邁遠的一篇沒有大關係，我們不必去提。貫休的一篇，是很重要的。他說：

> 秦之無道兮四海枯，築長城兮遮北胡。築人築土一萬里，杞梁貞婦啼鳴鳴：「上無父兮中無夫，下無子兮孤復孤。」一號城崩塞色苦，再號杞梁骨出土。疲魂飢魄相逐歸，陌上少年莫相非。

真是一個重大的變更！他所說的幾乎完全同古來所傳的不同，而都與現代所傳的相似。像齊侯的轉為秦始皇，伐莒的轉為築長城，都城的轉為長城等。所留著沒有變換的，只有姓氏了。正像蠶的成蛹，一切都不同了，只留著圓滾滾的身體，節節的段紋罷了。

在貫休之後的書，我們再拿《孟子疏》來看，就見到其中一段關於此事的傳說：

或曰：「齊莊公襲莒，（梁）逐而死，其妻孟姜向城而哭，城為之崩。」竟連她以前所說的名字都變更掉了！雖則他還懷疑

而不敢決定的說，然而當時這種傳說的普遍，使得作經疏的人也不得不採用，他的勢力之大也可知了。在這上，我們可以知道在撰《孟子疏》的時候——宋——杞梁妻的一部分已經變為孟姜了。

至於元明之間，歌曲盛行，當然不少關於此事的傳說、記載，只可惜我們無力去蒐尋，或者連書本也燬滅了。我們只可在曲錄裡頭，尋出三種關於此事的歌曲。

《孟姜女》（唱尾聲）　一本——金人所作。

《孟姜女送寒衣》　一本——元彰德鄭廷玉所作。

《孟姜女》　一本——王靜安先生按說云：「見沈璟南《九宮譜》中。與金人院本，元人雜劇名目相同，然其下註為傳奇，又入南曲，知為明人傳奇無疑矣。」

我們雖僅僅見了目錄，不知道它的內容，但我們總可以斷定它們所說的，一定是變更後的孟姜女，一定是與現在傳說差不多的孟姜女了。至於杞梁的轉變為萬喜良，當亦在這個時期之內。（喜良同杞梁，是音的轉變，至於加出一個萬字，不過要拍合到「一人可抵一萬人」的意思。）

有了以上的種種的證據，而我們就得到一個斷論，高聲放膽的說：「杞梁同萬喜良，杞梁之妻同孟姜女的確都是一人，不過他們的轉變是漸漸而不是驟突罷了。」

我們知道了孟姜女故事的轉變如此，就可以依著此例證明一切古來傳記的不可靠。這本是不可免的事。假如我們集了幾十個人在一處，用一句簡單的說話轉輾遞傳，傳到最後的一個，一定會同最先的一個所說的大為差異，更無論時代的遠隔，記載的浩瀚，有無數造成這種變遷的機會了。

（民國十二年十二月一日作；文學研究會會刊《星海》上發表）

西王母故事的衍變

施芳雅

梁蕭統《文選・序》云：

> 式觀元始，眇覿玄風，冬穴夏巢之時，茹毛食血之世，
> 世質民淳，斯文未作；逮乎伏羲氏之王天下也，始畫八
> 卦，造書契，以代結繩之政，由是文籍生焉。《易》曰：
> 觀乎天文，以察時變。觀乎人文，以化成天下。文之時
> 義遠矣哉。若夫椎輪為大輅之始，大輅寧有椎輪之質。
> 增冰為積水所成，積水曾微增冰之凜。何哉？蓋踵其事
> 而增華，變其本而加厲，物既有之，文亦宜然。隨時變
> 改，難可詳悉。

這一段文字講述文學的起源與進化，言簡意賅，他眼光燭
照，洞察出這一個律則 —— 時變能帶動人文之變，人文之變也
能促進文體之變的一連串關係。雖說一件事體歷經千年百載，
的確「難可詳悉」，但若能掌握一切人文變化的原委與跡象，再
從文籍裡循序漸進，那麼事體發展、衍變的本末，雖不中，亦
不遠矣！稽考西王母傳說的衍化，也是如此。藉著考索西王母
衍變的過程，不僅可以從中了解她衍化的背景，且能得到知識
性的增廣，更可以得到趣味性的滿足。西王母是如何由斯文未
作時的遠古的神話，演變為附會於歷史故事的傳說，最後蛻變
為道教典籍裡的女仙，而成為民間流傳的信仰。真可以說是時
義遠矣哉！西王母在傳說的內容上不僅有明顯的演化過程，而

傳統表現在文辭上更是變本加厲，踵其事而增華，藻飾繽紛，
目不暇收。今即以西王母事體衍變的先後，分為三大綱領略加
說明：一為神話傳說階段的西王母；二為道教傳說中神仙化的
西王母；最後為文學藝術上的西王母，與民間信仰的西王母。

一、神話傳說中的西王母

「神話」與「傳說」的性質並不相同。一則可以從人們對
它的態度信仰與否——即是視之為神聖或不神聖這一點加以分
辨；二則從它內容的時間性——是屬遠古的或是屬近代的；三
則從空間背景——是另一世界的呢？或是屬現實世界的？以這
種分類方法可使「神話」與「傳說」不致混淆❶。但是由於經
過長時間的累積，以及人文不斷的演進改變，當初或是屬於現
實世界的、近代的、並非神聖的「傳說」，卻可能因為人們對它
的渲染或言語的誤傳而將它幻想成另一個遙遠的、非現實界的、
神聖的「神話」。《山海經》、《穆天子傳》裡的西王母，可以說
兼具了神話與傳說的性質，實在難以強加區分。

西王母最初在《爾雅‧釋地》中，只是四荒之一，和北方
的觚竹、南方的北戶、東方的日下，同為昏荒之國。但記載於
《山海經》書中的西王母，可能經過語言上的誤傳，和意象歪
曲的記憶，內容已經有多種不同的描述了：

⑴西王母的狀貌：

> 如人豹尾，虎齒善嘯，蓬髮戴勝。（〈西山經〉）
> 戴勝，虎齒有豹尾，穴處。（〈大荒西經〉）

---

❶ 此分類方法採自鮑亞士 (Boas F.) Mythology and Folklore 之說。（參自《文
化人類學‧導讀》，唐美君先生文）

梯几，而戴勝杖。（〈海内北經〉）

(2)西王母的居處：

> 西三百五十里曰玉山，是西王母所居也。（〈西山經〉）
> 西有王母之山，壑山海山，有沃之國，沃民是處，沃之野，鳳鳥之卵是食，甘露是飲，凡其所欲，其味盡存。
> （〈大荒西經〉）
> 西海之南，流沙之濱，赤水之後，黑水之前，有大山，名曰崑崙之丘，……此山萬物盡有。（〈大荒西經〉）

(3)西王母的陪侍：

> 百獸相群是處，有三青鳥，赤首黑目，一名大鵹，一名少鵹，一名曰青鳥。（〈大荒西經〉）
> 有三青鳥，為西王母取食。（〈海内北經〉）
> 有獸焉，其狀如犬而豹文，其角如牛，其名曰狡，其音如吠犬。見，則其國大穰；有鳥焉，其狀如翟而赤，名曰勝遇，是食魚；其音如錄，見，則其國大水。（〈西山經〉）
> 有神，人面虎身，有文有尾。（〈大荒西經〉）

(4)西王母的職司：

> 司天之厲及五殘。（〈西山經〉）

這些記載描述，容或不同，但差異不大，可以證明是口耳

相傳時所造成的衍誤。由西王母狀貌的描述，可以推測這是尚
處於遊牧生活的傳說，由西王母的職司，可推知已是添加了農
業社會人民敬畏天神之精神的自然流露。而且一再表露出對物
質豐足的渴欲，甚至有不必自己取食，有鳥侍餵的幻想。因此
我們可以說《山海經》裡的西王母，給我們的意象是人獸合成
的妖怪，牠在物質上豐腴無缺，使人們對牠既羨又怕。早期人
類心中，常充滿可怕的怪物信仰，此在妖怪的神話中，以為牠
必代天行某些禁屬和懲罰的工作，而使人產生「射者不敢西嚮
射。」（〈大荒西經〉）的敬畏心理。但在這些文字中，卻還沒有
涉及到牠精神是否不死的觀念，也還未突出神的個性，性別更
無從分辨——不知是屬女神或男神，予人只有兇特的感受，概
念卻是模糊的。

西王母在信史資料中也有幾則約略的記載：

《尚書大傳》：

舜以天德嗣堯，西王母來獻白玉琯。

《戰國魏史官記》：

穆王十三年壬辰西征見西王母。

《史記》、〈周本紀〉、〈秦本紀〉、〈趙世家〉：

周穆王使造父御西巡狩見西王母。

北魏酈道元著《水經·河水注》：

周穆王使造父馭見西王母。

晉太康二年，汲縣人不準盜發魏襄王陵墓，得《穆天子傳》六卷，記載周穆王西征事；其中一段載有穆王見西王母事。《四庫提要》將此傳置於小說類，因為傳中所載西征事，時、地都難詳考，致使後世讀《穆天子傳》的人以為這是根據片斷史實再加以渲染杜撰的神話傳說。唯近代法、英、德、日等國學者作了許多考證與推斷，西王母乃被紛紛議論，或說是古波斯的襄西陀王，或說是阿拉伯之示波女王，或認為只是某一地區人民的首領，甚至沒有性別的界定……，這些推定不一，卻都表示了西王母乃是一中國本土外的西方女王❷。

近人顧實在《穆天子傳西征講疏》，從傳中西王母與穆天子間的儀節與對詞，推定西王母是穆天子之女。顧氏以為：

> 穆王十三年西征，其女未必已老，而遽稱西王母者，是必尊大其稱號，將以鎮撫西荒也，更即此以推唐虞之西王母，當如是也。

而西王母代穆王鎮撫之地，顧氏以音訓推定乃今之波斯。他又說：

> 西王母之邦宜自有其本名，曰沃民之國，曰三危之國。

---

❷ 說是古波斯襄西陀王者為法 Henri Yule，說西王母是阿拉伯之示波女王者為德 A. Forke，未明西王母為女性，而止譯作人民 (People) 之首領 (Chief) 者為英 E.J. Eitcl（《穆天子傳西征講疏》附錄：日英法德譯《穆傳》及關於穆王、西王母之文件）。

此外，復以產文木、鴕鳥證之；又以為傳中之少廣即是少原即是都廣，也就是現今的波斯高原。《穆傳》中的阮隃就是崑崙，在大夏西邊，也是現今的波斯，從這兩點來佐證。然則，西王母的身分是不是如顧氏所說的周穆王之女?或是西方女子?文獻不足，實難定於一說。唯一可肯定的，西王母明顯地突出女性的性別，現在可見的書籍中，仍以《穆天子傳》為最早。

漢人曾根據穆天子西征見西王母而有石刻。石刻中穆王車馬浩蕩，隨侍者雙手恭捧器物來見西王母；圖中西王母端坐高臺；危髻華冠，神態頗為傲然，儼然有女王之風，與《大荒西經》虎齒有豹尾的西王母直不可同日而語❸。

《穆天子傳》中的西王母幾近神格化，且有部分人性化，若將《穆天子傳》中穆王見西王母的篇章獨立，已經頗具組織，而且也有幾分文學氣息，可視為一篇頭尾有秩的完整神話故事。史載穆王曾西征犬戎（見〈周本紀〉）。且說「西巡狩，樂而忘歸」（見〈秦本紀〉）。又按《尚書·禹貢》云：「織皮：崑崙、析支、渠搜，西戎即敘。」因此編寫這段神話，想當然地以為穆王既征西戎，崑崙屬西戎之國，崑崙居有西王母，於是東西人神二君主會觸瑤池，而且酒後互相約辭，必再會首；穆王且說「將復而野。」西王母則願「將子無死。」這兩句對話可令人推想此段是承繼早期的傳說，並開展出後世神仙信仰的典型神話。由於「野」字還殘存傳說中「沃野」的跡象，而「將子無死」已是幻想的神話；結構之完整，已不是《山海經》片斷記載的叢殘小語了，這實在是西王母傳說在形式內容上的一大轉變。

至於西王母神祕不死的神僊性質，《莊子·大宗師》云：

---

❸ 見《穆天子傳西征講疏》附件拓影漢石刻。

> 夫道，有情有信，無為無形，可傳而不可學，可得而不
> 可見，自本自根，未有天地，自古以固存；神鬼神帝，
> 生天生地；……伏戲得之，以襲氣母；維斗得之，終古
> 不忒；日月得之，終古不息；堪坏得之，以襲崑崙；馮
> 夷得之，以遊大川；肩吾得之，以處太山；黃帝得之，
> 以登雲天；顓頊得之，以處玄宮；禺強得之，立乎北極；
> 西王母得之，坐乎少廣，莫知其始，冥知其終。

將西王母視為得道的神人真人，更是玄妙！這是往後道教的上清經派所以奉西王母為最崇高神祇之一的發端。神話時期西王母即以《山海經》和《莊子・大宗師》篇為典型代表。

二、道教傳說裡的西王母

魏晉以降，西王母的形象大不同於前。因為有很特殊的時代背景和思想背景，與純粹幻想式的神話不能一概論之。西王母由粗糙的神話性質轉變為精鍊的神仙傳說，這其間關係到社會上一個特殊階層——方士、道士。方士、道士在正統的思想史上，並不為一般士人所重視，在文學史上，似乎更沒有他們的地位，往往是被忽視，被認為不入流，荒誕不經的。但若換另一角度來看，將會發現他們影響力的深厚。第一，從民俗的狀況來看，他們的思想曾眩惑過不少君主，更左右了大半民眾階層。第二，從小說史的發展來看，他們實在是中國舊小說源起的創始者。方士、道士能對社會產生如許大的影響力，是何等因素使然？首先必須對他們的歷史作一番溯源：

⑴方士的原始承傳——巫覡：

「方士」一詞據《史記・秦始皇本紀》說：

悉召文學方術士甚眾，欲以興太平。

這些方士在當時也稱神僊家，他們的工作性質，〈封禪書〉明白地寫道：

> 為方僊道，形解銷化，依於鬼神之事。

乃是原始巫覡的衍變。王國維《宋元戲曲史》引用《楚語》對巫覡所下的定義，並解釋巫覡在歷史上的興衰。他說：

> 巫之興也，蓋在上古之世。《楚語》：「古者民神不雜，民之精爽不攜貳者，而又能齊肅正……如此則明神將之，在男曰覡，在女曰巫。」……商人好鬼，故伊尹獨有巫風之戒，及周公制禮，禮秩百神，而定其祀典，官有常職，禮有常節，古之巫風稍殺，然其餘習猶存。……周禮既廢，巫風大興，楚越之間，其風尤盛。

王國維這段話，反應出巫在人類宗教信仰上與其文明發展的重要關係。略觀世界宗教史，可以發現巫覡各地都有，尤其是在古中國、極北、北美等原文化區的諸民族，巫覡所扮演的角色在當時社會是很特殊的。處在這些地區的民族，人類學者稱之為薩瞞教區，薩瞞教區的宇宙觀也極為特異，他們相信北極星在天中央，以為北極星是天之釘、釘星，或金柱、鐵柱，及太陽之柱，是天上宮府；而在地面則有崑崙的中央大山與北極星相應，是天帝的下都，眾神仙升天下地往來的路徑。因為有這種源於崑崙神話信仰與北辰信仰的崇拜，於是乃產生了可

以在天界飛翔的宇宙觀。巫遂變成神與人之間的溝通者，天神的下降必要以巫為憑依，所以相傳巫覡能來往天地之間，具有見神的宗教經驗❹。

最初，巫覡在宗教儀式和典禮之中負責以歌舞娛樂神靈，或以獨特的禱詞和解神靈的忿怒，使勿降禍於地。漸漸地他們運用各種魔術，能呼風喚雨，能使人生病，並為人療病，古代巫醫常是不分的。還能預知吉凶禍福，能夠與神靈接觸或邀神靈附身；更能用符咒法物等作各種人力所不及的事；他們這些工作，對一般民智不開的社會，正可應合民眾希望或恐懼時的需要。因此他們無疑地是在支配這些民眾的生活。

時代愈晚，人類在各方面的認識愈進步，巫覡的地位就慢慢降低了。社會封建制度崩潰後，民智大開，各種思想學說紛陳；比較具有野心的巫者，深深覺得無知識不足以表彰他的邪說邪術，更無法打入上層階級。於是他們更加精練巫術，吸收各方哲學與思想，成為各種操術不一的流派。〈封禪書〉說：

> 騶子之徒，論著終始五德之運，……騶衍以陰陽主運顯
> 於諸侯，……而燕齊海上之方士傳其術不能通，然則怪
> 迂阿諛苟合之徒自此興，不可勝數也。

陰陽家所以能與九流並列，在於他們能取他方的學術思想以建立自己陰陽五行變化始終的理論，而終能顯運於諸侯，達成他們一心干祿的慾望。其後愈演愈烈，胡適《中古思想史》說陰陽家：

---

❹ 參李豐楙先生，《魏晉南北朝文士與道教之關係》第五章第三節：天仙說與北辰信仰，地仙說與崑崙神話。

表面上頗能掛出一面薄薄的自然主義的幌子，用陰陽五行等之自然界的勢力來重新說明「感應」的道理。

又說：

> 氣類相感的說法，（即是）人受天地的精氣，人的精神也是一種精氣，物類能以陰陽同氣相感動，人與天地也能以陰陽同氣相感召。在這個像煞有介事的通則上，遂建立起天人感應的宗教。……（而）成為中國的中古宗教的基本教條。

陰陽家將早期民間宗教的迷信加入了新的理論，又有君主的提倡，國家的尊崇，漸漸成為國教。胡適又說：

> 古代的宗教有三個主要成分：一是一個鑑臨下民而賞善罰惡的天。一是無數能作威福的鬼神，一是天鬼與人之間有感應的關係，故福可求而禍可避，敬有益而暴有災。

可見陰陽家說對中國宗教信仰影響之大，使後期道教的發展有雄厚的理論根據。陰陽家顯於諸侯後，各方怪迂阿諛苟合之徒也相繼而出，有以採補導引服餌之術而成為房中、神仙家的，有以占驗推步禳解卜相而成為數術家的，這些都是出於方士。他們一方面尋求神仙方藥，一方面也參與祭祀封禪，成為上承早期之巫術，下啟駁雜道術的關鍵。《史記・封禪書》載武帝封禪時不用儒生而信方士，說：

自得寶鼎，上與公卿諸生議封禪，封禪用希曠絕，莫知
其儀禮，而群儒采封禪尚書周官王制之望祀射牛事。齊
人丁公，年九十餘，曰，封禪者、合不死之名也，秦皇
帝不得上封，陛下必欲上，稍上即無風雨，遂上封矣。
上於是乃令諸儒習射牛，草封禪儀，數年，至且行。天
子既聞公孫卿及方士之言，黃帝以上，封禪皆致怪物，
與神通，欲放黃帝上以接神僊人，蓬萊士，高世比德於
九皇，而頗采儒術以文之。群儒既不能辨明封禪事，又
牽拘於詩書古文而不能騁。上為封禪祠器示群儒。群儒
或曰，不與古同，徐偃又曰，太常諸生行禮，不如魯善，
周霸屬圖封禪事，於是上絀偃霸而盡罷諸儒不用。

由此可見巫術成了方術之後，對整個社會——上至帝王，
下至平民——的影響力更大。而這種影響力的造成，一方面雖
然是因為方士的奇術所形成的口傳宣騰的結果；另一方面則是
因為他們有了知識，除了自神其術之外，還能講述帶有奇異性
的傳聞、故事，而成了街談巷議之語；更重要的是方士蒐集神
仙志怪的書，甚至著手自撰，別立為方術系統的小說，這一系
統的小說使中國在秦漢魏晉以前所立下「小說」一詞，即是代
表志怪、異聞的觀念根深柢固。影響不可謂不大，而中國以後
的傳奇、話本，或長篇小說如《平妖傳》、《女仙外傳》也都是
從這系統一路發展下來的。因此論及中國舊小說的緣起，方士
也佔了一席重要的角色。

(2)方術與小說的關係：

班固《漢書‧藝文志》有諸子出於王官說法。其中講到小
說家云：

小說家者流，蓋出於稗官，街談巷語道聽塗說者之所造也。孔子曰：「雖小道必有可觀者焉，致遠恐泥，是以君子弗為也」，然亦弗滅也。閭巷小知者之所及，亦使綴而不忘，如或一言可採，此亦芻蕘狂夫之議也。

班固所講的「小說」和後世之搜神志怪屬於方術系統的小說，本質上雖然不同，但是後者受前者的影響是毫無疑義的。經近人稽考稗官是天子之「士」，他的職責是採傳言於市而問謗譽於路。〈藝文志〉所錄小說家十五家，由伊尹說至黃帝說凡九家，疑屬於先秦以前的書，即是出自稗官系統，自封禪方說以下六家，則是武帝以後之書，屬於方士系統。前九家之言以小喻大，以明人事之紀，特識之小者；桓譚所謂「治身理家有可觀之辭」，所以天子的小官也加以採摘。到了戰國末期，說神道仙之事漸盛，遠方的奇事異物騰播人口，此類傳聞與當初「街談巷語，閭里小知者之所及」類型的「小說」有別。這些奇事傳聞都是因方術而傳播開來的。封禪方說是武帝時欲藉封禪致仙，乞求不死的方術。待詔臣安未央術，應劭云：

道家也，安養生術，為未央之術。

未央之術就是養生方術。又《虞初周說》九百四十三篇，注云：

河南人，以方士侍郎，號黃車使者。

據〈封禪書〉所載，虞初為方士，善禁咒等祕術。張衡〈西

京賦〉云：

> 匪惟翫好，乃有祕書，小說九百，本自虞初，從容之求，
> 實俟實儲。

吳薛綜注云：

> 小說醫巫慶祝之術，凡有九百四十三篇，言九百，舉大
> 數也，持此祕術，儲以自隨，待上所求問，皆常俱也。

由此可知方術系統的小說就是記載方士、道士們的一些奇
異怪特的傳聞與神術，這些傳聞包括那些鮮為人知，且帶有神
祕色彩的地理誌，而神祕的特殊環境所流傳的奇聞奇事正是方
士、道士所樂於傳揚的，人們好奇之心所樂於聽聞的。所以到
漢世雖也有列士，但不聞有傳達民語之事，稗官之名存而實亡
❺。

方術系統的小說取代稗官系統的小說地位，成為新出之體。
這新出的小說風貌因為有陰陽五行之理，有採補導引的養生之
方，有治疾占驗等機祥小術，又有地理博物之學，遂成為志怪、
鬼神、異聞瑣語的總匯，如《博物志》、《搜神記》等，都是方
術類型的小說。道教傳說的西王母，在內容上與取材上亦與方
術道士有關，而其中以《漢武故事》，和《漢武內傳》最為詳盡，
藉著雄才大略的漢武帝作為傳揚的工具。他們為了宣傳方術，
不取秦始皇而取用漢武帝，毋乃是一種政治的勢力所致。由於
秦王的暴政與國祚的短暫，人們遂不願捏造故事來附會，而偏

---

❺　余嘉錫，〈小說家出於稗官說〉，載《輔仁學誌》六卷一期。

以華采的篇章來附會在漢武帝身上，這與武帝的武功強盛而本身又好迷信的性格有極大的關係。

秦始皇時縱容方士，到漢武帝時更是「怪迂阿諛苟合之徒代有人出」，主要是由於武帝的宗教迷信異於常人。從少年時拜長陵女神君始，至晚年天地各種神祇亦無所不拜；所謂上有好之者，下必有甚焉者，李少君、謬忌、少翁、欒大、公孫卿、勇之、公玉帶、寬舒等輩出，獻出各種神怪奇方，寵遇頃一世。那位張衡在〈西京賦〉提到的「小說八百本自虞初」的侍郎方士，就是出入在武帝宮中的一個。武帝在遭到巫蠱事件之後，未久亦就死了，方士之遺風並不因武帝之死而稍滅，相反地卻風起雲湧更加熾烈，到東漢，道教終於興起，方士、道士合流，挾帶著一股龐大的潮流，向民間潮湧而來，中國廣大群眾的宗教心理與思想形態，大大受到這股潮流的影響；而其影響之所以如此深遠，泰半是由於社會之變遷與政治動盪的結果。歷經漢末的紛亂，三國的爭持，晉初的殺風，民眾的精神受盡鞭笞、折騰，宗教與信仰成了民眾生活重要的依傍，道士乃假借老子之道與陰陽家說以及佛教教義來籠絡民眾。入教修道的道士仍一面傳授方術、修養（諸如服食燒煉之類），一面編纂經典，而且開始以文學的方式來傳達他們的思想和精神，以取信百姓。因此人間一世雄霸之主的漢武帝和玄虛而易造成慈聖榮美的西王母遂成為撰寫小說的主要對象。

（一）《漢武故事》

《漢武故事》舊題班固撰，然司馬光曰：「《漢武故事》，語多誕妄，非班固書，蓋後人為之，託固名耳。」小說附名於史家，求取信於人的心理至為明顯。《四庫提要辨證》：「疑葛洪別有《漢

武故事》，其後日久散佚，王儉更作此以補之。」以為《漢武故事》嘗經王儉之手。《漢武故事》據內容考證，成書不會早至魏晉，王儉為齊人，其專長又在目錄、載籍，亦奉道法，《漢武故事》為其所作，非不可能。全書以武帝自生至死為經絡，而間雜方士事跡，方術異事。今據近人鉤沉舊籍，略窺其概：通篇舊史雜事約佔三分之一；餘均封禪，方術之類。篇中有述及西王母、鉤弋夫人事，宗教性色彩不濃，但不失六朝雜傳的風格。

⑴故事中西王母的陪侍與裝束：

> 七月七日，上於承華殿齋，日正中，忽見有青鳥從西方來集殿前。上問東方朔，朔對曰：「西王母暮必降尊像，上宜灑掃以待之。」

傳說神話中的青鳥為西王母取食，而《漢武故事》的青鳥還兼了報信的任務，成為西王母與漢武帝間的使者：

> 是夜漏七刻，空中無雲，隱如雷聲，竟天紫色，有頃，王母至，乘紫車，玉女夾馭，載七勝，履玄瓊鳳文之舄，青氣如雲，有二青鳥如烏，夾侍母旁。

西王母的裝束甚為華麗；與《山海經》之群獸相伴也大異其趣。描寫女神下降，神仙氣氛甚是濃厚。

⑵故事中表現的道教思想與色彩有如下一段之敘述：

> 上迎拜，延母坐，請不死之藥。母曰：「太上之藥，有中華紫蜜，雲山朱蜜，玉液金漿；其次藥有五雲之漿，風

> 實雲子，玄霜降雪，上握蘭園之金精，下摘圓丘之紫柰。
> 帝滯情不遣，慾心尚多，不死之藥未可至也。」

西王母所謂的不死之藥，即是方術中服食煉丹之類，都是滿足人類欲求延生的奇想，武帝在這兒只是一象徵性的人物。在魏晉時代的社會裡，上至皇宮貴族，以及文人學士，下至市井小民，無不有食石延生，求貌美的神仙想法。但西王母以一至尊女神的地位，明喻武帝不死之藥不可得，於是：

> 因出桃七枚，母自噉二枚，與帝五枚。帝留核箸前。王母問曰：「用此何為？」上曰：「此桃美，欲種之。」母笑曰：「此桃三千年一著子，非下土所植也。」

武帝吃過桃，大概覺味美非常，留著桃核預備自己栽種。西王母說三千年方才一次著子，如此輕描淡寫一句話，已夠凡俗人對神仙界遐想了。自有這一段西王母與桃子的故事以後，桃子遂成為志怪小說中的重要仙物。

桃在古代中國民眾的心目中是避邪的植物，人們認為樹木也有精靈，可以用來驅邪、守護；如現代剛果的黑人崇拜一種樹名為彌耳倫 (Mirrone)，常把它栽種在家的旁邊，似乎把它當作護家的神一樣。《左傳》昭公四年：

> 桃弧棘矢，以除其災。

《周禮·夏官·戎右》：

贊牛耳桃茢。注：「桃，鬼所畏。」

可知桃在古代中國即為民眾所崇拜。在《淮南子・詮言訓》更有一則趣味的典故：

羿死於桃棓。注：「棓大杖，以桃木為之，以擊殺羿，由是以來，鬼畏桃也。」

《後漢書・禮儀注》又云：

夏至陰氣萌作，恐物不楙，……以桃印長六寸方三寸，五色書文，如法以施門戶，止惡氣。

而宗懍的《荊楚歲時記》又說：

插桃符其旁，百鬼畏之。

這些民間的習俗後來竟成為道教的儀俗。如在《六帖》中就說：

正月一日造桃符著戶，名仙木，百鬼所畏。

目前中國民間在七月鬼月時，門楣上插避邪的草木以驅鬼；或是某尊神明出巡趕鬼時，行經的家門亦必插上草葉，以防鬼祟竄入家中，可見這習俗的淵源是良久了。最初桃只是單純可以避邪，並沒有說是神仙所植的果樹，至道士的附會，才說是

「仙木」。道教之十善中，第七念是「放生養物，種諸果林。」在這果林中，當然必包括避邪的桃，道教中的神仙只吃清果，忌食五葷，因此神仙自己所植的桃叫「仙桃」是理之當然。而且這桃的功用也與仙人之品位成正比。西王母的桃「三千年一生實」，侍女董雙成的蟠桃「千年一度生」，竟還頗有等級哩！

(二)《漢武內傳》

《漢武內傳》舊題班固撰，或有不題撰人，如《隋書・經籍志・宋志》。張柬之謂葛洪所傳。《四庫全書總目》持存疑之說曰：「此本舊題班固，不知何據？……其文排偶華麗，與王嘉《拾遺記》，陶弘景《真誥》體格相同，其殆魏晉間文士所為乎？」從內容來看，《漢武內傳》是以上清經教派為主的宗教性文學作品。與《漢武故事》內容雖相近，但著書的動機則大不相同，《漢武內傳》為教內撰述，多行家語，藉武帝之事跡為經，貫串成說，講服食養生，採文學形式以為解說。而所採取的藍本有張華《博物志》、道教的《道迹經》和《茅君傳》等，完全成了道教化的女神❻，有因襲之處，有增飾之部分，形象大為改變。

(1)西王母來現前使者的演化：

> 帝夜閒居承華殿，東方朔、董仲舒侍，忽見一女子著青衣，美麗非常。帝愕然問之。女對曰：我墉宮玉女王子登也，向為母所使，從昆山來。語帝曰：聞子輕四海之祿，尋道求生，降帝王之位而屢禱山嶽，勤哉有似可教

---

❻ 見《魏晉南北朝文士與道教之關係》第五章第二節：魏晉南北朝仙道類雜傳考述（下）。

也。從今百日清齋，不閑人事，至七月七日，王母暫來
也。帝下席跪諾。言訖，玉女忽然不知所在。帝問東方
朔：此何人。朔曰：是西王母紫蘭宮玉女，常傳使命。
往來扶桑、出入靈州。交關常陽。傳言玄都。阿母昔出
配北燭山仙人。近又召還，使領命祿。真靈官也。

西王母傳訊的青鳥衍化為有名姓的仙女王子登，而且譽為
使領命祿的靈官。也道出西王母和其他仙女所遊的地方。

(2)描述群仙來現的景象：

帝於是登延靈之臺，盛齋存道，其四方之事權委於冢宰，
至七月七日，乃修除宮掖之內，設座殿上，以紫羅薦地，
燔百和之香，張雲錦之帳，然九光之燈，設玉門之棗，
酌葡萄之酒，躬監肴物，為天官之饌。帝乃盛服立於陛
下，勒端門之內，不得妄有窺者，內外寂謐，以俟雲駕。
至夜二更之後，忽天西南如白雲起，鬱然直來，遙趨宮
庭間，須臾轉近，聞雲中有簫鼓之聲，人馬之響，半食
頃，王母至也。懸投殿前，有似鳥集，或駕龍虎，或乘
白麟，或乘白鶴，或乘軒車，或乘天馬，群仙數千光耀
庭宇。

刻意地設計神仙蒞駕的排場之外，對西王母的服飾儀態更
加誇飾。

(3)西王母形像：

唯見王母乘紫雲之輦，駕九色斑龍，別有五十天仙側近

> 鸞輿，皆身長一丈，同執絲毛之節，佩金剛靈璽。戴天
> 真之冠，咸住殿下。王母唯挾二侍女上殿，侍女年可十
> 六、七，服青綾之袿。容眸流盼，神姿清發，真美人也。
> 王母上殿東向坐，著黃金褡褥，文采鮮明。光儀淑穆。
> 帶靈飛大綬。腰佩分景之劍，頭上太華髻，戴太真晨嬰
> 之冠。履玄璚鳳文之舄。觀之年可三十許，修短得中，
> 天姿掩藹，容顏絕世。真靈人也。

更深一層地描述西王母女性之美，這都是出於人的幻想而添加之藻飾，正投合魏晉人文學之所好，繽紛濃豔，華彩奪目，神仙氣象自是不凡。且文中又再一次地詳述武帝欲藏桃核事，加深了後來讀者的印象，造成西王母與蟠桃不可分的意象。於是後之好事者索性捏造個時證物證來加以注解。在《宛委餘編》中有云：

> 洪武時出六庫，內所藏蟠桃核，長五寸廣四寸七分，前
> 刻西王母賜漢武桃宣和殿十字。

繪聲繪影，儼然真有此等事實。不僅在一般傳說上附會成為事實，在文學上更有據此而成為一編美文的。

在西王母與漢武帝的故事中，還有一個主要的配角人物東方朔。東方朔在武帝時代即已表現出他本身的傳奇性，《漢書》本傳贊云：「朔之詼諧逢占射覆，其事浮淺，行於眾庶，童兒牧豎，莫不眩耀。而後世好事者因取奇言怪語附著之朔。」應劭的《風俗通》云：「俗言東方朔太白星精，黃帝時為風后，堯時為務成子，周時為老聃，在越為范蠡，在齊為鴟夷子皮，言其神

聖，能興王霸之業，變化無常。」東方朔既好奇言奇語，又喜逢占之術，倒頗類當時方士，故常為人之談助，方士們撰寫《漢武故事》也不免就要把他列為佐助的配角了，而他滑稽突梯的個性也有助於內容的趣味性。

以上兩篇是具有情節性的故事，近於小說的性質，並未能從中看出西王母完整的概念，只是很縹緲的一位年可三十許，容顏絕世的女神人而已，她的完整性還須從道教的經典中去尋求。道教經隋唐至宋，由於君王的崇尚，所以發展至為迅速，隋文帝的開皇年號就是直接採自道書的。唐時幾乎視道士為宗室，宋真宗、徽宗尊奉道教更盛。在這期間道教乃別採佛教的理論，著書更多，就《集仙錄》所載西王母要比《漢武內傳》中的西王母更具佛家色彩。《內傳》中的「太華髻」、「太真冠」、「靈飛大綬」皆止於道教用語，至《集仙錄》中已有「三界」、「十方」之說。

《集仙錄》中西王母才被徹頭徹尾的撰述。生於何地，姓什麼，住何處？而且正式列名在道教神仙譜中；再雜以五行之說，冠上金字加她一個名號曰：「九靈太妙龜山金母」。為西華之至妙，洞陰之極尊。甚至與經過衍化的東王公相匹講 ❼。說他倆共理陰陽二氣，「育養天地，陶均萬物」。將西王母說成天地造化之始者，宇宙創化二元之一元，又由於母字的概念，說她「母養群品」，而且還試圖予她更形上的解釋。依道教之說法，人身中具有萬神，而五臟之神最重要，西王母是屬其中之一，《老子中經》說：

---

❼　《神異經》：「東荒山中有大石室，東王公居焉，長一丈，頭髮皓，人形鳥面，而虎尾、載一黑熊，左右顧望。」此為漢世西王母傳說表現於雜著者。

西王母者，太陰之元氣也。姓自然，字君思，下治崑崙，上治北斗，華蓋紫房北辰之下，人亦有之。在人右目之中，姓太陰，名玄光，字偃玉，夫人兩乳者萬神之精氣，陰陽之津沕也。左乳下有日，右乳下有月，王父母之宅也。上治目中，戲於頭上，止於乳下，宿於降宮紫房，此陰陽之氣也。

《山海經》中具體怪誕的形貌描寫，經過漢代民俗傳說而變得玄虛難解。這可以說是西王母傳說的劇烈脫形，而道士是主要的操觚者。

綜合《穆天子傳》、《漢武故事》、《漢武內傳》與《集仙錄》（即戰國末期至唐代），西王母的衍化已由人性化而達到形上的最高層次，這四個故事與理論的濃縮，可見〈仙佛奇蹤〉一段：

西王母即龜臺金母也，得西華至妙之氣，化生於伊川，姓緱諱回字婉姈（或衿），配位西方，與東王公共理二氣。調成天地，陶鈞萬品，凡上天下地，女子之登仙者咸所隸焉。居崑崙之圃，閬風之苑，玉樓玄臺九層，左帶瑤池，右環翠水。女五華林、媚蘭、青娥、瑤姬、玉卮。周穆王八駿西巡，乃執白圭玄璧謁見王母。復觴王母于瑤池之上，母為王謠曰：「白雲在天，山林自出，道里悠遠，山川之間，降子無死，尚能復來。」後漢元封元年降武帝殿，進蟠桃七枚於帝，帝欲留核，母曰：「此桃非世間所有，三千年一實耳。」偶東方朔於牖間窺之，母云：「此兒已三偷吾桃矣。」是日，命侍女董雙成吹雲和之笛，王子登彈八琅之璈，許飛瓊鼓靈虛之簧，安法興歌玄靈

之曲，為武帝壽焉。

西王母體系建構於焉完成，人們取用也便利了起來，上階層的文士騷客將她賦之於文學作品中，成為文學之點綴，取的是她的神祕感與美感，下階層民眾經道教的渲染將之形象化（為之塑像）尊為眾神祇的一女吉神，取的是她的恩慈可以趨吉避凶、求福納利。《爾雅》中極西的地名，《山海經》中可怖的形象早為人遺忘殆盡了！

三、文學藝術中的西王母

西王母的故事在後代的詩、賦與章回小說、異聞筆記裡，常為人所引用，更為壁畫的好題材。如揚雄〈甘泉賦〉：「想西王母，欣然而上壽。」則西王母與祝壽有關；又如〈張衡傳〉：「聘王母於銀臺兮。」馬融〈廣成頌〉：「納僬僥之珍羽，受王母之白環。」傅玄〈正都賦〉：「東父翳青蓋而遐望，西母使三足之靈禽。」鮑容〈懷仙〉詩：「西母持地圖，東來獻虞舜。」都用傳說神話之典而入詩；唐代李白在〈大獵賦〉揶揄道：「哂穆王之荒誕，歌白雲于西母。」李商隱最善用典，乃引《漢武故事》以成詩：「玉桃偷得憐方朔，金屋修成貯阿嬌。」又云：「如何漢殿穿鍼夜，又向窗前覷阿環。」大體詩中的西王母只是純粹的點綴而已。但到明朝，就出現一篇特製的長賦，明廖明南在其《殿閣詞林記》云：「洪武八年五月丁丑，上御端門，召翰林詞臣，出示巨桃半核，蓋元內庫所藏物，其長五寸廣四寸七分，有刻『西王母賜漢武桃』及『宣和殿』十字，命宋濂撰〈蟠桃核賦〉。」此賦可見於四部叢刊《宋學士文集》，賦長七百六十八字，其製作態度與漢賦作者一致，所謂「初則極其形容，終則一歸於正」。

盡述漢武與王母故事，其中亦頗多議論諷諫之詞，典雅豐贍，甚是可讀。其寫西王母則云：「鬱佳氣之蓊蘢，覿芳姿之妍靚」，「蘭辭吐兮襲人，縹袂舉兮高騫。」其寫桃核則云：「斯核也，匪鑄而成，非陶而凝，藉五行之亭毒，資六氣以流形。鄙瓠犀之脆薄，並玉質之堅貞。」寫武帝則云：「恣燕齊之方士，騁詭辯之奔騰，瞻雲路之咫尺，恨凡骨之難登，以雄才之蓋世，甘昏溺而不醒。」故下其警策曰：「何殷鑑之不遠，踵覆轍其相仍……以九州為仁壽之域，脩兆民於喬松之明……視區區之遺核，初何繫乎重輕！此所以革往古之荒唐，法唐虞以作程也。」旨皆在諷諫明太祖勿入神仙之想，其賦末乃言：「頗意此核非漢武時物，未必其言之足徵也，姑書之於後，以俟後之君子。」

除詩賦之外，小說中更頻頻引用「蟠桃會」之事，如《西遊記》第六回寫孫猴王大亂蟠桃會，最是精采；《鏡花緣》第一回寫西王母瑤池賜芳筵，百花仙子約同百草仙子、百果仙子，和百穀仙子十位仙姑等齊赴蟠桃會，繽紛至極。至於後代的筆記中，由於西王母已廣為流傳，民間的筆談染有濃厚的神道、鬼技色彩，如宋沈括在其《夢溪筆談》就有一則怪異的記載：「予在中書檢正時，閱雷州奏牘，有人為鄉民咒死，問其狀，以熟食咒之，膾炙之類牛者復為牛，羊者復為羊，必金帛求解，金帛不至，腹裂而死，觀其咒語，但云：『東方王母桃，西方王母桃。』兩句，其他但道所欲，更無他術。」今姑不論此事之可否徵信，但可知王母與桃之流為道士作邪術時使用的工具是可以預知的。

談及有關西王母的壁畫，則是近數十年來之事。漢人的石刻，莊嚴板重是其特色，與敦煌的西陲壁畫自是不同，這些壁畫藏於維多利亞時之阿爾博物館，描寫西王母瑤池盛會，眾仙

雲集，全部都是女性，人物造型苗條秀麗，婀娜多姿，構圖優美，線條流暢。其中有一幅王母乘鸞輿赴瑤池盛會，仙姬簇擁左右，彩幅飄揚，氣象萬千，另有一仙姬手托銅爐，香煙繚繞直上九重天，所著服飾華麗，飄帶飛揚，綽約而多姿，眾仙女弄樂，起舞，水袖揮動，五彩迷離，目不暇給！真如宋濂賦中所言「睠瑤池而神騁！」文學藝術上的西王母帶給人們的是豐腴的美感和無盡的幻想，引發對女仙世界的幽玄遐思！

從早期西王母形象歷經多次變化，以至到目前仍為民間重要的信仰，原因是中國人有很獨特的宗教意識和宗教生活。一位研究中國文化的學者拉圖萊 (Kenneth Scott Latourette)，以比較宗教的角度分析中國人的宗教生活一般特徵：㈠自由的；㈡寬容主義；㈢樂觀主義（慈悲、熱愛正義，最後能更有力戰勝邪惡）；㈣強烈的倫理解釋（尤以道教最強調社會與個人）；㈤輕信迷信；㈥最大特徵是折衷主義與混合主義。民間對於西王母的信仰幾乎完全符合這些特徵。我們從〈封禪書〉中可以看出中國人是一個多麼複雜而紛紜的多神信仰的民族。早期的古代中國即已如此，再經時間的遞進和累積，神祇的增加就更難勝數了。早期拜自然神，傳說、神話人物，再次拜祖先，神格化的歷史英雄聖賢，以及拜道教、佛教所造的神仙……。西王母就是漸漸衍化之後變為籠絡一般平民的女神之一，她的職能也隨著時代而變遷，依著人的詮釋而更異。

雖然在目前這個現代化的社會裡，許多人都仍深信神靈下界顯聖的事跡，因而在神明顯靈的地方亦即是廟堂建立的所在。西王母在今日仍被許多善男信女所崇拜，這是極大的因素。據說民國三十九年之舊曆二月十八日，瑤池金母（降真）下界在今花蓮縣境之吉安鄉北昌村，有關人士乃藉此而為之立廟，他

們也設許多教義，雜揉中國傳統的各方哲學之淺近的理論，和儒家濃厚的倫理觀。從他們編纂的典籍中，有眾多的各教神仙替代王母訓示民眾的訓詞，諸如孔子、濟公禪師、觀音、九天司命、達摩等等，所言皆是教人三綱五常、行善積德、修身養性、早出迷津、度己度人、振起頹風、挽救世道之理。他們的特色誠如他們自家所謂「無分教別，善則俱納一體。」是很典型的折衷主義和混合主義。他們是屬道教之丹鼎派，因此還保留傳統的修行工夫，這工夫有內丹、外丹之分，內外兼修就是煉精化氣，煉氣化神，煉神還虛，保持真性常存，靈光不滅，保全長生之道。這是道教與道家融合的一大特色。他們進而要喚醒世人個個向善積德，上守國法，為國勤勞，下守戒律，潔修己身，這又是儒教精神的表現。除此之外，每年之開堂紀念日有慶祝大典，在典禮中有抬神輿、赤足過火的情景，則又是保留最原始的巫覡行為的證明。

因此可知現在民間崇拜西王母，是含有極複雜的歷史背景與淵源流長的宗教傳統，以及民眾意識之變遷。依有關方面資料表示，目前臺省除花蓮總堂之外尚有一百五十三個分堂，甚至遠及日本與菲律賓。她在民間的影響力竟如許之普及，因此她的略歷更值得我們加以考索了。

參考書目

《史記會注考證》

《漢書》

《後漢書》

《晉書》

《南北史》

《山海經圖說》　畢沅校注　新興

《山海經神話系統》　杜而未　學生

《水經注故事鈔》　鄭德坤　藝文

《博物志》　張華　商務

《中國古代神話研究》　王孝廉譯　地平線

《中國古代宗教研究》　杜而未　學生

《中國宗教思想史大綱》　王治心　中華

《崑崙文化與不死觀念》　杜而未　學生

《道教史》　許地山

《文化人類學》　林惠祥　商務

《中國的文化》　周成堂譯　商務

《中國中古思想史長編》　胡適　胡適紀念館

《中古文學史論》　王瑤　長安

《穆天子傳西征講疏》　顧實　商務

《漢魏六朝文彙》　中華

《中國社會與文學》　勞榦　文星

《民俗學論叢》　羅香林　文星

《中華文物》　地球出版社

〈小說家出於稗官說〉　余嘉錫　《輔仁學誌》六卷一期

《魏晉南北朝文士與道教之關係》　李豐楙　自印

（轉載自聯經《中國古典小說研究專集》第一輯，民國 68 年）

〈三現身〉故事與《清風閘》

馬幼垣

　　兩三年前，包公故事在臺港風靡一時，單是某家電視臺，一口氣便推出了三百多集的包公劇。去年，美國一些地方的教育電視臺（沒有商業性節目和廣告的），也選播這些包公劇，可惜，我因長期研究性旅行，整年居無定址，這些電視劇一部也沒有看過。

　　雖然這些包公電視劇和為數較少的包公電影和舞臺戲，我都不詳其內容，但以常理論，要在短短一兩年間編寫數以百計，在內容上絕不可能避免重複，甚至公式化的劇本，無論如何粗工濫做，總非易事。《龍圖公案》、《三俠五義》等資料，各編撰先生早必已翻上千百遍。但《龍圖公案》僅得一百則故事，內容大同小異的又不少，更有若干則簡短得不能稱得上是完整的故事，如果用坊間《包公案》、《包公奇案》一類簡本，便更麻煩，通常僅得六、七十則故事，就是《三俠五義》也不可能給編撰者太大的幫助，在這部一百回的長篇小說裡，一過了開始的二十餘回，包公連影子都不見了。換句話說，編撰者如果不是主要靠自己的想像力，就只有找尋其他冷僻的包公資料。我在這裡要介紹的，就是一部不常見的小型包公章回小說。

　　中國的傳統故事（包括小說、戲劇及各種說唱文學的故事），若環繞一固定題材而發展，如楊家將故事、岳飛故事，多半是越往下發展，情節人物越是繁雜，重點往往不像西方文學傳統之就舊有內容重新評析，使原有情節和人物以新姿態出現（Ulysses 故事是一例），而是讓內容不斷增演下去。楊家將的

傳上好幾代不要說，還加上媳婦、寡婦，正好說明中國傳統故事在發展上的擴伸性。包公故事雖則多是短製，就是在長篇包公說部內，每一環節也多是各自為單元的，在發展過程中本難產生連續擴伸性的作用；但是這種擴伸性在包公故事長期發展過程中，還是十分常見的現象。

明末馮夢龍所編《警世通言》內，第十三卷〈三現身包龍圖斷冤〉，對研究小說的人來說，還不算太陌生。近年張心滄先生在他的 Chinese Literature: Popular Fiction and Drama (Edinburgh, 1973) 書中，不單把整篇故事以瀟灑的英文譯出，加上註解，還在譯文前附一解題，交代各種基本資料和張先生自己的研究結果，深入淺出，論前人所未道，是一篇很有學術價值的文字。但以張先生之博碩，也沒有一提《清風閘》這本小說。

在未談《清風閘》以前，讓我們先弄清楚〈三現身〉的主要情節：押司孫文找算命先生占卦，算命先生說他當夜三更便死，押司以自己無病無疾，自然不信，回家和妻子說了，其女迎兒也知道此事，哪知當夜押司竟往屋旁跳河而死。後數月，其妻改嫁，新郎入舍，竟又是另一名姓孫的押司。一日，當迎兒正在廚下燒火，其父現身，著迎兒為其伸冤，把迎兒嚇得驟然昏過去。其母及小孫押司因是以為迎兒不應再留在家中，遂安排迎兒嫁給遊手好閒的賭徒王興；婚後家徒四壁，備受折磨。其間老押司又再現身，贈以銀兩。事情的真相王興亦漸明白，且欲助迎兒白其事。後押司第三次現身，給迎兒一小紙，上書隱語三聯，迎兒和王興均不懂其意。未幾，包公初入仕途，上任為知縣，夢中見一對聯（即押司給迎兒隱語之第二聯），不知所指，遂錄聯語於衙門外，以求能解其意的。王興看見聯語後，即投訴包公，原來那張小紙竟已成白紙，包公卻不厭其煩的詳

加審問，因而了解聯語所言，即孫押司為其妻及小押司合謀勒死，沉屍井底。後至現場查勘，果如此。所謂投河自盡，不過以大石投入河中作為掩飾，案情遂大白。包公因破此案而名聞天下。

以中國傳統公案小說的一般水準來說，此篇不過是中品之作，犯了好幾點西方偵探小說作家共認為大忌的毛病，如破案全仗鬼神的干預，不讓讀者知道某些重要線索（押司妻與小押司在婚前早有來往，就是不能事先讓讀者知道的事）；但和其他公案小說比起來，此篇尚不算太差，起碼給包公這個掛頭銜的角色相當的出場機會。他所佔的篇幅總在五分之一以上，在一般有關包公的短篇小說裡，能有這麼樣的分量已經很不錯了。

這篇故事究竟作於何時，很難達到確切不移的結論。如果在毫無佐證之下，相信早期職業說話人所用資料集《醉翁談錄》所記名目「三現身」（無內容提要），就是此篇；那不僅是孤文獨證，也可說是武斷，不考慮同名異事之例，在中國通俗文學裡是如何普遍！說來還是以韓南 (Patrick Hanan) 在《中國短篇小說年代、作者及組織》(*The Chinese Short Story: Studies in Dating, Authorship, and Composition*) （一九七三年）一書所考訂的，較為穩當；他以為《警世通言》這篇故事是元或明初之作，而且篇中有明代地名。如果此篇是元明之際的作品，《龍圖公案》（明末）編者在左砌右拼之餘，竟沒有採用此篇故事，更證明我以前在別處已經說過的，《龍圖公案》不僅是湊合各種盜版資料而成的書，而且連湊合也做得極草率。

如果〈三現身〉此篇故事的年代，從韓南所論定，那麼現在要談的《清風閘》小說，在時間上，和〈三現身〉之間該有一段相當的距離；中間有無媒介性的作品，不得而知。《清風閘》

四卷共三十二回，以故事發生地的地名為書名。作者是浦琳，李斗《揚州畫舫錄》中說他是評話能手。李書有乾隆六十年（一七九五年）自序，書中記揚州事皆耳目所及，因此浦琳的職業和時代背景是不成問題的。這些孫楷第早說了，問題倒是《清風閘》此書現在已經是十分稀見，坊本偶然還是有的，所見數種，都是民初胡協寅的校本（上海版）及其翻版，書首聲明有刪節和把回目簡化。讀小說，非全本善本不讀，這幾乎是我這十多年來治小說的第一原則。經過四、五年，僅找到兩部線裝本，一是哈佛燕京學社圖書館的民初油光紙本，一是巴黎國立圖書館的清版。現在的討論，就是用哈佛本為基礎。

《清風閘》雖然有三十二回，書則是薄薄的，每回都相當短，除了人名的改動外，故事大綱跟〈三現身〉是一樣的，技巧和表現則頗有分別。〈三現身〉在破案以前，沒有讓讀者知道孫妻和小押司早有曖昧行為，在迎兒第一次遇見其父鬼魂前，小押司連出場的機會也沒有。這些《清風閘》都已改正過來，把小押司先以螟蛉子的身分引進孫家，改名孫小繼，並由老押司介紹其往衙門當押司，如此便彌補了上述的漏洞，而且給小押司和老押司的同姓同職業那種巧合以適當的解釋。〈三現身〉還有一欠解之處，孫妻為迎兒生母，年紀再小也有限了，那小伙子怎會跟她搭上？《清風閘》的作者也看出此點，把孫妻（易名強氏）安排成年輕繼室，女兒（易名孫孝姑）為正室所出，年齡上的矛盾也就不復存在。

如此說來，《清風閘》這書，開始幾回，確是中規中矩的，只是背景說得詳盡了，誰是兇犯，哪用法官去審查？作者先敘述孫小繼的好嫖嗜賭，繼說母子亂倫，所以當老押司說出占卦之事，奸夫淫婦便借機行兇，一切都是順勢發展，作者乾脆就

直接描寫，讓讀者親睹他們行兇。換言之，對於案情，讀者早比尚未出場的法官知道多了。這是一反傳統西方偵探小說的成規，因這些小說作家都盡可能不讓讀者在偵探查得真相以前，知道犯人的身分。前兩年以八十高齡去世的英國女作家 Agatha Christie，她的作品，多屬此類。《警世通言》的〈三現身〉故事，與此稍近；但《清風閘》既然讓讀者目擊案發經過，和此類西方作品，自然距離極大，但卻頗似現在流行的電視犯罪劇，如大家所熟悉的「夏威夷特警」片集（Hawaii Five-0；臺譯「檀島警騎」，「警騎」二字欠允）。幾乎每一劇都是以案發經過開始，然後敘述警方如何按部就班地偵查，以至破案。因為讀者早知一切，破案過程絕不容含糊馬虎，偷工減料；所以這類故事的扣人心弦，不在真兇的撲朔迷離，而在警方的步步緊迫，終使真兇就範。破壞此氣氛最甚的，莫如假鬼神以破案；這等於說，辦理此案的司法人員，無法用他們自己的本領和智慧，去達到讀者早已知道的事情。

〈三現身〉固然已犯此病，到底讀者尚未確知真兇和案情，緊張氣氛猶存，而且那似通不通的聯語，亦增加辨別真兇過程的困難和迷惑，故包公的智慧在破案經過中仍產生相當的作用。《清風閘》的情形則不同，讀者早已詳知一切，法官的靠鬼神破案，只顯得其低能和草率。這點作者看來也明白，把包公的第一次出場拖至第二十七回；那時孝姑之夫（易名皮奉山），早已改變其無賴行徑，發了橫財，變成當地有數的富豪，弄了個員外郎的名銜，地方官吏對他也另眼相看；這也就是說，為岳丈伸冤，他再也不像以前的毫無憑藉，包公之重要性也隨之減少。

正因為待包公出場時，押司案的情勢及孝姑的處境已大為

改進，作者遂另加一案，一則多佔點篇幅，二則藉以宣揚包公辦案的神奇。先以判斷一案的神速，來增加鄉民對新任縣官的信心，使真正主案的事主敢公然投訴。這種手法也不自《清風閘》始，《古今小說》（即《喻世明言》）第十卷〈滕大尹鬼斷家私〉中，早已用過。不過，這個作為引導的一案也著實太「神奇」了，說有一老婦，其子被虎吃了，包公即派親信張龍、趙虎入山尋虎，虎見二人即俯首讓他們加上鐵鎖，待包公審問時，老虎點頭認罪，包公遂賞老婦人一串錢，並著老虎去贍養老婦人。對於老虎之行動，固然毫無解釋，包公賜婦人以虎，著她以後靠虎為生，更是莫名其妙。

到包公處理押司案時，亦不似〈三現身〉的層次有序，荒誕則更甚，如果說〈三現身〉中的鬼魂報信，正如莎士比亞《哈姆雷特》(*Hamlet*) 劇一樣，是天人共憫，冤魂不息的悲劇表現；《清風閘》並沒有以此為重心，老押司在女兒面前的出現，只是輕輕帶過，包公未上任前，孝姑已富甲一方，並生貴子，原有那淡薄的悲劇成分，也就更淡薄了。除了包公剛到縣上來的時候，遙見一家煙囪裡冒出一隻手，向他招了一招外，包公和老押司的冤魂，並無交際。後來包公命衙差持高腳牌，在縣內巡視，徵詢冤情，牌上卻寫著〈三現身〉故事內那幾對聯語，可是從不說明聯語的來歷，聯語內容也不加解釋。這已不單是使用鬼神資料的問題，而是寫作技巧上的缺陷。

說起寫作技巧，《清風閘》中有關包公的數回，實在糟透。在審問押司案當中，竟又擠上別的案件，短短三數回，全部解決，其間情節和線索的交代，自然不可能理想。其中一件是老押司之弟孫文理在外經商遇害，其妻復被誘殺案。其實押司之弟從未正式出現過，第一回開始時，即說他們兄弟失去聯絡，

至第二十八回再提到孫文理時,他已給賊人謀害了。我懷疑此人物的加插,是因為押司案以上述各種情形,無多大機會讓包公一顯身手,所以增此以證明包公之存在的價值。在一般傳統公案小說中,很少嘗試兩三件案同時審查的,可能是因為這些公案小說多半是短製,難於容納繁瑣的情節,就是《三俠五義》前面幾回所述的幾件案子,也是一件完結後,才開始另一案的;能夠同時辦理數案,而井然不亂的,恐怕僅《武則天四大奇案》的前半部。《清風閘》最後數回,如果能夠增點篇幅,細節交代清楚,也許效果會比較好一點。

這最後數回的倉促,不可能是為了篇幅無法增加,舊小說根本也沒有篇幅的限制這回事。即以此書而論,書中多的是浪費筆墨的地方,如:

> 小繼奉奶奶之命,就喊起來:「我瘋了,我陡然瘋了,甚麼瘋,大麻瘋、白點瘋、羊兒瘋、臟頭瘋。」不曉老爺得了一個瘋症。吊(該是跳)下水去,小繼仍在快口內(?)說:「王母娘娘請赴蟠桃會,我要做皇帝了。」(第七回)……「奶奶呀!世上四隻足蝦蟆多,三隻足的蟾竟少。」「我也不論鬍麻破綻,癩腿瞎子;我一不要人(材)出眾,二不要衣服鮮明,三不要行財下禮,四不要有財有勢,五不要來往上門,六不要選他門第,七不要家中興旺,八不要下沒陳行,九不要讀書商賈,十不要酗酒撥打,撒潑無賴。」……(第十回)
> 他把邀請單一拿,昏天黑地,在(再?)看邀單上又沒名,只別張寫道:王老二叫扠雞,徐二叫瘦子,吳四叫瘋子,潘老大叫軍犯,黃大爺叫流徒,陳三叫鐵槍,胡老六叫

木狗，蔣五叫虎子，余七叫小如，卞八叫矮奪子，起九叫草頭繩，代十叫黑蝴蝶，管老爹叫青竹梢，陶老大叫鬍子，白四叫尖嘴，楊二叫歪溜，高福叫肥腿，顧五叫鬼不搭，沈六叫氣鼓登子，李六叫賊太歲，姜女叫瘰癧郎。——原文以插詞形成排出（第二十六回）

對於吃的和進補之物，更是每每不避其煩地開列，如：

大爺被奶奶纏出病來了，骨肉都消了，……大爺瘦得不成人形，奶奶天天蓮子煨粥，老鴨煨得稀透的，煮的是晚米飯將養他，奶奶又合了一料人參丸，每天服三頓，開水送下。天微明，奶奶起來，親手用麻油打雞蛋別子，代大爺潤潤心，滋滋肺，降降火，奶奶誠服伺候，漸漸扶養復原。（第八回）

二老爺打發人去請廚子，喊茶酒，中兩桌，中上要六碗頭、燒肉、煎魚、蝦圓、掌蛋、燒黃芽菜、煨雞、四小菜。晚上吃的十六碟，要魚翅、海參、蟶蜞、熊掌、燉鴨、螃蟹炒索麵、河豚魚；碟子要火腿、板鴨、搶蝦、鹽西瓜子、米花糖、糖菊、仁核、炒蹄筋、炒雜拌、炒腰子、炒鴨舌；四小菜、四點心、兩米、兩麵。（第十九回）

次日，五爺起來，淨面洗口，用了天王補心丹，……鹿脯子、雞汁湯、白藕、龍井茶，漱口。不一刻工夫，擺中飯吃，專候一眾匪友赴席。（第二十六回）

作者既有此逸致去詳記此等細節，按理不該沒功夫去使案

件的處理合理化。前面所引之例，很可能和說書有關，浦琳既
是揚州一帶有名的評話藝人，我們現在見到的《清風閘》雖然
不一定能代表浦琳說書時的腳本，必定仍保存相當的原貌，那
些鋪陳引伸的段落，配上說書時的音樂拍和，想是特別為觀眾
欣賞的部分；那些維揚美饌，說不定還使老饕們垂涎三尺。此
外，書內還有不少韻文插詞（坊本多刪去），以供和樂演唱，如：

> 再言一眾匪友，猜拳行令，一個說：三個和共是一樣，
> 落地無聲是蓬雪，四足能行是個驚，要得一樣變三樣，
> 筒長竹子劈成篾，落地無聲是蓬霜，四足能行是個獐，
> 要得一樣變三樣，木頭改變作成槍，落地無聲是蓬霧，
> 四足能行是個兔，要得一樣變三樣，棉花研細織成布。
> （第十四回）

這些在說唱文學裡，都有一定的作用。至於處理案情的規律化，
恐怕不是這種說書形式所容易表達的。

　　在故事情節上，《清風閘》上承〈三現身〉，這點該無大問
題。包公在《清風閘》，出場的次數和所佔的分量，雖然不能說
重，但所表現的形象，卻影響到《三俠五義》去。《清風閘》裡
的包公擁有鐵扎刀、鋼扎刀、石簾子、大夾棍、銅扎、鐵扎等
傢伙；在《三俠五義》裡，包公有龍頭鍘、虎頭鍘、狗頭鍘、
杏花雨等刑具。在兩書中，包公用起這些法寶來，都不留餘地，
不是用以斬決犯人，就是用來拷問逼供。《清風閘》成書在一七
九五年左右，上面已說過；石玉崑的《三俠五義》也是由說書
（即石派子弟書）演變而成的小說。其早期說書階段是道光末
年的事（準確日期還需詳為考定），上距《清風閘》整整五十年，

其間的演化，可以說成一直線的。

過去研究中國通俗文學的學者，絕大多數都是以一書或一作者為範圍。遇上《說岳全傳》、《三俠五義》一類作品，其主要人物是經過漫長歲月演衍而成，變易的過程也不限於一種文體；單以一書為研究範圍，即使盡窮此書本身的上承下變，局限性仍終不能免。

近年比較文學興盛，大家開始在「主題研究」(Thematic studies) 上下功夫。在中國文學內，此種課題甚多，包公自然是其中顯著之例，其他如孟姜女、王昭君、董永、八仙、目蓮、劉知遠、楊家將、呼家將、狄青、岳飛、白蛇等，都是極繁繞的問題，牽涉長時期的演化和好幾種不同的文體，而且往往還需借重西方學者對西方同類文學作品的研究，以資啟發參證。由於此等問題的異常複雜，對研究者來說，挑釁性也增加。在這裡討論〈三現身〉故事和《清風閘》、《三俠五義》的關係，是希望藉以喚起大家對這種課題的注意，如果多幾位學長，像王秋桂（劍橋大學）的研治孟姜女，許文宏（臺灣大學）的考究白蛇傳說，風氣一開，中國通俗文學的研究是可以另開一新紀元的。

　　——《聯合報·人間副刊》，一九七八年四月十一、十二日

從《水滸傳》和《寶劍記》
看「林沖夜奔」

羅錦堂

　　元明兩代的戲劇，為我們塑造了幾個生龍活虎般的英雄形象，令人看後，終生難以忘懷，如李逵、魯達、武松和林沖等是。寫黑旋風李逵的作家，以元代的高文秀最為著名，竟然有《雙獻功》等九種之多；其次康進之的《李逵負荊》，更是普遍流傳，膾炙人口，皮黃戲中的《丁甲山》，就是由康劇改編而成。寫花和尚魯達的有《虎囊彈》，其〈醉打山門〉一出，尤為人所喜愛。寫行者武松的有《義俠記》，寫豹子頭林沖的有《寶劍記》和《靈寶刀》。另外如《水滸記》中的宋江，《燕青博魚》中的燕青，《爭報恩》中的關勝，《黃花峪》中的楊雄，《還牢末》中的劉唐、史進，《翠屏山》中的石秀，《生辰綱》中的晁蓋、吳用，《雁翎甲》中的徐寧，《元宵鬧》、《鴛刀記》和《聚星記》中的盧俊義，《鴛鴦篦》中的王英、扈三娘，《雙飛石》中的張清、瓊英，差不多把《水滸傳》中所收的重要人物，都加以美化而粉墨登場，活生生的在我們面前說話、跳舞、唱歌、起打，比起讀小說來，自然要親切有趣得多了。

　　上面所說的那些綠林好漢，有時出現在小說中，有時出現在劇本裡，有時出現在舞臺上。就拿林沖來說，他最初出現在《水滸傳》的第六回：「花和尚倒拔楊柳樹，豹子頭誤入白虎堂。」我們正式和他見面，是在暮春三月將盡之時。那時，天氣正熱，花和尚魯智深在洛陽城外嶽廟附近的一棵綠槐樹下為眾潑皮們

耍鐵禪杖時:

> 智深……自去房內取出鐵禪杖,頭尾長五尺,重六十二公斤,眾人看了,盡皆吃驚……智深接過來,颼颼的使動,渾身上下,沒半點兒參差。眾人看了,一齊喝采。智深正使得活泛,只見牆外一個官人,看見喝采道:「端的使得好!」智深聽得,收住了手看時,只見牆缺邊立著一個官人。

下面才正式描繪林沖的儀表,形容得瀟灑、幹練,不愧是一個英雄形象,說他:

> 頭戴一頂青紗抓角兒頭巾,腦後兩個白玉圈連珠鬢環,身穿一領單條羅團花戰袍;腰繫一條雙獺尾龜背銀帶;穿一對磕爪頭朝樣皂靴;手中執一把摺疊紙西川扇子。生得豹頭環眼,燕頷虎鬚,八尺長短身材,三十四、五年紀……智深問道:「那軍官是誰?」眾人道:「這官人是八十萬禁軍鎗棒教頭林武師,名喚林沖。」

《水滸傳》中的林沖,就是這麼一副英武魁偉的打扮,真是「貌與常異」的年少軍官。從此便與魯智深英雄惜英雄,結為兄弟。當他們兩人正在談話時,林沖家的侍女錦兒跑來告訴林沖說,嶽廟中燒香的林妻張貞娘,正在和別人合口。林沖這時「急忙跳過牆缺,和錦兒逕奔嶽廟裡來」。他親眼看見一個年少的後生,獨自背立著調戲他的夫人。這時他怒火中燒,趕到跟前,「把那後生肩胛只一扳過來,喝道:調戲良人妻子,當得何罪? 恰待

下拳打時，認得是本管高太尉（俅）螟蛉之子高衙內……先自手軟了。」為什麼一個像林沖那樣威武的禁軍教頭，卻如此懦弱起來？主要原因是怕「太尉面上不好看」。從這一點來說，林沖的修養功夫還算不錯，他在這種場合，還能委曲求全而逆來順受。後來在發配滄州的路上，押解他的薛霸和董超二人，使他受盡了折磨，薛霸在旅店內，用開水燙他的腳，他只慘叫一聲「不消生受！」然後薛霸又罵他時，「那裡還敢回話！」及至到了野豬林，薛霸等把他要綁在樹上拷打，他也一點不敢反抗，僅說：「小人是個好漢……要綁便綁，大人敢道怎地。」及已綁好，薛霸和董超準備要打死他時，還向他解釋說：「高太尉……教我兩個到這裡結果你，立等金印，回去回話。」所謂金印，是宋代的犯人，凡徒流遷徙的，都在臉上刺字，怕人恨怪，遂叫做「打金印」。這時，林沖才淚如雨下，說道：「上下，我與你二位，往日無仇，近日無冤，你二位如何救得小人，生死不忘。」但薛、董二人，並不聽他的話，「提起水火棍，望著林沖腦袋上劈將來，可憐豪傑，束手就死。」正在千鈞一髮之際，魯智深在樹後大喊一聲，用鐵禪杖隔走了水火棍，並要打死薛、董二人，林沖連忙叫道：「師兄，不可下手……非干他兩個事，盡是高太尉使陸虞侯吩咐他兩個公人，要害我性命。他兩個怎不依他？你若打殺他兩個，也是冤枉。」我們讀《水滸傳》讀到這些情節，對林沖一再的忍讓及軟弱無能的表現，和他初次露面時的那一副英雄相，簡直判若兩人。

中間經過《水滸傳》的第七、八兩回，一直到第九回：「林教頭風雪山神廟，陸虞侯火燒草料場。」當林沖因雪壓倒他草料場的房子，晚上無法安身而跑到山神廟中去過夜時，卻看見草料場忽然起火，一燒而光，自思道：「天可憐見，若不是倒了草

廳，我準定被這廝們燒死了。」原來陸虞侯和傅安及一個差撥三
人，奉高俅命火燒草料場，以便燒死林沖的。正好他三人放起
了火後，也跑到山神廟休息，同時三人還洋洋得意，互誇燒死
林沖的功勞，而且打算第二天拾一兩塊林沖的骨頭，回京去見
高太尉和高衙內。這些話，都被林沖聽到了，再也無法忍受，
於是大喝一聲：「潑賊那裡去！」才顯出他的英雄本色，痛痛快
快地分別殺死了那三個走狗，終於一步步被逼迫得走上了梁山
之路。這是一個大關鍵，根據這些有關林沖的資料，把它們加
以剪裁，加以組織而出現於劇本者為《寶劍記》。《寶劍記》的
作者，大家都以為是李開先，其實是先後經過有四人的手筆，
是由「坦窩始之，蘭谷繼之，山泉翁正之，中麓子成之。」❶中
麓子，是李開先的號，可見坦窩才是真正的作者，李開先不過
是集大成罷了。《寶劍記》的主要內容，是敘述林沖與高俅的政
治上的衝突。在《水滸傳》中，林沖逃奔梁山，如前所述，是
因為高俅之子高朋，看上林妻美貌而調戲，林沖不悅，要把高
朋痛打一頓。及至知道高朋是高俅的兒子，才忍耐下去。可是
從此兩家結怨，林沖接著便受到種種迫害，在不得已的情況下，
只有跑上梁山，暫時避禍。在這裡的林沖，完全處於被動的地
位，沒有自己的任何主張。可是到了《寶劍記》，把林沖的角色，
一反小說中的被動為自動，說他與高俅的結怨，是由於痛恨高
俅以他宰相地位，專權用事，損壞朝政。不久，他又看不慣高
俅與蔡京、童貫等相互勾結，狼狽為奸；他們為了要討好宋徽
宗趙佶，乃投其所好，從邊遠地區，搬運大批花石，建造皇都
的遊樂場，弄得民窮財盡，怨聲載道。這時作八十萬禁軍教頭
的林沖，又忍不住了，他便再度上書彈劾，在奏章中，不但指

❶　《寶劍記》刊本卷首，雪蓑漁者序。

責高俅，而且還罵宋徽宗荒淫酒色，寵幸妓女李師師，致使百姓流離，干戈擾攘；並且抱怨說：「每懷苦諫之心，愧少回天之力。」也就是說宋徽宗和高俅是同夥人，一起為害國家，魚肉生民，使朝廷垂危，社會不安。

這樣看來，林沖之所以屢次劾奏高俅，完全是站在為國為民的立場，並無個人恩怨。至於在《水滸傳》中，高俅養子高朋看上林妻貌美而拼命追求的情節，《寶劍記》把它放在林沖刺配滄州之後；從整個劇情上看，只是添了一點枝葉，並非重心之所在。經李開先這樣一改，就大大的提高了林沖的地位，把他的禍福與國家的利害，聯結在一起，他所受的冤屈，就是人民的冤屈，他所受的危難，就是人民的危難。他之所以向惡人挑戰，為民請命，完全是自動自發。當《寶劍記》完成後，李開先頗感自豪，曾經請問過他的朋友王世貞，要他拿高明的《琵琶記》相比，一分高下。王世貞當時回答說：「公辭之美不必言。第使吳中教師十人唱過，隨腔改字，乃可傳。」李聽了，大為不悅❷。而且沈德符也說他「不嫻度曲，所作《寶劍記》，生硬不諧。」❸甚至使「吳儂見誚」。這些批評，都是就音律立論，若單以文辭而言，我想就不能這樣說了，一定是「公辭之美不必言」的。

其他不必說，僅以〈夜奔〉一出的文辭為例，從頭到尾，一氣呵成，真是大手筆之作。因為高俅之陷害林沖，是為了公報私仇，他把林沖刺配之不足，而又欲殺之於野豬林，燒之於草料場，追之於山神廟，弄得林沖喘息不定，連夜奔逃，在投奔梁山的路上，風高月黑，險象環生，他又不斷地惦念著年老

❷　王世貞，《藝苑卮言》。
❸　沈德符，《顧曲雜言》。

的母親、年輕的太太，而自己又生死未卜，前途茫茫，真是萬感交集，傷心不已，接著灑下了英雄末路的血淚。加以音律和諧，鏗鏘悅耳，與秦腔中的《伍員逃國》，先後媲美，所以在歌場中極為流行，出現過不少扮演林沖的名伶，如牛松山、王益友、朱小義、尚和玉、楊小樓、李萬春、侯永奎、茹富蘭等。在這些名伶中，他們的演唱方法，各有不同，有的喜唱南派，如牛松山；有的偏好高陽派，如侯永奎；有的卻好加以改良，如楊小樓、李萬春等。正因為唱法的不統一，而在文辭方面，也就有了出入，雖然只是一字半句之差，卻影響到整個劇情的了解與演出。所以我不揣譾陋，把〈夜奔〉一出的曲辭，加以大概的說明，凡傳唱錯誤的地方，或句意不明之處，都予以簡單的解釋。雖然是戲曲，也得要有個正確的觀念，才不負作者的苦心。因為有些唱崑曲的人，所犯的通病是只顧音律的和諧及板眼的準確，至於文辭的通與不通，就無暇過問了，於是容易造成「口唱心不唱」的毛病，旁人聽起來，也就不知所云了。按全本《寶劍記》，共五十二出，〈夜奔〉為第三十七出❹。內行有句老話「短打最怕動夜奔」。這時的林沖，是夜行人的裝扮，腰掛寶劍，並有長及膝蓋的劍繐，還不時有打飛腳及彎腰等動作。開頭為上場時所唱的〈點絳唇〉曲牌，是屬於仙呂調，與下面的〈新水令〉，不是同一宮調，因為它並非正曲，只是引子的性質。林沖上，唱：

　　點絳唇：數盡更籌，聽殘銀漏。逃秦寇。好教俺有國難投。那搭兒相求救。

---

❹　有《古本戲曲叢刊》本，及《李開先全集》本。

這支曲的前兩句，意思很清楚，林沖說他要在黑夜逃命，迫不及待，以細數更籌，傾聽銀漏來計算時間。更籌，本是古代報時刻用的竹籤，但在這裡是指梆子，以敲打次數的多少來報時，所以要「數」，才能知道早晚。銀漏有兩種說法，一種用盤，一種用壺。前者在銀器做成的大盤中裝滿了水，盤上刻劃出時數，用特別方法，使水按時滴下，聽到多少滴，才能知道是什麼時候。後者是一層層的漏壺，壺裡插著計算時刻的箭，壺中的水，逐漸漏去，箭幹上就露出表時數的紋路來。前者重在聽，後者重在看，曲中之意，自以前說為佳。逃秦寇，有的註解引用陶淵明的〈桃花源記〉中，稱在秦時避亂到桃花源而居，便與世隔絕；因而後世的人，往往稱逃避禍亂為避秦。這個說法，乍看起來，似乎很合理，其實不然。〈桃花源記〉中所逃者為整個國家的禍亂，而林沖所逃者，是高俅一人之迫害。因有此迷惑，有的人為此句作註時，乾脆就不說明它的出典，僅只說「秦寇，凶暴的敵人。」也未免太籠統。有的人則主張逃秦寇一語，是用戰國時的故事，我以為很中肯。我們根據《史記》的〈孟嘗君列傳〉，說齊國的孟嘗君到了秦國，秦人打算扣留他而要加害，他便設計利用部下能以雞鳴狗盜之徒者的機智，終於連夜逃出了函谷關；這與林沖遭遇的情況有點相似。「有國難投」，是林沖感歎自己為奸臣所害，天下雖大，可惜無處有容身之感。「那搭兒相求救」，這是無可奈何的呼聲，所以唱起「那搭兒」三字來，嗓子特別高，尤其「兒」字，帶有淒厲之擻音，更為動人。是說我應該向什麼地方去求人幫助呢？表示既乏容身之地，又少扶助之人，孑然一身，流浪天涯，處此境地，安得不使人下淚！接著下面是八句詩：

欲送登高千里目，愁雲低鎖衡陽路。

是說林沖想要登高，送目遠望千里外之家鄉，但被愁雲封閉，無法看得見。這與李白詩的「總為浮雲能蔽日，長安不見使人愁。」❺是同一境界。念這兩句，著重在「低鎖」二字之上，由於雲之「低鎖」，所以才什麼也看不見了，應該把音調放得高而長，暗含著一「恨」字。

魚書不至雁無憑，幾番欲作悲秋賦。

魚書不至句，承上面「衡陽」而來，魚雁傳書，已成通典，人人都知道，不必再講。俗傳衡陽有迴雁峰，鴻雁到此，即又折回，不再飛越此峰。雁既不來，家中的書信自然也就沒有，更無從託人捎帶書信。只看到眼前一片蕭索淒涼的秋天景物，再想到自己如此悲慘的命運，正如同宋玉一樣，應該寫出一篇悲秋的文字來。這兩句在念時，主要是「悲秋賦」三字，所以扮林沖的演員特別念得音調沉重而短促，使觀眾把每一個字，聽得清清楚楚，然後還要配合上表演的各種動作，才會有激昂慷慨的情緒流露出來。

回首西山日又斜，天涯孤客真難度。

林沖是說自己正當努力報國之時，卻遭此不測之禍，大好光陰，轉眼消磨殆盡；天涯海角，只我一人流浪，旅況孤寂，難以排遣，不知應如何渡過？這兩句的要點，在「回首」二字，所以

---

❺ 李白，〈登金陵鳳凰臺〉詩，見《唐詩三百首》。

要念得重些。「日又斜」之「日」字，有人以為乃「月」之誤，其理由是既云「夜奔」，就不可能看見太陽，何況林沖一出場，就唱的是「數盡更籌，聽殘銀漏。」都是夜間的景象，因之俗本都把此句改為「月又斜」或「月已斜」。但遍查古本，都是「日」而非「月」，然又不得其解。我以為這時夜奔的林沖，有意以逃國的伍員自比。戰國時大將伍員之所以逃離故國，夜過昭關，是受了奸臣伯嚭之害；林沖之所以離開宋都，黑夜逃奔，是受了奸臣高俅之害。他倆所遭遇的情況，完全是一樣。當伍員逃離楚國，到了吳國時，便借吳師伐楚，把楚平王從墓中掘出，鞭屍三百，以報宿仇。林沖焉能不在他日借梁山之兵，以返宋都，而殺高俅以雪恨！當伍員鞭打平王屍時，他的朋友申包胥說：「此豈無天道之極乎？」伍員答道：「吾日暮途遠，吾故倒行而逆施之。」以後，「日暮途遠」，就成為力竭計窮的比喻，猶如旅途行人，前路尚遠而日勢已暮，這正是林沖的寫照。庾信也說過：「日暮途遠，人間何世！」❻此時的林沖，何嘗沒有「人間何世」之感！

　　　丈夫有淚不輕彈，只因未到傷心處。

此二句是說大丈夫是不肯輕易流淚的，而林沖竟然流起淚來了，其傷心可知。念時著重在「未到」二字；下面緊接的「傷心處」三字，和上面的「悲秋賦」三字一樣，要分開來念，才顯得劇力千鈞，令人難忘。從前名伶楊小樓演「夜奔」時，把此二句念得恰如其分，足以使人灑下同情之淚。
　　下面是一大段白口，林沖說明他逃難的原因和目前的處境，

---

❻　庾信，〈哀江南賦〉。

他說：「（白）俺，林沖，只因一時忿怒，殺死高家奸細二賊，幸喜黑夜無人知曉，密投柴大官人❼庄上，蒙他修書，薦往梁山。日間不敢行走，只得黑夜而行。呀！適才天清月朗，霎時霧暗雲迷。前面黑洞洞，想是一座村莊，待俺緊行幾步，上前看來。呀！我道是座村莊，原來是座古廟，雪（一作月）光之下，照見匾額，待我看來：『白雲庵』。且喜廟門半掩，不免挨身而進。（作進廟介）呀！原來是伽藍神聖。神聖啊神聖！保佑弟子（或作俺）林沖，一路之上，無災無難，早上梁山，重修廟宇，再塑金身。（哈介）身上困倦，不免在神座前打睡片刻，起來再行。正是：『一覺放開心地穩，夢魂先已到陽臺。』」這一段獨白，是依照現時舞臺上演出時的語句；還有原來書本上的各種改良的夜奔，彼此都有不同，若詳細比較起來，太瑣碎，太零亂，猶如做校勘似的就味同嚼蠟了。

以下是林沖暫時入睡。崑曲的底本，有伽藍神出來，站在門口說：「生前能護國，沒世號伽藍。眼觀十萬里，日赴九千壇。」又說：「吾乃本廟護法之神，今有上界武曲星受難❽，官兵迫急，恐傷他性命。兀那林沖，休推睡夢，今有官兵過了黃河，咫尺趕上，急急起來逃命去罷。吾神去也！」接著再念四句詩：「凡人心不昧，處處有神靈。但願人行早，神天不負人。」這四句下場詩，作者以好心自有好報來說明林沖蒙神的指點而脫險，「但願人行早」，是指早一點行善而言，自然是藉以勸世，還有些「高臺教化」的作用。可是楊小樓改編的《林沖夜奔》，卻是伽藍神走出臺前，向林沖說高俅遣金槍手徐寧來趕，已到了黃河渡口，

---

❼　柴大官人，即柴進，見《水滸傳》。他是柴世宗的後代，並有宋太祖所賜的「誓書鐵券」，所以享有特權，官方不敢輕易干擾他。

❽　指林沖，古人迷信，以為在世的大人物都是天上的星宿下凡轉世的。

要他快逃云云，這是為了他把徐寧與林沖對打要演出，以便增加劇情的熱鬧。可是吳伯威的《修訂平劇選》，把林沖入睡後伽藍神的說白和出場，完全刪除，只作「睡介」和「片刻後，隱隱作金鼓聲，林復驚醒介」。這樣一改，的確很好，既不落「神人搭救」的窠臼，又不刪除太多的劇情，比較起來，較原本和楊小樓改編本要合理得多，因為他把伽藍神所說的話，改為林沖醒來時敘說他在夢境中的所見，他說：「啊呀！嚇死我也，嚇！嚇！嚇死我也！方才朦朧睡去，忽然夢見官兵追捕於我，不是俺的腿快，險些兒被擒。我想此地離梁山不遠，還是趕路的要緊。不免拜辭神聖，開了廟門，撒開大步，前往梁山走遭也！」說完了這段話，便開始唱：

> 新水令：按龍泉血淚洒征袍。恨天涯一身流落。專心投水滸，回首望天朝。呵哈哈急，急走忙逃。顧不得忠和孝。

這支曲，林沖敘述他自己矛盾的心情和路途上淒涼的景況。第一句說自己痛心至極，不覺眼淚落在衣襟之上。接著說天涯茫茫，一人流浪在外，不知何以自處，只有專心去投奔水滸，以求暫時的安定，可是仍丟不了愛國之心，所以還是不斷的要回頭凝望京都，何時再能歸去。上梁山是不得已的事情，對於盡忠盡孝的事，也就兼顧不得了。

> 駐馬聽：呀！良夜迢迢。良夜迢迢。投宿休將門戶敲。遙瞻殘月，暗度重關，急走荒郊。俺的身輕不憚路迢遙。我心忙又恐怕人驚覺。咿、嚇！嚇得俺魄散魂消。紅塵中誤了俺五陵年少。

原文中〈駐馬聽〉的第一句「良夜迢迢」，並不重，但在唱時，照例要重複一句。反之，「魄散魂消」一句，原文中重複而在唱時卻不需要重複。言在這個漫漫長夜，路途又遠，想找個地方休息一下，但惟恐被人發現，不敢隨便敲門借住，只有在荒郊野外，遠遠地望著一輪殘月，一重又一重地偷偷渡過了關卡，繼續奔跑。主要是因為沒有攜帶什麼行李，走起來輕鬆方便，但又怕被人看出他心慌意亂的樣子，所以心裡非常害怕。回想自己在紅塵滾滾的名利場中，把寶貴的少年時光，完全消磨了。所謂五陵，是指漢代皇帝死後埋葬的地方，計有：長陵、安陵、陽陵、茂陵和平陵。由於那裡的風景優美，豪族富室，都聚集在附近。杜甫〈秋興〉詩有：「同學少年多不賤，五陵衣馬自輕肥。」後人便以「五陵年少」，指貴族子弟，但有時也指青年人，並沒有富貴的意思，這裡正是此意。

> 水仙子：一朝諫諍觸權豪。百戰勛名做草茅。半生勤苦無功效。名不將青史標。為家國總是徒勞。再不得倒金樽杯盤歡笑。再不得歌金縷箏琶絡索。再不得謁金門環佩逍遙。

此曲在歌譜上不載，所以一般演「夜奔」的人都沒有唱。其實文辭相當動人，一連用了三個「再不得」，一句比一句緊湊，把林沖的滿腔幽憤，表露無遺。他悔恨為國出生入死立下的汗馬功勞，已化為烏有，他悔恨不能揚名聲，顯父母。絡索，是指在箏琶等樂器上的裝飾。謁金門，是指出入宮廷而言。大意是說，從此以後，不能再過酣歌醉舞的生活，也不能再穿戴著高貴的服飾，毫無拘束地談笑自如了。唱到這裡，林沖還加白了

一句「想俺林沖征那土番的時節呵！」接著唱：

> 折桂令：實指望封侯也哪萬里班超。生逼做叛國的紅巾，
> 做了背主的黃巢。恰便是脫扣蒼鷹，離籠狡兔，拆網騰
> 蛟。救國難誰誅正卯。掌刑罰難得皋陶。只這鬢髮焦梢。
> 行李蕭條。此一去博得個斗轉天迴，（白）高俅！（接唱）
> 管教你海沸山搖。

〈折桂令〉是〈夜奔〉的主曲。班超是漢武帝時的名將，曾奉
令征伐匈奴，深入到現在的新疆和中亞細亞一帶。明帝時，特
封他為「定遠侯」。這顯然林沖說他自己原來是個熱愛國家的人，
常以班超自許，要保衛邊疆，立功異域，但不幸為情勢所迫，
反變為叛國的紅巾，背主的黃巢了。紅巾，有人以為本是指漢
代末年叛亂的黃巾，由於下句有黃巢，唱起來不美聽，所以改
黃巾為紅巾。但也可以說是指元代末年在安徽和江蘇一帶的紅
巾軍。他們的首領是劉福通，以驅除元代異族為號召，各地響
應，聲勢浩大，可是不久就分散了。黃巢，唐曹州人。王仙芝
作亂，巢曾參與，後來仙芝失敗了，他便收集餘黨，被推為王，
攻陷了長安，自己稱帝。後來被李克用打敗而自殺。自起兵到
敗亡，前後只有十年的光景。林沖本是說他想轟轟烈烈，做一
番事業的，但卻走上背叛朝廷的道路。脫扣蒼鷹三句，音調既
美而舞姿更佳，是〈折桂令〉中的驚句。獵人用以捉捕獵物的
蒼鷹，爪上都拴著皮扣，一旦解開皮扣，便可翱翔萬里。兔子
生性狡捷，如關在籠子裡，只有俯伏乞憐，無所作為，當其遠
離樊籠，就能奔跳如飛，不易捉捕。拆網，一作「折網」，又作
「摘網」，由於形近、音近而容易混亂。蛟龍被網罩住，無法施

展其本領，拆開紗網，方得騰空遠去。林沖唱這幾句時，回憶從誤入白虎堂起，一直到殺死高俅的奸細為止，驚心動魄，時刻緊張，真像是鷹之脫扣，兔之離籠，蛟之拆網，既得意，又害怕。這時他還要表演踢腿、箭步、雲手、鷂子翻身等動作，若沒有火候到家的功夫，是不易面面顧到的。少正卯，是春秋時魯國的大夫，性行惡劣，言偽而辨，大家都很討厭他。當孔子在魯國執政時，不到三個月便殺了少正卯，解救了魯國的危難。高俅正是和少正卯一樣的壞人，卻不見有孔子那樣的正人去除掉他，言下有朝中無人之歎。「掌刑罰」，俗本作「掌刑法」，實誤。皋陶，是舜時大臣，造律立獄，斷事正直，不使無辜者含冤，可是哪裡去找這樣的人才！由於老是替國家擔憂，為自己抱不平，所以弄得兩鬢的頭髮梢子，也乾枯得像燒焦了一樣。倘此一去，如能有了斗轉天迴的重大改變，重新在宦途上得意起來，一定要把高俅弄得海沸山搖，使他坐立不安，永無寧日。

> 雁兒落：望家鄉去路遙。望家鄉去路遙。想母妻將誰靠。俺這裡吉凶未可知，他，他那裡生死應難料。
> 得勝令：呀！唬得俺汗浸浸身上似湯澆。急煎煎心內若油調。幼妻室今何在？老萱堂恐喪了。劬勞，父母的恩難報。悲嚎，歎英雄氣怎消。嗨！歎英雄氣怎消。

以上兩支是帶過曲，唱時應該連在一起。句中「汗浸浸」，俗本誤作「汗津津」；「若油調」本與上句「似湯澆」作對，但一般的曲譜誤作「似油調」、「似油熬」、「熱油調」、「類油調」、或「似火燒」。調，是翻滾的意思，言心中焦急，好像熱油在鍋中翻滾一樣。「老萱堂」，有的唱作「老尊堂」，或「老萱親」。其他各

句，都是一樣。全曲是描寫林沖在路上關懷母親和妻子的安全。

〈得勝令〉中第一句「呀」字，是林沖受到極大壓力後，爆裂出來的一個長歎之聲，音調既高又洩得很長，含有無限不平之氣。劬勞是辛苦之意，見《詩經·蓼莪》篇：「哀哀父母，生我劬勞。欲報之恩，昊天罔極。」他想到對父母養育深恩，無法報答，不禁嚎啕大哭，所以放開嗓子用「悲嚎」二字，唱這兩字時，扮林沖的演員，臉上堆滿淒慘的表情，眼神直射觀眾身上，眼珠凝視而雙手顫抖，表示出無可奈何的樣子。「嗨」，雖只一字，但聲音短促而要有力，方可控制全場觀眾的情緒，接著再重複一句「歎英雄氣怎消」，就把自己內心的無限冤屈，向觀眾完全交代清楚了。

> 沽美酒：懷揣著血刃刀，懷揣著血刃刀。行一步，啊呀！哭，哭號咷。急走羊腸去路遙。（白）天，天哪！怎能夠明星下照。
> 太平令：一霎時雲迷霧罩。唿喇喇風吹葉落。振山林聲聲虎嘯。繞溪澗哀哀猿叫。俺……呵！唬得俺魂飄、膽消。似龍駒奔逃。呀！百忙裡走不出山前古道。

〈沽美酒〉和〈太平令〉，就像以上的〈雁兒落〉和〈得勝令〉一樣，是帶過曲，通常是連在一起歌唱。其中「急走羊腸去路遙」一句，又作「拽長裾急急驀羊腸路遶」。「怎能夠明星下照」，又作「且喜這明星燦燦下照」，意思剛好相反，但衡諸文義，以前者為佳。「一霎時雲迷霧罩」，又作「忽然間昏慘慘雲迷霧罩」。「繞溪澗」句，與「振山林」句作對，但有的唱本作「遠聽得哀哀猿叫」，文義可通，但與譜不合。「似龍駒奔逃」，原本沒有；

通行本唱作「心驚路遙」。有的還把「似龍駒」改為「似龍車」；
「奔逃」，改為「奔槽」。「山前古道」，又作「山前古廟」，似乎
不妥，因為林沖自離開山神廟後，已經走了許多羊腸小徑，不
應再說「走不出山前古廟」。全曲是說懷中雖有雪亮的寶刀，可
是無法去手刃仇人，這是多大的憾事，所以只好走一步，哭一
聲了。但天又黑，路又窄，不易行蹇，再加上風吹葉落，猛虎
長嘯，山猿哀鳴等，處此環境，真是前行不得，後退不能，只
好苦撐下去。有人以為林沖夜奔梁山時，是從河南跑到山東，
事實上這一段路程，並沒有深山大澤，哪裡還會有哀猿猛虎，
於是說李開先寫得失實。卻不知道這正是文學作品中的「藝增」
手法，如果句句要寫實，就不成其為文學作品了。

> 收江南：呀！又只見烏鴉陣陣起松梢。數聲殘角斷漁樵。
> 忙投村店伴寂寥。想，想親悼夢杳。想親悼夢杳。這的
> 是空隨風雨度良宵。

原本〈收江南〉的「想親悼夢杳」，只有一句，但曲譜照例重複
一句。開頭的「呀」字，帶有無限驚恐的音調，表示看到了什
麼，原來是由於天色已明而樹上的烏鴉起飛，才唬得林沖大叫
一聲。「斷漁樵」之「斷」，應作「擻斷」之斷，有催促的意思。
如張小山的〈清江引〉：「杜鵑幾聲烟樹暖，風雨相擻斷。」又丹
丘先生小令〈天上謠〉：「日月走東西。烏兔搬昏晝，把光陰擻
斷的急。」都有催促或催逼的含意。普通的旅客，是天明上路，
天黑住店，而林沖剛好相反，是黑夜行走，天明了便躲藏起來，
就是想要在這時的夢中見母親一面，也杳茫難得，徒喚奈何！
最後「空隨風雨度良宵」句，唱時有的在其上加「顧不得」、「抵

多少」或「這的是」等襯字，若以文意言，應作「這的是」為佳。「風雨」是虛指而非實說，形容環境之惡劣及情勢之急迫，像強風暴雨一樣。「良宵」之良，與前〈駐馬聽〉曲牌中「良夜迢迢」之「良」相同，都是「良久」之「良」，並非「良好」之「良」。有的人又誤作為「涼宵」，就成為「涼快」之「涼」了，似乎不妥。全句是說在這樣長的黑夜裡，真是風風雨雨，空緊張了一場，然而並沒有遭遇到太大的困難，所以唱時加「這的是」三字，有自覺好笑或頗為得意之感。

尾聲：一宵兒奔走荒郊。窮性命掙得一條。到梁山借得兵來，嘚！高俅！誓把那奸臣掃。

「窮性命」三字，有的人只是作夾白而不唱出。「嘚！高俅！」有的作「高俅呀！賊子！」有的作「高俅呵！高俅！」因人而異，並無定說。「誓把那奸臣掃」，有的作「定把你奸臣掃」，是直對高俅叫罵，但高俅並未出場，似應以「定把那奸臣掃」為合理，這樣，就對觀眾有了個交代；至於上句「嘚！高俅！」是氣憤中的呼喚，並非直對高俅說話。原來《寶劍記》，在〈尾聲〉後，還有下場詩，但一般唱本，則作：「前面已是梁山了，走！走！走啊！」啊字的聲音，拉得很長，先由高慢慢低收，這樣，令我們似乎聽到林沖在深山古木中奔騰的腳步聲了。

總觀「林沖夜奔」這齣戲，在動作上或慢或快，在步法上忽高忽低，這是為了劇情的發展而必然有的現象，就是在歌唱時的音調上，也是激昂慷慨，起伏不平。第一段〈點絳唇〉，是散板，包括八句詩和進入山神廟後的獨白。第二段〈新水令〉和第三段〈駐馬聽〉，也屬散板，林沖介紹自己的遭遇和路途周

圍的情況，所以不必要有板眼的限制，由扮演林沖的人，自己依據內心的情感，發出輕重快慢的聲音，所謂「散板曲子要唱準」就是這個原因。「唱準」，乃是要尺寸得宜，不高不低，恰如其分。第四段〈水仙子〉，歌場既不流行，我們就不再有所批評。第五段〈折桂令〉，是夜奔的主曲，南派和高陽派唱法的不同，即從此段開始。最初敘述林沖自己的抱負，是用三板一眼的節奏，既不快，也不慢；然後才是一板一眼的節奏，步步加快，但不能太快，太快就會荒腔走板，令表演的人喘不過氣來，而聽的人也就不易辨清字眼了，所以說：「快板要穩」，能穩，才可表情達意。凡吐字放腔時，口齒需要有力，使人在感覺上是快的。不僅唱法如此，說白也得要快話慢念，字音方能正確而清楚，把林沖抗節不屈，含冤莫白的心境，和盤托出。以後的第六段〈雁兒落〉，第七段〈得勝令〉，第八段〈沽美酒〉，第十段〈太平令〉，第十一段〈收江南〉和第十二段〈尾聲〉都是思念家中老母和妻室以及驚駭山中的各種遭遇時所唱之曲，用細膩的筆觸和蒼涼悲壯的音調，表現出林沖在逃奔路上的憤慨、憂慮、焦急等交織成的複雜情緒，真是千古絕唱！

　　由於這一齣戲的詞佳調美，再加以演員在武功上各種動作的配合，所以人人愛看，人人愛聽，成為一齣熱門戲。但有些演員，為了與眾不同，招徠顧客，便略事修改。第一次修改的是楊小樓，第二次修改的是李萬春，經過他們改編後的劇情，是說林沖火燒草料場後，為了逃避官兵追拿，躲避在柴進家中，柴進便寫了一封介紹信，要他投奔梁山，以策安全。林沖趁夜潛行，高俅派遣徐寧追趕。王倫得信，令杜遷和宋萬到黃河渡口，接應林沖。徐寧追上林沖後，林沖一人難以取勝，杜、宋二人幫他殺退徐寧，同上梁山。❾

　　第三次修改者是吳伯威，吳氏並非如楊、李一樣是職業演員，他是依教育部的指示，編印《修訂平劇選》，由國立編譯館出版，正中書局發行。他修改的重點是把廟中伽藍神的門內說白刪除，只改為林沖小睡片刻後，臺上隱隱作金鼓聲，表示入睡，及林沖因做夢而驚醒，說他夢見官兵來追，險些被擒云云，以免帶有迷信成分。其他則與崑曲原來的面目，大致相同，但是不與楊小樓等人改編的一樣。因為楊等改編本，另有徐寧上場、起霸和伽藍神出場的說白，原來崑曲本的伽藍神，只在門內說白而不出場。同時沒有林、徐起打的場面。若比較這三次的改編，各有好壞，很難評其高下。❿

　　除了以上三次舞臺上的改編外，早在明代末年的陳與郊，寫了一本《靈寶刀》，也是從《寶劍記》改編而來。在劇情上，把林沖與高俅結怨的原因，是依據《水滸傳》的敘述，以為是高俅之子高朋為了要佔林沖之妻張貞娘而雙方開始發生衝突，後來才是高俅出面袒護高朋，依舊把林沖放在被動挨打的地位，大大減低了李開先原作的價值。也就是說把林沖為國為民，不惜任何犧牲而與當朝惡勢力對抗的英勇行為，埋沒掉了，真是點金成鐵的手法。可是陳氏對「夜奔」一齣的內容，一字不改，全部照抄，足見這一齣戲的組織是前後緊密，不容增刪的。另一方面，或者陳氏因欣賞其文辭之美而不忍割愛了❶。

---

❾　下場詩：故國徒勞夢，思歸未得歸。此身無所托，空有淚沾衣。

❿　見羅錦堂，〈林沖夜奔的改編和演出〉一文，載一九七九年十一月《中國文化復興月刊》。

❶　本文曾參考仲弘，〈讀林沖寶劍記〉，見《元明清戲曲論文集》。白雲生，〈林沖夜奔的表演藝術〉，見《生旦淨末丑的表演藝術》。

孫行者與猿猴故事

鄭明娳

　　《西遊記》在中國小說中，開闢另一個生動神奇的境界。即令在神魔小說群裡，它仍以超然的成就，睥睨百家。它的成功，看似是異軍突起，其實其來有自。尤其小說主角孫行者，其成功而特殊的造型，引起許多學者追本探源的興趣。他以猴子的面貌出現在小說中，因此，我們相信他必然跟猿猴故事有關❶。又從許多記載上看，猴行者的親戚多跟水神有關，顯然他跟水神也難脫干係。此外，胡適又提出印度史詩〈羅摩耶那〉中的神猴「哈奴曼」與悟空造型極像，而認為他可能是舶來品。中國民間傳說，原本源遠流長，其包容性又極廣，孫行者故事亦不例外，兼容並蓄的成果，到《西遊記》時便達到極致。本文先就猿猴一項提出討論。

　　在中國，猿猴故事雖然面目極多，但我們可以挑出兩組有跡可循的故事來探討：㈠人性化的猴子故事。㈡神魔化的猴子故事。猿猴跟人類俱屬靈長類動物，其智商高者不亞於中人。他們具有「人性」是很自然的。另外，猿猴的性慾極強，在典型猴娃娘故事❷裡是很好的寫照。至於神魔化的猴子故事，應

❶　杜德橋認為孫悟空的來源不受猿猴故事之影響，但未舉出證據。見 Dudbridge, *The Hsi-yu Chi: A Study of Antecedents to the Sixteenth Century Novel* (Cambridge: Cambridge University Press, 1977).

❷　猴娃娘型故事，係指流傳於民間猴子盜人婦女生子的故事原型。其所包含的型式大抵不外：
　　⑴老婆子的女兒被猴劫去做媳婦。
　　⑵老婆子靠喜鵲指引（或無此情節）得到猴洞。
　　⑶母女設法逃回。

是猴娃娘故事發展中的一個旁枝，由它而演伸出《西遊記》的故事。

對於猿猴「人性化」的故事，下面特從三個角度來討論：㈠猿猴的人倫精神，㈡猿猴的好色性格，㈢猿猴的精神境界。猿猴篤於人倫的故事，載籍不乏其例。《世說新語》卷下之下〈黜免〉：

> 桓公入蜀，至三峽中，部伍中有得猿子者，其母緣岸哀號，行百餘里不去，遂跳上船，至便即絕，破視其腹中，腸皆寸寸斷，公聞之怒，命黜其人。

《搜神記》也有類似的記載。至於猿子孝心之感人者，也不一而足；《齊東野語》：

> 范蜀公載吉州有捕猿者，殺其母之皮並其子賣之龍泉蕭氏，示以母皮，抱之跳躑，號呼而斃，蕭氏為作《孝猿傳》。先君向守鄆江，屬邑武平素產金絲猿，大者難馴，小者則其母抱持不少置，法當先以藥矢斃其母，母既中矢，度不能自免，則以乳汁遍洒林葉間以飲其子，然後墮地就死。乃取其母皮痛鞭之，其子亟悲鳴而下，束手就獲。蓋每夕必寢其皮而後安，否則不可育也。

以上兩則故事，表現母子的偉大親情，但不能因此便肯定牠們

---

(4)猴思戀其妻，頻到村中啼哭。
(5)他們設法以某種方法中傷猴子，使牠不會再來。
可參看葉蕙均〈猴娃娘型故事略論〉，《民俗週刊》一卷二期。

具有「人性」。直到唐傳奇「孫恪遇猿」故事❸，才把猿猴亦人
亦猿的性情，刻劃得入木三分：女猿化為美女招贅孫恪，過了
十幾年，生有二子，夫妻情篤。但有一次，在孫恪攜眷往嶺南
途中，路過峽山寺，女主人提議在寺裡修齋、施食，招來滿山
猴子。女主人一時悲從中來，索筆題詩於壁，撫摩二子咽泣不
已。最後竟長嘯一聲，裂衣化為老猿，追嘯躍樹而去。這故事
把人性與猿性合一；女主人雖然過了十幾年充滿天倫之樂的生
活，究竟拗不過牠最原始的本性：返回山林。而令人感動的是
牠篤於人倫的情感表現，已超越了純獸性的親情，而是偉大人
性的表現❹。這種由獸而人而仁的擴大發揮，我們可以在孫悟
空身上找到：他沒有父母，但事奉他的老師菩提祖師如父。他
歸順唐三藏後，更表現一日為師，終身為父的感人行徑；悟空
的個性本火急暴躁，但在三藏要驅逐他時，卻表現得分外拖泥
帶水。如第廿七回因「屍魔三戲唐三藏」而「聖僧恨逐美猴王」
時，唐僧連趕三次，悟空才離開，臨走時，又牽腸掛肚的道：
「我若不去，真是個下流無恥之徒。我去！我去！──去便去
了，只是你手下無人。」唐僧執意趕他，寫了貶書，悟空將走，
又軟款唐僧道：「師父，我也是跟你一場，又蒙菩薩指教，今日
半途而廢，不曾成得功果，你請坐，受我一拜，我也去得放心。」
唐僧卻轉回身不睬。悟空拔下毫毛，變成四個形體，圍住唐僧，
使唐僧左右躲不脫，「好道也受了一拜」。悟空最後，又婆婆媽
媽的勸沙僧好好保護師父，直見唐僧確實不肯回心轉意，才淒
淒慘慘的離開。就這一節而言，唐僧平時的慈厚蕩然無存，而

❸ 見《太平廣記》卷四四五「孫恪」條下。又此故事後收入《群書類編故
　事》卷廿四。元鄭廷玉有《孫恪遇猿》劇本，惜已亡佚。
❹ 《太平廣記》卷四四六「楚江漁者」故事亦寫老猿之厚於人倫，可參看。

行者在關鍵處，竟這等令人有英雄亦有落淚時的感動。緊接著卅一回，三藏黑松林遇難，豬八戒「義激猴王」，請回悟空降妖。半路途經東洋大海，悟空突然要下去洗澡，八戒大不以為然。行者道：「你那裡知道。我自從回來，這幾日弄得身上有些妖精氣了。師父是個愛乾淨的，恐怕嫌我。」後來妖王笑他既被師父趕逐，卻有何嘴臉，又來見人。行者說：「你這潑怪，豈知『一日為師，終身為父』，『父子無隔宿之仇』！」這話正是悟空行為與本心的寫照。悟空對師父忠愛之心，侍候三藏亦君亦父。其細節處處可見，不繁細舉。在師兄弟三人中，沙僧老實，悟空雖有點慧的本性，卻從不捉弄他，只保護引導他。但對缺陷畢露的八戒，便常對他開些不傷大雅的玩笑，總在性命攸關的時刻，才救他一把。這些頑皮的舉動，使西行的路程顯得生意盎然。而手足之情，亦正娓娓現出。

在孫行者二度被逐，產生「兩心」不平衡，後經觀音等斡旋，師徒再度修好，又路過火焰山，熄「火」之後。西行途中，四人的關係便一直很調和。內部既經穩定，悟空便開始替別人掃妖除怪。緊接六十二回的寶城掃塔、取寶救僧便是管閒事的勾當。到《西遊記》後半部，這一類的事愈多，表現悟空親親而仁民，仁民而愛物，逐步拓展的愛心。這種德性，只有萬物之靈中最高等的聖賢才有的秉賦，卻讓亦人亦猿的悟空發揮無遺，令人無法不歎服。這應是猿猴故事走向「人性」的極致了。

動物皆有性慾。只有性慾而缺乏精神領域的人，一般慣呼之為獸性。因此，猿猴如有性慾，不應即視為與人類同「性」。但引人好奇的是，從一系列猴子故事中，看出牠們之由獸性走向人性的傾向。

在許多男猿故事中，絕大部分都有好色的性格。牠們也像

人類一樣，不僅要求滿足本能而已；牠們喜歡挑選年輕貌美的女色。漢焦延壽（昭帝－元帝）《易林》卷一：

> 南山大攫，盜我媚妾，畏不敢逐，退而獨宿。

這一截零星記載，已提示重點：「媚」妾。它很可能被後人演成筆記小說。晉張華（公元二三二－三〇〇年）《博物志》卷三：

> 蜀中西南高山之上，有物與猴相類，長七尺，能作人形，善走逐人，名曰猳國，一名馬化，或曰攫。伺行道婦女年少者，輒盜之將去，人不得知。行者或遇其旁，皆以長繩相引，猶故不免。此物能別男女氣臭，故取女也。取去為室家，其年少者終身不得還。十年之後，形皆類之，意亦迷惑，不復思歸。有子者，輒俱送還其家。產子皆如人，有不食養者，其母輒死，故無不敢養也。乃長，與人無異。皆以楊為姓，故今蜀中西界多姓楊，率皆猳攫、馬化之子孫，時時相有攫爪也。

故事的骨架並未改變，但踵事增華，已使簡單事件變成有枝有葉的故事。就好色一點而言，牠選中的「年少」婦女則未嘗改變。另《廣記》卷四四六「翟昭」條亦寫獼猴與後宮妓女產子事，故事較簡略❺。

---

❺　《廣記》謂出自《續搜神記》。其文云：晉太元中，丁零王翟昭，後宮養一獼猴，在妓女房前。前後妓女同時懷娠。各產子三頭，出便跳躍。昭方知是猴所為，乃殺猴及十子。六妓同時號哭。昭問之云：「初見一年少，著黃練單衣，白紗袷，甚可愛，語笑如人。」

故事流傳到初唐，因傳奇的興起，便邁進了小說的領域，而有文學上的成就。無名氏〈補江總白猿傳〉❻在唐傳奇中，實為一流作品。其故事大略云：

> 梁大同年間，藺欽將軍南征李師古。別將歐陽紇略地至長樂，平滅諸洞，時紇攜貌美之妻同行。部下勸說此地神怪專竊年輕貌美之婦女，應小心防範。紇即藏妻於密室，又派兵及女奴固守。但到半夜，一陣陰風，門戶仍舊未動，而紇妻已失。紇痛心之至，誓不徒還。託病駐軍，四處尋找。後在兩百里外深山中遇見幾十個婦女，同紇妻一樣是被攝來的。於是引紇與妻相見，時妻已臥病在床。眾婦促其十日內於正午攜兩斛美酒、犬十頭、麻數十斤來。紇如期往，先躲在岩洞中，不久，果見一美髯丈夫回來，見狗則吞食，婦人齊力灌醉他，以麻縛於床上，則現出白猿原形。紇出以利劍刺牠，皆不中。最後直刺臍下，才中要害而死。紇攜妻返，但妻已有孕，不久生子名歐陽詢，貌類白猿。

我們可以從這故事中歸納出幾點特色：

(1)紇妻長相極美：「纖白、甚美」。

(2)白猿喜竊少女，而美者尤所難免；所竊女人，色衰後便被打發掉。

(3)紇妻失蹤的情況極為神化。

(4)紇妻生一子，貌肖猿。

上列四項，都承繼或發揮猿猴劫女人的幾個要點。這可算是文

---

❻ 《太平廣記》卷四四四「歐陽紇」條下收有此文，謂出自〈續江氏傳〉。

言短篇小說的代表作。宋邵伯溫（公元一○五七——一一三四年）《聞見前錄》還記載一則很神奇的故事：

> 伊川丈人與李夫人因山行于雲霧間，見大黑猿，有感，夫人遂孕，是生康節公。

憑「感應」便能生子，則更神話化了。值得注意的是，文人筆下猴娃娘型的故事，多半脫離不了神奇幻化之事，這也是它足以提供往後神魔傳說材料的原因之一。

南宋，又有一則完整的白話短篇小說〈陳巡檢梅嶺失妻記〉❼，直承〈白猿傳〉的系統。其故事大要：

> 宋徽宗宣和年間，秀才陳辛，字從善。父母早亡，娶妻張如春，伉儷情篤。後辛中進士，授官廣東南雄沙角鎮巡檢司。夫妻一同赴任。又大羅仙界有一紫陽真人，因陳辛平日好奉僧齋道，預知其妻將有千日之災，特叫道童伴他倆上任。一路上道童裝瘋做痴走不動，陳辛聽夫人之言，遣走道童。在梅嶺之北有一申陽洞，洞主乃猢猻精白申公。見張氏貌美，欲劫為妻。乃令山神在荒山化一客店，自己變成店主。陳氏夫妻夜宿此店，半夜起

---

❼ 此文見收於明洪楩所編《清平山堂話本》。馮夢龍編的《喻世明言》（即《古今小說》）亦收，題為「陳從善梅嶺失渾家」。文字與洪本所收，大同小異。但中間穿插詩句，被刪削甚多。開頭「入話」詩的前四句與結尾等幾句「說話」套語亦被略去。改以一首七絕收束全文。又元代有戲文，見趙景深《宋元戲文本事》、《九宮正始與宋元戲文》、錢南揚《宋元南戲百一錄》、陸侃如、馮沅君《南戲拾遺》均有著錄。足見此故事流傳民間之廣。

一陣陰風，張氏失蹤，店亦不見。陳氏無奈，只好先上任。張氏被攝至洞，堅死不從，申公罰她挑水、澆花等苦工。陳辛三年任滿北返。行至紅蓮寺訪大惠禪師，請示尋婦方針。禪師告以申公常至寺裡聽經。辛在寺中住了數日，果見申公來寺聽經，禪師勸牠要成佛則不可貪求女色，請牠釋放張氏。申公不肯。陳大怒，以劍刺牠，反被打敗。後由禪師設法使夫妻見一面。張氏告以申公只怕紫陽真人。陳辛又請禪師轉懇紫陽真人，真人果然活捉白申公，押入酆都城天牢中。夫妻得以團圓。

再從小說中過濾幾個要點：

(1)白申公（文中又稱申陽公）是「猢猻精」。

(2)這齊天大聖在洞中觀見嶺下轎中抬著一個佳人，嬌嫩如花似玉，意欲取她，乃喚山神分付，聽吾號令，便化客店，你做小二哥，我做店主人，她必到此店投宿，更深夜靜，攝此婦人入洞中。山神聽令，化作一店，申陽公變作店主……。

(3)紅蓮寺長老說這申陽公乃「白猿精，千年成器，變化難測……常到寺中聽說禪機，講其佛法。」

陳巡檢的故事應是直承〈白猿傳〉而來。除了好色搶劫等故事骨架相同外，連有些細節，如申公劫虜如春的手法也如出一轍。〈白猿傳〉是：

> ……紇甚疑懼，夜勒兵環其廬，匿婦密室中。謹閉甚固。而以女奴十餘伺守之。爾夕，陰雨晦黑，至五更，寂然無聞，守者怠而假寐。忽若有物驚寤者，即已失妻矣。門扃如故，莫知所出。

陳巡檢夫妻投宿申公所化的旅店中後：

> 卻好一更，看看二更，陳巡檢先上床脫衣而臥，只見就
> 中起一陣風⋯⋯那陣風過處，吹得燈半滅而復明，陳巡
> 檢大驚，急穿衣起來看時，就房中不見了孺人張如春。
> 開房門叫得王吉⋯⋯主僕二人急叫店主人時，叫不應了，
> 仔細看時，和店房都不見了。和王吉也喫❽一驚。看時，
> 二人立在荒郊野地上，止有書箱行李並馬在面前，並無
> 燈火客店，店主人皆無蹤跡⋯⋯

申公雖然稍用計謀，但牠劫取如春的關鍵處，仍然靠非人力所
及的魔力。這跟〈白猿傳〉手法一樣，只是寫作時故作鋪張罷
了。

　　現存明抄本雜劇《時真人四聖鎖白猿》❾，作者無可考。
此劇也脫胎於〈梅嶺失妻記〉。其故事梗概：

> 杭州沈璧泛海為業，饒有家財。出門月餘，有白猿自稱
> 「煙霞大聖」，化為沈璧容貌，占其妻子財產。歷二年之
> 久，沈璧還家，白猿現出原形，打倒沈璧，驅之出外。
> 沈頹喪不已，想到西湖自盡。遇時真人救助，為他擒妖。
> 沈璧因此感悟，於是捨財率妻子修道。

劇中煙霞大聖自道云：「我是個通天徹地煙霞聖，不弱庾嶺多年
白申公。吾神乃煙霞大聖是也，在於煙霞山煙霞洞居止，號曰

---

❽　《清平山堂話本》作「乞」，依《古今小說》改「喫」。
❾　見《孤本元明雜劇》。

煙霞大聖。」足見牠是直承「白申公」而來。另外，在《鎖白猿》劇尾，時真人道：「我奉道法悟徹玄玄……普法律普濟黎元。申陽精妖魔惑眾……」作者不經意間把「煙霞大聖」看作「申陽公」，其脫胎之跡鑿鑿可尋，下文還會談到。

明初瞿佑（公元一三四一──一四二七年）《剪燈新話》有篇傳奇小說〈申陽洞記〉，骨幹與上述故事相同。其本事：

> 隴西李德逢善騎射，天曆間到桂林投奔父友。到那兒時，其人已死。他便流落在桂林。當地一錢姓富翁有一女兒，忽然在一個風雨黑暗的夜晚失蹤，遍尋不著。富翁發誓，將把女兒及一半家財贈給知道女兒所在的人。一天，李德逢出城打獵，追逐一隻麐，進入深山窮谷而迷路。晚上便投宿古廟中。不久來了一群大猴，為首的據神案而坐。李執箭射中其臂，猴子一哄而散。第二天，他沿血跡尋找，至一洞穴，上寫「申陽之洞」，洞外有猴把門，李假言為採藥醫生，猴子乃請為申陽猴治箭傷。李入內一看，知為昨夜所射的猴子，於是給以毒藥，讓眾猴誤服而死。洞中出現三個女子，皆被猴王所攝，其中之一即錢富翁之女。他們得鼠精之助回到家。錢翁大喜，贈以家財及女兒。

從「申陽猴」便可看出這故事的重心不會離〈梅嶺失妻記〉太遠，其故事內容果然給人換湯不換藥的感覺。

今存萬曆本廿四折雜劇《西遊記》，據孫楷第考證為元末明初人楊景賢（約一三八三年前後在世）作，則它必出於百回本《西遊記》之前❿，且必然影響小說的寫作。其西行取經的故

事結構與小說已幾乎相同；但以孫行者的個性而言，二者卻大相逕庭。尤其雜劇中行者仍保留猿猴故事中一貫的好色特性。且處處把自己的陽性象徵掛在嘴上，沾沾自喜，顯得孤芳自賞，幼稚可笑。他的好色行為如：

　　⑴他一出現，便已娶了金鼎國女子為妻（第九齣），且與猴娃娘型故事一樣，是搶劫而來的。他鬧天宮被壓在花菓山下時，淒淒慘慘，害起相思，第一個便想起老婆。

　　⑵他根本經不起女人的刺激，便有了性慾，早在唐僧心動之前，他已把持不住自己。唐僧被女王抱住，他反要求替代。唐僧向他求救，他說：「我自也顧不得。」（第十七齣）

　　⑶他很關心的問鐵扇公主有無丈夫。（第十八齣）

　　⑷他經常口中炫耀自己的性器官。（第九齣）

　　在小說《西遊記》中，孫行者一直是求經者中的領導人物，尤其在心靈的指引上，他以「心猿」來駕馭同行者。他幾乎不食人間煙火（只吃水果等物），就已顯得清高無比，又毫無色心情慾 ❶，跟雜劇中的齷齪行者，清濁判然。我們極驚訝百回本小說作者能把猴子本性作一百八十度的大改變，但又保留了猴子原來聰敏、活潑、好動、頑皮具幽默感的風格。而這些優點又是被猴娃娘型故事所忘懷的。雜劇《西遊記》距離小說《西遊記》的年代那麼近，而猴娃娘型故事本身也一直活躍於民間 ❷，卻無法從它們與小說之間找出明確改變的線索來，我們只

────────────

❶　見孫氏〈吳昌齡與雜劇西遊記〉。按，余國藩英譯本《西遊記》「前言」指其考證未必十分可取信。但不論為楊景賢或吳昌齡（約一二五一年前後在世）所作，皆成於百回本《西遊記》之前則無可疑。

❷　第廿三回「四聖試禪心」中，寡婦強要招贅他們師徒。三藏被逼急了，只得者者謙叫道：「悟空，你在這裡罷。」行者道：「我從小兒不曉得幹那般事，教八戒在這裡罷。」

能歎服於小說作者的獨具慧眼。

猿猴是有靈性的動物。《淮南子‧說山訓》：

> 楚王有白猿，王自射之，則搏矢而熙。使養由基射之。
> 始調弓矯矢，未發，而猿擁樹號矣。

把這樣聰慧的動物，附會以更高的精神境界，而塑成傳說故事，應是合理的。在〈白猿傳〉中，白猿仍然是純粹猴娃娘型的造型。到了〈陳巡檢梅嶺失妻記〉中，牠又多了一點特色：紅蓮寺長老說，這申陽公是「白猿精，千年成器，變化難測……常到寺中聽說禪機，講其佛法。」據《抱朴子》記載：「猿壽五百歲則變為玃，千歲則變為老人」，則千年成器者，可以說是接近人類。這在中國舊小說中，確是動物一生追求的目標。白申公劫了張如春後，又到寺裡，主動向長老提起：

> 申陽公告長老曰：「小聖無能斷除愛慾，只為色心迷戀本性，誰能虎項解金鈴？」長老答道：「尊聖要解虎項金鈴，可解色心本性，色即是空，空即是色，一塵不染，萬法

⑫ 猴娃娘型故事一直普遍受民間歡迎。在明代似乎格外流行，除前舉數則外，明末凌濛初（公元一五八四──一六四四年）《初刻拍案驚奇》中「鹽官邑老魔魅色，會骸山大士誅邪」，故事也跟〈梅嶺失妻記〉一樣，只是解救危難的人改成觀世音了。此外，其他筆記中簡略記載猴子盜人婦女的故事也不少。如明陸粲（公元一四九四──一五五一年）《說聽》記洛陽民婦阿周被猴劫去，且生一子，後攜子逃回。清代王漁洋《池北偶談》引陸次雲《洞溪纖志》也記玃盜人婦女，生子以楊為姓事。一直到民國仍盛行不衰。葉惪均先生曾深入民間，廣蒐博採，約得十八條，內容都大同小異。足見這一類型的故事之廣受民間歡迎。我們可以說，這一類型故事，影響《西遊記》故事的前身，但它自己，卻仍固執地保持原來風貌流傳下來。

皆明。莫怪老僧多言相勸，聞知你洞中有一如春娘子，
在洞三年，她是貞節之婦，可放她一命還鄉，此便是斷
卻慾心也。」申陽公聽罷，回言：「長老，小聖心中正恨
此人，罰她挑水三年，不肯回心，這等愚頑，決不輕放。」

申陽公想制服自己的色慾，似心有餘而力不足，但頗有意改邪
歸正則是猿猴故事前此所無的轉機。而長老對申陽公的告誡，
也跟小說《西遊記》經常出現的主旨相合。另外，申陽公要聽
說禪機，也是猿猴精神境界追求的另一轉機。這使我們想起明
初刊本無名氏雜劇《龍濟山野猿聽經》**⓭**中的老猿。牠在初登
臺的兩支曲子中，自我介紹，分明也是個頑皮搗蛋，原非中規
蹈矩之流。但竟對聽佛法極感興趣，牠為了要接近禪師而百般
設法。第四折牠自己承認道：

> 小生實非人類，乃此山中得道老猿，未經聖僧羅漢點化，
> 不得超生，初則變化儒樵，蒙師教誨，已識禪真半面。
> 次則真形入師禪堂，授我經典，衣我袈裟，蒙師待以不
> 死。今日座下，又蒙真詮數語，點化獸心，其實的參透
> 得淨也。

小說中美猿王本也頑性十足，但為一心訪道，不僅離鄉背井，
飄洋過海，且客氣禮讓對樵夫，低聲下氣向師父（第一回）。又：

> 與眾師兄學言語禮貌，講經論道，習學焚香，每日如此。

⓭ 見《元曲選外編》，又明李昌祺（永樂年間）《剪燈餘話》有〈聽經猿記〉，
所記與此劇內容相近。

閑時即掃地鋤園，養花修樹，尋柴燃火，挑水運漿。凡
所用之物，無一不備。（二回）

這種行徑跟他原先水簾洞中稱王，爾後大鬧天宮地府，何可同
日而語？又當悟空聞道透徹時，不禁「喜得抓耳撓腮，眉花眼
笑，忍不住手之舞之，足之蹈之」（二回），跟《野猿聽經》異
曲同工。即令兩人受禪師點化的關鍵處，也頗類似。雜劇第四
折〈野猿〉（正末）與師父對話云：

> （正末云）：敢問我師，如何是妙法？（禪師云）：合著口。
> （正末云）：如何是如來法？（禪師云）：四十九年三百餘會。
> （正末云）：如何是祖師法？（禪師云）：九年不語，聲振五
> 天。（正末云）：如何是道中人？（禪師云）：萬緣都不染，一
> 念自澄清。（正末云）：如何是正法？（禪師云）：萬法千門總
> 是空，莫思嘲月更吟風。這遭打出番觔斗，跳入毗盧覺
> 海中，泉石煙霞水木中，皮毛雖異性靈通。勞師為說無
> 生偈，悟到無生總是空。

小說《西遊記》美猴王訪道的目的地是「靈臺方寸山，斜月三
星洞」，陳士斌早已指出恰指「心」字。修道不外修心。菩提祖
師傳他長生之妙道時說：

> 顯密圓通真妙訣，惜修性命無他說。都來總是精氣神，
> 謹固牢藏休漏泄。休漏泄，體中藏，汝受吾傳道自昌。
> 口訣記來多有益，屏除邪欲得清涼。得清涼，光皎潔，
> 好向丹臺賞明月。月藏玉兔日藏烏，自有龜蛇相盤結。

相盤結，性命堅，即能火裡種金蓮。攢簇五行顛倒用，
功完隨作佛和仙。（二回）

與前段禪師授野猿的道理相同。野猿最後如願以償：脫皮囊凡
胎盡傳，成真證果，逕赴西方極樂世界。悟空雖曾乍開茅塞，
畢竟頑性未除，所以被禪師趕了出來，而闖下鬧天宮打地府的
禍，最後得跋涉西天以贖前愆，才能成正果。圈子雖然兜大了，
但結果跟野猿並無二致。

〈陳巡檢梅嶺失妻記〉應是猿猴修心養性的轉機處，到了
《龍濟山野猿聽經》，已一心向佛，邪不勝正了。廿四折雜劇《西
遊記》的猴子，執掌求經的神聖任務，卻色心未泯。可惜目前
我們尚無證據證明《野猿聽經》出現於雜劇《西遊記》之後，
否則，猴子心靈境界演進的軌跡：由獸性而人性而神性則格外
分明了。

猿猴故事逐漸神魔化，便有機會醞釀小說《西遊記》。先就
猿猴的造型來看，幾乎經文人之手寫下的猿猴主角，都有具體
而微的七十二變化能力❶。前舉翟昭故事中的獼猴，便是先變
成一少年，「著黃練單衣，白紗袷，甚可愛，語笑如人」，才騙
了後宮諸妓女。〈補江總白猿傳〉中的白猿平時也是人相：「美
髯丈夫，長六尺餘，白衣曳杖。」喜飲酒，醉後輒現大白猿原身。
〈陳巡檢〉故事中白申公也能變化成店主人。又能指使山神化
一客店，叫山神化成店小二。南宋話本《大唐三藏取經詩話》
中的猴行者原是「花菓山紫雲洞八萬四千銅頭鐵額獼猴王」，卻
化身為「白衣秀才」來助三藏往西天取經。《時真人四聖鎖白猿》
中煙霞大聖也能變成女子丈夫的容貌來奪妻佔財。《野猿聽經》

❶ 口頭流傳於民間的猴娃娘故事則未曾注意此點。

中的老猿也變化「儒樵」，到了雜劇《西遊記》孫行者已有諸般
騰挪變化之法了。

自〈陳巡檢梅嶺失妻記〉起，猿猴故事幾與小說《西遊記》
脫不了干係。白申公是「猢猻精」，弟兄三人：「一個是通天大
聖，一個是彌天大聖，一個是齊天大聖。小妹便是❶泗洲聖母。
這齊天大聖神通廣大，變化多端，能降各洞山魈，管領諸山猛
獸，興妖作法，偷攝可意佳人，嘯月吟風，醉飲非凡美酒，與
天地齊休，日月同長。」這些神通幾乎是小說《西遊記》中孫行
者的雛形，恰巧他們兩人名號俱稱「齊天大聖」。小說第四回，
齊天大聖還跟牛魔王等各洞山魈結為兄弟，號稱齊天、平天、
覆海、混天、移山、通風、驅神七大聖。其靈感應得自白申公
等三兄弟的名號，因為在此之前，猴子未出現任何兄弟手足親
戚。另外，白申公對山神呼來喝去，也跟小說中孫悟空之差遣
土地山神一般。

《龍濟山野猿聽經》中的老猿，形象與白申公、小說孫悟
空亦極相近。第二折：（正末扮猿猴兒上唱:）

> （南呂一枝花）赤力力輕攀地府歌歌，束刺刺緊撥天關落。
> 推斜華岳頂，拉倒玉峰腰。怒時節海浪洪濤，閑時把江
> 湖攬。向山林行了一遭，顯神通變化多般，施勇躍心靈
> 性巧。

> （梁州第七）我恰繞向寒泉間乘涼洗濯，早來到九皋峰戲
> 耍咆哮。我將這蒼松樹上身輕跳，我卻便拈枝弄葉，摘
> 幹搬條。重懸著手腳，倒掛著身腰。一番身千丈低高，
> 片時間萬里途遙。我我我也曾在瑤池內偷飲了瓊漿。我

---

❶ 《清平山堂話本》下少一「是」字，據《古今小說》增入。

我我也曾在蓬萊山偷摘了瑞草。我我我也曾在天宮內鬧
了蟠桃。神通不小。只為我腸中有不老長生藥，呼風雨
逞威要。我在林下山前走幾遭，常好是樂意逍遙。

分明是野猿在「夫子自道」。前一曲跟小說第一回猴子們跳樹攀
枝，採花覓果，踢天弄井，上天入地的逍遙生活一樣。後一曲
又與孫悟空大鬧天宮中盜酒、偷丹、鬧蟠桃吻合。這裡野猿似
乎神通不小，但並未表演法術。在《大唐三藏取經詩話》中，
猴行者已會作法。第三章：

行者教令僧行閉目，行者作法。良久之間，纔始開眼，
僧行七人都在北方大梵天王宮了。

《時真人四聖鎖白猿》中煙霞大聖的造型可說直承白申公而來：

（外扮煙霞大聖上）：占斷煙霞萬里峰，任吾來往自縱橫。
爬山過嶺施英勇，翻江攪海顯神通。騰雲駕霧昇狂雨，
走石吹沙起怪風。閒攀峻嶺千年樹，悶戲巔峰萬丈松。
夜隨獻果猴啼月，晝伴林前虎嘯風。我是個通天徹地煙
霞聖，不弱如庾嶺多年白申公。吾神乃煙霞大聖是也，
在於煙霞山煙霞洞居止，號曰是煙霞大聖。某與天地同
生，日月並長，神通廣大，變化多般……

其神通廣大，二者如出一轍。又煙霞大聖與齊天大聖名目相近，
且二人之被擒，一受制於景陽子時真人，一被擒於紫陽真君。
陳巡檢請紫陽真君收妖時，真君喚兩員天將去不多時，便「將

申公一條鐵索鎖著，押到真君面前。」這跟小說第六回二郎神「將繩索綑綁，使勾刀穿了琵琶骨」活捉孫悟空頗為相似。另外，煙霞、齊天二大聖被擒後的結果都被送入「酆都」裡，永墮黃泉，完全一樣。

廿四折雜劇中的孫行者，其造型描繪見於第九齣：

> （孫行者上云）一自開天闢地，兩儀便有吾身。曾教三界費精神，四方神道怕，五嶽鬼兵嗔，六合乾坤混擾，七冥北斗難分，八方世界有誰尊，九天難捕我，十萬總魔君。小聖弟兄姊妹五人，大姊驪山老母，二妹巫枝祇聖母，大兄齊天大聖，小聖通天大聖，三弟耍耍三郎。喜時攀藤攬葛，怒時攪海翻江。金鼎國女子為我妻，玉皇殿瓊漿咱得飲。我盜了太上老君煉就金丹，九轉煉得銅筋鐵骨，火眼金睛。鍮石屁眼。擺錫雞巴。我偷得王母仙桃百顆，仙衣一套，與夫人穿著，今日作慶仙衣會也。

這裡的孫行者手足繁多，與小說中悟空無親無眷大不相同，但卻與上述「大聖」型人物一樣。又從上文看孫行者的聲音、動作與風格（除了前舉好色一項外），都與小說中悟空相近。細節如偷老君金丹、煉得銅筋鐵骨、火眼金睛，又偷王母仙桃的行徑，完全與小說吻合。甚至他的住處是「花菓山」、「紫雲羅洞」，跟小說中花菓山水簾洞也無甚大異。

最近發現韓國人在朝鮮王朝世宗五年（相當明永樂二十一年）印行的漢語教科書《朴通事諺解》中，保存了一些古本《西遊記》的資料，注者崔世珍在「唐三藏引孫行者」句下，引《西遊記》文字：

《西遊記》云：西域有花菓山，山下有水簾洞，洞前有鐵板橋……有老猴精，號齊天大聖，神通廣大，入天宮仙桃園偷蟠桃；又偷老君靈丹藥；又去王母宮，偷了王母繡仙衣一套，並設慶仙衣會。老君、王母具奏于玉帝。傳宣李天王，引領天兵十萬、及諸神將，至花菓山與大聖相戰，失利……往請二郎神，領神兵圍花菓山……大聖被執，當死；觀音上請于玉帝，免死。令巨靈神押大聖前往下方去，乃於花菓山石縫內納身下截，畫如來押字封著，使山神、土地神鎮守。饑食鐵丸，渴飲銅汁……玄奘法師……以為徒弟，賜名吾（悟）空，改號為孫行者。

《朴》書所收《西遊記》，被公認與《永樂大典》所收古本《西遊記》「魏徵夢斬涇河龍」為同一書文字，則其書應在明初以前即已印行。就上引文來看，孫行者的行徑已跟百回本小說大鬧天宮部分相合。可惜《朴》書引文太少，不能細窺行者個性。其中有一點值得注意的是，上引文中說他「偷了王母繡仙衣一套，並設慶仙衣會」，這在百回本小說中未見，但在廿四折雜劇中恰好他也偷得王母「仙衣一套，與夫人穿著，今日作慶仙衣會也」，則二者不能毫無干係，其出現的時代應該也很接近才是。

另有明抄本四折雜劇《二郎神鎖齊天大聖》，作者已失傳。其末尾註明「萬曆四十三年二月十七日校內本清常記」。此劇當在廿四折雜劇之後而在小說《西遊記》之前或同時的作品。其本事是：

齊天大聖偷了太上老君的金丹，又盜了仙酒，在水簾洞

內聚集群妖開宴。上帝命二郎神率領諸天神天兵，擒獲
諸妖，解至驅邪院主處發落。

劇中猴子號稱齊天大聖，其根據地是在花菓山水簾洞，與小說
完全相同。頭折云：

> （齊天大聖上）：廣大神通變化，騰雲駕霧飛霞，三天神鬼
> 盡皆誇，顯耀千般噁咤。不怕天兵神將，被吾活捉活拏。
> 金精焰爍怒增加，三界神祇懼怕。吾神乃齊天大聖是也。
> 我與天地同生，日月並長，神通廣大，變化多般。閒遊
> 洞府，賞異卉奇花。悶遶清溪，翫青松檜柏，衣飄慘霧，
> 袖拂狂風，輕舒猿臂起春雷。舉步頻那轟霹靂，天下神
> 鬼盡歸降，蓋世邪魔聞吾怕。吾神三人，姊妹五個，大
> 哥哥通天大聖，吾神乃齊天大聖。姊姊是龜山水母，妹
> 子鐵色獼猴，兄弟是耍耍三郎。

其兄弟姊妹細目雖與廿四折雜劇稍有不同，但都是「吾神三人，
姊妹五個」。更重要的是他們的形象、言語口氣一樣。其沿襲之
跡顯然。又前劇中齊天大聖偷老君九轉金丹，偷飲天府仙酒，
正是小說中第五回：「亂蟠桃大聖偷丹，反天宮諸神捉怪」。又
此劇最後齊天大聖被二郎神及梅山七聖收伏；廿四折雜劇第九
齣中大聖乃被毘沙門李天王、哪吒、眉山七聖圍剿，被觀音收
壓在花菓山下。到了小說中，周折較多，首次是二郎神與梅山
七聖、太上老君合力擒得，第二次卻靠如來擒壓於五行山下，
似是融合前二者而成。

二郎神鎖大聖劇中，齊天大聖兄弟三人合起來，只抵得小

說中孫悟空一人，除了前引齊天大聖上場自我介紹的文字外，
在第三折開頭，大兄通天大聖上場時云：

> （外扮通天大聖上）：三十三天別一天，則我是玉皇殿下小
> 神仙。為吾拔折蒼龍角，罰在深山數百年。吾神乃通天
> 大聖是也。二兄弟齊天大聖、三兄弟乃是耍耍三郎。俺
> 弟兄三人，久占此花菓山千百餘年。為吾神神通廣大，
> 變化多般。三界神祇，不敢與吾鬥勝。我喜來霧斂雲收，
> 怒後興風作浪，拔折太嶽高峰頂，攪亂東洋大海波。我
> 輕輪鐵棒，攀藤攬葛鬼神驚。怒逞雄威，走石飛沙天地
> 暗，閑觀花菓坐石崖，悶引猿哥遊翠嶺……。

通天大聖的神通跟齊天大聖一般無二。再看二弟：

> （淨扮耍耍三郎上）：顯神通則我搊搜，扒高竿上得滑熟。
> 繫上條茜紅裕膊，山頂上打會觔陡，小聖乃耍耍三郎孫
> 行者是也……

兄弟三人之間，毫無特色。只是名號不同。在小說中，悟空又
名行者本是三藏賜他之號。又小說中悟空所執的金箍棒，在此
劇中是握在通天大聖手中。據雜劇在明代流行於民間之廣看來，
百回本《西遊記》撰作之時，正是「大聖」喧騰於民間的時刻。
因此我們或可大膽的判斷：小說孫悟空是揉合雜劇中大聖兄弟
為一的人物，使他們顯得更精華、精采。

　　猴子演變成齊天大聖，其名號可列一表如下：

出　處	人　物	兄	弟	姊	妹	備註
補江總白猿傳	白猿					
陳巡檢梅嶺失妻記	白申公、齊天大聖	通天大聖	彌天大聖		泗洲聖母	
大唐三藏取經詩話	猴行者、白衣秀才					
古本西遊記	孫悟空、號行者、齊天大聖					
時真人四聖鎖白猿	煙霞大聖					
廿四折雜劇西遊記	通天大聖	齊天大聖	耍耍三郎	大姊：驪山老母、二妹：巫枝祇聖母		
二郎神鎖齊天大聖	齊天大聖	通天大聖	耍耍三郎（孫行者）	龜山水母	鐵色獼猴	
百回本小說西遊記	孫悟空、號行者、齊天大聖					

　　猴子故事逐漸神魔化的過程中，顯然，有一條路線是猴子幫助玄奘取經。就猴子的地位而言，起始只是輔佐，愈到後來，

地位更重，至百回本小說已完全喧賓奪主。查猴子助和尚取經的傳說，至少在南宋已很盛行。劉克莊（公元一一八七一一二六九年）詩有：「取經煩猴行者，吟詩輸鶴阿師」❶。民國四年羅振玉與王國維在日本三浦將軍處借得《大唐三藏取經詩話》❶，經王國維考定為南宋說話人的話本❶，就目前殘存的內容來看，猴子已純粹陪侍三藏往西天取經。這故事必然比雜劇中猴子更直接影響百回本小說。猴子造型除了前面談到的外，他的外貌與年紀也值得注意。猴行者外貌必然很年輕，所以法師問他：「汝年幾歲?」行者答曰：「九度見黃河清。」百回本小說中孫悟空給人的感覺也很年輕，其實已近千歲。而猴行者手中的金環錫杖常常可以變成「降魔杵」。第六章，他對白衣婦人喝道：「……更若躊躇不言，杵滅微塵粉碎!」第七章遇妲龍，猴行者又把金環錫杖化作一條鐵龍。最後把九龍脊背筋抽了，「更被脊鐵棒八百下。」這變化自如的錫杖，實是日後金箍棒的雛形。當然影響百回本小說最大的，除了孫悟空演繹的造型外，西行故事的演化亦是重點，則《大唐三藏法師取經記》、古本《西遊記》及雜劇《西遊記》便有更多的貢獻，但已不在本文探討之列。

---

❶　見《後村先生大全集》卷四十三，〈釋老六言〉十首之四。

❶　今有世界書局影印本。

❶　《取經詩話》卷末有「中瓦子張家印」六字。王國維考定「中瓦子」為南宋臨安（今杭州）的街道名，乃倡優劇場的所在地。而「中瓦子張家」是一書店商號，因此定為南宋說話人的話本。周樹人懷疑此說，以為可能刊行於元代，因「中瓦子張家」書店，並不會因南宋之亡而關門。但即令如此，這書也該是宋末元初的刊本。而猴行者故事之盛傳於南宋，應無可疑。

論沙僧

張靜二

《西遊記》書中的人物向來以沙僧最不受注目，也向來以沙僧最常遭到偏頗的論斷。一般文學史與小說史囿於篇幅，對於沙僧，大抵提其名而不論其事，而文評家則多將重點放在三藏、悟空與八戒身上。然則，沙僧真的是在取經的偉業中扮演了一個毫無重要性的角色嗎？對於這個問題，本文擬分成兩部分來加以探索：第一部分擬從歷史的觀點，就有關《西遊記》的資料來察測沙僧的身分；其次，由於《西遊記》中的人物到百回本始告定型，故第二部分擬就百回本《西遊記》討論沙僧的地位。

一、百回本《西遊記》前的沙僧

《西遊記》是我國神話文學的代表。從玄奘《大唐西域記》起到百回本《西遊記》為止，其間將近一千年當中，取經的故事已由史實逐漸演化成家喻戶曉的民間傳說。有關取經的史實記載，除了《大唐西域記》外，還可見於冥祥《大唐故三藏玄奘法師傳》、道宣《續高僧傳》、慧立《大唐大慈恩寺三藏法師傳》以及劉昫《舊唐書》方伎中的玄奘本傳等。自從唐代以降，運用想像力去演述佛旨，以描繪取經故事的口傳、筆錄以及各種類型的文學作品相繼出現。較早的如李亢《獨異志》，已將史實添飾了不少；唐代變文《唐太宗入冥記》、《太平廣記》中袁天綱（卷七十六）與陳義郎（卷一二二）等的記載，都跟西遊故事有關。歐陽修〈于役志〉中曾提及揚州壽寧寺經藏院的玄

奘取經壁畫❶；劉克莊〈釋老六言〉第四首中有「取經煩猴行者」一語❷，都顯示取經故事已經相當傳誦。而流行於南宋的《大唐三藏取經詩話》則更將西遊故事鋪寫得極富浪漫與神怪的色彩。此外，鍾嗣成《錄鬼簿》上載有吳昌齡《唐三藏西天取經》雜劇；陶宗儀《輟耕錄》金人院本「和尚家門」條下有「唐三藏」的名目；《永樂大典》上有「魏徵夢斬涇河龍」（卷一三一三九），引書標題作「西遊記」；而韓國人在朝鮮王朝世宗五年所印行的《朴通事諺解》中也保存了一些古本《西遊記》的資料。明初楊景言（賢）則將西遊故事披述成廿四齣本的《西遊記雜劇》❸。

上面略舉的這些作品，不管是存是佚，我們似都可從名目上推測其描述的重點，泰半落在三藏與悟空身上，沙僧若被提及，至多也僅擔任次要的角色而已。儘管如此，我們似乎還可從這些史料和文學作品中，找到沙僧的前身。據《大唐大慈恩寺三藏法師傳》上的記載，玄奘曾在途經敦煌西方長達八百餘里的沙河時，無意中傾倒水袋，「於是時四夜五日，無一滴霑喉，口腹乾燋，幾將殞絕，不能復進，遂臥沙中，默念觀音，雖困不捨」，心心無輟，

　　　至第五夜半，忽有風涼觸身，冷快如沐寒水，遂得目明，

---

❶　見歐陽修，《歐陽文忠公文集》（四部叢刊本），卷一二五，頁四～五。

❷　劉克莊，《後村先生大全集》（四部叢刊本），卷四十三，頁九；〈釋老六言〉中的其他九首還提到惠能（第一首）、金毛獅子（第六首）、青牛、白馬寺（第七首）以及如來（第十首），似皆與取經故事有關。

❸　關於百回本《西遊記》前的文獻考證，詳見 Glen Dudbridge, *The Hsi-yu Chi: A Study of Antecedents to the Sixteenth Century Novel* (Cambridge: Cambridge University Press, 1977), 頁 1–89.

馬亦能起。體既穌息，得少睡眠，即於睡中，夢一大神，
長數丈，執戟麾曰：「何不強行，而更臥也。」法師驚寤
進發。行可十里，馬忽異路；制之，不迴。經數里，忽
見青草數畝。下馬恣食，去草十步欲迴轉，又到一池水，
甘澄鏡徹，下而就飲，身命重全，人馬俱得穌息。❹

　　經過一番演化的過程之後，這長達八百里的沙河終成百回
本《西遊記》中「鵝毛飄不起」的流沙河，而高達數丈的大神，
則似一變而成《大唐三藏取經詩話》第八章中的深沙神❺。不
過，《詩話》中的深沙神已不再祐護法師，倒是顯出一副食人妖
的惡相：

深沙云：「項下是和尚兩度被我喫你，袋得枯骨在此。」
和尚曰：「你最无知；此回若不改過，教你一門滅絕！」
深沙合掌謝恩：「伏蒙慈照！」深沙當時哮吼，教和尚莫
敬。只見紅塵隱隱，白雲紛紛。良久，一時三五道火裂，
深沙袞袞，雷聲喊喊，遙望一道金橋，兩邊銀線，盡是
深沙神，身長三丈，將兩手拖定；師行七人便從金橋上
過，過了深沙。
深沙神合掌相送。法師曰：「謝汝心力。我迴東土，奉答
前恩，從今去更莫作罪。」兩岸骨肉，合掌頂禮，唱喏連
聲。深沙神前來解吟詩曰：「一墜深沙五百春，渾家眷屬
受災殃。金橋手托從師過，乞薦幽神化劫身。」

---

❹　慧立，《大唐大慈恩寺三藏法師傳》（臺北：廣文書局，民國五十二年），
　　卷一，頁十三～十五；又參見 Dudbridge，頁 19。
❺　有關深沙神的流傳，詳見 Dudbridge，頁 20–21。

法師詩曰：「兩度曾遭汝喫來，更將枯骨問元才。而今赦
汝殘生去，東土專心次第排。」
猴行者詩曰：「謝汝回心意不偏，金橋銀線步平安。回歸
東土修功德，薦拔深沙向佛前。」❻

《詩話》中對於深沙神的描述僅見於此；可惜的是，該章缺題
缺頁，敍述欠完，情節也不全。不過，從這簡略的敍述中，我
們不但看到了沙僧殘破的影子，而且還可以有幾點發現。首先，
深沙神係以其甚高的法力拖定金橋，讓取經人通過深沙；其次，
取經人共有七個（「師行七人」），深沙神並非班底之一；最後，
經過兩世的衝突之後，深沙神終於聽從法師的勸告，不再作惡。

到了《西遊記雜劇》，沙僧的面貌就益形清晰了。該劇中的
沙和尚原是玉皇殿前捲簾大將，只因「帶酒思凡」，而被罰在流
沙河，「推沙受罪」。他在流沙河為怪傷人，自稱是個不服天地
管轄的水妖，曾經九度吃過唐僧，骷髏還掛在脖項上。他在該
劇第三本第十一齣中首次露面時，道：

> 恆河沙上不通船，獨霸篙師八萬年。血人為飲肝為食，
> 不怕神明不怕天。小聖生為水怪，長為河神，不奉玉皇
> 詔旨，不依釋老禪規。怒則風生，愁則雨到，喜則駕霧
> 騰雲，閑則搬沙弄水。人骨若高山，人血如河水，人命
> 若流沙，人魂若餓鬼。❼

❻ 《大唐三藏取經詩話》，在《宋元平話四種》（臺北：世界書局，民國五
十四年），頁十六～十七。
❼ 楊景言，《西遊記雜劇》，在隋樹森編《元曲選外編》（臺北：中華書局，
民國五十六年），第二冊，頁六六一。

在《西遊記雜劇》裡，八戒首次出現於第十二齣「妖豬幻惑」中，而沙和尚則早在第十一齣中被行者降服後，就加入了取經的行列。此後，他便由絢爛歸於平淡，除了在第十二齣與第廿二齣各開過一次口而外，簡直就是擔任了一個沉默無言的角色。

二、百回本《西遊記》中的沙僧

到了百回本《西遊記》，沙僧的全豹便顯露無遺了。該書不但對於他的出身與形貌有相當清晰的刻繪，對於他的地位與功能尤特為發揮。以下且就這幾方面來加以討論。

甲、沙僧的出身與形貌

據沙僧自稱，他本係凡夫，生來神氣壯旺，曾經遊蕩乾坤，浪跡天涯，來去九州四海之間。由於對輪迴的恐懼，遂衣鉢隨身，鍊心守神，經過一番尋師訪道的過程後，終以一片虔誠，逢遇真人，「養就孩兒，配緣姹女，工滿三千，合和四相，超天界，拜玄穹」，而修成了不壞之身。玉帝便親封他為捲簾大將，在靈霄殿下侍御鳳輦龍車。他被驅落塵世，並非因「帶酒思凡」，而是因在王母的瑤池蟠桃會上，失手打碎了玻璃盞之故。當時，與會的天神天將見狀，個個魂飛魄喪；玉帝則因而大怒，欲將他斬殺。多虧赤腳大仙保奏，才得全命，免去一死，只是遭打了八百，貶到下界，又得七日一次，忍受飛劍穿脅之苦。由於飢寒難忍，遂在流沙河東岸當起水怪。飽時困臥河中；餓則翻波覓食。他吃人無數，除了吞噬過許多樵夫和漁翁外，還跟《雜劇》中的沙和尚同樣叫九個取經人喪生，九個骷髏也同樣掛在頸項下面 ❽。

---

❽　沙僧的生平曾在百回本《西遊記》中兩度提及，原文見陳士斌銓釋，《西

有些文評家認為打碎玻璃盞是「小錯」，卻遭如許重罰，實在「太嚴厲」，太「不公平」**❾**，簡直是「刑罰無章」**❿**。但陳士斌謂：沙僧既為捲簾大將，

> 簾者，所以隔別內外、防閑廉恥；彼能捲之而無嫌忌，蟠桃會所以合歡心也。玻璃盞千年之水化成，西方至寶，所賴以合歡者惟此。彼用意不誠，而失手打碎，各失歡心，褻寶溺職，其罪滋大。**⓫**

果真如此，則沙僧所受的處罰，應是適得其分。也由於他褻寶溺職，痛失天恩，才需歷經百折千磨，迢迢千里，保護唐僧取經，以將功折罪，並求得正果。

沙僧在加入取經的行列之前，曾有過兩次非常突出的表現。一次是在觀音和惠岸奉旨東來，途經流沙河界時（第八回），他趁著他們觀看那洋浩漠茫的弱水，驟然從闊浪狂瀾中跳出，狀極兇猛而醜惡：

> 青不青，黑不黑，晦氣色臉；長不長，短不短，赤腳筋軀。眼光閃爍，好似竈底雙燈；口角丫叉，就如屠家火鉢。獠牙撐劍刃，紅髮亂蓬鬆。一聲叱咤如雷吼，兩腳

遊記》（臺北：商務印書館，民國五十七年），第廿二回及第九十四回。
又下文所指之回數及頁數皆係依據此一版本，不另註明。

❾ 見 C. T. Hsia, *The Classical Chinese Novel: A Critical Introduction* (New York: Columbia University Press, 1968), 頁 147.

❿ 見薩孟武，《西遊記與中國古代政治》（臺北：三民書局，民國六十年），頁五五。

⓫ 見陳士斌，頁九一。

奔波似滾風。

他一上岸，就搶觀音，卻被惠岸擋住，經過一番廝殺後，聽說來者是觀音，便表示情願皈依善果，拜佛求經，並答應「洗心滌慮，再不傷生」。但等到唐僧等來到流沙河畔時（第廿二回），他卻依然跟詩話中的深沙神與雜劇中的沙和尚同樣以食人妖的姿態出現。但見他

> 一頭紅燄髮蓬鬆，兩隻圓睛亮似燈。不黑不青藍靛臉，
> 如雷如鼓老龍聲。身披一領鵝黃氅，腰束雙攢露白藤。
> 項下骷髏懸九個，手持寶杖甚崢嶸。

也是旋風般，逕搶唐僧。

《西遊記》書中對於沙僧外形的刻繪，除了上面這兩段引文外，還說他「莽壯」、「醜陋」、「嘴臉兇頑」、「妖頭怪腦」、「形容獰惡、相貌如精」、「身長二丈、腰闊三停，臉如藍靛，口似血盆，眼光閃灼，牙齒排釘」，又說他像「夜叉」、「竈君」，是「一條黑漢子」。他雖遭貶降世，但「威氣未洩」，因此當他爾後護持著唐僧時，像屍魔之類的邪物還不敢攏身（第廿七回）。他的武藝與惠岸旗鼓相當，跟八戒也不相上下，但不及悟空多多，受到悟空與八戒的合攻時，便不免三戰三退，隱入波中，潛跡匿影。他的武器是一條重達五千零四十八斤的降妖寶杖：

> 寶杖原來名譽大，本是月裡梭羅派。吳剛伐下一枝來，
> 魯班製造工夫蓋。裡邊一條金趁心，外邊萬道珠絲玠。
> 名稱寶杖善降妖，永鎮靈霄能伏怪。只因官拜大將軍，

> 玉皇賜我隨身帶。或長或短任吾心，要細要麤憑意態。
> 也曾護駕宴蟠桃，也曾隨朝居上界。值殿曾經眾聖參，
> 捲簾曾見諸仙拜。養成靈性一神兵，不是人間凡器械。
> 自從遭貶下天門，任意縱橫遊海外。不當大膽自稱誇，
> 天下鎗刀難比賽。（第廿二回）

這條寶杖既非凡品，故「撚一撚，豔豔生光，紛紛霞亮」。他跟
悟空、八戒曾在玉華縣收徒授藝時，掄起寶杖，騰空演技，頓
時漫天「銳氣氤氳，金光縹緲」，但見他「丟一個丹鳳朝陽，餓
虎撲食，緊迎慢擋，捷轉忙攔，在空中大展神通，揚威耀武」。
這條寶杖跟悟空的金箍棒、八戒的九齒釘耙，可說都是其個性
的延伸：金箍棒配合悟空的猴性；九齒釘耙表現了八戒的豬性
❷。然則，降妖杖跟沙僧的個性有什麼關連呢？值得我們注意
的是，取經諸聖中，形貌為人的只有三藏和悟淨；他們被呼為
「僧」，也各持一「杖」。唐僧憑其九環錫杖，就能免遭毒害；
不過，這條錫杖在西行途中，並不曾發揮什麼作用。而沙僧的
降妖寶杖則除了防身之外，還用以「護法降魔」。無論如何，唐
僧和沙僧最不好動，也最不善變化；他們持杖取經的形相，表
現了十足的和尚家風，而沙僧則更進而擺出了一副苦行僧的姿
態。關於這點，下文將再詳加敘述。

乙、沙僧的地位與功能

沙僧原本是吃人度日的流沙精，自從蒙觀音勸化後，取了
法名沙悟淨。等到他剃頭拜師以後，三藏見他行禮，頗有和尚

---

❷　見 Anthony C. Yü, Introduction to the translation of *The Journey to the West*
(Chicago: The University of Chicago Press, 1977), 第一卷，頁 46–48.

家風，故又叫他「沙和尚」。「沙」指其居處；流沙是沒有定性的「土」。「和尚」二字分開來說，「和」字有調節、不爭、諧應等義；「尚」字則可解為掌理、超越。合起來說，「沙和尚」意指發揮「土」掌理和諧，或以和為尚的功能。《西遊記》第八十三回曾提及佛祖以和為尚，特賜一座黃金寶塔去化解李天王和哪吒之間的怨仇。唐僧師徒當然都是和尚，卻只有沙僧一人取了「和尚」之名，可見他明明是被委以「和事佬」的任務，去排解取經人之間的糾紛。再者，我們若從五行生尅的觀點來看，就更能明瞭這點。在取經人當中，唐僧配「水」，悟空配「金」配「火」，八戒配「木」，而沙僧配「土」。三藏離京後，在兩界山遇悟空，接著便在高家莊收伏八戒，最後才在流沙河降服沙僧：五行依相尅的順序結合，以「水」為首，以「土」殿末，其中的含義，除了藉相尅來製造衝突，以活躍情節而外，還欲以「土」來諧適五行間的關係，尤其是擾和「水」「火」的衝突❸。換句話說，「土」乃五行之母，「水金木火，無此不能和合，故又名沙和尚」❹。關於「土」的功能，我們且再看看陳士斌的說明：

　　攢簇五行之妙，全在戊己二土。土為五行之中央，主於四季，各十八日，分而布之，運四時而生成萬物；合而主之，統九宮而妙會一元。故金水得土而凝聚，木火得

❸　關於唐僧等與五行生尅的關係詳見拙著〈論「西遊記」的結構與主題〉，《中華文化復興月刊》，十三卷三期（民國六十九年三月），頁二一。木叉奉法去收降沙僧時，詩曰：「二土全功成寂寞，調和水火沒纖塵」；其後，三藏師徒在寶林寺時，沙僧曾指出「水火相攙各有緣，全憑土母配如然」，這些都道出了「土」的功能。

❹　陳士斌，頁九一。

　　　　土而調和。戊為陽土，己為陰土；金木水火，各有戊己，
　　　　位於中宮，則五行攢簇，而還為太極。太極者，強設之
　　　　名也。土雖五行之一，實五行之極。……沙僧真土也。
　　　　……金木水火不能離土，得此土而正位中宮。❶

陳氏又說：

　　　　土無定位，而分配四季，寄體中宮。火藉之而不焰，水
　　　　藉之而不泛，金藉之而長存，木藉之而不凋；故悟真曰：
　　　　「五行四象全藉土。」❶

按照五行家的說法，五行生尅也和五臟有關。《西遊記》書中，
就常以「肝木」配八戒，以「心火」配悟空，以「腎水」配三
藏，以「脾土」配沙僧。此外，沙僧還多次被指為「刀圭」和
「黃婆」❶。刀圭狀若剃刀，上有一圈，如圭璧之形，服食家
舉刀取藥時，用以稱度。黃婆即脾中涎，可以媒合「姹女」與
「坎男」，使之交會；「黃，乃土之色，位於坤，因取名焉」❶。
總之，不管是「刀圭」或是「黃婆」，都有調和的義涵。

　　從《西遊記》書中的描述，我們發現沙僧確實經常擔起調
和與凝聚的任務。沙僧的調和通常是表現在止爭與順從兩方面。

---

❶　同前引書，頁二二九。

❶　同前引書，頁三六〇。

❶　「刀圭」一詞見於《西遊記》第四十回回目及頁二二六、八九〇；「黃婆」
　　一詞除見於該書第五十三回回目外，還出現在頁二三三、三〇六、四〇
　　三、五七四、六一五、六五八。

❶　蕭廷之，《修真十書金丹大成集》，在《正統道藏》（臺北：藝文書局，民
　　國五十一年），卷十，頁四及卷十三，頁七。

譬如，在該書第卅七回，三藏從夢魘中驚醒，記得鬼王曾留下寶貝為記，但八戒認為那是無稽之談；沙僧為了避免不必要的爭鬧起見，主張生火開門查看。在「號山逢怪」一難裡，他曾勸三藏勿念起緊箍兒咒；這是他調和水火的一個顯例。另一次，唐僧師徒來到盤絲洞附近時，悟空和八戒欲代師尋食，以服弟子之勞；但三藏堅欲親自求施，還是沙僧在旁笑勸師兄「不必違拗」。還有一次，三藏在鎮海寺被無底洞女怪擄去，悟空怒氣填膺，就要打殺兩個師弟；結果，沙僧「軟款溫柔」，苦苦哀告，訴說「單絲不線，孤掌難鳴」的道理，才叫悟空回心轉意，三眾也才合力去找尋三藏。這些事例都顯示沙僧確是時時在負起調和的職責。

其次，為了調和生尅，使師徒四眾能夠同心同德，以完成任務起見，沙僧經常抱著「以和為尚」的原則去順從別人的意見。比方說，四眾離開盤絲洞後，悟空望見遠處有一觀宇，三藏遂加鞭促馬，來到觀前；這時，八戒主張進去看看，沙僧亦以為然，認為「一則進去看看景致，二來也當撒貨頭口。看方便處，安排些齋飯，與師父喫。」他們來到比丘國時，三藏表示要進城查問消息，沙僧當即贊同。師徒在滅法國時，悟空主張五更出城，沙僧馬上答道：「師兄處的最當，且依他行。」在「隱霧山遇魔」一難裡，蒼狼怪謊稱三藏已死；這時，悟空與八戒同仇敵愾，決意為師報仇，沙僧便答應在原處看守。他們在鳳山郡時，悟空想去奏天求雨，沙僧當即促他快去。最後，四眾在雷音寺取經時，阿難和伽葉欲索取人事，悟空見他們存心刁難，不免叫噪起來，而沙僧則跟八戒耐著性子，勸住悟空。在取經的過程裡，沙僧這種順從的態度，的確化解了許多不必要的爭執，對於取經人之間的感情，則大有增益。

　　在凝聚方面，沙僧更發揮了無比的功能。在邁向西天的路途上，取經人都曾興過猶疑或退卻之意。三藏會偶因勞途困頓、妖魔縱橫而不覺駭疑畏阻，懷家念國。有時，在途經深山、觀賞景致之際，會心焦念室，思念回朝；見明月當空，清光皎潔，也會心懷故里。有時，甚至還會百感交集，思鄉難息。他在鎮海寺裡病了三天，自覺病體沉疴，就想修書，叫悟空送到長安去「啟奏當今別遣人。」悟空則因三藏嘮叨不迭，不信其言，而多次表示不願西行求經；他曾為打殺六賊一事遭三藏責怪而氣極出走；又曾在「號山逢怪」一難裡發言散夥，在「陟澗換馬」與「真假行者」後，懇求觀音替他解開緊箍兒；並在「難辨獼猴」與「路阻獅駝」諸難中，訴請佛祖退去金箍，放他還俗。老實說，若非受制於緊箍兒，悟空恐怕早就已去當天地不羈的自然人了。取經人當中最常提議散夥的是八戒。他在臨別高家莊時，囑其岳父善待其妻，以備取經不成，回來「還俗」，照舊當高家的女婿。這一「還俗」的念頭，盤據在他的腦海裡，在西行途中反覆萌現。只要偶遇艱險，他便心生退意；只要取經人稍有差池，他便提議散夥。他在「金鑾殿變虎」、「平頂山逢魔」、「蓮花洞高懸」、「再貶心猿」、「路阻獅駝」、「僧房臥病」以及「無底洞遭困」諸難的當間或前後，都是這樣，若非倡議「各尋道路」，就是彈起回高老莊看「渾家」的老調。

　　沙僧的態度就迥然不同了。除了「路阻獅駝」一難中，因聽信八戒之言而欲分行李之外，他在十萬八千里的旅程上，十四個寒暑當中，從來就不曾打過折返流沙河去當水怪的主意，也從來就不曾抱怨過路遙難行，可說是個道地的苦行僧，有十足的龍馬精神，其意志之堅強，遠勝於三藏。他知道取經之事是為了將功折罪、求取正果，因此不但毫無退悔，還曾三度勸

說八戒。一次是在師徒離開火雲洞以後一個多月，三藏思鄉難息，八戒深恐魔障凶高，靈山難達，他就勉勵八戒「且只捱肩磨擔，終須有日成功也」；另一次是在四眾離開比丘國之後，三藏又興家園之念，八戒亦覺路遠難到，沙僧便勸八戒「只把工夫捱他，終須有個到之日」；最後一次是當諸聖取得真經，來到通天河西岸，八戒覺得進退兩難，沙僧又勸他「休報怨」。每逢災難臨頭時，他絕不像八戒那樣倡言散夥，倒是經常以至誠感動同伴，力勸師兄合意解救師父。關於這點，「號山逢怪」一難便是最好的例子。當時，悟空因唐僧被妖怪攝走，氣極而發言散夥，八戒立時表示贊同，但

> 沙僧聞言，打了一個失驚，渾身麻木，道：「師兄，你都說的那裡的話；我等因為前生有罪，感蒙觀世音菩薩勸化，與我們摩頂受戒，改換法名，皈依佛果，情願保護唐僧上西方拜佛求經，將功折罪，今日到此，一旦俱休，說出這等各尋頭路的話來，可不違了菩薩的善果，壞了自己的德行，惹人恥笑，說我們有始無終也。」（第四十回）

沙僧的誠意終叫悟空與八戒回心轉意，同去搭救三藏。

這種「凝聚」的衝動 ⓭，有時會促使沙僧獻計設謀，籌劃應敵之方。《西遊記》書中的某些情節便是因沙僧為了取經人的安危而製造出來的。譬如，在第四十一回中，悟空大戰紅孩兒，

⓭ 「土」有「依戀」的特質，這可從《西遊記》書中的兩個例子看出：第十二回中，太宗送三藏離京時，以御指拾一撮塵土彈入酒中，對三藏說：「寧戀本鄉一捻土，莫愛他鄉萬兩金」；第廿五回中，鎮元仙著人抬行者不動，眾仙道：「這猴子戀土難移，小自小，倒也結實。」這種「依戀」的特質應是促進凝聚的另一個因素。

儘管手段和槍法都遠勝，卻輸在煙火厲害；這時，沙僧便建議
以「相生相尅」取勝，悟空遂往東洋大海求借龍兵，冀能以水
滅火。但凡水滅不了三昧真火，沙僧又建議悟空求助於觀音，
這才降服了紅孩兒。有時這種衝動又進而表現在直接的參與。
沙僧自知神勇不如二位師兄，因此在這西行取經的偉業裡，情
願默默地挑擔、牽馬以及護持唐僧，偶爾也還得安排茶飯、整
治菜餚。每逢悟空與八戒對敵妖魔時，他就負起保護三藏的任
務；必要時，他也會奮不顧身，加入戰鬥。儘管他曾多次被縛
❷，卻也曾大戰銀角大王，獨鬥黑河妖孽，與八戒合力水戰靈
感大王，又跟二位師兄大戰黃眉老佛、無底洞女妖、隱霧山狼
怪、豹頭山獅精以及青龍山犀牛怪等，建立了不少汗馬功勞。
而「喫水遭毒」一難中，悟空若非他的協助，恐怕還不易取得
落胎泉的泉水。

　　由於這種深摯的關切，沙僧在面臨伙伴落難時，常流露出
同情與悲憫。只要取經人遇難，或有所傷損，都會叫他杌隉不
安、衷心憂傷。最常讓他關心、也最常得到他安慰的，當然是
唐僧。唐僧被鎮元仙捉回五莊觀中，被綁得渾身發疼，沙僧就
提醒他說：「師父，還有陪綁的在這裡哩。」在「金鑾殿變虎」
一難裡，悟空智降妖怪後，見三藏被變成猛虎，只顧在旁掘短，
沙僧深覺不忍，遂近前跪求，悟空這才了解了三藏的虎氣。三
藏時常或因大河阻道而哽咽失聲，或因路途難行而惶急驚恐，
沙僧便趕緊給予安慰；通天河畔和荊棘嶺前的情形，便是顯例。
而像悟空二度被逐那一次，三藏覺得饑渴難忍，八戒又不見蹤

---

❷　取經人當中被捉次數最多的是唐僧，其次便是沙僧和八戒；沙僧曾被鎮
　　元仙、黃袍怪、銀角大王、獨角兕大王、黃眉老佛、大鵬金翅鵰等仙怪
　　所俘，此外還中過百眼魔君的毒。

影，他便急駕雲光去找取。在比丘國時，唐僧聽說昏君欲食小兒心肝，不覺滴淚傷悲，沙僧當即勸他「且莫傷悲」。第五十六回裡，唐僧見悟空提著人頭走來，驚倒在地，是沙僧把他扶起；第七十八回中，唐僧聞說比丘國昏君欲取其心肝煎湯，唬倒在地，也是沙僧將他喚醒。「黑河沉沒」一難裡，沙僧知道悟空請來觀音降了妖孽，第一個反應就是「救師父去也」；而「請佛收魔」後，打開鐵籠、救出唐僧的，也是沙僧。由於極度關切唐僧的安危，因此像隱霧山的魔難解除後，沙僧一見三藏，就連忙跪在跟前，道：「師父，你受了不少苦呵！」

沙僧對悟空的關懷也不稍遜。他常常囑咐悟空要「仔細」，對悟空的安危也同樣在意。譬如，在第四十一回裡，悟空被紅孩兒的煙火所敗，暴躁難禁而遽投澗中，誰知被冷水一逼，竟致火氣攻心，暈死在急流中，順水漂下；沙僧見狀，急忙和衣下水，拖他上岸，卻發現悟空渾身冰冷，不禁悲極垂淚。諸如此類的事例，充分表現了兄弟之愛，令人感動。我們發現，在取經人當中，以悟空和沙僧之間的關係最好。悟空雖有點慧的本性，卻從不捉弄沙僧，待他也極為寬厚。而取經人當中，最叫沙僧佩服的，也正是智勇雙全的悟空。「金鑾殿變虎」一難裡，沙僧聽說悟空回來，頓時喜逐顏開，似覺「醍醐灌頂，甘露滋心」，直如「拾著一方金玉一般」。在車遲國「大賭輸贏」時，他知道悟空有「一肚子筋節」，足以應付任何挑戰。他對祭賽國國王說：悟空的神通廣大，「曾大鬧天宮，使一條金箍棒，十萬天兵無一個對手。只鬧得太上老君害怕，玉皇大帝心驚」；說得神采飛揚。此外，沙僧在獅駝洞逢魔、鳳仙郡勸善以及地靈縣遇盜等插曲裡，都曾對悟空的法力讚佩不已。由於他這般信服悟空，也就難怪他凡事唯悟空馬首是瞻；同時，也由於他們之

間的關係和諧，唐僧才會在「再貶心猿」一難中，叫他到花菓山去討回行李。

　　然而，對於八戒，沙僧的態度就截然相異了。他曾多次嫌八戒「嘴臉」不好，說他「村野」，勸他「斯文」。他知道八戒好色愛財、貪吃懶作，又藏有私房。在「四聖顯化」裡，八戒迷於財色，被黎山老姆懲罰後，又遭悟空搶白一番，正咬牙忍痛之際，沙僧乘機消遣他說：「二哥有這般好處哩，感得四位菩薩來與你做親！」後來，三藏和八戒「喫水遭毒」正覺難過之時，沙僧又揶揄八戒道：「二哥，莫扭！莫扭！只怕錯了養兒腸，弄做個胎前病」，惹得八戒眼中噙淚，而沙僧卻又笑道：「二哥，既知摧陣痛，不要扭動，只怕擠破漿泡耳。」在寇員外家中時，八戒挨三藏責罵，說是「夯貨」、「好吃」、「畜生」、「嗔痴」，又被悟空狠狠揍了一頓，結果沙僧不但不曾相勸，還在一旁笑道：「打得好！打得好！只這等不說話，還惹人嫌，且又插嘴。」不過，沙僧也曾多次與八戒合作，像奮戰黃袍怪、合攻靈感大王等便是顯例。何況，他對於八戒的取笑，也多半無傷大雅：他在揶揄八戒的親事之前，已先將他從樹上解了繩索救下；在消遣八戒陣痛之後，也跟悟空合力去取回落胎泉水。

　　大抵說來，沙僧並不能說是一個積極而成功的調和者與凝聚者。取經人發生異議時，他經常保持緘默。對於八戒挨打挨罵時如此，碰到唐僧和悟空有了摩擦時，也往往這樣。他除了在「號山逢怪」一難裡勸過三藏不要念動緊箍兒咒外，在「屍魔戲禪」、「鬼王夜謁」以及「狂誅草寇」等插曲裡，都未曾挺身替悟空說項，而讓八戒在一旁攛掇，難怪悟空數責他說：「你這沙尼，師父念緊箍兒咒，可肯替我方便一聲？都弄嘴施展！」不過，衝突是小說的生命；沒有衝突，就沒有小說。因此，如

果沙僧每次都能積極而成功地達成使命的話，則《西遊記》一書的戲劇性勢必大為減低；全書一旦減低了戲劇性的衝突，則亦將減低其蓬勃的生命。我們只要知道文學作品中，擔任調解之職的都屈居為次要角色，就不難明白沙僧所以會表現得不盡如人意了。

進一步說，沙僧也並非一味依順附和、了無個性，有時他也會適度地批判是非、表示意見。除了上文提過他曾主張以水尅火的事而外，他還在寶林寺論月之晦望時，指出弦前弦後與五行相攙的道理；又在第五十八回中，建議三藏念動咒語來辨明真假行者。此外，他不像八戒那樣喜歡胡言亂語，也不像兩位師兄那麼好開殺戒；在整個西遊的過程中，他只在第五十七回中，殺過假沙僧；在第八十九回中，燒過豹頭山虎口洞；在第九十二回中，跟八戒同焚青龍山玄英洞。取經諸聖當中，除了八戒以外，都曾或剪斷二心，或脫去假體：悟空打殺了跟他形貌、武藝相仿的獼猴，唐僧在凌波渡中棄絕了塵軀；而沙僧則在花菓山杖斃了假沙僧，使得他原有的「誠」，更趨真實。在整個取經途中，最常發怒的是悟空，最貪吃躲懶的是八戒，最常肚餓的是三藏；沙僧就沒有這些毛病。他處處表現合作的態度，也時時自謙；比如說，他對祭賽國國王誇稱二位師兄的神通，卻說：「惟弟子無法力。」他不如悟空那麼靈慧，卻也不像唐僧和八戒那麼魯鈍，所以見了五莊觀景致鮮明，知道「必有好人居止」；見波月洞，就知道是個「妖精洞府」；見半空中的兩盞燈光，也知道不是燈籠，而是「妖精的兩隻眼睛」。他頗能通達人情事故，因此勸悟空不必去跟紅孩兒認親。對於事情的考慮也甚為詳密，所以會勸唐僧不要急著過通天河，且「待天晴化凍，辦船而過」，以免「忙中有錯」；而當悟空折回找他當

幫手去取落胎泉水時，他便帶了兩條繩索，「恐一時井深要用」。從兩樁事情上看來，我們還可發現他確是個頗講義氣的漢子：一件是在三十回中，黃袍怪疑心百花羞寄書求援而將她摜倒時，沙僧心想自己既已被縛，索性以命相報，遂對妖怪謊稱她是冤枉的；另一件是在九十回中，唐僧師徒全被九靈元聖活擒，卻只有悟空一人挨打，「沙僧見打多了，甚不過意」，情願替他挨打百下。這等行徑絕非自私自利的八戒所能表現出來。

當然，沙僧也有許多弱點。他在廿四回中，不但沒有勸止悟空不要偷摘人參果，反倒洩露了貪慾，也想嚐一嚐；在五十回中，不聽三藏的勸告，因偷穿了納錦背心而遭金兜洞妖魔所逮。他曾有兩次缺乏主見的行動：一次是在「路阻獅駝」時，聽信八戒之言，準備散夥，這在上文已經提過；另一次也是聽信八戒之言，踏出了悟空所劃的棍圈之外，以致有「金兜山遇怪」之難。

三、結語

從取經故事的演化中，我們可以發現沙僧向來鮮獲作者的刻意著筆，難怪譯者忽略、論者少提。他在史實上，似有蛛絲馬跡可尋；在文學作品裡，則由絢爛的深沙神，變成了沉默的苦行僧。他在百回本《西遊記》中，相貌相當清晰，地位相當重要，而個性也相當分明❹。他自從加入取經的行列以後，便默默耕耘，發揮了「土」居中調和生剋、凝聚五行的功能。他的順從是「以和為尚」的具體表現；他的悲憫絕非童騃式的，而是關切之情的自然流露。就取經的隊伍來說，三藏是指標，

---

❹ 參見 Arthur Waley 譯, *Monkey* (London: George Allen & Unwin, 1942), 頁 10.

悟空是一股前衝力，八戒是一股離心力，而沙僧則為一股向心力，表現了高度的團隊精神。沒有三藏，就無取經之事；但三藏只是名義上的隊長，悟空才是實質上的領袖，因此沙僧對他們當然就表示了關懷與服膺，但對於慾壑難填的八戒，則經常給予揶揄和譏諷。從五行生剋的觀點來看，沙僧跟悟空相處甚洽，是因為他們彼此處於相生之序（「土」生「金」；「火」生「土」）；他經常揶揄八戒，有時也遭八戒怪罪 ❷，則又是因他們處於相剋的地位（「木」剋「土」）之故；他雖不曾當面取笑三藏（「土」剋「水」），但有時在揶揄八戒時，也間接這麼做了。

　　沙僧在取經途中處處表現了合作、順從與隨和的態度，因此能夠跟別人相處得頗為融洽，但別人對他的評價並不相同。唐三藏曾經罵悟空兇惡，罵八戒痴呆，卻不曾罵過沙僧什麼。悟空曾說沙僧是「好人」；而八戒則在背後譏他「面弱」。文評家對於沙僧的批評也大致可分為三型：三藏型的對他無所置評；悟空型的說他和順、忠厚；而八戒型的則指他柔懦、沒有個性，最沒有用，是個尸位素餐之輩。

　　百回本《西遊記》之後，敷敘取經故事的作品還有楊志和《西遊記》（萬曆年間由余象斗編於《四遊記》中）、朱鼎臣《唐三藏西遊釋厄傳》❸。最近有改寫成通俗說唱形式的《說唱西遊記》。此外，與西遊故事有關的還有《續西遊記》，傳本未見；董說《西遊補》，旨在借悟空夢境，痛詆時政，對於沙僧當然也未嘗著墨；只有《後西遊記》中的沙致和仍然存留著一點沙僧的背影。

---

❷　例如，八戒曾在第廿二回中，怪罪沙僧不早皈依。
❸　關於楊志和《西遊記》及朱鼎臣《唐三藏西遊釋厄傳》的年代問題，詳見杜德橋，〈西遊記祖本的再商榷〉，《新亞學報》，六期（一九六四年），頁四九七～五八一。

許仙和他的問題

楊　牧

　　知道許仙的人，都知道許仙有問題。

　　許仙的問題和哈姆雷特的問題有些相似，可又不盡相似。哈姆雷特優柔寡斷，許仙也優柔寡斷。可是那位丹麥王子最後終於仗劍復仇，雖然因此而致血濺宮闈，王室為之覆滅，哈姆雷特仍不失為一位文質彬彬，器宇昂昂的悲劇英雄；許仙則完全不行，做為一個男子，這位生藥鋪老板可以說是一敗塗地，人格算是徹徹底底破產了！艾略特於哈姆雷特和他的問題，論辯甚詳，是耶非耶，在文學研究方面，已經變成艾略特自己的問題，疑之者甚眾，駁之者亦眾。我們且看看許仙的問題。

　　傳統的中國故事，總是建立在固定的價值觀念和不變的道德標準上，而其成敗的判斷，往往順應一個模式來產生。偶爾有些脫軌而出的傳奇人物，雖然能以他們特殊的生涯印證或甚至發揚開明的哲學思想，使我們不得不停步反省，乃至於批判那固定的價值觀念，檢討那道德標準所決定的成敗判斷，但那種例子終是不多的。除了偉大的儒家道統以外，中國幸虧還有一個強有力的道家風格，在生命的肯定和否定上，構成健康的制衡作用，我們也幸虧大度地接受並且消化了佛家思想，疊架起一個鼎足的精神歸宿，使我們的人生去留不致於操縱在一神的掌握裡。這種開放的文明系統，是傳統中國社會賴以維繫的基礎，也是我們今天「發思古之幽情」惟一可以仰望的對象，假如我們有權利有閒暇來發思古之幽情的話。

　　脫軌而出的文學，也要建立在作者對於生活觀察上，並不

是可以憑空想像的，即使不是寫實，至少也是他們對於更合理的生命情調的憧憬和試探，這是一種反抗的情操，是全民族批評精神最晶瑩的凝聚，例如湯顯祖的《牡丹亭》和曹雪芹的《紅樓夢》，向那個固定的價值觀念挑戰。無論是杜麗娘對於情的執著，或是賈寶玉對於情的放棄，都有力地表現出傳統中國人文思想裡最自由逍遙的獨立精神。這是社會進步的具體表現，邁向一個肯定生命的崇高理想。

沒有一個作者能夠憑空創造文學。嚴格說來，所有的文學都是寫實的文學──現實在那裡，就看你如何寫它，從哪一個角度寫它。你可以直指事件的脈絡經緯，也可以迂迴託意，發而為象徵，為寓言；你更可以結合這兩種技巧，從直接的摹寫開始，到間接的意念結束。文學裡自有許多常人覺得「不可能發生」的情節，所謂「滿紙荒唐言」，但歸根結底，這滿紙的荒唐言更因為它的縹緲抽象，往往又比落實的描繪更真實──它真實，因為它置之四海而皆準。普羅米修士盜火遭譴，是傳說，是神話，嚴格說來，也是古希臘人的荒唐言，但這個故事歷久而常新，甚至在拔離地中海文明的框架之後也是準確而真實的。它的抽象性格使然。普羅米修士只是一個象徵，他的性格是我們凡人蠢蠢欲動的一種性格，這個性格急欲分離提升，可是我們又充滿了恐懼和戒心，不敢加以充分發展，因為我們不敢輕言犧牲，乃設想創造出一個超越的巨神，請他執行我們的精神反叛；他的受難也只是象徵，我們不只同情他，我們崇敬他，以他的奮鬥為我們向上的鼓舞。所有的神話都是教誨的。哀斯格勒斯的文學表現古希臘人的心情，普羅米修士被縛於巨岩之上；雪萊的文學表現十九世紀歐洲人的心情，普羅米修士被釋，這是浪漫主義最最不可詆侮的神髓；勞勃‧羅威爾 (Robert

Lowell) 的文學表現當代美國人的心情，普羅米修士再度被縛。江山代有才人出，不是為了渲染普羅米修士的痛苦，而是為了探討人之所以痛苦。哀斯格勒斯、雪萊、羅威爾之輾轉探討，都以古希臘民間的傳說（「神話」）為基礎，各自從事他們深刻理念的詮釋。文學大多是詮釋，對於民間傳說和信仰的詮釋，而不是發明。在這個詮釋的過程中，你可以讚美，可以批判，而且應該讚美應該批判；文學絕對不只是「反映現實」。

「白蛇傳」是中國的民間故事，而且可以說是所有民間故事裡最不同凡響的一個。如果我們略去祭塔一節不看，只集中於白蛇和法海和尚的衝突，「白蛇傳」也是完美而超越。蓋祭塔一節想是傳統心理中補償作用的發揮，我懷疑那是好事者後來添加的，不應該是這個故事的原型。以祭塔收尾，「白蛇傳」的情節即落入老套，這是十分可惜的；話雖如此，這個收尾又足可以透露一般民間對於整個故事的詮釋，因為白蛇是最值得同情的。

白蛇最值得同情，因為白蛇是善良的。而相對於白蛇的，即是法海，法海是可惡的。照傳統社會的是非標準來判別，「白蛇傳」裡的角色，當以法海為至高至聖；他是佛門弟子，具備他那一號人物的好生之德；他應該是謙善恭良的象徵，他保護凡夫俗子，他超渡你，也超渡他自己。法海以下的好人，應當是循規蹈矩奉公守法的人——男人——也就是許仙。男人以下，應當即是女人，暫時可以白素貞和小青作為代表。男女人以下，方才是蟲蟲，也就是白蛇和青蛇，她們是毒物，是邪惡的象徵。這個次序大致上沒有問題：人為萬物之靈，故在蟲蟲之上；男人是天，故在坤道之上；一旦他看破紅塵，出家人四大皆空，秉持剛正，與世無爭，故和尚應該是「白蛇傳」裡所有角色中

之最善良的象徵。

　　然則不然。「白蛇傳」所表現的是這個傳統標準的全盤推翻。法海起初多管閒事，到底是出家人慈悲為懷，立志超渡許仙（這個典型的沒有用的「人」），免他為蠱蟲所害，猶有可說；不過等到他明知白娘娘並無加害許仙之意，明知他二人（加上小青）恩愛幸福，兀自執拗頑固，一再搗蛋，硬要把他們拆散，終至趕盡殺絕，他到底還是「白蛇傳」裡最最可惡的人物。許仙也可惡，他明知娘子對他好，也想對娘子好，奈何又如此意志薄弱，聽信妖和尚的話，一再謀害自己的結髮妻子，把一個溫柔多情的女人整得死去活來！這種男人，真是荒唐糊塗透頂，夠可惡的了。做為女人的白蛇、青蛇，和這一僧一俗比起來，是如此的善良，如此的可愛，如此的可憐，可又是如此的勇敢。編故事的人，所有的同情心和愛都放到這一對被人類蹂躪欺凌的蠱蟲上。她們敢愛，借傘一節，沒有蕩婦人的挑逗，只有好女子的深情──愛情要使它完成，要使它深遠，要使它恆久，這是多麼執著專一的愛情；愛情甚至要容忍要原諒，她們一再原諒許仙，求他不要和那妖和尚來往，這是多麼寬宏偉大的愛情。當她們被逼迫得走投無路，她們也敢恨；為了搶回許仙，終致水漫金山，殃及生靈，犯了殺人的天條。可是公平地說來，犯罪的是法海，不是白蛇。法海明知白蛇勢必水漫金山，殃及生靈，卻全無救人之心，為了鬥爭的私心，忍見千百人溺水而不顧，到此你不得不斷定他之一再劫持許仙，並不是為了什麼慈悲好生，而只是因為恃強好勝，這個和尚根本就是一個本末倒置，沒有原則，沒有心肝的大魔頭。

　　依我看來，「白蛇傳」表現的正是這種大無畏的精神，向定型的道德標準和社會結構挑戰，為被壓迫的女性請願，為被踐

踏的蟲豸呼救；控訴虛有其表的男性的軟弱、無能、無情，甚至於無恥；揭發假裝慈悲的宗教勢力，撕破他們的假面具，即使不能一舉淹沒它，至少也要讓它體會到愛的意志是如此不可侮辱不可抹殺的。白蛇也許是失敗了，但她的痛苦拯救了我們幾乎毀壞於虛偽的道德禮教下的心靈；她是我們的代言人，我們的普羅米修士，她的精神也代表我們心中蠢蠢欲動而又不知如何奮發的精神。她被囚禁於雷峰塔下，正如普羅米修士之被縛鎖於巨岩之上，但勝利者的心理是漆黑一團的，法海不快樂，正如宙斯也不快樂。如此說來祭塔一節也就可以接受了。哀斯格勒斯說，有朝一日那被群蠅追逐的女子艾歐下嫁生子的時候，也就是普羅米修士獲釋的時候；然則，雪萊莫非是艾歐的兒子？

　　即使如此，知道許仙的人，都知道許仙還是有問題。這個意志薄弱，無情無義的傢伙，平白撿到一個狀元兒子，這成什麼世界？假如你說狀元兒子祭塔只是編故事人的「詩底公理」(poetic justice)，對於白蛇的受難，提出人性的慰藉，我不願意爭辯。也許是罷，一粒麥子不死，如何能有千千萬萬粒麥子？可是許仙憑什麼獨享這種風光？真的，他憑什麼？

　　許仙可能也是非常不快樂的，他應該比法海還不快樂，這不算是「詩底公理」。他應該遭譴責，因為他犯的罪過簡直無可逭宥。他毀了白蛇，也連帶毀了青蛇。青蛇的噴怒表示她比白蛇冷靜，至少在愛情來臨的時候，她比白蛇冷靜；她幫白蛇贏得許仙，也為自己贏得許仙，正如紅娘之幫鶯鶯，也是有她深植的慾念在內心運作，這是一種千真萬確的 libido，是不必逃避也無從逃避的，因為惟有白蛇贏得許仙，青蛇才能贏得許仙，也惟有鶯鶯贏得張生，紅娘才能贏得張生 —— 雖然快樂是如此的短暫。傳統故事裡的丫環在牽引折衝的時候，都為那份 libido

觀世音菩薩之研究

李聖華

一、觀世音崇拜史略與其名義傳說等

A.史略

崇拜約始於鳩摩羅什（印度人，東晉時入中國，歿於弘始十一年，即佛滅九五二年，西紀四〇九年）譯《法華經》前後十餘年。其前已有書籍讀品提及其名，引起一般人士之想像。其後方啟崇拜之風。至梁朝智顗著《法華玄義》時代，其風漸盛。後經唐文宗（八二七至八四〇年）之尊崇推廣乃達極峰。由唐至今則已普遍化矣。

此種崇拜發源於何處，受何處之影響？一說從敘利亞波斯來。以為觀音手中淨瓶之水，等於 Atargati 所保護之賜生水。更有吻合者，Atargati 為魚神，觀音像常與魚相伴，崇拜觀音者，亦愛顧魚族。據著者愚見，聖水一事為偶然洽合，至於魚像則在佛教其他崇拜亦曾應用，非觀音所獨有。且一兩部分之巧合，不足為憑。

一說受埃及之影響。威爾斯 (H. G. Wells, 1866–1946) 作《世界史綱》內中有云：「中國道教中有一神名曰聖母，曰天后？後更名觀音，本係男神之名，其像與埃西 (Isis) 相似。埃西必影響及於觀音，且與埃西並同為海神。」顧頡剛作《古史辨·序》曾說：「閻羅不是印度所固有，乃是受埃及的影響。閻羅王大約即是尼羅河 (Nile) 之陰府裁判神烏悉立斯 (Osiris)。看閻羅與尼羅

的聲音相合，甚為可信。」如此說果真，則可為觀音自埃及來說的旁證。但我以為不必真。在埃及神話中，埃西與烏悉立斯，備極親愛。但在中國，照我所知，觀音與閻羅似處於相反的地位，何以同由一地而來，而異其傳說耶？

又按埃西抱子圖與觀音抱子圖並不如何相像。（參看《觀音史大綱》上）至於說同為護海神一則，則可以說其出於人類心理作用之相同。不錯，觀世音本非女神，然一般人士卻如此相信；全世界司慈惠之女神，民間多奉為護海神，如羅馬教之 Mater Dei 等；大慈大悲之觀世音，安得不肩負此種神職哉？故余以為解釋此則不應當用神話傳播原理 (theory of mythic diffusion)，而應用心智作用類同原理 (theory of similarity of mental working)。

一說（不再上溯）此說從印度來。此說極確，無可疑惑，然余卷心所欲言者：印度偶一暗示，作為引端而已，其他一切信仰儀節純是中國本色，深含有道教氣味。

B.觀世音三字之意義

普通解釋是：觀苦惱眾生呼籲之聲音而使之解脫。簡稱為觀音之故。有云唐人避用世字所致，然今人馬太玄氏云：「案唐代新譯經論改觀音為觀音自在，是意義上關係，並非避諱李世民之世字，當代所譯之書均不避，可為證。」

按《西域紀》曰：「阿縛盧枳低溼伐罪 (Avalokitesvara)，唐言自在。合字連聲，梵語如上。分文散音，則阿縛盧枳多譯曰觀；低溼伐罪譯曰自在，舊譯為光光音或觀世音者謬也。《大日經》則作觀音自在。所謂觀音自在，心離煩惱通達無疑也。」舊譯從觀音之功能取義，新譯則從其自身取義；前者屬乎用，後

者屬乎禮。前者通俗，雖不切原所沿用也。

C.觀世音菩薩之面目

㈠在佛經中之觀音　㈲在《楞嚴經·中署》云：「觀世音菩薩，嘗白佛言：世尊！憶念我昔無數恆河沙劫，於時有佛出現於世，名觀音者，我於彼佛教菩提心彼佛教我從聞思修，入三摩地，獲二殊勝：一者上合十方諸佛本妙覺心，與佛如來同一慈力；二者下合十方一切六道眾生，與諸眾生同一慈仰。世尊由我供養觀音如來！彼如來授我如幻，聞重聞修，金剛三昧。與佛如來同慈力故，令我身成三十二應，入諸國土。與諸眾生同悲仰故，令諸眾生於我身心，獲四十種無畏功德。彼佛如來，歎我善得圓通法門，授記我為觀世音，由我觀聽十方圓明，故觀音名徧十方界。」——此是觀音成道歷史。（自然此非正史，《楞嚴》等經非如來所親說，不過為大乘教祖師如龍樹無著等所造的。）

至於觀音之能事，則以卅二現身說法為最。卅二現身說法名目過繁不具引。卅二變身中，於變四身作女相，此堪注意。（按 Hasting 所輯《倫理宗教百科全書》觀音條下云：「佛經原文只作十六變身，譯成中文則有卅三變（其實卅二，著者），蓋卅三者中國賢人慣用之聖數也。」不知此說果真否，果真則足證明觀音崇拜本色化之深。）

㈡在《妙法蓮花經·觀世音菩薩普門品》云：「若有持是觀世音菩薩名者設入大火，火不能燒，⋯⋯若為大水所漂，稱其名號即得淺處。⋯⋯若復有人臨當被害稱觀世音菩薩名者，彼所執刀杖尋段段壞，而得解脫⋯⋯」此是物質困苦中之救主。

「若有女人欲求男，禮拜供養觀世音菩薩，便生福德智慧

之男。設欲求女,便生端正有相之女。」此是生育之神。

「若有眾多淫欲,常念恭敬觀世音菩薩,便得離欲。」此是精神上之救主。

㈡**經驗中之觀世音** 《法苑珠林》為佛教典實重要書籍,其中引僧行遠《高僧傳》九看法:「魏天平年中,定州募士孫敬德造觀音像,自加禮敬。後為劫賊所引,不勝拷楚,妄承其罪。將加斬決,夢一沙門,令誦救生觀世音經千遍得脫。有司執縛解市,且行且誦,臨刑滿千,刀斫自折,以為二段,使肉不傷,三換其刀,終折如故。其後視像項上有三刀迹,以狀奏聞,丞相高歡表請免死,敕寫其經廣布於世,今謂《高王觀世音經》。」(《高王觀世音經》現代跡駐且誦,與道教〈太上感證籤〉齊名。)

又說:「晉孫道德益世人也,奉道祭酒,年過五十未有子息。居近精舍。景平中沙門謂德必有兒,當至心禮誦《觀世音經》,此可冀也。德遂罷不事道,單心投誠歸觀世音。少日之中而有夢應,婦即有孕,遂以產男也。」

近人所編《觀世音菩薩本迹感應頌》亦詳載信士所見,過繁莫能引。但書中屢說菩薩在夢顯聖,此堪注意。聞說日本有夢廟 (Hall of Dreaming) 為祠觀音者。

㈢**普通傳說中之觀音** 《香山寶卷》載:「迦葉時,須彌山西,有一世界,國名興林,廣土萬八里。年號妙莊王,姓婆,名伽,年始廿,眾稱為尊,祝立為帝。正宮皇后名寶德,與帝同壽,常行慈善,萬事寬宏。生無子嗣,僅有三女,長曰妙書,次曰妙音,三曰妙善。王為三女招婿,妙書招文士,妙音納武士,惟妙善時年十九,不願成婿,逕往汝州龍樹縣白雀寺內為尼。寺中有尼僧五百,僧頭派妙善在廚中當苦役,灶君具奏上帝,敕傳三官五岳,撥差八部龍神,著令六丁六甲,速去白雀

寺代勞。又令東海老龍，在廚中開井，各山走獸送柴，徧處飛禽送菜。妙善在寺，坦然自在。王怒妙善羈寺不回，乃遣朱棐二侯，率兵焚寺，妙善禱告畢，抽下竹釵，口中刺血，向空中一噴，霎時天降紅雨，火息煙滅。王聞更怒，差兵拿縛妙善，押解法場，凌遲示眾。當時佛施毫光，刀斷劍折，劊子手即以弓弦絞其咽喉致死。忽來一猛虎，將屍衛去，拖去松林。妙善一到陰間，超生千萬鬼囚，閻羅王令妙善回到屍所，入魄還魂，得啖仙桃，到惠世澄心縣香山，隱身修煉。九年後，妙莊王患惡癩，訪求醫治，妙善化作老僧仙人，將左右手眼割剜合藥，醫愈王癩。王愈後，推位讓國，率領全宮眷屬，滿朝文武，同往香山修行。佛隨以千手千眼大慈大悲救苦救難無上士觀世音之號，投報妙善云。」

還有許多事說：《重增搜神記》所載，與《香山寶卷》大有出入。例如《香山寶卷》說其父秉性慈祥，《搜神》則云本是好殺。又有傳說，說菩薩乃轉輪聖王之長子，名不旬，此說為最古之一。

㈣在圖畫之觀音　茲略舉數種：

　㈠唐以前多男像，以後則作女身，其故詳下文。

　㈡端坐抱子，傍無修飾。

　㈢千手千眼（實無千手千眼只有卅九，其中有持花持兵器者，持兵器者為數居多）。

　㈣有手持淨瓶、楊枝者，伴以魚或龍者，伴以童子（善才）者，伴以鸚母者。

　㈤有踏波者；有坐蓮花者。

㈤觀世音之種類　觀世音本來只有一位，但其有卅二現身故，輾轉訛傳，觀音一名，成為全的名字，其中含有許多種，

茲舉其重要者：

　　㈲過海觀音　聞說觀音由印度洋飄流到浙江普陀山。此
　　　　為護海神。

　　㈡紫竹觀音　其意義與過海觀音相同。

　　㈢魚籃觀音　含有放生意義，特別注重放生魚族，或云
　　　　魚籃乃盂蘭之訛。

　　㈣八難觀音　或說八者完全之數也。菩薩能救一切苦難
　　　　也。或說佛經有八難之說，經有云：「八處眾生，不得
　　　　聞法，故名八難。」菩薩能破此八難，使人得聞法言。

　　㈤千手千眼　無所不能，無所不知也。

　　㈥普陀觀音　言菩薩乃普陀山之神也。

　　㈦白衣觀音　著者不知從何取義。或取其清淨無瑕之意。
　　　　西洋學者疑是受猶太苦修派 (Essene) 常穿白衣之僧侶
　　　　所影響。此說恐不確。

　　讀者讀完上文，切不可忘記者有數事：

　　㈠觀世音者中國救苦救難之神也。與西洋之救世主 (Savior
God) 或守護神 (Guardian Angel) 相差不遠。彼拯人出於物質困
苦精神迷妄之中，可稱為愛之神。

　　㈡觀音有兩種特別責任，一是幫助人類生育，一是管理大
海。

　　㈢彼有變身之術，適合環境，以施拯救。

　　㈣彼常顯聖，常在夢中。中國諸神，有能似觀音與中國人
心理發生密切關係者，可云絕無！

　　㈤欲得拯救者，可稱其名，或誦其經，便可得救。「稱名誦
經」，大有法術之臭味。古人以為知其人之名而咒之則可利用其
人。呼神之名亦可利用神，且得神之能力，《佛教小辭典》書云：

「咒字在梵文云陀羅尼，持此陀羅尼人能發神通。」常頌大悲咒。觀音崇拜與淨土宗可云同派，淨土宗亦以唸佛為得救之道也。

二、觀音大士如何變成觀音女士

宋壽涯禪師〈詠魚籃觀音〉云：「窈窕風姿都沒賽，清冷溼露金欄壞。」甄龍友〈題觀音像〉有「美目盼兮，彼美人兮，西方之人」之句。僧皎然〈觀音讚〉云：「慈為雨兮惠為風，灑芳襟兮襲輕珮。」詩中的觀音有女性美如此。

廣州俗稱美女為生觀音，稱保護少女出外遊覽之男子為觀音兵。又傳說外省人忌粵多才，陰置觀音像於越秀山上，蓋以觀音女性足以壓下秀氣云。英國沃納 (E. T. Charlmers Werner) 著《中國神話與傳說》，內分十六部，第十部敘述慈愛女神，即指大慈大悲救苦救難之觀世音菩薩，竟與羅馬之守護神瑪利亞並列，同為 savior deity。

然仔細考察，便知觀音本非女士，乃大士，男性者也。觀音受香火供養自晉迄今為時千六七百年，何時改其屬性耶？

在佛經中本為男身。《楞嚴》《法華》兩經皆載有三十二現身說法，唯現身名稱微有出入而已；三十二現身只四現女身（尼身，價婆夷即女信士身、命婦大家身、童女身），廿餘男身，其不能以觀音為女子，顯然矣。既非始佛經，又始於何時耶？

今舉三種學說：

第一說，始於宋朝而盛於元明

明萬曆人胡應麟說：「觀音大士，不聞有婦人稱。五長公取《楞嚴》《普門》三章合刻為大士本紀，而著論破元僧之妄。嘗考《法苑珠林》《宣驗》《冥祥》等記觀音顯迹，六朝至眾，其

相式觀音或沙門，或道流，絕無一作婦人者。及觀宋壽涯禪師〈魚籃觀音詠〉與甄龍友〈題寫觀音像〉，乃知其訛起於宋人。」他後來又說：「嘗攷宣和畫譜，唐宋名手寫觀音極多，均不云服婦服。李薦薰盡破所載諸觀音亦然，則婦人之像當自近代——元明間。」

第二說，始於唐或以前（此說可為第一說之批評）

《瑯邪代醉編》曰：「胡君此說，蓋本王長公之意而考證於《楞嚴》《珠林》等函，詳矣……然謂其相起於宋元，則似未然。如什元楚《盧東記》有『危冠百寶風容動搖』之語，僧皎然〈觀音讚〉有『慈為雨兮惠為風，灑芳襟兮襲輕珮』之句，此證非婦服相？今吳道子畫像猶尚刻石滁州，垂璨帶釧，全無沙門菩薩之狀……謂女形始於宋元蓋未深考耳。」又曰：「嘗考佛書《感應傳》稱元和（唐憲年號）十二年，菩薩大慈悲力欲化陝石，示現為美女子。人求為配，曰：『一夕能誦普門品者事之。』黎明徹誦者二十輩。女曰：『一身豈能配眾？可誦〈金剛經〉。』至旦通者猶十數人。女復不然其請，更授以《法華經》七卷。約三日。至期，獨馬氏子能通。令其具禮成婚。客未散而死。葬之。數日有老僧杖錫謁馬氏，問女所由。馬氏引之葬所。以錫撥之，屍已化，惟黃金鎖子之骨存焉。僧以錫挑骨，飛空而去。故有馬郎婦之稱。泉州璨和尚贊曰：『丰姿窈窕鬢敧斜，賺煞郎君念《法華》？一柱骨頭挑去後，不知明月落誰家。』此事在唐憲宗時。或者唐時相傳有變女相事，故吳道子輩因畫為婦人耶？然亦非始於元明也。」

　　清人趙翼《陔餘叢考》說：「北齊武成帝，酒色過度，病發。自云：『初見空中有五色物，稍近成為一美婦人，食頃變為觀世音，為之療而愈。』由美婦人而漸變為觀世音，則觀音之為女像可知。又《南史》『陳後主皇后沈氏，陳亡後入隋，隋亡後過江至毘陵天靜寺為尼，名觀音。』皇后為尼不以他名，而以觀音為名，則其為女像益可知。此皆見於正史者。則六朝時觀音已作女像。王（長公）胡（應麟）二公尚未深考也。」

第三說，斷是唐代受景教之影響而變身（此說又可為第二說之批評）

　　黃艾《庵見道集》云：「觀音作女像大率昉於唐末，六朝時未有也。甌北（即趙翼）以武成帝沈皇后二事為六朝觀音已作女像證，殊未然。何則？史既云：『空中五色物，成一美婦人，食頃變成觀世音』，則觀音不為女相可知矣。今美女之色者，咸曰觀音；是美婦人既已觀音矣，食頃若仍為女相，何為言變？是《北史》之言不足為六朝觀音作女像之證也。至沈后改名觀音，亦不足為女相之證。觀此，仍當以王胡二公之說為確。又按《小知錄》云：『《法苑珠林》《宣驗》《冥祥》等記顯迹，六朝至眾，其或沙門或菩薩或道流，無作婦人者。魚籃其變相也。後世以為女像，又以為妙莊王女，誤。』《莊嶽委談》云：『今畫觀音者，無不作婦人相。玫《宣和畫譜》，唐宋名手寫觀音像甚多，俱不飾婦人冠服。《太平廣記》載一仕宦妻為神所攝，因作觀音奉焉。其妻尋夢一僧救之得甦。則唐以前亦不作婦人狀也。宋小說載甄龍友〈題觀音像〉云：「巧笑倩兮，美目盼兮，彼美人兮，西方之人兮。」則宋時所塑，或已致訛；元僧譾陋無識，

遂以為妙莊王女,可一笑也!』二書所云,亦皆與王胡二公同。又《神僧傳》載『僧迦死,中宗問是何人,萬回以觀音化身對。』是唐初猶以觀音為男像也。甌北未免牽強矣。然推其致訛之由,大抵本於景教。其教崇奉聖母瑪利亞,恰如今之天主教。則釋教之觀世音,即景教之瑪利亞也。試舉其可據者數事以證明焉。景教盛行於唐,故唐以前觀音無作女像者。雖宋時猶偶有男像,或其流傳未遍,男女二像尚並行耳,不足為異也。其證一。觀音處子耳,向得有子?此與景教碑文『室大誕聖於大秦』句正合。其證二。猶太俗無貴賤,男女皆跣足。而觀音盛飾衣冠,足下獨無襪履。其證三。基督誕降,歲未兩週,而希律謀害之,因抱嬰避往埃及,觀音之著雪帽斗篷,正聖母避難時飾也。其證四。聖母性愛玫瑰花,而釋氏乃捧之以蓮,猶太俗執棗枝以表示和平之意。而釋氏則代之以楊;此則其沿之而稍變,而仍有迹可尋者也。其證五。天主教人,謂聖母有賜聖神之權,禱之即得。鴿也者聖神之像也。釋子無識以為鸚哥,此亦沿之而變其迹之原由也。其證六。天主教以聖母為大慈大悲,凡遭苦難,向之祈告,罔不蒙救拔者;釋氏觀音之取義適與天主教崇拜聖母之意合。其證七。相傳觀音乃妙莊國王女,考佛經並無其人。即核之輿圖,亦並無其地。則其自他處竄竊而入也明矣。其證八。至聖母所由混入釋氏之故,則以景教入觀華人不能判別耳。碑中教士稱僧,禮拜堂稱寺,皆其證也。金陵有觀音殿確係唐時景教被逐,為僧人所據之聖母堂。其可據處甚多,則觀音之為聖母毫無疑義矣。謂有唐以前元朝之間即作女像者誤也。』

著者對於此說有所批評如下:

㈠景教絕不崇事聖母。蓋其教祖內斯透留正因反對尊聖母

故，被逐出正統。當時一般信徒皆信瑪利亞為生神者 (Theotok-so)，而内氏獨力斥之，主張瑪利亞底生人子而已。且彼宗教嚴禁拜偶像，只許繪以示敬意。景教入中土與教祖創教時相去不遠，中土信士絕不如是健忘，竟反其基本之教規也！

㈡第三證云觀音無履，乃受瑪利亞之影響，誤。考古代白描諸佛相，為跣足。不獨觀音如是，馬鳴、金剛諸菩薩皆然。清高宗御，大悲心陀羅君識稱小府，藏有宋人寫本，諸相十九跣足。

㈢第四證亦誤。按古代佛像多手拈蓮花，此為聖誌也。傳至中國乃受道教的影響。道家術士多用楊枝灑水以避邪，以去病。佛亦本有法雨之思想，至此乃行混合。決非取義於聖母手中玫瑰花也。

㈣第七證亦謬。按《法苑珠林‧咒術篇‧觀音部》破惡業障咒已有云：「南無觀世音提菩薩……大慈大悲，惟願憫我，救護苦難。」《法苑珠林》為唐初西明寺僧道世所撰，絕非受景教影響方作此說。倘不信任此書，亦當信任《法華》等經，經中所言觀音何嘗不存有極大之愛耶？

㈤妙莊女傳說全是本色化之傳說，觀其命名可知。想早已有此種傳說，不必在景教入中國後方有也。

至於西洋學者亦有以觀世音本為瑪利亞之說，不可不辯，中國信士亦崇拜加大馬之母為福母。福母像也是多手多眼者，與觀音相彷彿。時光久遠，觀音幾與福母相混。而福母之僧卻又恰似婆羅門神話中之 Maricli。Mary 在字音上與 Maricli 相去不遠。因此推證，觀音或是瑪利亞之化身。但 Maricli 一名早見稱於婆羅馬教典，其教典比聖母尤早出世，教典稱他為創造主中之一。

照我愚見，以上三種學說均難完全信任。凡傳說之傳變決非一朝一夕之事，悠久之時間乃變化之要素；而時間含接亦甚難劃分。或者，觀音一受拜時便已變化，至高王觀音經著作時方漸明顯，直到唐時仍未劃清，故同時有男身女身之畫像並存，迨宋元受僧人與平民之想像化為全身為女性。

或問何故有此變化，則余試答之：

㈠《楞嚴經》《法華經》既稱觀音有四現女身，而一般善男善女，因過於愛重其慈悲性，只憶其所顯之女身。西洋的救世主 (savior deity) 亦多屬女性，此故安在耶？人類普通之心理使然也。況其後又經文人之渲染，又安得不然？觀音最初多入男文士夢中，誠恐其後有夢見觀音如洛神者矣！

㈡道教崇拜天后聖母，她秉性慈祥，愛護女性；佛教為要吸引婦女，於是不得不牽引附會，冒名頂替矣。

兼之天后為護海神。佛教為著想收買出外冒險的好漢，便又說觀音亦是護海女神了。況且護海神之為女神，幾為世界普通心理，觀世音欲不扮女角，又不可能。

㈢我們或者可以應用繆勒 (F.M.Muller,1823–1900) 解釋神話構造之原理來加以說明。馬氏提倡言語疾病說 (Theory of Disease of Language)，以為意思與言語互相表裡，二者常相影響，在二者互相反映之間，則陷於一種病態，此是供神話以發生之機緣。觀世音之變化在乎「妙」字之語病。《法華經‧妙音菩薩品》適列第廿四，正在〈觀世音菩薩普門品〉之前，因此許多傳說以妙觀音為觀音之姊，而觀音本名則為妙善，亦有傳說以妙音即是觀音。本來，妙音與觀音本無重大關係，讀者不明，乃強聯之，或使之混合為一。「妙」字從少從女，妙者少女也，以妙為名者安得不為婦人？《香山寶卷》著作者將此妙字推

演成為一篇動聽的演義，真所謂「絕妙好辭矣」。中國宗教人物多以妙字形容女之聖者。據《搜神記》謂商王湯甲時分神化氣寄胎於玄妙王女，於是生老子。一見「妙」字，不得不聯想女性矣。

　　傳說觀音在夢陀山旅醫九年，一日父患病重，挑眼睛割臂肉為藥以施救。其父甚感激，隨命塑其像，令添置全手全眼，而匠人誤聽全字為千字，故塑成千手千眼之像。此傳說縱偽，然亦可為馬氏學說之間接旁證乎？

　　余不學，冒險為之假說，恐難盡符事實，然既為假定之說亦不妨錄上耳。

三、觀音崇拜

　　㈠地點　　觀音廟已遍中國，而其崇拜之中心則為普陀山。山在浙江定海縣東之大島上，風景絕佳，每年春夏進香者無慮千萬。本名梅琴山，現今仍用此名以名島南之一小山。「普陀」二字，一看便知是佛教字眼。原本的道場，乃在印度普陀落伽山。普陀落伽山，《西域紀》作布怛洛伽山；《八十華嚴》卷六八作補加怛洛加，山之東南原錫蘭島，古曰執獅子國。詹斯頓(Johnston) 作《佛教中國》(*Buddhist China*)，則曰普陀落山是印度南部 Malaya 山之西峰，接近海港者。倘此地果為原本道場，則可推知觀音神話源於濕婆 (Siva) 神話。Siva 者亦護海神云。吾國亦有兩處同名之山，其一則為浙江之普陀山，其一則為西藏之普陀山。

　　普陀乃普陀落伽之縮寫。「普陀」義為白華，落伽者山也。元朝著作家曾稱浙江普陀山為小白華山。傳說普陀山確滿生美麗之白華，乃屬 Gardenir Tlorida 類云。唐朝佛教徒有見於此，

乃選其山為崇拜之中心耶；抑或既選其山而後栽種？均無歷史上之佐證，故難斷說。

㈡崇拜日期　信士以陰曆八月十九日為觀音誕。因全年中此日海潮最大。觀音護海神也，故其誕生必在此日。但俗人幾以觀音為一類之總名，總名之下有幾許觀音菩薩，便又有幾許觀音誕。一年除了十二月外，其他十一個月皆有誕日。誕日即齋期。

廣州俗例以二月廿四日為送子觀音誕。各鄉男女集於一處，此會名曰生菜會。「生菜」與「生仔」，其音相同。赴會者多購生菜歸，以為生子之兆。此會設一小池，預先放下許多蜆與螺，赴會者探手水中，摸得螺者生子，得蜆者生女。此種迷信之來源或可溯之於唐文宗之奇遇。文宗好食蠔，一日發現一巨蠔，堅硬難破，用法破之，既破則於蠔中得一小觀音像。帝訝甚，後經哲人啟迪，乃誠心事觀音，下令廣建寺院，觀音之崇拜由此大興。（帝死於八四〇年，而普陀山寺成於八四七年，帝與此寺或有相當的關係。）觀音既可在蠔中，則可在螺中。觀音送子，則得螺即可得子。

㈢觀音崇拜的信仰　崇拜者最忌食：牛肉，鴿鳩，鮮蝦，無鱗魚，燕巢，馬肉，犬肉，甲魚，鴻雁，螺蛳。

一般信士多希冀觀音之顯聖，往普陀進香者常至觀音洞用火燒十指，直到神遊象外，得見聖容，獲無限快樂。此習俗當然從印度來，傳說燒指者無不見其顯聖云。

法人但恩 (Henry Done) 作《中國之迷信》云：婦女之欲得子者，可於年首繡一雙小鞋放在觀音像前。如年中不生子可取還，生子者則當永遠割贈矣。再欲得子，則又當另做一雙。此可謂買賣式的崇拜！

崇拜上之迷信。在迷信方面多受道教影響。試取市上出售之觀世音靈籤卦杯圖觀之，可知。今抄其一式於下：

上卦上	
勝勝勝	
孕必生男，病安訟勝	杯得三勝，有事宜成

四、觀音在文學之地位

觀音在平民文學中得有極重要的位置。苟到廣州街上書攤，隨手可拾得許多種觀音傳說或唱本，如觀音出世、觀音化身等。

我們皆知觀音在《西遊記》上佔重要角色。

《目蓮救母》算是民間最大之戲劇，觀音亦佔有重要位置。此劇取材於傳說，其傳說如是：「目蓮在祇園精舍得神通力時，知其母已陷入餓鬼道。乃將鉢子乘飯進母，誰知飯變成火。目蓮大哭以告佛等。佛授以救濟之策，以七月十五日為期，將盆子盛百味供養十方僧侶。果然他母親因此椿功德解脫一切餓鬼之苦。目蓮悲哀以此消滅，芸芸眾生，亦歡喜無限，頌揚有加。」（年年盂蘭盆供養，如此起源。）短短傳說，演述成為百零二折

長劇。當目蓮入地獄追救其母時，幸得觀音歷歷顯聖，示以救母之途徑。

佛教之影響我國文學最深者其為《佛曲寶卷》。講述觀音者有《香山寶卷》、《魚籃寶卷》、《鸚哥寶卷》，皆極名貴。

今試述《鸚哥寶卷》之大概。有鸚哥性孝，因母有病欲食東方櫻桃，乃飛往東土採擷。不料為獵人所獲。牠口吐人言，說明來歷，並勸眾人行善。任員外奇之，購之歸，困之籠中。然仍勸化。一日達摩師來教牠偽死，員外棄之。乃即展翼而飛。及歸知母死，昏倒地上，圓通教主（即觀音）見而憫之，灑以淨瓶甘露，並引渡牠父母投生人世。牠則從觀音遊。今日觀音畫像旁口含一串金珠之鸚哥，想即此鸚哥。

五、簡短結論

㈠觀音是中國人之神，其源雖從印度來，但經中國之發展，幾可說完全是中國之產品。今試做圖以明之：

㈡觀音崇拜之貢獻：

⑴慈愛: 中國講仁講義,仁和義都屬於男性,母性慈愛幾為中國人所忘卻,而此崇拜則足以引起中國人此種美德。

⑵拯救: 這一個思想足供中國人之需求與渴望。可惜崇拜者太注意物質方面之救法!

⑶美: 我以為中國文學因缺少一點神話之意味而失去不少美麗。西洋神話的女神給文學以不少之美,而在中國則可云無此種神話。觀音在中國文學所貢獻之美,在量方面本不算大,但在質方面則頗似深入。

■編者按: 據羅錦堂博士指出,李文第一部分 C 項應該參考劉宋時代西域三藏法師畺良耶舍翻譯的《佛說觀無量壽經》記載,才能真正顯出觀世音菩薩的面目。

一般觀世音的畫像即據此而作。

(七十二年十月五日於夏大)

觀音大士變性記

張沅長

一、是男是女，因地而異

在中國佛教信徒的心目中，最可敬可愛的神佛，無疑地是觀世音菩薩。中國本土和海外僑居地，有幾千萬，也許多到一、二億的信徒，是崇拜和敬愛這位尊神的。尼姑和尚，與普通信徒叫她做「大慈大悲、廣大靈感、觀世音菩薩」。文雅的信徒則叫她做觀音大士。

研究觀音大士的時候，我們發現幾個很有趣的問題。第一，在不久以前有一位博學的教授說，這位菩薩乃是道地的中國人。他說：「佛經上說明，觀世音原是妙莊王的小女兒。」他說妙莊王乃是周朝華北的一個諸侯，所以觀世音原是一位中國小姐。這句話不免是一句似是而非的話。豈不知這個經傳上的妙莊王(King Subhavyuha)，乃是印度北部的諸侯，而不是中國的諸侯。因此，觀世音的原籍應是印度，不是華北。當然最重要的一點是，觀世音並不是歷史人物而是神話人物；她在神話中的故鄉是印度的北方。第二個問題更為奇妙：中國和日本信徒所敬愛的觀世音是女性的尊神，但喇嘛教信徒和西藏邊界佛教徒所崇信的觀世音則是一位男性的大士。一直到今天，喇嘛廟和少數的佛教寺院中所供奉的，仍是男性的觀世音。佛教在印度被消滅以前，印度的密宗廟宇中所供的觀世音和如來佛，還有太太的神像陪他們在神座上享受供奉！現今喇嘛廟中的如來佛和觀音大士，還是有太太的神像陪侍。而號稱歡喜佛的名稱就指著

這樁公案。喇嘛廟和華北少數寺院所供奉的觀世音仍是男性，但走進長城向南，到了中原、韓國和日本，寺院中所供奉的觀世音幾乎完全是女性。所以西方人筆下的觀世音乃是「慈悲的女神」(Goddess of Mercy)。

她的姓名，觀世音（梵文 Avalokitesvara），也是一個奇怪的名字。觀看聲音，豈不是一句奇怪的話。聲音這樣東西可以講，可以聽，但不可以觀看。有的佛教信徒則說，她是一個神通廣大的神聖，所以能夠觀看聲音，這是中國佛教信徒的解釋，相當神祕。但這個梵文姓名 Avalokitesvara，翻成觀世音，並沒有錯。在字面上看來，雖然神祕，但在實際上，它的意義，也並不奇怪。只是說她一聽到求助求救的聲音，就立刻向人世觀看，再伸出慈悲的手來援救他們。觀世音就是這個觀念的縮寫而已。

觀世音並不是佛教最早的神佛之一。佛教的歷史大致可以分成四個時期。從創辦人釋迦牟尼 (Sakyamuni) 開始傳教，到他死後五十年代的佛教，可以算是原始佛教 (Original Buddhism)。從紀元前五世紀到紀元後一世紀的佛教可以算是小乘佛教（Theravada 或 Hinayana Buddhism）。到了第一世紀佛教分裂，印度北部的佛教徒，在信仰和教義上發生了相當大的轉變；但印度南端和錫蘭島的佛教徒則拒絕了這些新觀念。在北印度產生而逐漸向印度全國傳播的佛教便是大乘佛教 (Mahayana Buddhism)。小乘佛教從印度本土撤退，只在錫蘭島上生根，再向泰國、緬甸等地傳播。錫蘭等地方的佛教徒對於小乘佛教 (Hinayana) 這名稱卻大為反對。他們說他們信奉的乃是道地、純正的佛教，叫它做小乘，乃是一種侮辱，所以他們自己取了一個新名，叫做長老佛教 (Theravada Buddhism)。叫中國和日本的佛

教做大乘 (Mahayana)，而叫沒有產生新變化的佛教做小乘 (Hi-nayana)，說他們「小」，的確是野蠻無禮的舉動。平心而論，我們應該接受他們自己所取的名號，叫它做長老佛教 (Theravada)。從一世紀開始在印度發展，傳播到中國、韓國、日本的佛教便是大乘。大約在第五世紀前後開始，印度的大乘佛教又產生一種新變化。一批新人拿佛教的基本教義在暗中打倒，而推出一種新佛法，名叫密宗（Tantrism 或 Tantric Buddhism），有時也叫做金剛乘 (Vajrayana)。在西藏的喇嘛教就是密宗佛教的一支。他們給佛教的神佛娶太太，用歡喜佛的姿態來供奉。這便是接受密宗教義的特徵。觀世音菩薩，乃是大乘佛教開始流傳以後，方才在印度北部出現，逐漸傳到遠東來的慈悲大士。

　　從他們的出身看來，佛教的神佛可以分成兩種。它的創辦人釋迦牟尼 (Siddhartha Gautama Sakyamuni)，原是印度北部的一個貴族公子，是一個歷史上的人物；這是第一種神聖。觀世音的出身就不同了。雖然在她出現以後，佛教的作家，說她是一個貴族人家出身的公主；但這是後人給她編的一個家世。事實是：大概在釋迦牟尼去世以後三四百年，印度北部已有一位沒有多少人注意的印度教神聖，名叫觀世音 (Avalokitesvara)。到了第一世紀，觀世音受到佛教徒的尊敬，變成佛教三神聖之一。那時寺廟的大殿中間，便供奉著三位佛菩薩。中間是如來，兩旁有兩位菩薩陪侍，右手有彌勒 (Maitreya)，左手便是觀世音。他們三位都是男身。在他們的故鄉 —— 北印度 —— 是如此；後來傳到錫蘭 (Ceylon)、緬甸 (Burma)，和泰國（Thailand 或 Siam）也是如此。自從十三世紀印度本土的佛教消滅，他們三位也就退出印度。佛教在印度消滅以前，小乘佛教已變成大乘，向東北方推展，進入中國，和日本、韓國。現在蒙古、西藏的

喇嘛教徒繼續供奉著男性的觀世音。喇嘛教的信徒們認為達賴喇嘛 (Dalai Lama) 乃是觀世音的轉世，所以叫他做活佛。錫蘭、緬甸、泰國的長老佛教中的觀世音也是男性，但他的地位不算最重要。他是如來身旁親密的侍從。到了大乘佛教和喇嘛教中，他的地位增高了不少，達到文殊師利、大勢至，和其他菩薩之上。但他仍是男性。觀世音進入中國的時間是相當早，大概在一世紀之中期或後期，在〈唯識論〉的作者世親法師 (Vasubanda) 於一一七年 (A. D. 117) 去世以前。世親法師是繼馬鳴 (Asvaghosha) 和龍樹 (Nagarjuna) 兩位大師之後，到中國宣揚大乘佛教的名師。觀世音初到中國的時候還是男性的菩薩，到了中國以後突然神祕地變成女性。這個變化在何年何月產生，現在不清楚。但在中文的佛經中研究，也許可以找到答案。

二、家居何處，說法不一

中國的《妙法蓮花經》(Lotus Sutra) 中有一段觀世音菩薩和她父親妙莊王的故事。說觀世音這位意志堅強的公主，違抗父親妙莊王的命令，不肯嫁人，決心要進尼庵。妙莊王生氣，叫人拿刀去殺她；不料鋼刀碰到她的身體，立刻碎成上千鐵片。殘酷的父親不得已，就命人絞死她；她的靈魂走進陰間，陰間地獄立刻變成天堂。閻羅王看見，大吃一驚！說這如何了得！立刻趕她離開。她聽了吩咐，轉身要走，腳底下忽然長出一朵蓮花，抬她起來，飛到一個地方名叫普陀 (Potala 或 Pootoo)，放她下來，享受信徒們的供養。這個普陀，中國的佛教徒說，是浙江寧波附近的一個小島，就是現在的普陀山。但印度的信徒們，則說這是北印度的一個地名。西藏的喇嘛教徒，則說這個普陀，乃是拉薩附近的普陀（拉）山 (Mount Potala)。這個故

事原是宗教性的神話，無法深考。浙江也好，西藏也好，印度也好，不必有一個大家同意的說法。中國的神話又說，她住在寧波附近，為窮苦的病人看病。碰到海上風浪大的時候，她會從空中飛下來，援救生命危險的水手和船家。有一次她父親大病，生命垂危，群醫束手。幸而觀世音小姐突然回家，從臂上割下一片鮮肉，放在她父親的藥罐中，煎成靈藥，救了她父親的生命。這一個故事充分表現了中國道德觀念和中國神話的精神。在現代讀者看來，未免野蠻；但中國歷史上確有割股療親的故事，可算是一種佳話。中國的佛教徒中間還有一句別緻的話，直到現在還有人深信。它說，結了婚以後的女人如果沒有子女，就應該到觀世音菩薩神像前去祈禱。慈悲的觀音大士是婦女的救星，她會把男嬰送給沒有子嗣的母親。因此她獲得另外一個頭銜，叫做「送子觀音」。這個觀念，在信徒的心目中力量很大，使全中國青年和中年的婦女變成虔誠的信徒。

三、如來「助手」，神奇升級

觀世音菩薩，原是如來的助手；但到了現在，她的地位在無形中提高了許多，和阿彌陀佛一樣，變成男女信徒最敬愛的神佛。東亞各國沒有第二位慈悲純潔受到大眾敬愛的女性神聖，這是宗教史上的一個奇蹟。

研究神學和比較宗教學的人們，對於觀音大士變更性別一事，感到驚奇。為什麼一位二三流的男性神聖會在無人注意的時候，突然搖身一變，變成女性？佛教的法師們則說，不成問題。神佛菩薩，神通廣大，無所不能，無所不為。男女老幼，隨意變化，有何不可？這一段話，很巧妙地躲避了這個問題，沒有提出合理的答覆。但觀音大士的變更性別，不是臨時或短

期的變化。永久的變化是應該有一個解釋的。研究比較宗教學和宗教思想史，應當可以找到資料來解答這個問題。不久以前有幾位天主教的作家，提出主張說，這是中國的和尚和信徒們，聽到了基督教關於聖母瑪利亞 (Virgin Mary) 的掌故，因而模仿她的神蹟，產生了一位中國的女性神聖。這句話在理論上有一個時間性的弱點。大致講來，觀世音變成女性一定是在基督教教義到達中國以前，所以不可能受到基督教教義的影響。而且基督教、天主教，要使信徒們集中注意力在上帝和耶穌基督身上，所以聖母瑪利亞的活動，受到嚴格的限制。瑪利亞的事跡因而和觀世音菩薩的神話差別很大。

詳細研究各種神話和宗教，發現時間上和性質上與觀音大士最為接近、最為相像的人物，乃是一位印度教的女神。她在印度流傳各種不同的經典上有五個名號。第一個是聖母女神 (Mother Goddess)，第二個是蓮花女神 (Goddess Lotus)，這都是普通的名號；但第二個芳名卻表達出印度人愛好蓮花的心理。印度各宗教中，有不少仙佛神聖坐在蓮花上面，接受信徒們的禮拜。第三、四、五個是寶迦 (Durga)、卡里 (Kali) 和陀羅 (Tara)。但印度神話對於這五個名號，卻有矛盾紊亂的記載。究竟她們是五位不同的女神呢？或是一位女神的五個化身？到了今天，很不容易獲得定論。古代的印度，分立成許多小國。中國歷史上有「西域諸國」這句話；古代印度則有「印度諸國」的情形。在古代的中國和印度，沒有人主張宗教自由和信仰自由；但在實際上，印度人在信仰宗教上，卻享受了過度的自由。張三李四，各說各的神話。非但思想上不免紊亂，有時還有矛盾衝突的地方。就拿神像的變化來說，有時是三頭六臂，有時是四頭八臂、五頭十臂，變化不同。主要的目的，是使信徒群眾感到

驚奇和畏懼。佛教、印度教和天主教、基督教不同。歐美各國，提倡宗教自由、思想自由，但關於上帝耶和華 (Jehovah)，和他兒子耶穌基督的關係，卻有統一的說法。東亞各國的宗教觀念確有基本不同的地方。

在今天看來，這五個印度名號是否一位神聖，在不同的地方、不同的時間被信徒們加上不同的名號；或是五位不同的神仙？這已是一個無法判斷的問題。古代印度人所崇拜的聖母女神，大概是年齡較高的一位太太，也許與中國佛教徒心目中的觀世音大士，不大相干。寶迦和卡里在不同的時期被信徒們描寫成凶惡可怕的神靈。她們拿一個印度人的身體撕下手足，拿血淋淋的大腿和臂膀放在嘴裡咀嚼，當然和慈悲的觀世音，也不能有多大的關係。但陀羅 (Tara) 和蓮花女神，則和觀世音慈悲的性格比較接近。我認為觀世音菩薩從男性變成女性這一個轉變，大概是中國和尚或者來中國傳教的印度和尚，想起了陀羅和蓮花女神，然後提出的一個新觀念。陀羅和蓮花女神中間還有一點不同。在印度信徒心中，陀羅比蓮花女神更受注意。印度作家巴達卻理亞 (Bhattacharyya) 說陀羅乃是佛教信徒們所敬愛的救主 (Savioress)。大致講來，觀世音變成女性菩薩，很可能和陀羅女神有關。

四、連篇神話，不可思議

中國佛教徒送給觀世音尊號中有「慈航普渡」一句話。這一個重要的觀念，也可能和印度教有關聯。印度教有兩個神聖是天上諸神的領袖，微許奴 (Vishnu) 教派的經典中說微許奴神筏 (Vishnu raft) 是人類唯一的救星 (Vishnu raft is mankind's only refuge)。這句話是《伐瑪耶古經》(*Vamana Purana*) 所說的

話。《埃格尼古經》(*Agni Purana*) 則說希伐大神 (Shiva 或 Siva) 乃是一艘渡船，載著信徒們渡過生命的洪流。這兩句話大概和佛教徒所講的慈航普渡這個觀念有關。從我們現在所蒐到的資料看來，中國信徒對於觀世音大士的各種觀念，大概最可能是從印度教傳來的。至少我們可以說，在這些中國信仰和印度教的許多神話有密切的關係。

　　觀世音變成女性以前，還有兩段小插曲。《觀無量壽經》（Amitayus Sutra 或 Sukhavativyuha Sutra）和 Sadhanamala 說觀世音乃是阿彌陀佛 (Amitabha) 或無量壽佛的兒子。這樣一來，他便是佛教男性神聖中的少壯派了。喇嘛教 (Lamaism) 經典則說他是陀羅女神 (Tara) 的丈夫。阿彌陀佛的家中添了一個媳婦，又是一段佳話。這種資料使這一篇〈觀世音評傳〉的內容較為豐富有趣，那是不錯的。但心地純潔簡單的佛教徒，認為神佛菩薩，與和尚尼姑一樣，不該有父子夫婦關係的牽累。所以阿彌陀佛生兒子，和觀世音菩薩娶太太，都是「不可思議」的怪事！不可思議的怪話！在中國、日本、韓國等地方，這種思想恐怕是不受人歡迎的。

　　在遠東各國，佛教的勢力很大，而觀世音菩薩又是佛教中兩個最受崇敬的神佛之一。但中國的廣大群眾所敬愛、所信仰的是一位慈悲、清靜、純潔的女神，顯然與陀羅女神的丈夫無關。她是印度神話的產兒，也是在中國長成的神聖。但在她的故鄉，為什麼她會獲得這麼多的親戚家人？這是宗教在神話上自由發展時的現象。有的宗教在特定時期內，它的神話是硬性地固定的，不容人家增減改變。基督教說耶穌乃是上帝兒子，而聖母瑪利亞乃是耶穌的母親。但沒有人敢編一個新故事，說上帝怎樣看上了瑪利亞，怎樣和她戀愛結婚，怎樣生這一個兒

子。那是因為，這已是定型的神話，誰也不能亂來。在印度教中他們所崇拜的希伐大神（Shiva 或 Siva）和微許奴大神 (Vishnu) 卻很快的變成許多風流佳話的主角。其中還有與《金瓶梅》和性史不相上下的故事在內，都是後人陸續編出來的新創作。這便是沒有定型的神話。比起微許奴和希伐的故事，則阿彌陀佛生兒子和觀世音菩薩娶太太，還算是比較文雅的插曲。但傳到中國、日本，便不受佛教徒的歡迎，被人擱在一旁了。

五、大慈大悲，救苦救難

觀世音菩薩在中國獲得廣大群眾的崇拜，這是有重要的理由的。一般講來，虔誠的信徒們，不但需要一個慈父型的神佛或上帝，做他們的「師保」；他們也需要一個慈母型的女神，做他們的保母。碰到有急難或無法解答的疑問時，可以找她去解救、解答。觀世音菩薩便是這樣的保母救星。她是大慈大悲，救苦救難，廣大靈感，有求必應的天神慈母！她擁有千千萬萬的信徒，也許比阿彌陀佛的信徒還多。足見女性神聖的號召力是強大無比的！信徒們讚美她，說她是「神通廣大」，法力無邊。她能夠隨意變化。《法華經‧普門品》說她「示現三十三身」，所以信徒們就皈依三十三位觀音。還有人說她有億萬化身，隨時隨地能趕到信徒旁邊，來援救他們。她抱著一個慈悲的意願，有強大的號召力，感動無數的信徒。她說，她決心來援救人類，脫離苦海，進入極樂世界。當有人沉淪在苦海的時候，她決心留在人世，去援救他們，誓不先行成佛，脫離人世！這是觀世音精神！佛教的神話，是無數作者的聯合作品，關於觀世音大士的神蹟，乃是許多無名作者寫出的掌故。而且她決心要援救全部人類，這句話也正是宗教思想中最偉大而最有力的一句話。

歷代王昭君詩歌在主題上的轉變

邱燮友

一、序言

在我國樂府詩中，有些歷史人物，如西施、孟姜女、秋胡子、班婕妤、王昭君、楊貴妃、陳圓圓等，為古今詩人所樂於吟誦的題材。這些題材，大抵與情有關，又是宮闈祕聞，本於人們好奇的心理，悲劇性的情節，傳奇性的故事，使歷代詩人樂於借史事而加以改寫，同時民間詩人也愛利用這類題材，改編成民歌來傳唱，於是世代相傳，成為佳話。

今以主題學的眼光，來看這些一再被詩人改寫的題材，在詩歌的主題上，必然會增加一些新意，或在主題上有所轉變，或對原來的史實，做深一層的探討，增添詩歌的情趣。因此同一題材，經詩人多次反覆的描寫，使各代詩人站在不同的觀點、不同的角度、不同的時代，對過去所發生的事，重新給予評價或點醒，重新給予內心的激盪和回響。所以同一題材的詩歌，竟有這麼豐富的作品和不同的主題出現，使後代的學者，從這些詩歌中，歸納出作品主題的演變，價值的判斷，以及技巧的創新；於是才有主題學的發生，開拓了文學研究的新領域。

有鑑於此，我們不妨使用主題學的新觀念、新方法，對歷代有關歌詠王昭君一類的詩歌，從主題上做一次分析研究，以了解詩人對這件史事所抒發的感想和不同的看法。

二、王昭君的史事

王昭君下嫁匈奴王的史事，發生在西漢元帝竟寧元年（西元前三三年）。據史冊記載，那年春天，由於匈奴王虖韓邪單于來朝請婚，元帝便遣後宮良家女王嬙賜嫁給匈奴王。

王嬙，名一作檣，亦作牆，字昭君，南郡秭歸人。秭歸是巫峽附近居山傍水的一個小縣，景色清麗，也是戰國時楚國屈原的家鄉。王嬙被郡國舉而選入後宮，由於後宮佳麗多，未被御幸❶。另一說，據《琴操》記載，王嬙是齊國王穰的女兒，十七歲入宮❷。後元帝將她賜嫁給匈奴王虖韓邪，被尊為「寧胡閼氏」。匈奴人稱皇后為閼氏。《漢書·元帝紀》記載此事：

> 竟寧元年春正月，匈奴虖韓邪單于來朝。詔曰：「匈奴郅支單于北叛禮義，既伏其辜。虖韓邪單于不忘恩德，鄉慕禮義，復修朝賀之禮，願保塞，傳之無窮，邊垂長無兵革之事。其改元為竟寧。賜單于待詔掖庭王檣為閼氏。」

又〈匈奴傳〉下云：

> 竟寧元年，單于復入朝，禮賜如初，加衣服錦帛絮，皆倍於黃龍時。單于自言願婿漢氏以自親。元帝以後宮良家子王牆，字昭君，賜單于。單于驩喜，上書願保塞上谷以西至敦煌，傳之無窮，請罷邊備塞吏卒，以休天下

---

❶ 《漢書·元帝紀》顏師古注：「應劭曰：『郡國獻女未御見，須命於掖庭，故曰待詔。王檣，王氏女，名檣，字昭君。』文穎曰：『本南郡秭歸人。』蘇林曰：『閼氏，音焉支，如漢皇后也。』」

❷ 見唐吳兢的《樂府古題要解》卷上「王昭君」條。

人民。

　　同時，民間筆記也記載王嬙和蕃的故事，其情節比正史所載更為複雜而詳盡。在《西京雜記》上說：王嬙被郡國選入後宮，因不願賄賂畫工毛延壽，毛延壽故意將她的像畫得難看，使她得不到元帝的御幸。此時，匈奴王來請婚，元帝便案圖將王嬙賜嫁給匈奴王。臨行，元帝召見王嬙，見她容貌豔麗，舉止閑雅，大為後悔。但名籍已定，為見信異國，不便更改。因此，元帝事後斬畫工毛延壽以洩恨❸。但《西京雜記》是梁代吳均蒐集舊聞所撰，其可靠性不及正史所記，僅增加這段故事的傳奇性。

　　王昭君入匈奴，初為虖韓邪單于的后，生一子。虖韓邪死，子雕陶莫皋立，為復株絫單于，又以王昭君為妻，所以石崇的〈王明君辭〉有「父子見陵辱，對之慚且驚」的句子，便是就父子聚麀事而發的。後又生二女。《漢書・匈奴傳》曾記道：

> 王昭君號寧胡閼氏，生一男伊屠智牙師，為右日逐王。虖韓邪立二十八年，建始二年死。……復株絫單于復妻王昭君，生二女。

　　唐吳兢《樂府古題要解》以為虖韓邪單于死，子復株絫單于（吳氏書作世達）欲以胡禮復妻昭君，昭君乃吞藥而死❹。但此說不確，班固《漢書》記載詳實，故不從吳兢引《琴操》

---

❸　見《西京雜記》卷二。《西京雜記》多記西漢軼事，相傳為西漢末劉歆撰，或題晉葛洪撰，但據後人考證當為梁吳均託名而作。

❹　同❷。

的說法。

王昭君以一漢家女子，遠嫁匈奴王，在漢代的外交史上，增加不少美談。同時，她對漢代安邦睦鄰的工作上，有極大的貢獻，使邊境安寧，匈奴不寇邊，達三四十年之久。後來王昭君想必死在匈奴，一生含怨塞外，而獨留青冢在黃沙。歷代詩人為感念她的身世和遭遇，寫下不少動人的詩篇。

三、詩人筆下的王昭君

在漢人的樂府詩，有〈昭君怨〉一首，是現存最早的一首有關王昭君的詩歌，郭茂倩《樂府詩集‧琴曲歌辭》，並視為王嬙所作，其詞曰：

> 秋木萋萋，其葉萋黃。有鳥處山，集于苞桑。養育毛羽，形容生光。既得升雲，上遊曲房。離宮絕曠，身體摧藏。志念抑沉，不得頡頏。雖得委食，心有徊徨。我獨伊何，改往變常。翩翩之燕，遠集西羌。高山峨峨，河水泱泱。父兮母兮，道里悠長。
> 鳴呼哀哉，憂心惻傷。❺

其次，為西晉時石崇所寫的一首〈王明君辭〉，詞中把王昭君和蕃的事，詳加鋪述，是一首以歷史故事寫成的故事詩。梁蕭統《文選》和徐陵《玉臺新詠》均錄有此詩，今錄原詩如下：

王明君辭 并序

王明君者，本是王昭君，以觸文帝諱改焉。匈奴盛，

---

❺ 見南宋郭茂倩的《樂府詩集》卷五十九〈琴曲歌辭〉三。

請婚於漢，元帝以後宮良家女子昭君配焉。昔公主嫁
烏孫，令琵琶馬上作樂，以慰其道路之思，其送明君，
亦必爾也。其造新曲，多哀怨之聲，故敘之於紙云爾。
我本漢家子，將適單于庭。辭訣未及終，前驅已抗旌。
僕御涕流離，轅馬悲且鳴。哀鬱傷五內，泣淚沾朱纓。
行行日已遠，遂造匈奴城。延我於穹廬，加我閼氏名。
殊類非所安，雖貴非所榮，父子見陵辱，對之慚且驚。
殺身良不易，默默以苟生。苟生亦何聊，積思常憤盈。
願假飛鴻翼，棄之以遐征。飛鴻不我顧，佇立以屏營。
昔為匣中玉，今為糞上英。朝華不足嘉，甘與秋草并。
傳語後世人，遠嫁難為情。❻

　　從主題的觀點來看，這兩首詩，都是以第一人稱的口吻寫
成，前首寫離宮入胡，寄身羌域，思親思鄉的哀傷；後首敘事
客觀，大抵與史實吻合，描寫沙塞的寂寥，去國離情的哀思，
道出遠嫁難為情的苦衷。

　　其後自晉代以迄清代，詩人吟唱王昭君故事的詩歌，不下
百首，且多短篇的絕律，就以《樂府詩集》中所收錄這類的詩
歌，便有五十二首之多❼。這些詠史詩，每首所表現的主題，
各不相同，今依主題的分類，大別可分為：辭漢、跨鞍、和親、
望鄉、客死、哀紅顏、斬畫工等類。今分別引詩說明如下：

　　以辭漢為主題者，包括描寫王昭君在宮中的恩情已薄，辭

❻　見梁蕭統的《文選》卷二十七樂府。
❼　據《全漢三國晉南北朝詩》、《全唐詩》、《樂府詩集》卷二十九、五十九
　　所收錄〈王昭君〉詞、〈王明君〉、〈昭君怨〉、〈昭君歎〉、〈昭君引〉等，
　　不下百首。以下所引詩，大都出於上述三部詩總集。

宮去國離親的哀傷，詩人以漢元帝的錯把娥眉付沙塞，深感婉惜。如北周庾信的〈王昭君〉二首，其一云：

> 狷蘭恩寵歇，昭陽幸御稀。朝辭漢闕去，夕見胡塵飛。
> 寄信秦樓下，因書秋雁歸。

又如唐沈佺期的〈王昭君〉詩等便是：

> 非君惜鑾殿，非妾妒蛾眉。薄命由驕虜，無情是畫師。
> 嫁來胡地惡，不並漢宮時。心苦無聊賴，何堪上馬辭。

以跨鞍為主題者，寫王昭君前往胡地的辛勞，見塞外景物與漢家景物的差異，鏡裡朱顏改。如唐楊凌的〈明妃怨〉：

> 漢國明妃去不還，馬馱弦管向陰山。匣中縱有菱花鏡，
> 羞對單于照舊顏。

又如唐董思恭的〈王昭君〉：

> 琵琶馬上彈，行路曲中難。漢月正南遠，燕山直北寒。
> 鬢鬟風拂亂，眉黛雪沾殘。斟酌紅顏盡，何勞鏡裡看。

以和親為主題者，以憐惜王昭君遠嫁和親，沉怨沙塞；卻少描寫因昭君的和蕃，是敦邦睦鄰，換取胡漢邊境的寧靖。如唐東方虬的〈王昭君〉三首，其一云：

漢道初全盛，朝廷足武臣。何須薄命妾，辛苦遠和親。

又如唐張祐的〈昭君怨〉二首，其一為：

漢庭無大議，戎虜幾先和。莫羨傾城色，昭君恨最多。

又如唐梁氏瓊的〈昭君怨〉：

自古無和親，貽災到妾家。胡風嘶去馬，漢月弔行輪。
衣薄狼山雪，妝成虜塞春。回看父母國，生死畢胡塵。

以望鄉為主題者，描寫昭君入胡後，望鄉思漢家，這類的詩篇幅最多。如李白的〈王昭君〉二首，其一為：

漢家秦地月，流影照明妃。一上玉關道，天涯去不歸。
漢月還從東海出，明妃西嫁無來日。燕支長寒雪作花，
蛾眉憔悴沒胡沙。生乏黃金枉圖畫，死留青冢使人嗟。

又如唐張祐的〈昭君怨〉二首，其一是：

萬里邊城遠，千山行路難。舉頭唯見月，何處是長安？

以客死為主題者，寫昭君遠嫁不歸，葬身胡域，青冢為證，琵琶傳怨。如唐皎然的〈王昭君〉：

自倚嬋娟望主恩，誰知美惡忽相翻。黃金不買漢宮貌，

青冢空埋胡地魂。

又如唐杜甫的〈詠懷古跡〉五首之一：

> 群山萬壑赴荊門，生長明妃尚有村。一去紫臺連朔漠，
> 獨留青冢向黃昏。畫圖省識春風面，環佩空歸月夜魂。
> 千載琵琶作胡語，分明怨恨曲中論。

又如清袁枚之妹袁雲扶的〈明妃〉詩：

> 一曲琵琶淚未收，犁眉騧上擁貂裘。不將心負南天月，
> 那得魂歸塞北秋。青冢路迴雲漠漠，紫臺人去路悠悠。
> 細君小女應回首，贏得千年碧草愁。❽

以哀紅顏為主題者，自古紅顏多薄命，王昭君的遭遇，亦如落花凋謝，成為詩家吟誦的題材。如梁施榮泰的〈王昭君〉：

> 垂羅下椒閣，舉袖拂胡塵。唧唧撫心歎，蛾眉誤殺人。

又如北周庾信的〈明君詞〉：

> 斂眉光祿塞，遙望夫人城。片片紅顏落，雙雙淚眼生。
> 冰河牽馬渡，雪路抱鞍行。胡風入骨冷，夜月照心明。
> 方調琴上曲，變入胡笳聲。

---

❽ 見廣文書局出版的《隨園五種》中其一的《繡餘吟稿》。且袁枚亦有〈落花〉詩八首，吟歷代紅顏薄命的名女子。

以斬畫工為主題者，王昭君之所以入胡，在於畫工收賄賂，而昭君自恃容貌，獨不肯給，畫工因此將她畫得醜些，才造成昭君和蕃的下場。但也有詩人認為不可怪畫工，因畫工只能畫外貌不能畫神態，以致毛延壽被斬，也是冤枉。如梁范靖婦沈氏的〈昭君歎〉二首，其一為：

早信丹青巧，重貨洛陽師。千金買蟬鬢，百萬寫蛾眉。

又如唐李商隱的〈王昭君〉：

毛延壽畫欲通神，忍為黃金不為人。馬上琵琶行萬里，漢宮長有隔生春。

又如宋王安石的〈明妃曲〉二首，其一云：

明妃初出漢宮時，淚溼春風鬢腳垂。低徊顧影無顏色，尚得君王不自持。歸來卻怪丹青手，入眼平生幾曾有。意態由來畫不成，當時枉殺毛延壽。一去心知更不歸，可憐著盡漢宮衣。寄聲欲問塞南事，只有年年鴻雁飛。家人萬里傳消息，好在氈城莫相憶。君不見咫尺長門閉阿嬌，人生失意無南北。❾

自古以來，歌詠王昭君的詩歌很多，以上僅從主題的分類，歸納出幾項加以說明罷了。其實詩人對史事的感懷，因時代的不同，感受也有差異；同時，往往在一首詩中，也涵蓋了好幾

❾　見商務印書館四部叢刊初編《王臨川先生文集》卷四。

種主題，尤其是敘事的詠史詩，更具這項特色。只有絕律，因為篇幅較短，只能從一個主題加以發揮，便較單純而容易顯現主題的所在。

四、王昭君詩歌在主題上的轉變

王昭君嫁與匈奴王虖韓邪，這是西漢元帝時的史事，詩人吟唱此事，原本依史事而發，寫成敘事詩或詠史詩。漢代樂府詩的盛行，詩人本著樂府詩的精神，「感於哀樂，緣事而發」❿，真實而深刻地反映了兩漢的社會生活和人們的思想情感。可惜漢人所寫的王昭君詩歌，如今大半亡佚，僅存王嬙的〈昭君怨〉一首，收錄在《樂府詩集‧琴曲歌辭》中，觀其歌辭平淡，主題在思念父母，恐為後世託名而作。其次，較早的〈王明君辭〉，是西晉石崇所作，石崇作〈王明君辭〉，是因避司馬昭的諱，將昭字改為明字。他寫此詩的動機，是供綠珠傳唱。石崇所處的時代，是詠史詩流行的時代，因此石崇的〈王明君辭〉，將史實鋪敘後，點出「遠嫁難為情」的主題，千載之下，讀之猶有餘情。

魏晉南北朝詩，是小詩流行的年代，重巧構形似之言，詩重趣味，尚用綺靡的詞語，與兩漢詩風不同。其間的詩人，以寫小篇的抒情詩為主，不作長篇的敘事詩，由於齊梁間，宮體詩盛行，而王昭君和親的題材，切合宮體詩的表現，於是便有大量的〈王昭君〉詩或〈昭君歎〉、〈昭君怨〉之類的詩歌出現。這些詩歌，不外借王昭君的故事，轉移到宮廷女子為情為愛所造成的怨和恨，豐富了王昭君詩歌的內容，在主題上，由詠史詩開展為宮體詩。宮體的〈王昭君〉詩，用字華麗，具有金粉

❿　見《漢書‧禮樂志‧序》。

文學的色澤；著筆細膩，甚至刻劃她的體態、服飾，或心理現象。且讀梁簡文帝的〈明君詞〉：

> 玉豔光瑤質，金鈿婉黛紅。一去蒲萄觀，長別披香宮。
> 秋簷照漢月，愁帳入胡風。妙工偏見詆，無由情恨通。

又如沈約的〈明君詞〉：

> 朝發披香殿，夕濟汾陰河。於茲懷九折，自此斂雙蛾。
> 沾妝疑湛露，繞臆狀流波。日見奔沙起，稍覺轉蓬多。
> 胡風犯肌骨，非直傷綺羅。銜涕試南望，關山鬱嵯峨。
> 始作陽春曲，終成苦寒歌。唯有三五夜，明月暫經過。

這兩首詩的主題，在寫辭宮後的離恨，思漢家的苦楚。但在用詞上，華麗綺靡，構句上，對仗駢儷，如「玉豔光瑤質，金鈿婉黛紅」、「沾妝疑湛露，繞臆狀流波」，已達巧構形似，曲寫其狀的境地。同時在內容上，寫宮廷婦女的情思和生活，合乎輕豔的風格，宮體詩的特色。由於王昭君的題材，正好切合宮體詩的精神，因此六朝詩人寫了不少詠王昭君的詩歌。

唐代詩歌，近體詩已屆成熟，於是短小的詩篇，無論在音律上或詩趣、詩境上，都能有完好的表現。王昭君的故事，既是宮詞，又是邊塞詩的題材，因此唐人寫這類的詩歌，便帶有濃烈的邊塞詩風情。如唐王偃的〈明君詞〉：

> 北望單于日半斜，明君馬上泣胡沙。一雙淚滴黃河水，
> 應得東流入漢家。

又如唐白居易的〈王昭君〉二首，其一是：

> 漢使卻迴憑寄語，黃金何日贖蛾眉？君王若問妾顏色，
> 莫道不如宮裡時。

又如唐戴叔倫的〈明君詞〉：

> 漢宮路遠近，路在沙塞上；到死不得歸，何人共南望。

唐人寫王昭君的詩最多，初唐期間，如駱賓王、沈佺期、上官儀等的〈王昭君〉詩，仍是六朝宮體的主題，但盛唐、中唐時，詩人如戴叔倫、王維、李端等所寫的〈明君詞〉，已帶有邊塞詩的豪情，且詩趣顯著可愛。這是唐人〈王昭君〉詩在主題上的一大轉變。

唐詩主情，宋詩主理。宋人寫〈王昭君〉詩，如歐陽修、蘇軾、王安石、梅聖俞等，便落於深沉的議論，道前人所未道者。如宋葛立方的《韻語陽秋》云：

> 古今人詠王昭君多矣。王介甫（安石）云：「意態由來畫不成，當時枉殺毛延壽。」歐陽永叔（修）云：「耳目所及尚如此，萬里安能制夷狄。」白樂天（居易）云：「愁苦辛勤顦顇盡，如今卻似畫圖中。」後有詩云：「自是君恩薄於紙，不須一向恨丹青。」李義山（商隱）云：「毛延壽畫欲通神，忍為黃金不為人。」意各不同，而皆有議論，非若石季倫駱賓王輩徒序事而已也。邢惇夫十四歲作〈明君引〉，謂：「天上僊人骨法別，人間畫工畫不得。」

亦稍有思致。

宋人詠王昭君詩，情節論及極細微的問題，連王昭君前往匈奴
廷，是否自彈琵琶，也是詩中主題之一。宋葛立方《韻語陽秋》
云：

> 《文選》載石季倫（崇）〈昭君詞〉云：「昔公主嫁烏孫，
> 令琵琶馬上作樂，以慰其道路之思，昭君亦然。」則馬上
> 彈琵琶，非昭君自彈也。故孟浩然〈涼州詞〉云：「故地
> 迢迢三萬里，那堪馬上送明君。」而東坡〈古纏頭曲〉乃
> 云：「翠鬟女子年十七，指法已似呼韓婦（指昭君）。」梅
> 聖俞〈明妃曲〉亦云：「月下琵琶旋製聲，手彈心苦誰知
> 得？」則皆以為昭君自彈琵琶，豈別有所據邪？

王昭君和親，烏孫公主遠嫁，蔡琰入胡後被贖回，都是漢代發
生的史事，為古今詩人所愛詠的資料，但在主題上的變化，十
分細微而有趣。大抵後世就其所處的社會現象、時代背景、詩
風趨向，就史事而發為詩歌，各有其情思理趣，為世人所樂於
傳誦。

五、結論

一曲王昭君，從古唱到今，都滲入了時代的意識和民族的
情感，由徒然的敘事到詠史，到宮詞，到邊塞，到說理，一闋
昭君詞，幾乎是歷代詩史發展的縮影，而主題的變化也不斷地
隨詩人的情思而擴大、加深。

附錄一　比較文學中文資料分類目錄

陳鵬翔

前　　言

　　這份中文資料目錄係依據㈠總集、㈡個人集和㈢論文三個項目來編的，冀望讀者們能一目了然，到底有關比較文學的中文資料到目前（一九八三年中）為止，有哪些重要的書籍及論文可供參考。資料雖是遵照上列的三個項目來編，但是，這是一份有選擇性的書目，有一些書或論文由於對於比較文學的探討太過於泛說而被省略了。這是必須加以說明的第一點。

　　在蒐集及編輯這份資料的過程中，鄭樹森編的〈比較文學資料目錄〉（收入他和周英雄、袁鶴翔三人所合編的《中西比較文學論集》中，頁三五九至四一二）幫了我一些忙。然而，我的重點跟他的不太一樣。我是根據總集、個人集和論文三範疇來編輯，他則從㈠理論、㈡影響研究和㈢平行研究這三方向來編。我在第一項和第二項所列的一些條目容或有借助於他的地方；第三項「論文」則是一補充。我係根據㈠理論及介紹、㈡影響研究、㈢平行與類比研究及㈣闡發及主題學研究這四個小分類來補充的。鄭樹森的目錄可說相當完備，從二、三十年代蒐集到民國六十八年三月（一九七九年三月）。我即從六十幾年初補收至七十二年七月止。他已收錄的我絕不再重複，凡是他漏列而我覺得非常重要的，我一定補上，這是必須加以說明的第二點。

　　鄭兄把應用西方比較神話學的觀念來探討中國的神話以及其他比較文學、比較文化的泛論列在「平行研究」第五項「其他」部分，又把利用西方文學批評理論來闡發中國文學的論著列入「平行研究」中的詩、小說、戲劇和文學批評等項目裡。我實在有點懷疑這種做法的正確性。因此，我在「平行研究」後加上「類比」二字，以表示是同類（小說對

小說，詩比詩等）比較研究。此外，我把利用西方文學理論來闡發中國
文學及屬於主題學（包括神話和原型）研究的一些文章另列成一類（即
丁類）。利用西方的模子來闡發中國文學作品是有其絕對好處的，這一點
並不容懷疑，只是闡發常常並不「平行」。這是我要說明的第三點。

　　最後一點，我這份中文資料目錄所收錄的一些主題學論著及文章條
目，這些集子及論文有時並未涉及比較，唯因是主題比較最好的素材
(raw material)，因此就收錄了。而且，大體上，我收錄的都是最近兩三
年內發表的文章及出版的書籍條目。早期的一些論文可見王秋桂編的
《中國民間傳說論集》及拙編《主題學研究論文集》。曾永義的《說俗文
學》裡有好幾篇非常精采的主題學研究論文，特別在此一提。又，凡是
一位學者有兩三篇以上的比較文學論文（如侯健、顏元叔及葉維廉等老
師），則我僅列其篇章所屬的書名，不再單獨列舉。這裡只有我的一篇文
章是例外，即列在論文(丁)項第 27 號的〈中西文學裡的火神研究〉。該文
是增刪版，故得特別表明，以示與初稿略有不同。

(一)總　集

1. 劉有閔等著。《中日文化論集》第一冊。臺北：中華文化，一九五五年。
2. 香港中文大學中國古典文學翻譯委員會編。《英美學人論中國古典文
學》。香港：中文大學，一九七三年。
3. 古添洪和陳慧樺編著。《比較文學的墾拓在臺灣》。臺北：東大，一九
七六年。
4. 陳慧樺和古添洪編著。《從比較神話到文學》。臺北：東大，一九七七
年二月。
5. 葉維廉和楊牧等著。《中國古典文學比較研究》。臺北：黎明文化，一
九七七年十月。
6. 張漢良和蕭蕭合編。《現代詩導讀》，共五冊。臺北：故鄉，一九七九
年。

7. 鄭樹森、周英雄和袁鶴翔合編。《中西比較文學論集》。臺北：時報文化，一九八〇年二月。

8. 周英雄和鄭樹森合編。《結構主義的理論與實踐》。臺北：黎明文化，一九八〇年。

9. 王秋桂編。《中國民間傳說論集》。臺北：聯經，一九八〇年八月。

10. 張錯和陳鵬翔合編。《文學史學哲學：施友忠先生八十壽辰紀念論文集》。臺北：時報，一九八二年。

11. 黃宣範等。《語言專輯》《中外文學》，十一卷八期（一九八三年元月）。

12. 陳鵬翔編著。《主題學研究論文集》。臺北：東大，一九八三年。

㈡個人集

1. 羅黎耶 (Frederic Loliée)。《比較文學史：自濫觴至二十世紀》(*Historié des litteratures comparées des origines au xxeme siécle*, 1930)。傅東華譯。《比較文學史》。上海：商務，一九三一年。鮑威爾 (Douglas Power) 英譯。名為《比較文學簡史》(*A Short History of Comparative Literature*, 1960)。

2. 錢鍾書。《談藝錄》。上海：開明，一九四八年。

3. 董作賓等。《中韓文化論集》一及二卷。臺北：中華文化，一九五五年。

4. 梁容若。《中國文化東漸研究》。臺北：中華文化，一九五六年。

5. 彭國棟。《中韓詩史》。臺北：正中，一九五七年。

6. 梵蒂根 (Paul Van Tieghem)。《比較文學》(*La littérature comparée*, 1931，第四版重訂，1951)。戴望舒譯。《比較文學論》。臺北：商務，一九六六年臺版。

7. 趙英規。《明代小說對韓國李朝小說之影響》。臺北：政大碩士論文（王夢鷗指導），一九六七年。

8. 裴普賢。《中印文學研究》。臺北：商務，一九六八年三月。原題《中印文學關係研究》（臺灣省婦女寫作協會，一九五九年）。

9. 鄭清茂。《中國文學在日本》。臺北：純文學，一九六八年。

10. 許世旭。《中韓詩話淵源考》。臺北：師大國文研究所，一九六八年。

11. 夏志清。《愛情‧社會‧小說》。臺北：純文學，一九七〇年九月。

12. 葉維廉。《中國現代小說的風貌》。臺北：晨鐘，一九七〇年十月。原題《現象‧經驗‧表現》。

13. 葉維廉。《秩序的生長》。臺北：志文，一九七一年。

14. 顏元叔。《文學經驗》。臺北：志文，一九七二年七月。

15. 陳世驤。《陳世驤文存》。臺北：志文，一九七二年七月。

16. 顏元叔。《談民族文學》。臺北：學生，一九七三年。

17. 楊牧。《傳統的與現代的》。臺北：志文，一九七四年三月。

18. 夏志清。《文學的前途》。臺北：純文學，一九七四年十月。

19. 林綠。《隱藏的景》。臺北：華欣，一九七四年九月。

20. 韋禮克 (René Wellek) 與華倫。《文學論》(*Theory of Literature*, 1949; 1962 年三版)。王夢鷗與許國衡合譯。臺北：志文，一九七六年。

21. 陳慧樺。《文學創作與神恩》。臺北：國家，一九七六年六月。

22. 施友忠。《二度和諧及其他》。臺北：聯經，一九七六年七月。

23. 樂蘅軍。《古典小說散論》。臺北：純文學，一九七六年十月。

24. 侯健。《20 世紀文學》。臺北：眾成，一九七六年十一月。

25. 古添洪。《比較文學‧現代詩》。臺北：國家，一九七六年十一月。

26. 傅述先。《竹軒時語》。臺北：水芙蓉，一九七六年十二月。

27. 劉紹銘。《小說與戲劇》。臺北：洪範，一九七七年二月。收了在香港出版的《曹禺論》（香港：文藝，一九七〇年）。

28. 劉若愚。《中國詩學》(*The Art of Chinese Poetry*)。杜國清譯。臺北：幼獅，一九七七年。

29. 麥格士 (B. W. Maggs)。《十八世紀俄國文學中的中國》。李約翰譯。臺北：成文，一九七七年。

30. 夏志清。《人的文學》。臺北：純文學，一九七七年三月。

31. 張漢良。《現代詩論衡》。臺北：幼獅，一九七七年六月。

32. 林綠。《文學評論集》。臺北：國家，一九七七年八月。

33. 王金明 (K. M. Wong)。《紅樓夢的敘述藝術》。黎登鑫譯。臺北：成文，一九七七年八月。

34. 朱謙之。《中國思想對於歐洲文化之影響》。臺北：眾文，一九七七年臺版。

35. 劉若愚著；賴春燕譯。《中國人的文學觀念》。臺北：成文，一九七七年。

36. 王潤華。《中西文學關係研究》。臺北：東大，一九七八年二月。

37. 侯健。《文學‧思想‧書》。臺北：皇冠，一九七八年。

38. 李達三。《比較文學研究之新方向》。臺北：聯經，一九七八年五月。

39. 勒馬克等 (Henry H. H. Remak et al)。《比較文學理論集》。王潤華譯。臺北：成文，一九七九年四月。

40. 鄭樹森。《奧菲爾斯的變奏》。香港：素葉，一九七九年十月。

41. 葉維廉。《飲之太和》。臺北：時報，一九八〇年元月。

42. 吉福特 (Henry Gifford)。《比較文學》(*Comparative Literature*)。李有成譯。臺北：成文，一九八〇年四月。

43. 曾永義。《說俗文學》。臺北：聯經，一九八〇年四月。

44. 鄭明娳。《西遊記探源》上下冊。臺北：文開，一九八二年九月。

45. 鄭樹森。《文學理論與比較文學》。臺北：時報文化，一九八二年十一月。

46. 葉維廉。《比較詩學》。臺北：東大，一九八三年二月。

47. 周英雄。《結構主義與中國文學》。臺北：東大，一九八三年三月。

(三)論文

甲、理論及介紹

1. 侯健。〈文學研究思想史〉。《中外文學》，二卷八期（一九七四年元月），頁四～九。

2. 袁鶴翔。〈略談比較文學——回顧、現狀與展望〉。《中外文學》，二卷九期（一九七四年二月），頁六二～七〇。

3. 歐德瑞吉 (A. O. Aldridge)。胡耀恒譯。〈比較文學的目的與遠景〉。《中外文學》，二卷九期（一九七四年二月），頁七一～七五。

4. 袁鶴翔。〈中西比較文學定義的探討〉。《中外文學》，四卷三期（一九七五年八月），頁二四～五一。

5. 顏元叔。〈何謂比較文學〉。收在《文學的史與評》（臺北：四季，一九七六年），頁一〇一～一〇九。

6. 周樹華。〈比較文學的影響研究〉。《中外文學》，五卷二期（一九七六年七月），頁四～十一。

7. 袁鶴翔。〈他山之石：比較文學、方法、批評與中國文學研究〉。《中外文學》，五卷八期（一九七七年元月），頁六～一九。

8. 賴山舫。〈比較文學與中國文學〉。《蕉風月刊》，二九三期（一九七七年七月），頁四～十五。

9. 蘇其康。〈中西比較文學的幾點芻議〉。《中外文學》，六卷五期（一九七七年十月），頁九〇～一〇三。

10. 張漢良。〈比較文學研究的方向與範疇〉。《中外文學》，六卷十期（一九七八年三月），頁九四～一一二。

11. 張靜二。〈研究比較文學的途徑〉。《中外文學》，六卷十期（一九七八年四月），頁一五八～一七〇。

12. 馮明惠。〈翻譯與文學的關係及其在比較文學中的意義〉。《中外文學》，六卷十一期（一九七八年五月），頁一四二～一五一。

13. 張漢良。〈比較文學影響研究〉。《中外文學》，七卷一期（一九七八年六月），頁二〇四～二二六。

14. 古添洪。〈中西比較文學：範疇、方法、精神的探討〉。《中外文學》，七卷十一期（一九七八年四月），頁七四～九四。

15. 廖朝陽。〈階位變換：體類翻譯論初探〉。《中外文學》，八卷八期（一九八〇年六月），頁一二〇～一三四。

16. 蒲安迪 (Andrew H. Plaks)；陳清僑譯。〈中西長篇小說文類之重探〉。《中外文學》，八卷十期（一九八〇年三月），頁六〇～七九。

17. 李有成。〈為甚麼比較?〉。《中外文學》，十卷三期（一九八一年八月），頁八八～九七。

18. 鄭樹森。〈文學理論與比較文學〉。《中外文學》，十一卷一期（一九八二年六月），頁一一二～一三六。

19. 袁鶴翔。〈從國家文學到世界文學〉。《中外文學》，十一卷二期（一九八二年七月），頁四～二二。

20. 單德興。〈論影響研究的一些作法及困難〉。《中外文學》，十一卷四期（一九八二年九月），頁七八～一〇三。

21. 葉維廉。〈語言與真實世界——中西美感基礎的生成〉。《中外文學》，十一卷五期（一九八二年十月），頁四～三九。

22. 葉維廉。〈「比較文學論文叢書」總序〉。《中外文學》，十卷九期（一九八三年二月），頁一二二～一三四。

23. 陳鵬翔。〈主題學研究與中國文學〉。《中外文學》，十二卷二期（一九八三年七月），頁六六～八九。

乙、影響研究

A　中國與西方

1. 洛夫和瘂弦等。〈西方文學與中國現代詩〉（座談記錄）。《中外文學》，十卷一期（一九八一年六月），頁一〇四～一四七。

2. 張漢良。〈中國現代詩的「超現實主義風潮」——一個影響研究的做作〉。《中外文學》，十卷一期，頁一四八～一六一。

3. 葉維廉。〈語言的策略與歷史的關聯：五四到現代文學前夕〉。《中外文學》，十卷二期（一九八一年七月），頁四～四三。

4. 李有成。〈王文興與西方文類〉。《中外文學》，十卷十一期（一九八二年四月），頁一七六～一九三。

5. 林亨泰。〈抒情變革的軌跡——由「現代派的信條」中的第一條說起〉。

《中外文學》，十卷十二期（一九八二年五月），頁三二～四六。

6.杜南發。〈葉維廉答客問：關於現代主義〉。《中外文學》，十卷十二期，頁四八～五六。

　　B　中英

林怡俐。〈葉慈的中國〉。《中外文學》，九卷四期（一九八〇年九月），頁一〇八～一一七。

　　C　中德

1.陶緯。〈三部「灰欄記」劇本比較〉。《中外文學》，八卷十期（一九八〇年三月），頁一三〇～一四八。

2.布雷希特 (Bertolt Brecht)；易鵬和陳玉英譯。〈論中國戲劇演出的疏離效果〉。《中外文學》，十卷九期（一九八二年二月），頁一二～一九。

3.陶緯。〈「四川好人」的探討〉。《中外文學》，十卷九期，頁二〇～三〇。

4.林春美。〈「高加索灰欄記」中國敘事技巧：變常效果〉。《中外文學》，十卷九期，頁三二～四〇。

　　D　中印

1.糜文開。〈中印文學關係舉例〉。《中外文學》，十卷一期（一九八一年六月），頁四～二二。

2.德賽 (Santosh N. Desai)；許章真譯。〈「羅摩耶那」——印度與亞洲各地的歷史接觸、文化傳遞工具〉。《中外文學》，十卷八期（一九八二年元月），頁六六～一〇一。

3.貝理 (H. W. Bailey)；許章真譯。〈中亞佛教時期的說講故事〉。《中外文學》，十一卷五期（一九八二年十月），頁五八～八三。

　　E　中韓

金榮華。〈中韓灰姑娘故事對口傳文學理論的印證〉。《中外文學》，十一卷六期（一九八二年十一月），頁九〇～一〇五。

丙、平行與類比研究

　　A　詩

1. 傅述先。〈張心滄的「中國文學研究」〉。《中外文學》，七卷四期（一九七八年九月），頁四～一三。

2. 林文月。〈「源氏物語」裡和歌的中譯〉。《中外文學》，八卷三期（一九七九年八月），頁二四～四八。

3. 劉若愚；賴山舫譯。〈評「中國抒情傳統的轉變」〉。《中外文學》，八卷十期（一九八〇年三月），頁八〇～八四。

4. 傅述先。〈讀「楓橋夜泊」〉。《中外文學》，九卷二期（一九八〇年七月），頁一一〇～一一五。

5. 黃永武。〈古典詩中的具象效用〉。《中外文學》，九卷十二期（一九八一年五月），頁四～一九。

6. 周英雄。〈試就「公無渡河」論文學與人生的關係〉。《中外文學》，十卷六期（一九八一年十一月），頁二〇～六〇。

7. 陳鵬翔著；許儷粹譯。〈自然詩與田園詩傳統〉。《中外文學》，十卷七期（一九八一年十二月），頁四～二三。

8. 何冠驥。〈中英詩中的時間觀念〉。《中外文學》，十卷七期，頁七〇～九六。

9. 裴溥言。〈詩經比較研究——舊約雅歌篇〉（上）（下）。《中外文學》，十一卷三期（一九八二年八月），四～三七；十一卷四期（一九八二年九月），頁四～五五。

B　小說

1. 侯健。〈「樂仲」與「湯姆・瓊斯」的同與不同〉。《中外文學》，八卷十期（一九八〇年），頁二六～四五。

2. Milena Doleželová-Velingerová；廖炳惠和崔彩文合譯。〈晚清小說的敘述模式〉。《中外文學》，十一卷二期（一九八二年七月），頁二六～四五。

C　文學批評

1. 張靜二。〈孟子的浩氣與辭章——從隆嘉納斯的「雄偉」論看孟子的「雄

偉」〉。《中外文學》，七卷十期（一九七九年三月），頁五○～七一。

2. 蔡涵墨（美）；楊澤譯。〈韓愈與艾略特〉。《中外文學》，八卷三期（一九七九年八月），頁一三○～一五○。

3. 龔鵬程。〈詩歌鑑賞中的評價問題〉。《中外文學》，十卷七期（一九八一年十二月），頁二八～五八。

4. 鄭樹森。〈結構主義與中國文學研究〉。《中外文學》，十卷十期（一九八二年三月），頁四～四一。

5. 奚密。〈解結構之道——德希達與莊子比較研究〉。《中外文學》，十一卷六期（一九八二年十一月），頁四～三一。

6. 廖炳惠。〈解構批評與詮釋成規〉。《中外文學》，十一卷六期（一九八二年十一月），頁三二～四二。

7. 陸潤棠。〈悲劇文類分法與中國古典戲劇〉。《中外文學》，十一卷七期（一九八二年十二月），頁三○～四三。

8. 杜鵬斯（William F. Touponce）；廖炳惠譯。〈芻狗：解構析讀劉若愚的中國文學理論書中的擬仿觀〉。《中外文學》，十一卷十一期（一九八三年四月），頁二六～五二。

9. 廖炳惠。〈晚近文評對莊子的新讀法——洞見與不見〉。《中外文學》，十一卷十一期（一九八三年四月），頁九八一一四五。

10. 胡耀恆。〈亞里斯多德的詩論——它在西方文學理論中的效能及在中國戲劇批評中的應用〉。《中外文學》，十一卷十二期（一九八三年五月），頁四～五三。

11. 梅家玲。〈劉勰「神思論」與柯立芝「想像說」之比較研究〉。《中外文學》，十二卷一期（一九八三年六月），頁一四○～一五四。

12. 蔡源煌。〈「荒原」——一種詮釋的試探〉。《中外文學》，十二卷一期（一九八三年六月），頁一○～二二。

13. 廖炳惠。〈解構所有權：坡、拉崗、德希達、姜森、凌濛初……〉。《中外文學》，十二卷三期（一九八三年八月），頁四六～七○。

丁、闡發及主題學研究

1. 陳啟佑。〈覃子豪兩首詩中的原型〉。《中外文學》，七卷十期（一九七九年三月），頁一〇二～一〇七。

2. 施芳雅。〈西王母故事的衍變〉，收入《中國古典小說研究專集》一輯，靜宜文理學院中國古典小說研究中心編。臺北：聯經，一九七九年八月，頁二五～五三。

3. 楊牧。〈許仙和他的問題〉，收入《文學知識》。臺北：洪範，一九七九年九月。

4. 鄭明娳。〈孫行者與猿猴故事〉，收入《古典文學》第一集，中國古典文學研究會主編。臺北：學生，一九七九年十二月，頁二三三～二五六。

5. 張靜二。〈論沙僧〉。《中外文學》，九卷一期（一九八〇年六月），頁一三八～一五四。

6. 馬幼垣。〈有關包公故事的比較研究 —— 三現身故事與清風閘〉。《聯合報》，一九七八年四月十一日及十二日，第十二版；後收入其《中國小說史集稿》（臺北：時報文化，一九八〇年六月二十日），頁二〇三～二一二。

7. 林連祥。〈鏡花緣結構探索〉。《中外文學》，九卷八期（一九八一年元月），頁二八～三七。

8. 李瑞騰。〈唐詩中的山水〉，收入《古典文學》第三集。臺北：學生，一九八一年十二月，頁一五一～一七三。

9. 黃啟方。〈包拯、文彥博與平妖傳 —— 談小說研究的史實查考〉，收入《古典文學》第三集，頁二八九～三〇六。

10. 鄭明娳。〈陳光蕊、江流兒故事與西遊記〉，收入《古典文學》第三集，頁三〇七～三二六。

11. 廖炳惠。〈嚮往、放逐、匱缺 —— 「桃花源詩並記」的美感結構〉。《中外文學》，十卷十期（一九八二年三月），頁一三四～一四六。

12.前野直彬著；前田一惠譯。〈冥界遊行〉，收入《中國古典小說研究專集》四輯，靜宜文理學院中國古典小說研究中心編。臺北：聯經，一九八二年四月，頁一～四五。

13.陳芳英。〈目連救母故事的基型及其演進〉，收入《中國古典小說研究專集》四輯，頁四七～九三。

14.鄭明娳。〈火焰山故事的形成〉。《中外文學》，十卷十一期（一九八二年四月），頁四～一三。

15.張靜二。〈論西遊故事中的悟空〉。《中外文學》，十卷十一期，頁一四～五九。

16.古添洪。〈從雅克慎底語言行為模式以建立話本小說的記號系統——兼讀「碾玉觀音」〉。《中外文學》，十卷一期，頁一四八～一七五。

17.陳炳良和黃德偉。〈張愛玲短篇小說中的「啟悟」主題〉。《中外文學》，十一卷二期（一九八二年七月），頁一三二～一五一。

18.張靜二。〈論西遊故事中的龍馬〉。《中外文學》，十一卷六期（一九八二年十一月），頁一一四～一四二。

19.胡萬川。〈鍾馗問題〉，收入《中國古典小說研究專集》五輯，靜宜文理學院中國古典小說研究中心編。臺北：聯經，一九八二年十一月，頁一～一九。

20.鄺慶歡。〈「王昭君變文」校釋〉，收入《中國古典小說研究專集》五輯，頁一四五～一八四。

21.馬幼垣。〈《全像包公演義》補釋〉，收入《中國古典小說研究專集》五輯，頁一八五～二〇一。

22.羅錦堂。〈關羽與關索〉。《馮平山圖書館金禧紀念論文集》。香港：港大圖書館，一九八二年，頁一五〇～一七〇。

23.陳炳良。〈紅樓夢中的神話和心理〉。《中外文學》，十一卷十二期（一九八三年五月），頁七〇～八四。

24.彭秀貞。〈敘述技巧與語言功能——讀《奧卡桑與尼克麗》和《董西廂》〉。《中外文學》，十一卷十二期，頁一三八～一五七。

25. 吳若芬。〈《奧卡桑與尼克麗》和《董西廂諸宮調》裡的韻散交互運用和詩功能〉。《中外文學》，十一卷十二期，頁一六八～一八〇。

26. 簡政珍。〈隱喻及換喻〉。《中外文學》，十二卷二期 (一九八三年七月)，頁六～一八。

27. 陳鵬翔。〈中西文學裡的火神研究〉。《中外文學》，五卷二期 (一九七四年十一月)，頁八八～一〇三。增訂版收入《主題學研究論文集》(臺北：東大，一九八三年十月)，頁三一～六八。

** 補記：讀者如欲檢索臺灣地區學者的比較文學論文 (1972–1992)，請參考《中外文學論文索引》增訂版 (臺北：中外文學社，1993)；大陸地區則請參王向遠編《中國比較文學論文檢索：1980–2000》(南昌市：江西教育，2002)。如果要增補這二十幾年來的書目，勢必要出版到一兩巨冊之專書，還不如請讀者親自去參閱上列這兩本專編為佳。

附錄二　作者簡介

王國良，臺灣臺南縣人，民國 37 年生

國立政治大學中文研究所碩士。東吳大學中文研究所博士，曾任東吳大學中文系教授兼系主任。現任台北大學古典文獻學研究所教授兼所長，《圖書與圖書館》雜誌發行人。著有《唐代小說敘錄》。

邱燮友，福建龍岩縣人，民國 20 年生

國立臺灣師範大學國文研究所碩士。曾任師大國文系教授兼夜間部副主任、國文系所主任。退休後曾任玄奘大學宗教學研究所所長、元智大學中文系主任等職。著有《童山詩集》、《天山明月集》、《品詩吟詩》、《散文結構》、《中國歷代故事詩》、《白居易》和其他編著及論文多種。

吳宏一，臺灣高雄縣人，民國 32 年生

國立臺灣大學中文研究所博士。曾任臺大中文系教授、中研院文哲所籌備處主任，現任香港中文大學講座教授。著有詩集《回首》和《繡風集》、散文集《微波》；論著有《清代詩學初探》、《隨園詩話考辨》和《白話論語》等。

林文月，臺灣彰化縣人，民國 22 年生

國立臺灣大學中文研究所碩士。曾任臺大中文系教授，現已退休。著有《澄輝集》、《山水與古典》、《謝靈運》、《京都一年》和《讀中文系的人》等；譯有《源氏物語》和《伊勢物語》等。

馬幼垣，廣東番禺縣人，民國 29 年生

香港大學中文系畢業。美國耶魯大學博士。曾任夏威夷大學東亞語文學系教授和香港大學客座教授，現任香港嶺南大學中文系教授。馬先生中英文論著甚豐；中文論著有《中國小說史集稿》和《水滸人物之最》等。

施芳雅，臺灣彰化縣人，民國 43 年生

私立靜宜文理學院中文系畢業。現任教國中。

張沅長，上海人

三、四十年代在國內任教各大學外文系教授。來臺後曾任教臺大、師大和東吳等校外文系，後赴美任教以迄退休。七十年代末返臺，曾任輔仁大學夜間部英文系主任。

張靜二，臺灣臺北市人，民國 31 年生

國立臺灣大學首位比較文學博士。畢業後任教臺大外文系迄今。曾赴哈佛、耶魯和香港大學研究。著有《西遊記人物研究》、《亞瑟·米勒的戲劇研究》、《人氣論詮》與《文學的省思與交流》等書，並譯有《推銷員之死》和《浮士德博士譯注》等十多種。

陳鵬翔，筆名陳慧樺，廣東普寧縣人

國立臺灣師範大學英語系畢業，國立臺灣大學外國語文研究所文學碩士及比較文學博士。曾任教師大英語系並兼英語中心主任等職；一九九七年轉至世新大學創立英語學系，任職教授兼系主任，現任該校專任教授。出版有詩集《多角城》、《雲想與山茶》和《我想像一頭駱駝》一共三種，散文及評論《板歌》，論文集《文學創作和神思》與《主題學理論與實踐》，合編有《比較文學的墾拓在臺灣》、《從比較神話到文學》、《文學史學哲學》、《從影響研究到中國文學》和《二度和諧》等。中英文論文數十篇俱在國內外著名刊物發表。

曾永義，臺灣臺南縣人，民國 30 年生

國立臺灣大學中文研究所第一屆博士。現任臺大中文系兼任教授。著作甚豐，出版有學術論著《明雜劇概論》、《長生殿研究》、《說戲曲》、《中國古典戲劇論集》、《說俗文學》和《俗文學概論》等。

楊牧，本名王靖獻，臺灣花蓮人，民國 29 年生

東海大學畢業。柏克萊加州大學比較文學博士。曾任教麻薩諸塞州大學、國立臺灣大學、普林士頓大學和華盛頓大學等校教授。現任中研院文哲所所長。出版有詩集《北斗行》、《海岸七疊》、《禁忌的遊戲》、《楊

牧詩集》和《涉事》（全為洪範版）等十幾本，散文集《葉珊散文集》、《年輪》、《柏克萊精神》、《搜索者》和《飛越火山》等六七種，論著則有《傳統的與現代的》（中文）、《鐘鼓集》（英文）和《從儀式至托意文學》（英文）等，以及中英文翻譯等數種。

鄭明娳，湖北漢陽縣人，民國 38 年生

國立臺灣師範大學國文研究所碩士和博士。曾任師大國文系教授，現任玄奘大學中文系教授。著有散文集《葫蘆，再見》和《教授的底牌》，論著《儒林外史研究》、《西遊記探源》、《現代散文類型論》和《現代散文現象論》等十來種。

羅錦堂，甘肅隴西縣人，民國 18 年生

國立臺灣師範大學國文研究所博士，也是中華民國第一位國家文學博士。前幾年已自夏威夷大學東亞語文學系退休。羅先生著作等身，主要有《中國散曲史》、《歷代圖書版本志要》、《現存元人雜劇本事考》、《中國戲曲總目彙編》、《元雜劇本事考》和《錦堂論曲》等書。

〔比較文學叢書〕

當東方遇上西方，
能否出現溫柔的共鳴？
跨越時空與文化的「同」與「異」，
尋找關於歧異與匯通的道路……

比較文學理論與實踐　張漢良／著

本書共分為五篇，分別處理了比較文學傳統上認可的課
題，書中雖然認為前後的作者在客觀認定上是同一人，在
主觀經驗上，後來的作者實際無異前面無數作者反省式的
讀者，可以懷疑、修正甚至否定以前的觀點。在此一說法
成立的背後，我們也對於現今比較文學在臺灣的研究成果
感到好奇。在中西比較的過程中，試圖跨越時空與文化的
「同」與「異」，尋找關於歧異與匯通的道路。

比較詩學　葉維廉／著

本書除了對西方文學理論應用到中國文學研究的可行性及
危機作哲學性的質疑外，更針對時人過分單方面信賴西方
文學批評模子，而造成對傳統美學歪曲的現象，提出「同
異全識並用」的觀念，並通過「語法與表現」、「語言與
真實世界」、「媒體與超媒體」等理論架構的比較和對
比，尋求更合理的共同文學規律及共同美學據點，為東西
比較文學打開一個全新的局面。